大山飞舞

颜色 著

Dashan Feiwu

广西师范大学出版社
GUANGXI NORMAL UNIVERSITY PRESS
·桂林·

图书在版编目（CIP）数据

大山飞舞 / 颜色著. -- 桂林 : 广西师范大学出版社，2024.8
ISBN 978-7-5598-6651-6

Ⅰ. ①大… Ⅱ. ①颜… Ⅲ. ①长篇小说－中国－当代 Ⅳ. ①I247.5

中国国家版本馆 CIP 数据核字（2023）第 230978 号

策划编辑　黄玉东
责任编辑　黄丽江
助理编辑　杨璇颖　曾丽容　罗涵兮　庞子思
整体设计　梁雪芬
责任技编　石玉珏

广西师范大学出版社出版发行
（广西桂林市五里店路 9 号　邮政编码：541004
网址：http://www.bbtpress.com）
出版人：黄轩庄
服务电话：0771-2092860
全国新华书店经销
广西壮族自治区地质印刷厂印刷
（广西南宁市建政东路 88 号　邮政编码：530023）
开本：787 mm × 1 092 mm　1/16
印张：20.25　　字数：320 千
2024 年 8 月第 1 版　　2024 年 8 月第 1 次印刷
定价：65. 00 元

目录

第一章　读书时光

1　纪念章　001
2　长辫子　008
3　“两个哑巴”在赶路　014
4　惺惺相惜　021
5　大学生活　025
● 采访手记　034

第二章　放飞青春

1　初生牛犊　038
2　渐入角色　044
3　关爱有加　053
4　爱的烧灼　060
5　中秋之夜　064
● 采访手记　070

第三章　因为有爱

1　命运好比山与水　074
2“那不是你的最爱！”　081
3“关键时刻还得老娘上！”　085
4“现实就是现实”　092
5　人有旦夕祸福　097

6 一路往前走 105
7 箭在弦上 110
● 采访手记 119

第四章 心动不如行动

1 高山顶上的松树 123
2 任职之初 127
3 “我们要修路” 133
4 回老家 142
5 石榴树 146
6 李威武的挑战 153
● 采访手记 162

第五章 对“症”下药

1 致富的桥梁 166
2 山歌的魅力 175
3 产业好比花中王 182
4 生活在微笑 186
5 “我要当贫困户！” 191
6 养牛基地 200
● 采访手记 205

第六章　人在旅途

1　“到中流击水”　208
2　借“鸡”生“蛋”　216
3　好事成双　224
4　拯救生命　233
5　长辫子的故事　238
6　穷则思变　247
● 采访手记　254

第七章　奋楫者进

1　喜事连连　259
2　加倍回报　268
3　等待你的妙手　275
4　上行之船　283
5　卷入漩涡　291
6　生命美丽　296
7　快乐如歌　303
● 采访手记　308

后　记

创作源头是故乡　311

第一章　读书时光

1　纪念章

命山运水把梦追，龙飞凤舞有作为。

好比蜜蜂把花采，一路欢歌一路飞。

这是陆龙飞经常吟唱的一首山歌，亦可作为他演绎个人命运故事的生动写照和精辟概括。

时间倒回到 1976 年 6 月 17 日（农历五月二十），这天在大都县那龙乡良龙村古龙屯，陆龙飞就像一只破茧的蝴蝶一样极其艰难地从母亲陆芸的身体出来，来到了人生的第一站——一个仅有母亲一人的家。一头黑发的他弱弱地睁开双眼，见到了一张张陌生的脸和他们身后高大厚实的大山，幸福地哇哇啼哭了起来。

当天从凌晨一点钟开始，陆芸的肚子就开始隐隐作痛，那种痛苦简直就像要了人的性命一样苦不堪言，但她意识到这是预产期到了，心里还是充盈着瓜熟蒂落般的愉悦之情。中午时分，陆芸强忍着疼痛，挺着大肚子挑着空木桶到龙王井打水。这水井原是一个岩洞，是村民从县城买回炸药、雷管，不断将岩洞往深处炸开拓展而成，从井口下到底部，还需经过一段斜坡走下几十级石阶。陆芸还没来得及将两桶水挑回到水井上，就不幸跌倒在石阶上，两只水桶随即滚入水井里。

当时，八岁肥头大耳的蒙爱国独自一人在井口边玩耍，见到这情景，箭步冲下石阶，试图将陆芸搀扶起来，却见她身下淌着一摊血。

蒙爱国吓呆了："小姨，你流血了！"

陆芸脸色变得煞白，额头上沁出汗珠，一颗一颗的。她艰难地靠在冰冷的石阶上坐下来，咬着牙齿，两手撑着石阶，似乎用尽力气也无济于事。

蒙爱国见状，飞快冲上井口，面朝四周，大声急促地喊道："快来呀，小姨要生了！快来呀,小姨要生了！"其叫喊声就像一个高音喇叭在广播。

过了好久，才有人陆陆续续不慌不忙地从喜气洋洋的婚事现场赶到龙王井边。他们伸长脖子朝井下张望，惊讶的，疑惑的，幸灾乐祸的，无动于衷的，什么表情都有。

蒙爱国看到上气不接下气的父亲蒙久轨因为豪饮红薯酒歪在一旁，便冲过去摇着他的肩膀，苦苦哀求道："阿爸，救人要紧！"矮小壮实的蒙久轨一身酒气，眼睛好像被缝上了一样。他对儿子的哀求不理不睬、置若罔闻。

年过七旬、一脸皱纹的陆红兵用手指着蒙久轨的眼睛，厉声说道："蒙久轨，要是你救下这个不要脸的女人，以后就别想在这待下去了！"

蒙爱国冲上前去，狠狠地在陆红兵的手上咬了一口。

陆红兵嗷嗷大叫道："你个小兔崽子，找死啊？！"他一脸恼怒，一脚踢在蒙爱国的小腿上。

蒙爱国弯腰捡起一块石子，吓唬道："老人家，你再敢阻拦我爸救人，我砸人了！"他用力将小石块往巨石上砸，小石块"啪"地裂开了。

陆红兵却不吃蒙爱国这一套，他如同一只狮子一样张牙舞爪地将蒙爱国扑倒在地，嘴里喷着浓浓的酒味。

蒙爱国扭动身子苦苦挣扎着，就像一只被碾压的蚯蚓一样。他嘴中大骂不止，耳朵却被陆红兵扭出了鲜血。

这时，身材高大的盘阳老师从远处飞奔而至。他拨开打闹的人群，将蒙爱国拉进怀里，对陆红兵喝道："打什么人？快、快，救人要紧！"盘阳德高望重，说话分量重，就像一块巨石落地。

随着盘阳的一声令下，一群人以最快的速度将陆芸抬回家中。

不到半个时辰，哇的一声宣告陆芸的儿子来到了人世间，时间是十三时许。

陆芸看到婴儿生有一头漂亮的黑发，长得白白净净的，长长舒了一口气，闭上眼睛感受着婴儿来到人间的那一瞬间欢乐。她将婴儿紧紧抱在怀里，眼睛怯怯地看着盘阳，说："盘校长，多亏你和大伙儿救了我们母子俩，你看给孩子起什么名字才好呢？"

盘阳顺着陆芸的视线走，看到了高峻雄奇的飞龙山犹如一只得水的蛟龙蓄势待飞，便说："龙年生人，是龙就要腾飞，就叫陆龙飞吧。"随后蹦出一首山歌来：

命山运水好儿郎，背着书包上学堂。
好比龙飞凤在舞，英姿勃发美名扬。

盘阳对山歌颇有研究，能脱口而编、出口成章，这也让陆龙飞后来深得其熏陶，可以随口编得一首首山歌。这是后话。

陆芸甜甜地笑了，心中充盈着满足之感。她想到了年仅二十四岁就病故的丈夫，心里暗暗祈祷："陆家祖宗一定要保佑我们儿子陆龙飞啊！"

谁知，当天夜里，饮酒过量的陆红兵突然口吐鲜血一命归西。他女儿陆萍号啕大哭的同时，带上衣物、几两米、纸钱等物品，赶到隔壁仙婆家问仙。仙婆鬼魂附身，上蹿下跳，左转三圈、右转三圈，如之者三。突然，她跺着脚，嘴里喷出一团火焰一样的酒气，怒气冲冲地说："都是野种惹的祸！"

气势汹汹的仙婆突然闯进陆家，就像老鹰抓小鸡一样企图从陆芸怀里抢走婴儿。

陆芸一脸怒气，破口大骂道："天打雷劈啊！老人走了，与我的儿子有什么相干的？！要是谁敢抢走我的儿子，我就与他拼命！"陆芸左手紧抱着婴儿，右手操起一把柴刀左右挥舞，凶神恶煞地朝着仙婆身上劈去。

仙婆轻巧地转身，躲过一旁，嘴里还是喃喃自语，似乎要将婴儿的灵魂收走。

陆芸憋着气，猛地张口将唾液往地上一吐，用力踩在脚下，高声地骂道："你想害死我儿子吗？门都没有！"据说这是防止别有用心的人算计陷害的最好方法（大概也是一种心理安慰吧）。陆芸的气场就像天上的雷声将仙婆镇住了。这真是"卤水点豆腐，一物降一物"！

后来，陆龙飞从母亲陆芸嘴里得知，虽然父亲陆山早早丢下他们母子俩走了，可自己还有一个通情达理、善解人意的干爸。

在陆龙飞满月那天早上，乌黑的天空就像一个大漏斗，毫无节制地将雨水倒下来，陆芸望着倾盆大雨忧心如焚。这天可是儿子认干爸的吉日！蒙久轨是酒鬼，也是个算命先生。陆芸曾经找他替儿子算命。蒙久轨说陆龙飞是火命，命中缺木，得找一个木命人当干爸。盘阳老师是木命，两两相合，起到木火相生、欣欣向荣的作用。认干爸是当地的习俗，期盼的是孩子健康长寿，四季平安，万事如意，一生幸福。

正当陆芸准备出门时，盘阳却带着妻子陆兰、儿子盘龙冒着大雨赶来了。他将煮熟了的猪头皮、鸡、鸭、鱼、纸钱等祭品堆放在神牌前，点了九炷香，拜了三拜。

盘阳庄严地说："祖宗们，从今日起，陆龙飞就是我盘阳的干儿子了。陆家、盘家祖宗在上，保佑陆龙飞快长快大，鹏程万里！"

盘阳的儿子盘龙是个乖巧的中学生，天资聪颖，喜爱读书，这天是周末，正好陪着爸爸一起来陆龙飞家。一脸稚嫩的盘龙跪在神牌前，双手作揖，对着神牌，郑重说道："既然龙飞是爸爸的干儿子，我就是他兄弟。兄弟是什么？兄弟就是情同手足！龙飞这个干弟我认一辈子。"

陆芸怯怯地说："三年就够了。"按照家乡风俗，孩子认干爸只认三年，之后就宣告结束。虽然陆芸不想只认三年就算了，但是人要学会知足，不能得寸进尺。

盘龙说："哪有三年后就不认兄弟了？既然认了，就要认到底！"他转而对父亲说："爸，我要把龙飞当作自家兄弟，不分彼此，不分你我。"真挚之心可鉴，关爱之情可见。

盘阳说："对！我们就是要打破三年之后不再往来的习俗，谁看不惯，由他们说去！"他从包里取出一枚纪念章，对陆芸叮嘱道："这是一枚纪念章，我特地让人雕刻的，上面刻着'龙飞凤舞'四个字。我担心以后不小心弄丢了，特意制作了两枚。"

陆芸双手捧着纪念章，就像捧着亲情与自信。这时她激动得一句话也说不出来，手也颤抖得像抖着的筛子一样。这是幸福的颤抖，这是快乐的时刻！儿子有靠山了！

从此，陆龙飞身上多了一样东西——纪念章。它就是陆龙飞的另一半，成了他走出山门的保护神。

桂西北大石山区属喀斯特地貌，峰峦叠嶂，洼地众多，交通闭塞，曾被外界确定为"最不适合人类居住的地方"。弄场是壮族人的说法，其四周群山环绕，中间凹着小小洼地，即叫弄场，通常称为屯。屯有大有小，大的有一两百户人家，小的有三四户甚至仅有一户人家，多数村屯都对应了那首“喊声听得到，走路绕半天；若是不小心，摔死山路边”的民谣。土地是山里人的命根，几乎是“碗一块，瓢一块，盖个草帽少一块”。都说水是生命之源，山里更是滴水贵如油，村民们冬季常常因水发愁，不得不翻山过坳去挑水，有的好不容易挑着一担水回到家门口，不小心被门槛绊倒，水洒满一地，哭得一塌糊涂。晚上，煤油灯在各家各户的木楼里幽幽闪亮，映照着一张张质朴憨厚的脸，诱惑着夫妻钻进被窝恩爱，自得其乐。

广西是壮族歌仙刘三姐的故乡，唱山歌是壮族人的喜好，那龙人更是喜唱山歌，他们或多或少都会哼唱几首，让生活多一点乐趣。每年“三月三”歌节更是欢笑声不绝于耳、山歌声此起彼伏。毫不夸张地说，歌节这天，那龙的每一寸土地都浸透了诱人的山歌，每一朵鲜花都沾满了山歌的神韵，甚至连每一只昆虫都被山歌弄得神魂颠倒。山歌声婉转悠扬，它们就像一只只欢快飞扬的山鹰，带着特有的气场与韵味，潇洒地飞过山峰，最后飞到九霄云外去：

三姐故乡山水美，歌声悠扬满天飞。
打造三姐新形象，贵客听歌不思归。

求学读书出山乡，奋发向上展荣光。
好比江水翻巨浪，一代更比一代强。

发奋读书、走出山门，摆脱贫困、走上新生便成为这里无数山里人梦寐以求的愿望。

陆龙飞一直是一个不受待见的孩子，遭受了不少人的歧视和虐待，私下被打被骂成为常态。可他始终如同一株倔强的种苗，顽强地冒出地面。陆芸对陆龙飞要求极为苛刻，小小陆龙飞挨鞭子是常有的事。更多时候，陆芸始终不厌其烦地教他背诵古诗文，手把手地教他临摹字帖，还经常将他送到干爸家里去读书、写字。盘阳的学问就像刻好了的光盘播放着悦耳的旋律，吸引着小龙飞沉迷其中。什么一笔一画，什么临摹字帖，什么“人之初，性本善”，什么“山歌好比春江水，不怕滩险弯又多”，什么“书中自有黄金屋”，什么“腹有诗书气自华”，什么“世上无难事，只要肯登攀”，等等，就像深山里的泉水一般缓缓流过少年干涸的心房。陆龙飞就是在这样的书香氛围里度过了懵懵懂懂的少年时代。

话说回头，陆龙飞六岁那年春季的一天下午，他趁着母亲下地干活，小心翼翼地抱着微型收音机到操场上的大榕树下完成母亲交代的作业。收音机是干爸专门到县城买回来送给他的礼物，平时陆芸用一个布袋包着它，以免受损。陆芸从小崇拜伟人，要求儿子背下毛主席诗词《沁园春·长沙》。陆龙飞闭着眼睛朗读，沉浸在美妙的境地里，他心里就像灌满了蜜糖一样甜滋滋的。

这时候，村主任李峰的儿子李威武刚好路过此地，他在那龙乡中学念书，周末回来便走村串户炫耀自己的读书资本和吹牛本事。他有点鬼精灵，也爱搞恶作剧，陆龙飞曾经多次被他扭耳朵，由此印象极为深刻。正当陆龙飞摇头晃脑背诗的时候，李威武冷不防走到他身后，将收音机偷走，等陆龙飞回过神来，收音机已不翼而飞。心急如焚的陆龙飞跑遍操场也没有找到自己的宝贝。

李威武笑嘻嘻地走到陆龙飞跟前，歪着嘴神气地说道："叫我一声爸，我就告诉你！"

陆龙飞愤怒地与李威武厮打起来。李威武将陆龙飞的双手反剪到后背，盛气凌人地说："你不叫我作爸，休想拿到收音机。"陆龙飞却死不开口，一脸怒气。

李威武也不管陆龙飞在想什么，他炫耀着自己跟老光棍学得的编山歌的小小本事，兴奋地唱了起来：

想着老爸望着天，看见小鸟飞眼前。
鸟无靠山我无父，日子孤独泪涟涟。

陆龙飞骂道："你妈病恹恹的，我妈比你妈强多了！"

李威武被刺到痛处，立马将陆龙飞压在身下，拳头如石头一般砸了下来。陆龙飞死抓着李威武的左腿，任由他拳打脚踢，也不喊一声疼。正在与伙伴们玩陀螺的蒙爱国见状，箭步飞到他们跟前，费了九牛二虎之力才将李威武从陆龙飞身上拉开。

不一会儿，自知理亏的李威武突然扔下蒙爱国，箭步跑到不远处将收音机取回来，还给陆龙飞，有意讨好道："兄弟，对不起了，就让我看一眼你脖子上挂的东西，好吗？"他死盯着陆龙飞脖子上吊着的金线，仿佛要以锋利的目光穿透他的衣裳，让人感到不寒而栗。

蒙爱国抢先说道："想得美！"

陆龙飞却眯着双眼思索了一下，才将手探进衣服里，掏出纪念章来。他想，委屈一下自己就算了。

李威武盯着"龙飞凤舞"四个熠熠生辉的小字，突然想到了家里捡来的妹妹李凤舞，心里似乎感到一丝温暖，说道："这枚纪念章刻得有意思！"

陆龙飞没有答话，他怕李威武对他要无赖，因此紧紧捏着纪念章，就像捏着一把打开命运大门的金钥匙。

陆龙飞的迁就却让眼前的蒙爱国感到愤怒，蒙爱国胸中就像燃烧着一团火，气愤地说："李威武就是一只变色龙！"

陆龙飞不置可否。突然，他冷不防被蒙爱国扇了一巴掌。

陆龙飞瞪着眼看着蒙爱国，缄口不语。蒙爱国恶狠狠地说："表弟，我要给你长记性！"李威武却偷偷地乐了。

陆龙飞记住了这次耻辱，他想用山歌来骂人，嚷着去找干爸盘阳。见到干爸后，陆龙飞就将自己被李威武欺负的情况和盘托出，恳求干爸教他编山歌。干爸笑笑道："干儿子，你要记住，山歌不是用来骂人的，而是以情感人、潜移默化，用来鼓舞斗志、怀古劝善、颂人品格、倡导家庭和睦、教人忠孝节义，等等。我编不了骂人的山歌！"说着，他唱起了电影《刘三姐》中的插曲：

嘿……什么水面打跟斗（嘿了了啰）
什么水面起高楼（嘿了了啰）
什么水面撑阳伞
什么水面共白头（嘿……）
什么水面撑阳伞
什么水面共白头
嘿……鸭子水面打跟斗（嘿了了啰）
大船水面起高楼（嘿了了啰）
荷叶水面撑阳伞
鸳鸯水面共白头

陆龙飞跟着哼歌，兴奋地拍着手掌，说："干爸，教我唱山歌吧！"

盘阳说："编山歌说难也不难，得从基本功开始。这不是一下子就能编出来的，窍门多着呢，要有兴趣，肯用功，磨耐心，有毅力。"接着，他举例说明："'山泉不用锄头开，白云不用剪刀裁。山歌不用请人写，舌头一扬就出来'，这首山歌的韵律是，第一、第二、第四句的最后一个字用平声韵，第三句一定要用仄声韵。"盘阳又谈起唐代诗人刘禹锡的《竹枝词》，"杨柳青青江水平，闻郎江上唱歌声。东边日出西边雨，道是无晴却有晴"，并进行由表及里、由浅入深的分析，让小龙飞沉浸到山歌那美妙诱人的境地里。

之后，懵懵懂懂的陆龙飞一直嚷嚷着要干爸教他学唱山歌、学编山歌，陆芸只好遂了儿子的心愿。后来，陆龙飞几乎天天往干爸家跑，念古诗、唱山歌等，干爸不厌其烦、循循善诱，陆龙飞流连忘返，也让别人羡慕不已。

盘阳开口唱了起来：

练习书法要临摹，小小龙飞爱唱歌。
百尺竿头求进步，背诵古诗收获多。

2 长辫子

陆芸留有一头乌黑的长发，小时候陆龙飞躺在母亲的怀里度过了一个个美妙的夜晚，那长发就像一首首催眠曲引着他进入甜甜的梦乡。陆龙飞从小学一年级至四年级，一直在干爸盘阳执教的家乡村小学念书，成绩年年排年级第一。到了五、六年级，就要到那龙中心小学去念书了。当时干爸正好被调到那龙中心小学任教，他又有机会在干爸执教下学习。从五年级开始，学生一律住校，这就意味着他要离开母亲独立生活了。五年级开学时，母亲亲自将他送到学校。在学校门口注册时，陆龙飞第一次见到了留着一头长发的李凤舞。她是李峰主任的千金，长着白白嫩嫩的脸蛋，两个小酒窝嵌在其中，笑起来甜美可爱，尤其那一头乌黑闪亮的长发，自然而然地披落下来，就像黑色的锦缎一样光滑柔软。

陆龙飞感到自己被一种惊奇慌乱的情感感动着、诱惑着，突然想走上前去摸一摸那长发，寻找那种绝妙的感觉。当然，这只是一种妄想而已。

陆芸看见儿子两眼发呆，问道："儿子，你在想什么呢？"

陆龙飞不好意思地扮了个鬼脸，快步走进学校大门。

到了晚上，陆龙飞匆匆忙忙吃罢饭，走进教室前又撞上了李凤舞，她的体香令人陶醉、兴奋、不安。陆龙飞坐在第一排座位上，似乎全神贯注的样子，可他总是感觉背后有一双眼睛盯着自己，整天如坐针毡。

过了一个星期，陆龙飞主动找到班主任黄明耀老师申请换座位。他怯怯地说："因为李凤舞同学，我上课分心了。"

黄明耀老师笑了，说："陆龙飞，你这人早熟呀！可我告诉你，这样的安排也是对你的一种挑战与考验！"

又过了一个星期，李凤舞也是因为座位一事找到黄明耀老师，黄明耀老师以同样的口吻回绝了她。

再后来，陆龙飞了解到李凤舞比自己小八个多月，是个弃婴。据说，当时她的父母也不忍心将女儿扔掉，但还是在深更半夜将她放在了李峰家门口，并留下一张字条："大队长，收下这个可怜又可爱的女婴吧！名字都想好了，就叫凤舞吧。她会给你带来福音！"李峰看着充满情感的字条，只好长叹了一声。

读小学五、六年级时，陆龙飞与李凤舞同班，两人也是强劲的竞争对手。先前母亲教陆龙飞背诵了多篇古诗文，他在语文方面占有优势。有一次，县里举行小学六年级作文比赛，陆龙飞写的作文《聆听干爸讲故事》获得了一等奖，为那龙小学争得了荣誉。陆龙飞收到获奖通知的那天下午，整个学校变成了欢乐的海洋。

在班会课上，语文老师——干爸盘阳真诚祝贺和高度表扬陆龙飞之后，脱口而出：

拿着作文来说话，小小年纪顶呱呱。
好比蛟龙在戏水，恰似寒梅树开花。

陆龙飞站在讲台上，看着全班同学，显得有些腼腆。这时候，他有意扫视教室中间第二排座位的李凤舞，那一双眼睛真是靓丽迷人，也让人想入非非、不能自拔。陆龙飞却不想说得太多，谦虚地说："感谢感谢再感谢！

努力努力再努力！”

如雷的掌声振飞了窗外的公鸡母鸡们，它们欢快地叫个不停。

陆龙飞和李凤舞他们各有各的不幸，就像两棵竹笋长在石头下面，艰难地向上蹿，不知往后还会遇到什么风吹浪打、暴雨袭击，他们弱小的心灵能够承受得了吗？有几次，一些淘气的小伙伴当着他们的面，高喊道：“龙飞，凤舞，天生的一对！”

开始时，陆龙飞和李凤舞觉得没有什么，可是喊多了，他们就受不了了，都深感自己的名字起得不好，被同学们取笑了，陆龙飞甚至差点跟同学们打起架来。于是，他们各自跑回家中哭闹着要改掉名字。陆芸说：“不能改，这是你干爸帮起的！”

陆龙飞找到干爸盘阳，委屈地诉苦道：“干爸，我不想被别人说什么龙飞凤舞的！”

盘阳苦口婆心道：“龙飞和凤舞，很好的名字。他们给你们开玩笑了，那又怎么样？你从小没有父亲，李凤舞从小没有父母，你们遭遇相似，志趣相投，酷爱读书，这是难得的经历，也是成功的开始！要用心读书，相互激励、共同努力，让人家眼红你们！”随后盘阳唱道：

龙马精神在闪光，飞燕游龙走山乡。
凤毛麟角展风采，舞态生风扬四方。

接着，他又对这首藏头诗做了一番详细的解释，陆龙飞懵懵懂懂记在心里。

李凤舞找到父亲李峰怯怯地说要改名字，国字脸的李峰瞪着双眼、张大嘴巴吼道：“改什么改？这是最好的名字了！”他在抽屉里摸索了半天，终于将那张发黄的纸条取出来，让李凤舞看。李凤舞双手颤抖，她死盯着皱巴巴的纸条上的文字，缄口不语了。李峰意识到自己的夸张语气刺伤了女儿的心，便说：“你读得进书，就是要把那个壮家仔比下去！”李峰脸上露出鄙夷之情。在那龙一带，同姓结婚是少有的，加之以前壮族人与瑶族人通婚，会被族人歧视。李峰看不起陆芸和她的儿子很正常，谁让你陆芸犯忌呢？

陆龙飞和李凤舞少不更事、年幼无知，他们只把学习当作登山比赛，两人暗中使劲，拼命读书，成绩不相上下，由此相互亲近便是顺理成章的事了。

一个周五下午，放晚学后李凤舞主动约陆龙飞到学校后面的竹林里见面。

此时，李凤舞的目光愈拉愈长，拉到了很远的地方。她说：“在我们山里，我最佩服盘龙大哥。他是我们村里走出去的第一位大学生，从他身上我看到了走出大山的希望。”

陆龙飞说：“那是当然。他是我的好干哥。”

李凤舞说：“榜样就在我身边！你也是我们学习的榜样呀！问问你，作文为什么写得那么好？获得大奖啦，全县第一名啊！”

陆龙飞调皮地说：“你是想让我说假话还是说真话呢？”

李凤舞歪着脑袋说：“假话怎么说？真话又怎么说呢？”

陆龙飞望着前方，说：“假话嘛，就是用心用情用力。”然后，故意卖了个关子，拉长语调道：“至于真话嘛，就是——”

李凤舞着急地问道：“快说嘛，急死人了！”

陆龙飞的双手在发抖，他吞吞吐吐地说：“因为……我……想摸你的长辫子！”

说罢这话，陆龙飞突然感觉到世界似乎停止不动了，风突然不吹了，鸟儿突然不叫了，花儿突然不开了，四周静悄悄的，好像落下一根针都能听得见。

这时候，李凤舞却低着头玩弄自己的两根长辫子，就像欣赏着一幅精美的图画。也许她被陆龙飞的话吓着了。两个人谁也不想先说话，担心说漏了嘴，就会将温馨和谐的氛围给破坏掉了。

陆龙飞偷偷侧过脸，斜眼看着李凤舞那两根长长的辫子，呵呵，她真的把长发编成两根长辫子了。陆龙飞想起了电影《红灯记》里的李铁梅，真想好好抚摸李凤舞那诱人的长辫子啊。这时候，他又不由自主地想到了母亲的长发，他曾多次撒娇仰躺在母亲的怀抱里，双手从上到下轻轻地抚弄着母亲柔软的长发，然后凑近，翕动着鼻子嗅着长发里的香气进入梦乡。可是，自己怎能随随便便抚摸一个女孩的长发呢？弄不好会被看成是小流氓。陆龙飞突然心生一计，试图让李凤舞对自己产生好感。

于是陆龙飞慢慢从衣服里掏出纪念章摆弄着。他仔细地欣赏着“龙飞凤舞”四个字，仿佛看到自己就像一条龙一样腾飞起来。

正当陆龙飞自我陶醉之时，李凤舞忍不住朝他这边张望，自然看到了纪念章。其实陆龙飞是有意而为之，他就是要让李凤舞看到干爸送给他的宝贝,以满足自己的虚荣心。果不其然,李凤舞用可怜巴巴的语气说道："听说你有一枚纪念章，是盘老师送的，能不能让我看看呢？"

听到这话，陆龙飞就像饿肚子的人吃饱饭一样心情舒畅。他极快地将纪念章从脖子上摘下来，双手捧着递到李凤舞面前。李凤舞接过纪念章，双眼盯着“龙飞凤舞”四个字，陷入了沉思之中。

陆龙飞说："每次看到你又黑又亮的长发，我就想起了《红灯记》里的李铁梅。我真想摸一下，可以吗？"

李凤舞突然变得害羞起来，脸蛋红扑扑的，她用右手压在左胸上，不好意思地说："想摸你就摸吧。"

陆龙飞双手颤抖地抚摸着李凤舞的长辫子，突然感觉到好像有一股电流传遍全身。他在长辫子上轻轻地抚摸着，一心一意地享受着，全神贯注地陶醉着。

陆龙飞低声说道："你的长辫子跟我母亲的长辫子一样好闻,好香啊！"小时候，他是在母亲的长辫子里进入甜甜的梦乡的，母亲告诉他，自己很早的时候就开始留辫子了。因为长辫子，母亲得到了真爱。

李凤舞羞涩地笑了。

陆龙飞说："你对我真好，要是别人的话，说不定骂我是个小流氓。"

李凤舞说："才不会呢。我觉得你与别人不一样！"

听到暖心的话语，陆龙飞心里就像吃了甘蔗一样甜丝丝的。

冷不防，李峰突然从巨石后面冲出来，二话不说，便对陆龙飞扇了几个巴掌，骂道："滚，你个小野种！"

陆龙飞捂着火辣辣的脸慌不择路地跑开了。

回到家后，陆龙飞老老实实将自己被扇耳光一事告诉了母亲。陆芸听罢，二话不说就拉上他到李峰家道歉去了。李峰却鄙夷地说道："知道就好。你要好好管管你的儿子，说不定他以后还会当大领导呢！"

陆芸从李峰绵里藏针的话里嗅出了讽刺的味道，不知如何回答才好。

陆龙飞却突然冒出一句话来："我就是要当领导！"说着，他拉上母亲头也不回地走了，背后却传来了李峰的诅咒声："嘿嘿，看来我李峰要头顶地板倒立走路了！"

这是当地人最毒的诅咒话语了。

陆芸紧抱着儿子，低声说道："儿呀，树活一层皮，人争一口气！你要记住，说出去的话是再也收不回来了的！"

当时，陆龙飞对读书是认真的，对什么是领导则懵懵懂懂，但他抚摸着母亲长长细细且柔软的长发，还是坚定地回答道："妈，我记住了！"

有一天晚上，陆龙飞躺在母亲身边，双手不由自主地抚摸着母亲那柔软香美的长辫子。他联想着李凤舞的长辫子，心就像一条鱼跃出水面飘飞了起来。陆芸突然问："儿子,你长大后打算做什么？"当时的陆龙飞不懂事，不知如何回答。陆芸接着说："儿呀，长大后就不要当什么领导了，那不是自己能够担当得了的。"陆龙飞问："为什么？"陆芸想了半天,才说："我们陆家曾有一个兄弟担任我们公社的书记，他人很好，有文化有水平有魄力，可是你哪有这方面的能力啊？"

陆龙飞歪着脑袋说道："努力呗！"

这天上午，那龙小学邀请那龙乡党委书记覃河源到学校做形势报告。覃书记脱口而讲，激情而演，抑扬顿挫，一气呵成，让小学生们佩服得五体投地。他特别提到如何做人做事，展现自我，回报社会，更像是给学生们注入了强大的兴奋剂。

报告会结束后，同学们回到教室继续上课。盘阳老师对覃河源书记的精彩演讲做了恰如其分的点评，并说道："理想是每个人的人生追求，大家长大后都要干一番事业，同学们不妨谈一谈各自的理想。"

大家就像刚刚出壳的小鸡，叽叽喳喳，兴奋异常。

李凤舞抢先回答道："我要当医生，救死扶伤，把爱洒向人间。"她轻咬着长辫子，显得有点不好意思。

其他人也纷纷回答，可谓畅所欲言、意气风发。

时间在凝固，陆龙飞的心在飞扬。他的眼前飘来了众多英雄的画面，他就像放大镜一样认真地审视着、思考着，最后定格在一张画面上。慢慢地，画面人物越来越近，越来越清晰，画面变成了覃河源书记的脸庞。这是他目前见到的最大的官，官是很受人尊重和爱戴的。想到这，陆龙飞掷地有声地说："我要当领导！"

同学们一脸不解，他们极想知道其中的原因。

陆龙飞补充说："读书了再说吧！"

盘阳老师肯定了大家的想法，恰到好处地编了一首山歌唱了起来：

花开万朵不离藤，树高千丈不离根。

学会感恩听党话，吃水不忘挖井人。

3 “两个哑巴”在赶路

小学升初中考试那年，陆龙飞和李凤舞分别考进县第二高中初中部、县瑶族中学初中部，由此他们在县城中学度过了难忘的时光。陆龙飞所在的学校恰恰是盘龙工作的地方。盘龙大学毕业后被分配在县城工作，山里娃华丽转身，成为那龙乡良龙村一颗耀眼的明星，这也让陆龙飞这个干弟感到十分自豪。

那年三月，团县委举办全县中学生时事政治知识抢答赛，时任大都县第二高中团委书记的盘龙组队参赛。赛前他要求陆龙飞、杨波和周文三名选手将所需要掌握的内容背得滚瓜烂熟，使用抢答器要掌握技巧、把准时机，赛中要集中精力、沉着应对，答题要精确无误、完美收场，可谓用心良苦。他们就像三台录音机将盘龙传授的方法和技巧记录下来、烂熟于心。可惜学校没有抢答器，实地演练仅仅停留在口头上。

赛前三天的一天下午，县第二高中的黄启先校长特地召集盘龙和陆龙飞等人到校长办公室，给他们定下了志在夺冠的目标。

陆龙飞拍着胸脯说：“黄校长，现在万事俱备，只等着拿奖了。”

黄校长说：“你们信心十足，很好！但是我要提醒你们，既然你们代表学校参赛，必须想到比赛中可能遇到的问题，比如抢不到题目，比如抢答犯规，比如分数落后。作为一号选手，陆龙飞肩上的担子很重！盘老师还要多加指导！另外，我们学校没有抢答器，盘书记想过如何解决没有？一句话，必须拿到最好的名次回来！”

陆龙飞偷偷瞄了盘龙一眼，只见他脸上一直冒汗，就像被雨淋湿了一样。

黄校长善意的提醒，让盘龙如坐针毡，也迫使他开动脑筋。之后，盘龙多方打听，忙活了很久却一无所获。

当天下午，陆龙飞想方设法通过同学打听到阳安县高中有抢答器，并很快将情况报告给了盘龙大哥。盘龙直夸他会用脑子，替大哥分担忧愁。

当晚，阳安县高中韦景伦校长专门派人将抢答器送到了陆龙飞的学校。有了抢答器，陆龙飞等人就像三只小鸟一下子长出了腾飞的翅膀。他们利用空闲时间马不停蹄地进行四次实战模拟训练，逐步掌握了方法、要领、技巧。他们三位选手就像整装待发的士兵，只等指挥官一声令下。

抢答赛于周末晚上在县礼堂举行，偌大的礼堂座无虚席，县城几所学校都派师生前来助阵、观战。陆龙飞有意环视参赛队员，然后就看到了李凤舞。这晚她穿着一件红色连衣裙，显得鲜艳、靓丽、高贵，两条长辫子更能衬托出其迷人的光彩。这晚陆龙飞也是穿红色衣服，仔细一看，他们两人的红色穿着就像两面鲜艳的旗子。他们都是代表各自的学校来参赛的，压力之大可想而知，谁都想拿到最好名次，关键在于如何临场发挥、完美表现。十二个队参赛，将决出一等奖一名，二等奖两名，三等奖三名，优胜奖六名。奖杯金光闪闪，谁都想把金杯拿到手，就看谁笑到最后了。整个比赛分为第一轮必答题，第二轮抢答题，第三轮抽签题，第四轮抢答题（风险题），第五轮抢答题、加分题等。

开始时，陆龙飞作为一号选手在必答题中摔了跟头，题目超出复习资料之外，以致他们代表队比分一直落后，而且在第一轮抢答过程中陆龙飞乱了方寸；二号选手杨波没能做到拿捏有度、应付自如，不是犯规就是比别人慢了半拍，再也不敢按抢答器；三号选手周文是位女生，此时看到剑拔弩张的紧张场面，手脚发抖，也不敢自告奋勇手持抢答器。关键时刻陆龙飞主动请缨，把压力留给自己。随后的比赛，陆龙飞既手持抢答器，又是答题者，观众对他这个穿着红色衬衫的男生寄予厚望。他们代表队分数很快赶了上来，与比分一直领先的瑶族中学代表队得分相同。

比赛进入白热化阶段。因为两个代表队分数持平，按比赛规则，需要加赛三道题。陆龙飞和李凤舞两位老同学分别代表两所学校参赛，他们都分别为自己代表队努力。李凤舞在抢答赛场上的表现令人钦佩，陆龙飞的出色表演也让观众赞叹不已。真正拼搏的时刻到了，不管谁获胜，他们两个人心中都充满快乐。陆龙飞希望他们二高代表队更胜一筹，李凤舞更希望自己的队伍荣登榜首。陆龙飞在想，这其实就是他和李凤舞两个人在表演、在竞争、在挑战。此时，他们两个队都得了七百分，他们两个人在其中各自起到了关键作用。

加时赛设置的题目难度加大，每一道试题都设有四个小题。比赛开始了，随着主持人念完一道长长的题目，并宣布“答题开始”，李凤舞抢先按下了抢答器，瑶中代表队比分继续领先。第二道题目被陆龙飞抢先按下了抢答器，比分再度持平。第三道题目，也是最后一道题目，陆龙飞又一次抢到了先手，准确无误的答案博得了全场经久不息的掌声。二高代表队获胜了！

穿红衬衣的陆龙飞就像一面鲜艳的旗子飘扬在观众的心中，他名副其实地成为这次抢答赛最抢眼的得分手。

“成功的花，人们只惊羡她现时的明艳！然而当初她的芽儿，浸透了奋斗的泪泉，洒遍了牺牲的血雨。”这是著名作家冰心的名言，让陆龙飞感同身受、深有体会。

很快，陆龙飞又有机会在演讲比赛中尽情展现自己的青春风采，也让更多的人再次记住了穿红色衬衫参赛的陆龙飞。

这年四月初，县团委下发通知，定于五月三日晚上举办纪念五四青年节演讲比赛。按照方案，比赛将决出一等奖两名，二等奖两名，三等奖三名，优胜奖五名。

二高的学校领导十分重视这次演讲比赛，要求校团委先举办选拔赛。当时，陆龙飞刚好在本地报纸上看到一篇纪实新闻，报道了从大都县第二高中走出去的某大学生毕业后扎根扶贫第一线，利用人脉关系，捐资助学献爱心，推进教育扶贫的动人事迹。随后，陆龙飞利用周末时间对这位大学生进行了深度采访，并以“在捐资助学路上”为题，写了一篇演讲稿，获得了学校选拔赛评委们的一致好评，使他成为大都第二高中唯一的参赛选手。

随后，盘龙再次对演讲稿提出翔实的修改意见，陆龙飞反复修改润色，直到满意为止。如果说陆龙飞写的演讲初稿是一件尚未经过打磨的瓷器的话，那么经过盘龙大哥的精心指导，瓷器就变得光彩出众、熠熠生辉了。比如结尾处恰如其分地写上了一首山歌：

捐资助学献爱心，扶贫济困见精神。
最美语言藏心底，关爱行动胜亲人。

盘龙又对演讲技巧，包括表情、节奏、手势等一一加以精心设计。他用鼓动人心的话语说道：“小弟，如果你能饱含激情、抑扬顿挫，如果你能胸有成竹、沉着自如，如果你能高山流水、直泻而下，一等奖将非你莫属！”盘龙的话让陆龙飞仿佛看到胜利果实已经缀满枝头，令人眼馋。

临近比赛的头一天下午，县团委陆阳干事打电话通知参赛选手到团县委办公室开短会，抽签决定出场顺序。在那里，陆龙飞再次见到了李凤舞。他调侃说：“老同学，我建议你还是穿红色的衣服参赛，那是胜利的象征！”李凤舞一笑置之，不置可否。第二天晚上，李凤舞果然穿着红色连衣裙来了。陆龙飞感觉有一种情感像电流一样撞击着自己的心房。

整个演讲场面扣人心弦，分数次第上升，就像几组登山爱好者旗鼓相当地在悬崖边奋力向顶峰挺进一样。如果说陆龙飞是第一个将演讲比赛带入了高潮，那么李凤舞则是将比赛推到了最高潮。最终，他们两人志在夺标的愿望终于变成了现实。

随后，陆龙飞让县团委陆干事帮他和李凤舞拍下了一等奖获得者的合影。这样，他们的青春就留下了最美好的记忆。

陆干事很快将合影寄给陆龙飞，并由陆龙飞将另一张合影转给李凤舞。

陆龙飞拿出照片反复看着：红色的衬衫配上黑色的裤子，使得一脸阳光帅气的陆龙飞显得更加英俊潇洒、光彩夺目，而瓜子脸的李凤舞一身红色，显得更加鲜艳瑰丽、鹤立鸡群。

一同参赛的杨波选手盯着照片说：“我看这张照片更像结婚照！”

这句话就像一把刀刺痛了陆龙飞，他立即挥起拳头朝杨波的肚子砸去，然后扬长而去。

杨波突然被陆龙飞莫名其妙的几个拳头猛打，捂着疼痛的肚皮骂道：“我又没有得罪你，下手这么狠呀！”

不一会儿，陆龙飞又跑回杨波身边，道歉道：“杨波同学，对不起了，我太冲动了。”

高一暑假的第二天一早，陆龙飞从学校急匆匆朝汽车站赶去。刚上车他就看到了坐在最后一排的李凤舞，他对她点了点头。三个多小时后他们一前一后下了车，一前一后赶山路，一前一后喘着气，一前一后想着心事，你走我也走，你停我也停。李凤舞有意识地与陆龙飞保持一定的距离，有意不跟陆龙飞搭讪，有意不理不睬。陆龙飞也一声不吭埋着头爬山过坳。

他们就像“两个哑巴”在赶路，心里却都堵得慌。昔日熟悉的老同学似乎变得陌生了。

当陆龙飞他们步行五个小时回到良龙村村部时，天色渐渐暗下来。临别时，李凤舞突然走到陆龙飞身边，耳语道：“我恨死你了！”

陆龙飞勉强笑了笑，点了点头。

真是难为陆龙飞和李凤舞两个高中生了，走了五个小时的山路竟然没有聊上几句话。

陆龙飞继续赶着山路，还需步行一个小时山路才能回到家中。回到家时已近晚上八时了。木楼里黑麻麻的，估计母亲还在养牛场、养鸡场里忙活着。这几年母亲承包了屯里的一座荒山，率先办起了养殖场，让几户贫困户参与进来，众人赞叹不已。

陆龙飞在烧火煮饭的同时，很快将身上的臭汗冲洗得干干净净。半晌，他突然听到母亲急促兴奋的叫喊声：“龙飞，你回来了吗？”陆龙飞应道：“是的，我刚回到！”

陆龙飞回到前屋，突然听到一阵婴儿哇哇的哭声。他心里一愣，就像平静的湖水突然被人扔下小石块一样。

陆芸见陆龙飞一脸惊讶，急忙将女婴放在小床上。

陆芸想说话，突然又想起了什么，就没有再做解释。她将女婴抱在怀里，将奶瓶塞进她的嘴，女婴贪婪地吸着，可爱极了。陆芸说：“儿呀，原谅妈妈没有及时告诉你，让你多想了。”

说罢，陆芸走进里屋将一张字条交到陆龙飞手上，说：“儿呀，妈妈也不晓得谁是她的父母。他们深更半夜把她放在我们家门口，我第二天一早起来就看见了包裹和字条。看，这是他们留下的字条。太可怜了！我们家收留这个女婴，是她的幸运，就叫她陆幸吧。”

陆龙飞从母亲手里接过女婴，在她脸上亲了几口，兴奋地说：“我有妹妹了！”

吃罢饭，陆芸开始张罗张贴奖状一事，一脸藏不住的喜悦。她好奇地问：“儿子，你不是说有奖状吗？拿出来我们一起贴到墙上去吧！”陆龙飞急忙打开行李箱，将获得团县委举办的全县中学生时事政治知识抢答赛一等奖和纪念五四青年节演讲比赛一等奖两张奖状交到母亲手上。陆芸盯着两张奖状看了半天，忍不住赞叹道：“我儿子真行！”陆龙飞又将自己和李凤舞的合影递给母亲，笑笑说：“这个也贴上墙吗？”陆芸看到这，吞吞吐吐地说：“有点像……”陆龙飞故意刺激母亲，问道：“像什么？”他想起了杨波说的就像结婚照，呵呵。陆芸盯着陆龙飞，犹豫片刻，才说道：“儿子，撕掉吧，撕掉吧，你不能好了伤疤忘了痛啊！”

第二天早上，陆芸先到养殖场安排好活计后便直奔盘阳校长家，将陆龙飞回来的消息告诉了他，然后又特地赶到村部，打算把李峰支书（由村主任转任村支书）和李凤舞叫过来一起吃饭。可是，陆芸见到李支书后，李支书借故说家里有客人来走不开，还说李凤舞一早陪她母亲走亲戚去了。

中午时分，盘阳提着一壶酒第一个赶到陆龙飞的家。他走到堂屋中央，站在两张崭新的奖状前，得意地说：“数风流人物，还看今朝。我的干儿子大有出息了！”

陆龙飞说：“干爸过奖了，要是没有盘龙大哥的严格要求和精心指导，哪有我获奖的份？”

盘阳说：“你的盘大哥，唉——先不说他了，就说你母亲。”提及陆芸，盘阳的话就像打开闸门的河水滔滔不绝地流了出来。“古人说，滴水之恩，当涌泉相报。要感谢首先要感谢你母亲，她含辛茹苦把你养大成人，你有出息了，看她多高兴。你母亲和你干妈是好姐妹，她俩心地善良，勤劳能干，特别是你母亲，她在村里口碑很好，她办起了养牛场、养鸡场，是我们村的女强人。我和几位老同志已经联名将她举荐为村委会主任候选人。乡党委很重视这事，很快就会有结果。”

陆龙飞不安地问道：“这样做不是得罪李支书了吗？”

盘阳哈哈大笑道：“长江后浪推前浪，一代更比一代强。你母亲担任村委会主任是实至名归。”

盘阳又问道：“难道你没有单独和李凤舞照相吗？还不赶快拿出来！”

盘阳的话就像在热锅里添油一样撩拨着陆龙飞的情感，他只好从行李箱里取出自己和李凤舞的合影。在干爸面前，陆龙飞没有必要隐瞒什么，他挠着头发，不好意思地笑了笑。

陆芸刚好回到家，看见儿子和他干爸正在兴致勃勃地欣赏照片。她放下东西，忍不住问道：“你们在讨论什么？”

盘阳说：“我们在说事，说你的故事！”

陆芸说：“李支书他们有事，来不了了。”

盘阳说："我就知道李支书不会来的，这段时间他被告状，心里烦得很。还是说龙飞吧，墙上贴满的奖状就是对他努力学习的最好报答，两年后高考非金榜题名不可！"

很快，陆芸被选上村委会主任。对她来说，这是村民们对她几年来带领群众致富的最好回报。

当了十多年村干部的李峰意识到自己遇到了强劲的对手，他担心自己的政治生涯即将走到尽头。他觉得自己就像一棵老榕树，虽然表面看起来根深蒂固，可是根须、脉络等已经严重老化。他心情浮躁不安，见谁都想骂。他首先拿李凤舞来开涮，虎着脸对女儿说："以后你要好好念你的书，断绝与陆龙飞的一切来往，否则就别怪我不客气！"他看到李凤舞一脸疑惑的样子，继续道："你以为你的那点事瞒得了我吗？小小年纪，不好好念书，竟然谈情说爱了，这还了得！"

李凤舞歇斯底里道："我们没有！"

李峰说："你还嘴硬呀！"

李峰顺手拿起桌上的一只碗摔在地上，碗啪的一声碎成几片。他继续骂骂咧咧道："我们是村上的大户人家，名声在外。他们算什么东西？一个野仔，一个壮家人，也不撒泡尿照照自己？！我不能让他们坏了我们李家的名声！"

李凤舞想说什么，却说不出口。她躲在母亲黄飞身后，心中惶恐不安。

黄飞说："老头子，你少说两句行不行？你心里有气，也不能拿女儿当出气筒嘛！"

李峰喷着口水说道："都是辫子惹的祸！"他顺手拿起桌上的一把剪刀，将李凤舞拉到身边，将她头上的一根辫子剪掉了。

李凤舞看到自己的一根辫子被剪掉了，夺下父亲手中的剪刀，将另一根辫子也剪了下来。她眼含泪水冲出了家门，背后传来母亲急促叫喊"女儿呀"的哭声。

李凤舞跑到池塘边的榕树下，泪如雨下。不一会儿，黄飞手持两根长辫子跟了上来。李凤舞看到没有生命的长辫子就像两条死蛇一样，哭得更加伤心了，好长时间她才止住了哭声。李峰当着家人的面将李凤舞两根被剪掉的长辫子扔进了火堆里，严厉地说："我把丑话说在前头，今后你要是与陆龙飞再有来往的话，我就当着大伙的面打断他的双腿！那是个野狗！狗改不了吃屎。懂吗？懂吗？”

李凤舞担心父亲哪天突然会检查自己的行李箱，决计先把照片藏起来，以便收假之后带回学校。

后来，陆龙飞听说李凤舞的一根辫子被她父亲剪掉了，她自己也不得不将另一根辫子剪了下来。

陆龙飞想，这也许是天意吧？

4 惺惺相惜

更多的时候，陆龙飞把写作文看成是春天踏青，四处郁郁葱葱、莺歌燕舞，越写越能激发乐趣；把学英语看成在秋天里摘果实，果实的成熟来自树木的花开，那些单词就是花朵，语法就是施肥；把学历史看成是下一盘象棋，将、士、象、车、马、炮、兵各有各的任务，不能错把棋盘上的“象走田”当“马走日”来用；把学地理看成一场足球赛，守门员、前锋、前卫、中锋、中卫、后卫、后腰等位置都要弄清楚，地理中的地名、地形、地貌、山脉、河流、湖泊、气候、植被、土壤、物产等也是如此，必须烂熟于心。陆龙飞也知道自己的数学基础相对来说弱了一些，一直在努力攻关着。

高考前的一天晚上十点多，陆龙飞脑子好像被谁敲了一下，头晕目眩，四肢无力，心里堵得慌，就像要出什么大事一样。当晚，他梦见自己和李凤舞漫步在山花烂漫的田野里，母亲骑着一头黄牛朝他们走来。母亲从牛身上下来，快步走到他们面前，诡秘地看了他们一眼，将陆龙飞和李凤舞的手交叉在一起，很快就消失得无影无踪。陆龙飞哭肿了双眼，四肢像被人紧紧夹住。醒来时一身臭汗。

七月七日至七月九日，是全国高考的日子。那几天桂西北山区下了两天两夜的暴雨，县城所有街道全部被洪水浸泡了。学校租了几辆大巴车将考生送到考点。

七日下午考试结束，杨波突然找到陆龙飞，说道：“李凤舞因病住院两天了。”

陆龙飞心中一惊：李凤舞怎么啦？他双手抓住杨波的肩膀问道：“谁告诉你的？”

杨波将他的手甩开，说：“我同村有个女生跟李凤舞同班，是她告诉我的。”

陆龙飞急问：“你知道她在哪个病房吗？”

杨波说：“不知道。要不要我陪你去？”

陆龙飞摇摇手，箭一般朝着县医院方向飞奔而去。他的心就像悬在半空中的果实一样被一阵风吹得左右摇晃、局促不安。

刚好有一辆三轮车驶过来，他急忙挥手拦住车子，司机却说换班时间，不接客了。陆龙飞苦苦哀求他帮忙，承诺多给钱，他却死活不干，还说有些东西不是用钱就能解决得了的之类的话。陆龙飞又等了半个小时才拦到另一辆三轮车，要求司机以最快的速度赶到县医院。当时他脑子一片混沌，痛恨上天太不公平了，命苦的人为什么总是命途多舛。三轮车师傅只把他送到十字路口，就将他赶下车。

陆龙飞望着一片洪水，卷起裤腿蹚着水路赶去医院。裤子湿透了，可他管不了那么多了。到了县医院门口，陆龙飞特地买了一束鲜花和五斤水果。

陆龙飞心急火燎地赶到县医院住院部，向护士打听到李凤舞在三零四号房。他从窗口望进去，只见李凤舞靠着床沿在看书，严重的病情并没有将她击垮。病房里还坐着两位女生。陆龙飞轻轻推门进去，两位女生见他进来，不由得站起来主动让座。

李凤舞突然看到陆龙飞一身湿漉漉的，一脸惊恐不安。

陆龙飞将鲜花和水果放在桌子上，对李凤舞等人点了点头。他上气不接下气地说：“我得知你病了，就急忙赶过来。十字路口也被水泡了，我是蹚着水过来的，裤脚全湿了。”

李凤舞有气无力地说：“老同学，让你费心了。”

陆龙飞掏出两百块钱放在李凤舞手上，李凤舞却再三推脱，陆龙飞再次塞给她。

他们就像拉磨一样，你推过来我推过去，两人的手碰到一起，如同被雷电击中一般。陆龙飞紧抓着李凤舞的手，久久不放。

不一会儿，李凤舞推着陆龙飞的手说：“吃饭去吧，不然我会心疼的。”

陆龙飞握着右手捶打自己的左胸口，说：“我更心疼啊！记得我们两年前暑假回家，一前一后爬山，五个小时也舍不得开口说上一句话。”

李凤舞有气无力地说：“那是过去的事了。”

高考结束那天中午，陆龙飞再次走进医院，第一时间将自己的考试情况告诉李凤舞。

李凤舞一脸兴奋地说：“预祝老同学金榜题名！”在她看来，大学录取通知书就像一面胜利的旗子已飞扬在陆龙飞的身后。

陆龙飞说：“那是绝对的！”又改口道，“你好好养病，明年再战。”

李凤舞忧郁地说：“再说吧。”

陆龙飞铿锵有力地说：“那是一定的！”

陆龙飞刚回到学校，突然看到盘龙正在学校门口，到处打听他的行踪。见到他后盘龙问道：“这次高考怎么样？”

陆龙飞说道：“估分应该超过重点大学录取分数线。可惜李凤舞因病住院错过了高考时间。”

盘龙说：“我也刚刚得知这一情况，她太不幸了。”他有意停顿了一下，才低声说道：“干弟，你也一样！”

陆龙飞不解地问道：“我怎么啦？”

盘龙说：“干弟，我和干爸瞒你好几天了。”他盯着陆龙飞，扶住他的肩膀说道：“你母亲被歹徒杀害了。”

猛地听到这个噩耗，就像晴天霹雳一般，将陆龙飞心中的一堵墙推倒了。

陆龙飞强忍着内心的悲痛，不让自己哭出声来。不一会儿，他突然想起了什么，问道：“大哥，是不是六月二十五日？因为那天晚上我做了一个噩梦。”

盘龙说：“是的。”

陆龙飞好像见到一把大斧头朝自己劈来，觉得天旋地转，身体突然失去平衡，腿软了下来。盘龙急忙将他扶住。陆龙飞趴在盘龙的肩膀上，欲哭无泪。他六神无主、心乱如麻。

盘龙说：“小弟，如果你想哭，就哭吧。我和干爸担心你经受不住打击，就瞒了你十多天。今天我已经联系好车子，我们现在马上赶回老家去。”

陆龙飞咬牙切齿地说：“大哥，我现在只想杀人！我恨不得立马找到那个凶手，千刀万剐，将他剁碎！！”

盘龙看着陆龙飞因悲愤而变形的脸，将双手搭在陆龙飞肩上，用力往下压，说："干弟，公安部门已经发布悬赏公告，凶手逃不掉的！我们回老家再说。"

陆芸是在盛夏的一天晚上被歹徒杀害的，歹徒在小黑板上留下了歪歪扭扭的一行字：谁叫你当村官！（这明显是用左手写的）这句话成了公安干警侦查案子的一条重要线索。负责侦查的公安干警多次找李峰去问话求证，李峰都一口否认参与谋杀，公安也查无实据，杀害陆芸的案件成了悬案。李峰长期患有高血压，加上多次被传唤，精神高度紧张，有一天晚上突然患上脑梗，第二天一早才发现，耽误了及时治疗的时间，过了一段时间才说出话来。

回到家乡，陆龙飞跪在母亲的坟前，哭成了泪人。那天晚上，他和盘龙在母亲坟墓前支起一个简易帐篷，盘龙陪伴他守护着尸骨未寒的母亲到快天亮，才赶回单位上班。夏季时节暴雨成灾，陆龙飞估计会下更大的雨，就到小卖部买来薄膜将帐篷重新加固一番。按山里习俗，需要给亡者开办道场，通过法事让其安心走向阴间。五天的日日夜夜，他头戴白布，身穿孝衣，带上妹妹不分昼夜呆坐在帐篷里，给母亲上香烛、烧纸钱。干爸忙这忙那，晚上也过来陪着他。第二天晚上，干爸又过来陪陆龙飞，陆龙飞不想让干爸太累，只让他陪到十点钟就回家去。干爸没有同意，他苦口婆心地开导："人死不能复生。你母亲走了，可你必须振作起来！"

母亲被杀害这事对陆龙飞打击很大，他就像被一块巨石砸断了双脚一样。他恨不得立马将歹徒捉拿归案。他也深知破案不是一两天的事情。可是从母亲被杀到今天，也有半个多月的时间了，案件毫无进展。

两天后，陆龙飞匆匆回到学校填报志愿，他填了警官大学，他天真地认为只有自己才能将凶手缉拿归案（几个月后公安部门终于在云南省某边境县将杀害陆芸的凶手捉住）。班主任三番五次劝他慎重再慎重，还搬来盘龙作援兵，却无济于事。

当夜，陆龙飞迷迷糊糊中，突然看见母亲走到他身边。他扑到母亲的怀里，泪如雨下。陆芸轻轻地抚摸着陆龙飞的头，富有感情地朗诵着毛主席的诗词《沁园春·长沙》。

陆龙飞跟着母亲一起朗诵，眼泪就像雨一样不停地落下。"曾记否，到中流击水，浪遏飞舟？”他打开双手试图拥抱母亲，母亲却含着眼泪飞走了。不一会儿，她又转回来，耳语道：“儿子，到湖南念大学去吧。”

第二天，陆龙飞郑重地改报了湖南大学汉语言文学专业。二十多天后，他收到了湖南大学的录取通知书。

5　大学生活

出远门念大学之前，陆龙飞很快以四万元的价格将母亲的养殖场通过现场拍卖的方式卖给了李威武，还清了母亲欠下的债务。起初双方商定分期付款，一年后全部还清，后来陆龙飞却坚决不干了。李威武说：“兄弟，我妹也要找钱读书的啊！”陆龙飞哑口无言，他突然感到自己自私、贪婪、丑陋。

十几天后，李威武提着一个黑袋子（里面装有四万元现金）朝陆龙飞家走来。他有意在陆龙飞面前晃了两下，将黑袋子扔下，陆龙飞没有接住，黑袋子落在地上。李威武说：“自己捡去吧！”随后嘴里吐出一圈烟雾，扬长而去。走了几步，他想起了什么，再次回到陆龙飞身边，严肃地说：“我们一家人不喜欢你，你好自为之！”

望着李威武神气十足的背影，陆龙飞心里五味杂陈。他暗下决心：我要努力拼搏，决不当孬种！

之后，陆龙飞将妹妹陆幸托付给干爸一家照料。临行的前一晚，陆龙飞再次到父亲和母亲坟前待到凌晨时分，直到干爸到坟前好言相劝，他才依依不舍地离去。

出远门那天，阳光好得无可挑剔。陆龙飞特地带上了母亲留下的遗物——十双布鞋。这些布鞋每双鞋底都精心纳着不同的文字图案，有“龙飞凤舞”“如火青春”“前程似锦”“自强不息”等字样。他想，这些布鞋就是一条条线，联结着母亲对孩儿的一片深情。

盘阳专程将陆龙飞送到南宁，直到他上了火车才依依不舍地回去。

来到湖南大学的第一天，陆龙飞的心情就像一条龙腾空而起，兴奋愉悦，于是他挥毫写下了走进大学校园的第一首诗：

昂首走进橘子洲，只见百舸争上游。
中流击水浪飞溅，奋楫者进不回头。

大学四年，陆龙飞经常在晴朗的日子里穿着布鞋走进教室、图书馆，疾步而走，潇洒而行，招来了众多异样的目光。班上有个叫林峰的同学给他起了个外号叫“布鞋哥”，女生就跟着开口闭口地叫，陆龙飞也默认了。他从小在干爸那里得到熏陶，写得一手好书法，也博得全班同学的一致好评，尤其是陆龙飞钟情于模仿练习毛体书法，更是让全班同学对他刮目相看。一开始，大学班主任李志强老师便推荐陆龙飞当班里的宣传委员，陆龙飞不负众望，将班上宣传工作做得有声有色，尤其是他亲自设计的板报，参加系里比赛经常获得一等奖，为班级争得了不少荣誉。

作为宣传委员，陆龙飞本来应该活跃一些，多一点风趣幽默，可他平时不爱说话，只顾埋在书堆里，感受着巴尔扎克、鲁迅、茅盾、王蒙等名家的小说带来的忧伤与快乐，所谓“躲进书中成一统，管他冬夏与春秋”。后来，陆龙飞在报刊上发表若干篇短篇小说、散文，毛体书法研究也大有长进，频频获奖。那个叫周艳的同班女同学主动亲近他，恳求他教她毛体书法，陆龙飞只是一笑置之。

记得有一次吃晚饭，周艳兴冲冲地走上饭堂二楼，谁知走路不小心，一个趔趄，左脚的高跟鞋掉在了台阶上，跟在后面的一个男生恶作剧地将她的高跟鞋踢开，鞋子刚好落到走在他们后面的陆龙飞眼前，他眼疾手快地将高跟鞋接住，并主动将它送到周艳面前。周艳将脚套进高跟鞋里，冲他一笑，很灿烂地说：“谢谢‘布鞋哥’。你的绅士风度让我很感动！”

俗话说：“穷人的孩子早当家。”每到周末时间，陆龙飞都会到大学校门附近的一家名叫“潇湘”的饭店当临时工，端盘子、洗碗、抹桌子之类的，活儿不重，收入却不错。他经常给李凤舞写信，安慰她、鼓励她，也将自己周末打工的事情告诉她，让她与自己一起分享打工的艰辛与快乐。李凤舞每个月也都会给陆龙飞写信。有一天，陆龙飞突然收到李威武的来信，劝他立即断绝与李凤舞的交往，话说得很难听。

陆龙飞没敢将李威武的来信内容告诉李凤舞，只是说为了让她安心复习高考，今后的信件将不会很多。李凤舞也许嗅出了些什么味道，她再次来信时只写下这么一行字：我有自知之明！但我会拼命苦读，期盼梦想成真！

一个周末早上，陆龙飞又一次走进竹林深处，找了个地方坐下来。竹林青翠，婀娜多姿。他打开李凤舞的来信，眼睛盯着她的“我有自知之明”这几个字，心绪飘到很远的地方。不一会儿，陆龙飞突然听到身后一声喊：“陆龙飞，你怎么一个人跑到竹林里来了？”转头一看，只见周艳快步走到跟前。周艳看到陆龙飞手中的信件，趁着他不注意，立即抢了过去。周艳目不转睛地盯着信里的内容，不一会儿又将信件退给陆龙飞。陆龙飞收起信件，缓缓朝前走去。周艳跟在背后，长叹了一声：“爱情呀爱情！”

周艳是个心细的女生，她发现陆龙飞经常在校门口的饭店打工，便有意恳求他向饭店老板推荐自己。其实这只是她示爱的一种策略。周艳说：“龙飞同学，你们广西是刘三姐的故乡，编一首山歌给我听嘛。”

陆龙飞脱口而出：

布鞋哥哥人不乖，老实巴交山里来。
好比老牛爱犁地，自得其乐心花开。

周艳说：“哈哈，自诩为一头老牛！有点自卑，也有点愚人自乐之意。龙飞同学，你勤工俭学，能不能把我介绍给老板，我想跟你一起分享劳动的快乐！”

陆龙飞说：“你的家乡温州市富得流油。我是个贫困地区的穷小子，以后离我远一点，免得班上同学又要取笑你了。”

她打断陆龙飞的话，说道：“我不想听这些话。我们那里的人经常说这样一句话，不愿吃苦的人穷一辈子，能够吃苦的人穷半辈子，自找苦吃的人穷一阵子。”

陆龙飞不由得盯着她的眼睛看，自我解嘲道：“吃得苦中苦，方为人上人！”

周艳盯着他脚上的布鞋看了半天，说：“很暖和吧？应该是四十码，对不对？可否送我一双做个纪念呢？”

陆龙飞答非所问：“这是我母亲留给我的最珍贵的遗物，我想让它陪着我读完大学。”

周艳说：“我虽然有个好爸爸，可我从来没有见过我的母亲。父亲说母亲生下我之后，便跟着一个美国佬跑了。我从小跟爷爷奶奶住在一起。当然，我只是想向我心仪的男生告知心中的苦楚，因为我看到了一颗善良的心。”

陆龙飞说：“我有自知之明！”

周艳歪着脑袋，一脸笑意：“我也有自知之明。”

不一会儿，她调皮地说道：“不可以吗？”

陆龙飞说：“这不现实。因为我们那里很穷，与你们温州相比，那真是天差地别啊！”

周艳说：“穷人的孩子早当家。我想，通过勤劳的双手加倍努力，贫穷的帽子是可以甩掉的！”

陆龙飞说：“如今我走出了大山，可是心还在山里。”

周艳问：“为什么？”

陆龙飞说：“因为大山是我的根，根在哪里，我的心就在哪里。也许毕业后，我还是会回到大山里去。”

周艳敏感地问道：“你的女友在山里？”

陆龙飞说：“我曾经有过女性朋友，她是我的同村同学，不知道算不算恋爱呢？”

周艳突然来了兴趣，问道：“你有她的照片吗？”

陆龙飞打开钱包,取出自己和李凤舞的合影,让周艳看。陆龙飞说：“她叫李凤舞，留着两根长辫子，很好看！”

周艳看着照片，啧啧称道：“真漂亮！诱人的脸蛋配上两根长长的辫子，真让人羡慕，看来我也要留长发了！”

陆龙飞说：“那是你的自由。”

周艳穷追不舍地问：“龙飞同学，你是不是失恋了？”

陆龙飞没有回话。

周艳说：“天涯何处无芳草。睁开眼睛慢慢地看，好好地看，你面前就有一个！”

陆龙飞却是无动于衷的样子，这将周艳自尊与高傲的镜子打碎了。周艳瞄了陆龙飞一眼，伤感地说：“我是自作多情！”

陆龙飞脱口而出：“我真的什么都不敢啊！”

周艳拧住他的耳朵说：“我要叫你敢起来！”

陆龙飞故意大声说："疼呀，疼呀！"

之后，陆龙飞带上周艳找到潇湘饭店的经理，经理得知他们两人同班，二话不说就应承了下来。当然，陆龙飞也深知周艳是有意亲近他，但他装傻，敷衍了事。

有一天，陆龙飞突然收到了一个邮件，打开一看，是一大箱的男士皮鞋。不用说，这一定是周艳的杰作。

陆龙飞不知道如何是好。如果将皮鞋全部退给周艳，那势必伤了一个女孩的自尊心；如果照价付款，则显得自己故作清高，她也会看不起自己。经过慎重考虑，陆龙飞在班上为周艳父亲的公司做了皮鞋销售宣传广告，很快班上大多数男生都选择购买周艳父亲公司的皮鞋，起到了一箭双雕的奇效。

那时候，手机、电脑之类的设备不像现在这样便宜，得需要很多的钱才能买到。一个偶然的机会，周艳给陆龙飞介绍了一个家教工作，陆龙飞乐在其中、尽心尽力，从而赚出第一台电脑，他做家教更加卖力了，学习更加刻苦了，其他活动也更踊跃参加。

陆龙飞利用周末时间，像一艘游船一样，游览了湖南好多地方。每到一个地方，他都会欣然提笔，写下自己的真情实感，文章偶尔在报端露面，并得到一些稿费，这让陆龙飞对写文章更来劲了。之后，陆龙飞又连续发表了四篇散文和两篇短篇小说。一下子，陆龙飞成了班上的名人。

这天周末，陆龙飞和周艳相约参观毛主席的出生地韶山冲。游客人山人海，络绎不绝。陆龙飞想不到的是，竟然在那里遇见了表哥蒙爱国。那天，他们两人都穿着布鞋出行，周艳眼尖，看见蒙爱国脚下的布鞋，对陆龙飞说道："你看，今天也有人穿着布鞋来了。"

陆龙飞忍不住往前看，只见一个男人挽着一个女人款款走来。他眼睛一亮，那不是表哥吗？他急忙冲上前，喊道："表哥！"

蒙爱国突然看见陆龙飞，喜出望外。他盯着陆龙飞脚下的布鞋，说："你也穿布鞋来了？还大学生呢！"

陆龙飞笑笑说："勤俭节约，艰苦奋斗！"他主动上前与蒙爱国站在一起，蒙爱国却有意躲到一边去。他说："我一个农民，哪能与大学生比啊！"

陆龙飞紧抓着表哥的手，然后转脸对周艳说："小周，帮我们兄弟俩照张相。我们已经几年不见了，而且这次可是在毛主席的故乡照相，我们都穿着布鞋，意义非同小可！”

周艳很快摁下了快门。她又让他们换了几个姿势，很快就照了五六张照片，记录下了陆龙飞和蒙爱国在韶山冲相见的难忘时刻。

周艳以命令的口吻说道：“给你们两兄弟十分钟时间聊天，等下还要去下一个景点。”

短短的十分钟让陆龙飞对表哥蒙爱国有了新的认识。陆龙飞选择几个关键问题与他聊了聊，才知道表哥近年来外出打工的一些遭遇，更为他的努力打拼而感到由衷高兴。陆龙飞想，我们就像两只飞翔的山鹰一样，奋力在不同的天空中飞翔着，都不容易啊！

蒙爱国看到陆龙飞脚上套着布鞋，不无忧虑地说道：“兄弟，我是个打工仔，穿布鞋理所当然，而你是大学生，大学生就要有大学生的样子，你天天穿着布鞋会被人取笑的！”

陆龙飞只是笑了笑。他想说，正是因为自己穿了布鞋，才有周艳的苦苦追求，但是他没说，也没有必要说。

蒙爱国盯着周艳，在陆龙飞耳边低声问道：“她是你的女朋友？真漂亮！不过，我说爱情就是难得的东西，到手了，就要好好抓住！”

陆龙飞转移话题，诡秘地说道：“表哥，带着漂亮妹出来耍，真有你呀！腰包一定鼓鼓的，爱的感觉一定很爽吧？”

蒙爱国虎着脸说：“我不跟你聊了，你这人好坏的！”说着咚咚咚地走了。

陆龙飞开心地笑了。随后，他在周艳面前卖弄自己的山歌：

表哥这人真牛气，出门远行带娇妻。
好比黄牛老来俏，吃着嫩草笑眯眯。

周艳不由得竖起了拇指：“广西山歌真牛！”

之后，周艳就以学唱山歌等理由接近陆龙飞，挖空心思让爱的火花在双方的心中燃烧起来。

陆龙飞读大三那年寒假的前一天，周艳突然提出要跟他回那龙老家走一趟。陆龙飞第一个感觉就是周艳是不是疯了。周艳笑笑说：“我就是个疯子！我要去寻找‘鞋’的故事和长头发的故事。”

这个理由就像秋天挂满枝头的累累硕果丰满诱人，陆龙飞无法拒绝。

只是自己老家那里不通路、不通电、不通水，走山路要六七个小时，像周艳这样娇生惯养的女孩哪能受得了呢？电线没有拉进山，晚上只能点着煤油灯看书写字；水也极缺，村民们常常翻山过坳挑回一担水，对于喜爱清洁干净的女孩来说简直就是活受罪！陆龙飞将家乡贫穷落后的情况像竹筒倒豆子一样全部说了出来，而后明确表态道："我建议最好别去！"

周艳歪着脑袋，振振有词地说道："我一旦有了这样的冲动，就像一架在空中飞行的飞机，只要往前飞，你是拦不住我的！只有去了我才知道你为什么要穿布鞋上大学嘛！"

陆龙飞拗不过她，只好说："随你吧。不过我有言在先，看到'三难'屯之后，你必须帮我出主意，看看如何解决问题。"

周艳说："具体问题具体分析！"

周艳的回答模棱两可，陆龙飞也就有了十足的思想准备。他当时的心态如同平静的湖水，自己不能奢望太多，更不能勉为其难。

后来，周艳跟陆龙飞回到那龙老家，光爬山走路就花了七个小时。干爸干妈对陆龙飞突然带着一个城里人进山表示不可理喻，陆龙飞不得不重复跟他们做了解释。陆幸妹妹却对周艳的到来表现出极大的热情与好奇，拉着她的手不断地问这问那，周艳不得不疲于应答，这也让她烦上加烦了。陆龙飞敏锐地捕捉到周艳脸上的变化，从而也窥视到了她内心深处的波澜。周艳在山沟里只待了三个晚上，然后便嚷着要回温州。陆龙飞只好将她送到南宁吴圩机场。其间，陆龙飞唯一能让周艳开心的是，一些农户纷纷登门请求陆龙飞给他们写春联，周艳在一旁观看他泼墨挥毫。面对众多的乡亲，陆龙飞在门前空地上摆了三张桌子，桌面上放着许多剪好的红纸，等候他大笔一挥。别的村屯的村民也慕名而来，纷纷领走春联，这多少让陆龙飞得到了一丝安慰，也至少让首次走进大山的周艳得到一丝难得的好心情。

临别前，陆龙飞掏出了心里话："我家乡的贫穷是大石山区的一个缩影。"

周艳无奈地说："想不到比我想象的还要贫穷！"

陆龙飞点了点头，说："开始时我建议你不要来的，后悔了吧？"

周艳哇地一声大哭起来，就像一棵树被人拦腰斩断，令人心疼不已。

陆龙飞掏出一块手帕慢慢将她脸上的泪水擦干净，安慰道："小周，没事了。你是我们屯里第一个山外来的女大学生，干爸干妈把你当作贵宾来看待，他们都叮嘱我不要欺负你，一定代表他们通过你向你的家人问好，提前祝你们一家新春快乐、万事如意！”

周艳抿着嘴，没有答话。她凝视着远方蓄势待发的飞龙山，心里不是滋味。

陆龙飞感叹：所谓朦朦胧胧的爱情从此灰飞烟灭，同学之间的情谊将得以恢复，一切均回归到正常状态！

读大学几年，陆龙飞在名著阅读、书法练习、山歌研究、小说创作等方面下了一番功夫。伟人毛泽东是二十世纪杰出的行草大家，他早年融汇魏碑、隋碑和欧楷之法，在养成深厚楷书功力的基础上，兼取“二王”及孙过庭、怀素之长，将行书和大草融为一体，创造了个性鲜明、风骚独领的毛体书法艺术。陆龙飞专攻毛体书法研究，也大有长进。他还特别注重广西山歌的学习与研究，多次翻阅了相关书籍，巩固深化了一些编山歌的方法和技巧。于是，送周艳到飞机场候机室入口处时，他有意编了一首寓意双关的山歌送给她：

鸟有翅膀人有伴，温馨从容走乡关。
比翼双飞纵然好，我无翅膀难飞天。

陆龙飞看到周艳已是“玉容寂寞泪阑干，梨花一枝春带雨”，只好匆匆挥手告别，心中感慨万千。

大学最后一年，陆龙飞参加全国大学生书法大赛和其他全国性书法大赛获得了一、二等奖的好名次，这使他的名气大增，尤其是他模仿毛体书法已开始渐入佳境。陆龙飞还在毕业前夕如愿以偿加入了中国共产党，成为预备党员。他和几位同学面对党旗举起右手庄严宣誓之后，第一时间将入党的情况写信告诉了干爸。

他想干爸收到信件时一定会欣喜若狂，并为自己感到骄傲。他将纪念章从脖颈上取下置于掌心。“龙飞凤舞”四个字就像一面旗子深扎于心灵的高地上。这时候陆龙飞也自然想到了老同学李凤舞，她几次高考落榜，最终还是通过自身努力将大学之梦变成了现实。龙飞凤舞、舞态生风，陆龙飞在书法之路上潜心苦攻、大有长进。毕业前夕，陆龙飞征得班主任李志强老师的同意，租用学校大门旁边的三间房举办了陆龙飞个人书法作品展，大获成功。陆龙飞一下子就出了名，所谓“十年寒窗无人问，一举成名天下知”，一些书法爱好者纷纷请他签名留念。当然，周艳也不计前嫌，从中帮忙，极力相助。

这晚，忙活一天的陆龙飞受约与周艳一起吃饭。吃饭期间，周艳对他的书法大加赞赏，更希望陆龙飞跟她到温州去发展，陆龙飞委婉地谢绝了她的盛情邀请。

周艳对陆龙飞的固执感到不可理喻，但也表示理解，还说今后需要帮忙的话，一定要主动联系。陆龙飞说：“绝对的，我会珍惜我们在一起的日子。虽然，那只是一个甜蜜而苦涩的梦！”周艳说：“我们都还年轻，需要在生活中经过更多的历练，眼下只好将梦藏在心底深处了。”陆龙飞说：“感谢你走进了我的生活！”周艳说：“那就拉钩吧！让我们永远记住曾经拥有过属于我们的梦！”他们两个人的小指就像磁铁一样钩在了一起。

周艳说：“我就想要你的墨宝，你要给我写上‘龙飞凤舞’四个大字！”

陆龙飞说：“行！明天一早我给你送几幅过去。”

周艳的双眼就像清澈的湖水闪烁着粼粼的波光。她目不转睛地盯着陆龙飞，说：“朋友是你走投无路时的一张通行证，也是打开人生之路的一道天窗。任何时候你都要想到我这位老同学，因为除了你的干爸干妈和你妹妹陆幸，我也是你最亲的人！”

与周艳道别后，陆龙飞独自一人走在凉风习习的林荫道上。当时他正路过女生宿舍，突然有个女生拦住陆龙飞，说她们宿舍有个女生得了急病在床上打滚、呕吐，需急送学校卫生室，但那个女生自己认为没有什么大问题，死活都不同意就诊。陆龙飞意识到情况紧急、事态严重，立即冲进宿舍，二话不说，背起病重的女生就往学校卫生室跑，可是卫生室诊断后表示做不了手术，他马上打120电话，救护车赶到后将女生送到离学校不远的一家医院。

十天后，那个生病的名叫韦秀舞的女生终于出院了。

韦秀舞回到学校的第一时间就让她的室友带她去找陆龙飞，可陆龙飞已经登上回广西南宁的火车了。

在火车上，陆龙飞打开班主任李志强老师给自己写的一封信，才深知他曾经有机会留在大城市里，只是在统一分配名额表上，他的名字变成了林峰。因为林峰看上了系主任的二女儿张扬，很快就成为系主任的乘龙快婿了。班主任说他据理力争帮陆龙飞说了不少好话，却被系主任责备了一番，只能表示遗憾了。陆龙飞很感激班主任对自己的关爱，他写了一封长信，出火车站后立即给班主任寄了过去。

这天一早，陆龙飞坐在回大都县的班车上，心情就像喝了蜂蜜一样舒畅愉悦。车子颠簸一个小时后，突然抛了锚，一车人只好下车，等车修好后再上去。一位六十岁左右的老人搀扶着一名孕妇艰难地走下车子。不一会儿，孕妇突然感到身体不适，脸上直冒冷汗。一直守护在身边的老人家意识到情况不妙，赶忙向众人打听附近有没有卫生院，随后焦急地对身边的几个小伙子说道："我估计孕妇要生了，你们几个小伙子快来帮忙，赶紧把孕妇送到卫生院！"打听到要赶到卫生院需要步行三公里，老人家心急如焚，又感到无可奈何。

陆龙飞想到了当年自己呱呱落地之时的情景，一股勇于担责之情充盈胸中。他对老人家点了点头，很快赶到路那头。陆龙飞看见一辆手扶拖拉机开过来，便将其拦住，求助司机并和老人家一起以最快的速度将孕妇送到了当地一家卫生院。

后来他们沿途步行返回，可是车子早就开走了。

陆龙飞和老人家只好等下一趟班车。但是他没有感到遗憾，也记住了老人家的名字叫陆清，改革开放初期曾经担任过那龙公社党委书记。

采访手记

当一位年过八旬、满脸笑容的老人向笔者伸出一双布满皱纹的手时，笔者感到一股暖流掠过心田，也情不自禁地伸出了双手相迎。笔者介绍来意后，直接进入采访主题。

笔者：非常高兴陆老接受我的采访，我曾经听说过您的许多精彩故事，下面就开门见山吧。我这次采访主要是想了解您当年担任那龙公社书记时的几件大事。第一，与改革开放有关的话题。第二，关于刘三姐文化的话题。第三，与那龙乡党委书记陆龙飞有关的其他问题。

陆清：关于改革开放，要讲的话很多，我长话短说，讲三点感受。其一，解放思想是改革开放的原动力。拿破仑曾说过：世界上有两种东西最有力量，一种是刀剑，一种是思想。从长远来看，思想的力量会胜于刀剑。在拿破仑威风凛凛的军威背后，隐藏着的是一种深深的文化底蕴——对思想力的敬畏。我国改革开放就是解放思想的产物。可以说，没有思想解放，就没有改革开放的开启，更没有四十多年来党和国家取得的巨大成就。其二，改革不停顿、开放无止步。四十余年，从包产到户的"星星之火"，到全面深化改革的风生水起；从兴办经济特区"杀出一条血路来"，到建立社会主义市场经济体制、闯出一条发展新路；从脱贫攻坚全面胜利，到踏上实现第二个百年奋斗目标新的赶考路……这些都充分印证了只有改革开放才能发展中国这一道理。其三，改革开放只有进行时，没有完成时，必须以解放思想的新视野新境界，将改革开放进行到底！

作为一个公社书记，要讲的事很多，就讲一件事吧。从我们那龙人民公社来说，虽然二十世纪八十年代初全国各地开始落实"包产到户"政策，可我们公社实行这个政策还是有点晚了。有一天街日，不知道是谁暗中鼓动，我们公社大门突然涌进了十多个群众，很快就将大门口堵住了。

也许有人私下给良龙大队群众通风报信，说陆清书记不在家，正好可以闹一闹！李峰便带着一伙人到公社闹事来了。开始时，他们以举办山歌学唱会的形式聚集过来。公社大门口种有一棵大榕树，遮天蔽日的，他们就挤在阴凉的树下，教唱山歌。自从电影《刘三姐》解禁以后，学唱电影里的歌曲、谈论"刘三姐"的扮演者黄婉秋的现象成为常态，有一段时间竟是学唱山歌的声音一浪高过一浪。大榕树下便成为一些群众发泄心中不满的最佳场所，一些不良现象也被群众作为解剖的麻雀。

比如，有群众唱山歌讽刺公社领导上台唱歌的丑态：

公社领导真发癫，唱歌唱到广场边。
上台还要拿歌本，自己以为是歌仙。

还有一些群众唱山歌讽刺得更加露骨，这里就省略不说了。有人将这些山歌传到我的耳朵里，我听罢差点暴跳如雷，但转念一想，还是按捺住愤怒的心情一笑置之。

这次则不同，良龙大队十几位群众有人高喊："我们要'包产到户'！我们要'包产到户'！"甚至将牌子打了出来，为首的正是根正苗红的良龙大队大队长李峰。

一大堆群众在树荫的庇护下反复学唱着一首山歌：

包产到户搞不搞？我们就要瞧一瞧。

那龙领导没本事，压制百姓是草包。

当时我正在县里开会，接到办公室的电话后立马赶回公社。我侧面了解情况后引着上访群众到会议室。社员们井然有序地找位子坐下，迫不及待地看着我，看我如何大发雷霆、恼羞成怒。我却恭恭敬敬地给在座的群众一一倒茶，以此拉近与群众之间的距离，消除他们心中的障碍。他们想喝茶的沏上一杯茶，想喝水的送上一杯白开水，等等，我让大家畅所欲言，等他们说得差不多的时候，我像撒了大网的渔民一样开始收网了。

有人就对我说："陆书记，电影《刘三姐》都解禁了，我们唱山歌怎么就不行了？真的想不通，想不通啊！"

李峰说："陆书记，喝酒能解渴，唱歌能解闷，为什么你不唱一首山歌呢？只要陆书记编得好，说不定我们马上打道回府！"

我瞪圆双眼，问道："这是真的？"我故意东张西望，装作不认识他们的样子，心想群众真是聪明绝顶了，只要想做的事，他们就会挖空心思想出办法来。

李峰说："假的真不了，真的假不了！"

我顿时头脑风暴，灵机一动，亮开嗓子唱开了：

只要思想不滑坡，办法总比困难多。

包产到户放开搞，回家拿酒当水喝！

这首山歌表明了我们那龙人民公社领导支持"包产到户"的坚决态度。

众人掌声如雷。他们不由自主地站了起来，拍了拍自己的屁股，心满意足地走了。

笔者：刘三姐文化是广西特色文化的一张名片。您是个山歌迷，能否谈一谈自己对弘扬刘三姐文化的一些想法和建议呢?

陆清：先唱一首山歌吧。**三姐文化很出名，《大地飞歌》来传情。情不自禁吟几句，传唱还有后来人。**二十世纪七十年代末，电影《刘三姐》重新公开上映以来，陆龙飞的母亲陆芸背上他随着电影队在山沟里转了七个夜晚，对刘三姐山歌摸了个八九不离十，也将陆龙飞熏陶得醉悠悠的。我那时也是歌迷，作为领导，我坚决支持那龙公社开展系列相关活动，传承和发展刘三姐文化，而自己也利用晚上时间对着镜子自弹自唱，现在也在唱着。

我对弘扬刘三姐文化提几点建议：要加强宣传，营造氛围；搭台唱戏，丰富生活；打造精品，好中求精；培养苗子，发现人才；加大投入，多加支持。

笔者：听说您老人家认识那龙乡的陆龙飞书记，请谈谈对他的看法。

陆清：俗话说，“好不好，家乡佬；亲不亲，家乡人。”我当公社书记的时候，有幸认识了他的母亲。他母亲聪慧善良而又果敢泼辣，儿子肯定秉承着母亲的优点嘛。陆龙飞是我们陆家的血脉，念过大学，站得高，望得远，走在前，当了领导，是我们山里人的骄傲！在我们大石山区里流传着这样的说法：“培养一个大学生，就可以为山里造一亩地。土地稀缺是我们县最大的病根，读书是治病的最好良方。”陆龙飞就是拼命读书、奋发向上的一个典型。山高路远不怕苦，走出山门靠读书。他文化高、有水平、有胆量、有魄力，既能讲又能写，关爱百姓、很接地气，不摆架子、团结同志，这样的书记谁不喜欢呢？我们那龙乡的变化是与陆书记等乡干部们用心用力用情密不可分的！

笔者：谢谢陆老了！

第二章　放飞青春

1　初生牛犊

这年七月，很快就要毕业的陆龙飞对大学分配去向问题始终心存矛盾。一方面，尽管凶手早已被捉拿归案，但他对母亲被害一事一直耿耿于怀；另一方面，他对家乡情深意切，心里舍不下在大山深处的干爸干妈和陆幸妹妹。经过慎重思考和选择,陆龙飞还是像一只恋窝之鸟回到了家乡。他拿着调令回到大都县人事局。县人事局办公室主任立即将情况报告给了局长，局长不假思索地说道："既然陆龙飞是中共预备党员，那就要在最艰苦的地方闪亮青春、彰显价值！我们县工业不景气，安排他去县经贸局吧。"陆龙飞虽然不满意人事部门的分配，但想到自己是个预备党员，便二话不说，拿着调令报到去了。工作也不是很忙，随遇而安吧。县经贸局局长覃山原先在那龙乡担任过乡党委书记，因为换届没有机会往上升一级，只能平调到局里任职。他觉得组织对他不公，整天看这看那都不顺眼，也不给人好脸色。更令人气愤的是，他经常在不同的场合对陆龙飞和工作多年的张强颐指气使，气得张强辞职走人。之后，张强向陆龙飞诉苦，极为感伤、气愤。陆龙飞心血来潮，发挥想象力，很快写就一篇叫《升迁记》的七千多字的短篇小说,刊发于报纸上。谁知小说发表后掀起了轩然大波。覃山局长自作聪明，对号入座，很快写好了将陆龙飞告上法院的状子，打算把事情闹大，扬言说要将他送进监狱，闹得沸沸扬扬。真是：舞文弄墨害自己，搞得里外不是人。

陆龙飞没有料到自己一篇小说见诸报端，竟然招来了无休止的麻烦事，就像自己不小心捅了一个大大的马蜂窝一样。他不敢将这一情况告诉盘龙大哥，他认为盘大哥只是一介书生，对这类事情恐怕只能束手就擒，没有防守反击之力。时间一天天过去了，恐惧感就像恶魔一样盘踞在陆龙飞的脑里，让他惶惶不可终日。

有一天，陆龙飞收到一封信，信中放了两幅画。第一幅画着一只小鸟飞过天空，树上有一个人正端着枪瞄准它的头部，旁边写着一行字："但愿你脑硬！"第二幅画着一口深井，井下有一个人抬着头往上望，伸着一只手似乎在叫喊："救我！"井口上，一个人趴在井边，将一半身子往井下探去，右手抵着地面，左手尽最大的努力往井下延伸，伸出的手似乎用尽了力气，而他的脚边，却横放着一架长长的木梯子，标题叫《拯救》。

面对着两幅画，陆龙飞好像见到了两把菜刀。

几天后，他又接连收到了三样小东西：一是一把小刀；二是一块小石子；三是一根针。在单位里，陆龙飞每天面对的都是提防、鄙视、不信任、幸灾乐祸的目光。

陆龙飞似乎跳进了一口深井里，四面绝壁，孤立无援。

一天半夜，陆龙飞做了一个梦，梦见几个法官对他口诛笔伐，他们就像一块块大石头朝他碾压过来，将他推向了深渊。梦醒过来的陆龙飞全身被汗水湿透了，好像一只落汤鸡。不一会儿，他又迷迷糊糊睡了过去，这时候陆龙飞看见母亲走进了自己的梦中。梦中的法官们再次出现在陆龙飞的面前，他们盛气凌人，陆龙飞与他们据理力争，却被骂得狗血淋头。陆芸站在高处，说道："鲁迅是个文学家，他有一句名言：'横眉冷对千夫指，俯首甘为孺子牛。'你们不觉得自己应该做个'孺子牛'吗？有本事就去判那些贪官！"法官们识趣地走了。陆芸看到儿子愁眉苦脸的样子，安慰道："儿子，社会就是一片偌大的树林，什么鸟都有。你们不是还有那些管文字的部门吗？找他们的领导论理去嘛！"

醒来之后，陆龙飞认真过滤着梦中母亲说过的话，真有醍醐灌顶之感。哈哈，管文字的部门不就是县委宣传部吗？

在母亲冥冥提示之下，陆龙飞挥毫用毛体书法写下了一封信件，将自己尴尬的情况求助于县委宣传部部长，同时也给读大学时的班主任李志强老师寄去了一封信。部长盯着充满激情又有书法神韵的信件，在信件上大笔一挥：小说是虚构的作品，无端上纲上线，将会害死人！此类事情大可置之不理！部长还亲自找到陆龙飞，鼓励他继续将写作进行到底。

几天后，李志强老师收到信，亲自打电话给大都县委宣传部部长，希望部长妥善处理此事。部长再次明确指示，要尽快了结。

陆龙飞感激之情无以言表，也深知自己涉世未深，不谙世事，必须小心谨慎，明哲保身。他又想，母亲对自己爱到了深处，她无微不至、无所不在，总是在关键时刻出现在自己的梦中，冥冥中指点着他一路向前。而李志强老师的雪中送炭，也让陆龙飞看到了学校老师的关爱和自己身后的力量。

到了年底，石山市人事部门组织增编补员考试，陆龙飞意识到自己必须转行了，便毫不犹豫地报考公安岗位。当时整个石山市录取十三个人，他榜上有名。报到那天，陆龙飞向县公安局领导递交了申请报告，主动要求到全县最偏远的土生乡派出所工作,局领导很快批准了他的申请。后来，盘龙得知后将陆龙飞骂了一通，而木已成舟的事实也让他无可奈何。对陆龙飞来说，他就是想通过自己的努力换一个工作环境，也让那些不明真相的人对自己有一个全新认识，更是给含冤而死的母亲一个交代。

陆龙飞开始当派出所民警时并不受欢迎，中等个子、国字脸的黄峰所长安排他每天接听电话,专管信访接待工作。陆龙飞一副虚心向学的样子，他想就从最简单的事情做起吧。之前在临近考试和报到之前，陆龙飞利用一段时间专门浏览了相关破案方面的知识，还买来福尔摩斯探案集等系列小说。那时陆龙飞年轻气盛、血气方刚，总想干出一番事业来，而现在每天不是接听电话，就是接待群众，做一些鸡毛蒜皮的小事，陆龙飞感到自己就像一株禾苗被石头压在地里一样。当然，晚上除了出警外，陆龙飞都坐在电灯泡下阅读名著或者写小说。开始时他觉得自己对眼下的生活还是相对满足的，“随遇而安、小富即安”的思想就像熟透的柑果充盈着自己的脑袋。可是日子久了，陆龙飞又觉得生活缺少了点什么，于是他便主动找到黄所长，恳求他给自己安排更重的侦破任务。

黄峰笑笑说：“小陆，坐不住了吧。马上有任务了。”他说：“拉山村有个村霸叫蒙飞虎，家里藏有一把砂枪，他经常拿来威胁村民。打猎是他的喜好，他一天到晚不知道躲在哪个荒山野岭，很难找到踪迹。我们也多次对他实施监控，可他狡兔三窟，一直没有办法将他拿下。既然你想露一手,现在我就给你这个侦破任务,一个人独自完成。我想,你既然立功心切，那就要挑起重担，好好展现你的真正实力！”他还说蒙飞虎打着“民族团结”的旗号，干着偷鸡摸狗的事。陆龙飞问：“这话怎么说呢？”黄峰说道：“拉山村是少数民族聚居的村屯，瑶族、苗族、水族杂居，聚众赌博、打架斗殴的事时有发生。我们也派人下去抓人，许多村民都说蒙飞虎闹事，把两名村干部打伤了。他们说他有砂枪，就是砂枪惹的祸！”

初生牛犊不怕虎。可是这个任务不是开玩笑的！陆龙飞独自去抓人，如果完不成，不是让人看笑话了吗？这个任务是把双刃剑，直指陆龙飞的心脏。黄峰却给他一个下马威，说：“干不了，也要干！这是硬任务，也是考验你的时候！”

后来，陆龙飞才知道这是县公安局副局长覃阳给所里下的死命令，黄峰曾经亲自率队去抓人，却是无功而返。为此，覃副局长大为恼火。陆龙飞当时心中没底数，不知道这趟浑水有多深，再说没有破案经验，这不是让他难堪吗？但是，黄峰所长也说了，这是硬任务，干不了也要干！陆龙飞突然感觉到黄所长预先设置了一个网，看他怎么往网里捕鱼，同时也意识到这是一次难得的机遇和挑战。

陆龙飞不露声色地说：“黄所长，那就试试看吧。要是完不成任务，那不是我陆龙飞能力不强，而是敌人太狡猾了。”

黄峰说：“我相信你能，你就能！给你二十天时间。”

之后，陆龙飞做的功课就是与同事详细了解情况，又独自一人前去探路，与村干部做了进一步的沟通、交流，并实地查看蒙飞虎家房子的布局、大门、小门等，然后考虑如何将他捉拿归案。

有一天派出所接到群众举报，说清明节那几天蒙飞虎将回家给他老爸坟头安墓碑。黄峰及时将这一消息告诉陆龙飞。

这天晚上，陆龙飞冒着大雨朝着村部出发了。他思考着黄峰他们先前受挫的原因，突然想到了妙招，临行时便带了三个手电筒。凌晨三时许，忙活了一天的雨水好像疲惫的老汉走路累了需要休息一样渐渐停了下来。陆龙飞立即摸到蒙飞虎家门口。他亮起一只手电筒挂于后门，然后飞身赶到前门，亮开第二只手电筒照亮前门。

陆龙飞站在前门咚咚咚地敲门，大声喊道：“蒙飞虎，我们是乡派出所的，快开门，你被包围了！”之后，陆龙飞又迅速跑到侧门等候。陆龙飞估算前门、后门都亮着手电筒，蒙飞虎一定从侧门跑。他就是要在侧门抓捕他。不出所料，蒙飞虎来不及穿衣，只穿着一条短裤从侧门跑了出来，被陆龙飞逮了个正着。

他抖抖地问道："你们几个人的？"

陆龙飞说："就我一个。"他押着蒙飞虎走到前门，从门边取下手电筒，然后又到后门将手电筒收起来。

陆龙飞得意扬扬地说："信了吧？"

蒙飞虎一脸沮丧，禁不住骂道："妈的，我上你小子的当了。"

陆龙飞说："落在我的手里，是你的福分，否则你早被收拾了！"

双手被铐住了的蒙飞虎转了转身子，竖起两个拇指给陆龙飞点赞道："算你狠！"

陆龙飞感到有一种快意迅速传遍全身，他不费吹灰之力就将蒙飞虎捉拿归案，立功先不说，至少为民除了害；陆龙飞彰显了民警的本事，让自己脸上增添了光彩，同时也给黄所长一种无形的压力——别人办不到的事情，我陆龙飞很快办到了。

蒙飞虎蹲在地上，身子不停地打抖，就像一个正在劳作的筛子一样。陆龙飞问道："砂枪呢？"蒙飞虎答非所问："我挨关多久啊？""你拒不交砂枪，问题很严重！""你们把我关了就算了！""只要交出了砂枪，一切都好说。"

蒙飞虎转身走向屋外。

陆龙飞警告他道："你去哪里？"

蒙飞虎说："我去拿砂枪。"

真是狡兔三窟，蒙飞虎竟然把砂枪放在屋外。

雨还在纷纷下着，但明显减弱了。陆龙飞抓住墙边的一个草帽盖在蒙飞虎头上，由他引着自己往藏枪的地方走去。山陡路滑，走了二十分钟他们才爬到山顶。山顶有一个小小的山洞，平时不留意的话，谁也不会想到这里藏有一个小山洞。

蒙飞虎说："砂枪就在里面。"

陆龙飞担心他耍花招，说道："自己取去。"

由于洞口较小，只能容纳一个人进去，陆龙飞将手电筒往洞里照了再照，只见乱石一片，什么东西也没有。蒙飞虎说砂枪就藏在石头缝里，他在手电筒亮光引导之下，慢慢将双脚伸进小小的洞中，被手铐住的双手钩住身体下的岩石，双脚在洞里忙活了一阵子，终于钩住了砂枪。一脸汗水的蒙飞虎艰难地吐出三个字来 :“钩住了。”陆龙飞说 :“不用我帮忙了吧?”他说 :“不用。”

蒙飞虎用牙齿抵住石块，几乎用尽力气慢慢往上挪，终于将砂枪挪到地面上来。

陆龙飞问蒙飞虎 :“干吗要私藏砂枪?”

蒙飞虎吼道 :“我要杀了村主任这个王八蛋！他为非作歹，无恶不作！”

陆龙飞问道 :“什么事呢?”

蒙飞虎却闭口不说话了。

陆龙飞知道蒙飞虎对他心存戒备，不想把什么话都说出来，担心会引火烧身。

陆龙飞顾及蒙飞虎脸面，连夜将他带回乡派出所审讯。

大伙见陆龙飞只身一人将蒙飞虎押了回来，就像英雄胜利归来一样，不由得对陆龙飞刮目相看了。

十多天后，派出所调查后发现，蒙飞虎打伤群众是个误会，所谓的砂枪其实是假枪，便将蒙飞虎放回去了。两个月之后，陆龙飞又一次走进蒙飞虎的家，亲自把奖金送到他手上，因为他为派出所提供了两个赌博窝点的信息，参与包庇赌博的村委会主任黄龙也被抓了个现行，派出所按照县公安局的要求，给蒙飞虎奖励三千元钱，陆龙飞便亲自给他送去。

蒙飞虎一贫如洗的家就像一具尸体冷冷地横在陆龙飞的眼前，让陆龙飞心里感到酸酸的，便从腰包里拿出自己的奖金给他多加了两千元，谎称公安部门奖励给他的。

蒙飞虎抖抖地接过奖金，猛地跪了下去。

陆龙飞将他扶起来，说 :“这是你应该得的奖金，你自己收好，不要到处乱嚷嚷，免得日后遭到不明真相的人的报复。”

蒙飞虎说 :“知道了，我绝对不会对任何人说！我知道你们公安是好人，讲信誉，讲法律。”

陆龙飞说 :“你家穷，钱要用到刀刃上。正因为穷，才要想方设法摆脱贫困！”

蒙飞虎点了点头。在他看来，眼前这位公安就是一棵大树，庇护着像自己这样一棵腐朽的老树。

之后，陆龙飞又协助黄峰所长侦破了几个棘手的案件，从此陆龙飞的名声水涨船高起来。黄峰和所里其他同事对陆龙飞佩服得五体投地。陆龙飞自我感觉良好，就像看见了鸟语花香的庄园一样。直到有一次，陆龙飞发现所里一些同事暗中吃拿卡要，有的甚至公开保护一些“地头蛇”，而且想把自己也拉进他们的圈子里。陆龙飞感到有一阵寒意弥漫全身，突然想离开这个是非之地。后来，县公安局领导有意把陆龙飞调回局里，派人下来考察，考察的同志返程后，黄峰第一时间当面对陆龙飞说了许多好话，让他感到十分暖心、舒适。可是，第二天黄峰给县公安局李局长打电话，说了好多不让陆龙飞走的理由，美其名曰将陆龙飞作为后备干部进行重点培养，而且正在这时候，李局长被组织调到外县任职，陆龙飞个人调动一事变成了凉了的黄花菜。

陆龙飞以为自己是块金子，放到哪里亮到哪里！殊不知，一些别有用心的人却将他当绊脚石。其实，当时黄峰根本没有打算将陆龙飞放走的想法，还在背后说了他不少坏话。后来，盘龙郑重地提到了这件事，陆龙飞才意识到自己面前布满着丛生的荆棘，更像一个个可怕恐怖的陷阱，想离开派出所的念头更强烈了。

有一天，陆龙飞突然在市级报纸上见到市扶贫办招聘文字秘书的信息，便毫不犹豫地报名应聘。

2　渐入角色

面试那天，市扶贫办门庭若市，三十多位应聘者跃跃欲试、志在必得。陆龙飞作为应聘者之一，事前就做了充分的准备。黄峰表面上全力支持陆龙飞前去应聘，但是他在所里将陆龙飞应聘一事大肆渲染一番，造成骑虎难下之势，让别人感觉陆龙飞走也不是，不走也不是，弄得里外不是人。

就在陆龙飞准备前往市里应聘的头一天，板龙村古勇屯村民和邻县古由村古田屯村民因为土地纠纷问题，双方大打出手，造成一死五伤。接到报警后，派出所全员出动，马不停蹄赶赴出事现场。干警们一直冲在第一线，既要侦破案件，又要做好双方村民的安抚工作，忙得不可开交。直到夜晚十点半，陆龙飞才请假赶往市里。他骑着一辆摩托车赶到市里时已是早上六点多钟了。一夜未合眼的陆龙飞特地在市扶贫办门口附近的墙角边眯了一个钟头。

这天，市扶贫办主任黄声怀亲自担任主考官，他就像法官一样冷冷地对待每一位考生,让人不寒而栗。陆龙飞虽然第一次见到市直部门的领导，可是觉得黄声怀就像亲人一样和蔼可亲，仿佛看到了春天的烂漫、夏天的张扬和秋天的收成。陆龙飞满怀信心、应对自如，就像一位农民轻车熟路耕耘自家田地一样。面试之后，还要经过笔试这一关。笔试的题目是：假如你是扶贫办秘书；完成时间：一个小时；字数：一千左右。

看到题目，陆龙飞的笔试思路好像胸有成竹的山鹰飞翔在高空，又似溢满水坝之水流滔滔而下。特别是他在文章结尾处欣然写上一首山歌，凸显了“豹尾”的魅力：

秘书生活难悠闲，好比水牛常耙田。
加班加点拼命干，苦中作乐也见甜。

黄声怀目不转睛地盯着这份文稿，他被其中的精彩段落和昂扬的文采所感动。他想，这个小伙子绝对是个才子。

然而，很快有一封匿名信寄到黄声怀主任案头上。信中举报说陆龙飞在土生乡当公安民警时收受贿赂，独吞蒙飞虎三千元钱的事。黄声怀意识到此事非同小可，立即指定由黄钟翔副主任牵头到大都县土生乡派出所进行调查。黄钟翔带上覃初科长到土生乡派出所核实情况，一查就查出根本不存在受贿一事。黄钟翔他们还亲自找到蒙飞虎本人进行核实，却查出陆龙飞不仅没有独吞奖金，反而多给蒙飞虎两千元的事情来。

黄钟翔摇了摇头，感叹这个社会就是一片大森林，什么样的鸟都有！他对覃初说道：“现在这个社会呀，就有那么一些别有用心的人，千方百计陷害正直之人，真是卑鄙可耻至极。从这一点上可以看得出，陆龙飞是好样的！”

一个月之后，陆龙飞凭着公开招聘第一名的成绩成为市扶贫办的一员。

到市扶贫办上班前的一个周末晚上，陆龙飞的高中同班同学杨波第一个请他吃大餐。杨波读了三年师范专科中文专业，毕业当了几个月初中语文老师后就辞职下海，从事房地产生意，腰包暴涨，就像一只瘦猴突然变成了大胖猴一样。当晚一共五个人聚餐，大伙见面时，杨波得知陆龙飞喜爱山歌，特地让他用山歌推介自己。陆龙飞飘出一首山歌来：

龙腾虎跃有我名，飞黄腾达不可能。
凤鸣朝阳随我意，舞燕歌莺闹欢腾。

有个名叫凡丽娜的女子眼睛一亮，一语道破："'龙飞凤舞'，藏头诗，很有意思。龙飞？凤舞？哈哈，你就是作家龙飞？"不等陆龙飞回话，她大大咧咧地说："这么说，凤舞就是你的女朋友了？"

陆龙飞说："作家谈不上，写了几篇习作而已。女朋友嘛，不是凤舞，也像是凤舞吧。哈哈！"一提到"凤舞"两个字，陆龙飞就想到了李凤舞，心里却变得沉重起来。

快嘴的凡丽娜也蹦出一首山歌来：

聪明阿哥真够力，妙笔生花写东西。
哪天突发大灵感，文坛又多大手笔。

凡丽娜山歌吹捧的成分令人感到有点肉麻，却也恰到好处。陆龙飞对她的第一印象就像蜜蜂闻到鲜花芬芳的香味一样。

两位情窦初开的年轻人就这样初次见面了，就像两个弧在对的时间、对的地点、对的场合、对的氛围相交融合了！他们相视一笑，正是：一见钟情对上眼，心有灵犀一点通！

杨波以主人身份与朋友们频频举杯，喝到六成时，陆龙飞趁人不注意，偷偷叫服务员往自己酒杯里注水。后来，杨波提议让陆龙飞与黄远影喝交杯酒，陆龙飞杯里装的是开水，担心露馅，死活不换酒杯。名叫黄远影的年轻人猛地从陆龙飞手中抢走酒杯，一饮而尽。他瞪着眼盯着陆龙飞，骂道："你这杯子里装的是水！"

杨波抢过黄远影手里的酒杯，舔了舔杯口，瞪圆了眼睛："龙飞，太不够意思了！说得轻的，就是瞧不起我们；说得重的，就是人品有问题。"

凡丽娜猛地站起来，帮腔道："杨总，不要上纲上线嘛。兄弟难得相聚，何必伤了感情？看来你这位兄弟真的喝不了酒。"凡丽娜向来喜欢有文化、有品位、有个性的人，跟陆龙飞聊了几句，她能感觉出陆龙飞独特的人格魅力，这让她突然萌生相见恨晚之感，自然想替他说上几句话，以便加深印象。

杨波生气地说：“小凡，你别替龙飞说话，他这人太阴了。”

陆龙飞急忙站起来，双手作揖道：“是我的错，我不该搞假，我向大家道歉。”

杨波说：“错了就要罚酒三杯！”杨波将陆龙飞按住坐下，将一大杯酒送到他嘴边，命令道：“给我喝了！”

陆龙飞突然灵机一动，厚着脸皮说：“我可以编一首山歌，顶一杯酒吗？”

凡丽娜抢先说道：“好！”她先鼓起掌来。

几个人也附和叫好。

杨波指着凡丽娜说：“丽娜长得漂亮迷人，那就编一首山歌赞美一下，而且要独创的。”陆龙飞想了想，念道：

阿妹生得白又娇，阿哥看见好心焦。
好比鲜花眼前亮，胡思乱想就想撩。

众人哈哈大笑起来。

此时的凡丽娜却已是脸红到耳根了！

杨波说：“老同学，你对女生大大表扬了一番，我给你点赞。那是不是也给我编一首呀？”

陆龙飞立即蹦出一首山歌来：

杨波阿哥长得帅，人见人爱心花开。
好比一棵摇钱树，不知谁有福分摘？

众人不由得竖起了大拇指。

呵呵，陆龙飞的伶牙俐齿、出口成章就如一道彩虹，在春雨的洗礼过后闪耀出七彩光芒。

杨波借着酒气，严肃地说：“山歌虽好，但酒嘛，是不能免的！”

陆龙飞说：“酒不是万能，当然可以免了。小凡说是吧？”他有意向凡丽娜使了个眼色。陆龙飞想，杨波与我高中同桌，可以对我不客气，但不会不顾及靓丽女生的感受吧？

凡丽娜从杨波手里抢走酒杯，说："杨总，你醉酒了，不要强人所难嘛。"

杨波借着一身酒气伸着双手死扯陆龙飞衣服不放，一副死猪不怕开水烫的丑态。他说："我就是不放过你，怎么样？"

凡丽娜生气地说："杨总，你这样做，一点不讲情面，还说什么好兄弟呢？陆作家明早还要上班，喝醉了，领导能放过他吗？真的不能让他再喝了！"凡丽娜拉上陆龙飞匆匆走出包厢。

一脸醉意的杨波以命令的口吻说："娜娜，你给我留下！"

凡丽娜回应道："对不起杨总！"她的话就像一块石头扔给杨波，硬邦邦的！

路上，陆龙飞责怪凡丽娜道："小凡，你不能这样对待我的老同学嘛。这样一来，杨波会对我有看法的。"

凡丽娜气鼓鼓地说："哼，你还护着他。要是明天上班一身酒气，领导会怎么看你？你想上班第一天就给领导留下一个不好的印象吗？再说喝酒不是唯一的交友方式，君子之交淡如水，友谊之情浓于水。而且，有时候喝酒会害死人，懂吗？"

陆龙飞强作笑脸道："懂了！"

凡丽娜说："懂了还要替杨波说话？都不会心疼别人？杨波是体制外的人，他可以不用上班，你是体制内的人，难道你可以把上班当作儿戏吗？"

凡丽娜的话击中了陆龙飞的软肋，陆龙飞只好缄口不语。这让他对凡丽娜又多了一份亲近感，就像原有情感斤两的基础上又增加了新的砝码一样。

第二天早上，陆龙飞提前半个小时来到办公室，此时覃初科长早已忙活起来了。刚到办公室，陆龙飞便接到黄声怀主任的电话，叫他立即到自己办公室一趟。黄声怀看到陆龙飞眼睛周围布满黑圈，酒气尚未消失殆尽，黑着脸问道："昨晚喝多了？"

陆龙飞诚惶诚恐地说："主任，不好意思，昨晚被几个朋友灌了。"

黄声怀说："就是吹牛皮的杨波请的饭局吧？跟他喝酒可得小心，他不灌醉某个人，心里就不舒服！"他转移话题问，"小陆，盘龙主任与你是什么关系？"

陆龙飞说："他是我干哥，在老家，我没有别的最亲的人了！"

黄声怀说："兄弟情谊，情同手足！盘龙主任能力非常强，水平非常高！我们需要向他学习的地方太多了！你们兄弟笔头尖尖，真让人敬仰羡慕。真是灵感大发不等闲，妙笔生花写文章。呵呵，我也喜欢弄点笔墨。”黄声怀起身从身后的柜子里拿出一本书，签上自己的大名，并盖上了印章。他将书递到陆龙飞手上，说道：“这是我和谢老师合著的书，送给你这位大作家斧正。”

这回轮到陆龙飞傻眼了，他捧着一本厚厚的书，连忙说：“不敢当，主任过谦了，我一定认真拜读。”

得到主任的签名书，陆龙飞如获至宝。之后，他买了一百本送给高中同学和大学同学，还特地拿出五十本让黄主任签上大名。第一个给陆龙飞打来电话的就是周艳同学。她说：“我深知你执意回广西的缘由了。我会认真拜读你新领导签名赠送的书，也祝愿你到新的岗位如鱼得水、如虎添翼！”

陆龙飞在综合科的工作比较杂，接听电话、收发文件、上下协调、会务服务、服务领导、起草文件、撰写典型材料，等等，每天像个陀螺一样忙得团团转。这是一项全新的工作，刚开始陆龙飞不太适应，经常被覃初科长骂得头臭，可陆龙飞从不与他顶撞，毫无怨言地接受批评教育。覃科长在批评的同时，也对陆龙飞耐心指点，陆龙飞很快摸清了路数、掌握了技巧、找到了对策。起草领导讲话稿、写典型经验材料，这一类活谁都怕，陆龙飞却毛遂自荐、主动请缨，连夜加班奋战，由此有了“拼命三郎”的外号。在工作方面，陆龙飞试图将自己练就成“特别能”之辈，也有条不紊、循序渐进地朝着这个方向去努力。陆龙飞还给自己定计划，无论多忙，都要挑灯夜战阅读名著，或练习写小说、散文，乐此不疲，市扶贫办的其他领导和同事们都对陆龙飞赞赏有加。

有一次，杨波约上盘龙和陆龙飞一起吃饭。在饭桌上，杨波当着众人的面开陆龙飞的玩笑，说他这鸟仔精力充沛、精神抖擞、精子旺盛，干脆把“三郎”改叫“三精”吧，或者叫“三郎精”“三精郎”都行。陆龙飞箭一般冲了过去，左手抓住他的衣领，右手朝他脸上砸了过去。杨波眼疾手快，伸手挡住了陆龙飞的进攻，当场求饶道：“我多嘴了还不行吗？”陆龙飞说：“不行，罚酒三杯！”杨波倒是显得落落大方，饮了三杯酒之后，端着一杯酒走到陆龙飞面前，说：“为了表示歉意，我再自罚一杯。”然后他走到盘龙跟前，巧妙地为自己转移话题：“盘主任，陆龙飞和我是高中同班同桌同学，高一时他就开始谈恋爱了！”

盘龙转脸盯着陆龙飞，问道：“龙飞，有这回事吗？”

陆龙飞好像被杨波当着大哥的面扒了裤子一样难堪，只好模棱两可地答道：“如果说有嘛，好像也没有；如果说没有嘛，又好像有。”盘龙问道：“到底有没有？我要的是标准答案！”他就像发现目标的一只军犬一样紧追不舍地追问到底。

陆龙飞斩钉截铁地答道：“没有！”

盘龙说：“这不就得了嘛，何必躲躲闪闪？你的个人问题大哥替你做主了。”

杨波按住盘龙的手，说道：“盘主任，杀鸡焉用牛刀，我点将就好了。”

盘龙有意刺激道：“杨波，我看你是黄鼠狼给鸡拜年吧，说不定你看不上了就扔给我弟，你以为我不知道？”

杨波双手抱拳道：“大哥，你这是冤枉我了，上次我给他介绍的那个凡丽娜，人长得漂亮，是个热心人，也是个文学爱好者，龙飞看不上，是吧？当然，我手下还有一大帮美女供他选择。”

盘龙打断道：“吹吧你，我才不喜欢你这种人！”

杨波满脸堆笑道：“那我改还不行吗？我杨波不才，说话不靠谱，可我知错就改，还是个好同志吧？”

盘龙骂道：“油腔滑调，自罚三杯！以后开玩笑必须看场合，不能信口开河！”

杨波一副奴才相：“好！今后盘大哥多点拨、多指正了！”

回来的路上，盘龙劝告道：“杨波这人你最好离远点，说不定是个火药桶！”他又改口道，“不过，凡丽娜这个姑娘我接触过，感觉还不错，你们有共同的兴趣和爱好，可以考虑一下，反正爱情是双方自己的事情，我不做你们的绊脚石！”

陆龙飞没有接盘龙的话茬儿，只是笑了笑敷衍过去。爱情就像夏天的洪水，该来的时候谁也挡不住。

陆龙飞当然非常渴望尽快找到自己的另一半，干爸也多次打来电话一催再催了。从老人家的口吻听得出来，他希望陆龙飞不要放弃对李凤舞的追求，希望他们能够将爱情进行到底。可是，陆龙飞对李凤舞却是心存矛盾，再说李威武对陆龙飞提出严重警告后，陆龙飞早已将蠢蠢欲动的心收敛起来，如同缩了头的乌龟一样。可他还是对李凤舞心存幻想，总想梦想成真！

盘龙说："当然也可以考虑李凤舞，她很快就毕业了。"

陆龙飞却又把心里的想法藏了起来，说："我的爱情我做主！眼下先把工作做好再说！"

盘龙两眼盯着陆龙飞，说："对头。工作永远是第一！"

在市扶贫办工作，下乡调研是常事，就像每天需要吃饭、睡觉一样。石山市地属喀斯特地貌，是集老、少、边、山、穷、库（区）于一体的一个地级市，其中包括陆龙飞老家在内的几个县都是全国有名的特困县，贫困人口之多、贫困面之广、贫困程度之深在全国均属罕见。就是因为贫穷，陆龙飞发奋读书，走出山门，成为城里人。就像谈恋爱的人遇见了意中人，必须抢抓到手，绝不放弃。到了新岗位，陆龙飞每天都像勤快的蜜蜂一样不知疲倦地忙碌着，把自己弄得像瘦猴似的，却也博得了同事们的赞叹声，好话一箩筐，让他有点飘飘然。这时候，别人一些搬弄是非的话传到陆龙飞的耳朵里，说他目中无人、巴结领导，打压同事，与同事搞不好团结。起初，陆龙飞置若罔闻，佯装不知。他深知，搬弄是非的话就像无头苍蝇到处乱转，自然会走进死胡同。只要把工作做得尽善尽美、无可挑剔，同时把人际关系理顺好、处理好，让更多的人替自己多美言、说好话，就没有什么可说的。可是，偏偏就有人写匿名信告陆龙飞的黑状，说陆龙飞是黄声怀的狗腿子、跟屁虫，替他装票子、收银子。

有一天，黄声怀将陆龙飞叫到他的办公室，将一大堆信件堆到他面前，说："小陆，你来扶贫办上班还不到半年，告你的信件已是一大堆了。"

陆龙飞想了半天，说："黄主任，我没有做错什么事呀，除了工作还是工作！"

黄声怀说："你要永远记住一句话，谨慎捕得千秋蝉，小心驶得万年船！"

陆龙飞镇定地说："身正不怕影子斜，脚正不怕鞋子歪。"

黄声怀说："我相信你不会出卖灵魂，但是你必须时刻提防身边的一些小人！小人就是如影随形、无所不在。"

陆龙飞说："黄主任，世上还是好人多吧！"

黄声怀说："谁不希望这样呢？小人加谗言将是你人生的绊脚石！

切记！”

黄声怀经常打电话到陆龙飞的办公室，这是领导重视和关爱部下之所为，也是考验部下的方式之一。一般情况下，陆龙飞都会蹲在办公室，一旦有任务就会随叫随到，从不耽误工作。如果晚上没有加班任务，陆龙飞也会待在办公室翻阅相关资料。陆龙飞在办公室里专门装有一个书柜。他买来的书，都会用一层厚厚的牛皮纸将书的封面包好。看书时，他经常习惯在关键句下方用笔圈了又圈，以加深记忆，这是干爸从小就教陆龙飞学习的方法和技巧，陆龙飞受用至今。

一天晚上，黄声怀刚从乡下调研回到城区，特地到综合科办公室转悠。他看到陆龙飞的办公室还亮着灯，不由得走了过去。当时，陆龙飞正埋头撰写学习《摆脱贫困》一书的读书笔记。这本书已被他用红笔圈了百分之九十五以上。

黄声怀看到陆龙飞全神贯注的样子，敲了敲半开的房门，正沉浸在书中的陆龙飞突然被敲门声惊醒，抬起头，看见黄声怀主任一脸严肃，陆龙飞急忙站起身来。黄声怀快步走到他旁边，从他手里取走书本。黄声怀盯了陆龙飞一眼，然后拿过书前前后后翻阅，啧啧称赞道：“不愧是个有心人！”

陆龙飞说：“这是我干爸教的。”

黄声怀说：“榜样就是帆船，可以扬起个人智慧与快乐的风帆，带着你驶向成功的彼岸。”

随后，黄声怀将书柜上的书浏览了一下，竖起拇指夸奖道：“搞扶贫的人，就是要多看与扶贫有关的书，用于指导实践。”

陆龙飞突然想起了什么，想开口又觉得不合适。他的犹豫被黄声怀捕捉到了，黄声怀笑笑道：“有什么话就说嘛。”陆龙飞得到鼓励后说：“主任，有个建议，不知当不当讲？”黄声怀说：“只要建议有用，我都会采纳的。”

陆龙飞想了想，说道：“中央针对扶贫开发工作出台了许多文件，我们应该精选部分精彩内容编辑成册，作为学习资料用，然后举办全市扶贫系统知识抢答赛、演讲比赛或者歌咏比赛等活动，再请报社记者来报道，不失为一大工作创新吧。”

黄声怀眼睛一亮，兴奋地说道：“这是个很好的建议，说明你陆龙飞肯动脑子，值得鼓励。”

黄声怀立即给覃初科长拨打电话，布置工作任务。他说："覃科长，后天上午召开党组会议，研究部署全市扶贫系统开展庆祝'七一'党的生日系列活动，你马上把通知发下去。第一，向全市扶贫系统推荐学习中央关于扶贫开发工作的文件及相关书目；第二，结合学习党章党规，下个月举办全市扶贫系统学习党章和扶贫知识抢答赛；第三，深入开展'庆七一、感党恩、跟党走'演讲比赛活动；第四，深入基层开展'我为贫困村办实事'活动。"

黄声怀说："这样一来，我们全市扶贫系统机关党支部活动不就精彩纷呈了吗？小陆，你的建议好！"说罢，黄声怀竖起了大拇指。

两个月之后，全市扶贫系统"七一"庆祝党的生日系列活动如期举行。陆龙飞在全市扶贫系统演讲比赛中荣登榜首，同时又和同事一起在学习党章和扶贫知识抢答赛中对答如流，使冠军奖杯成为囊中之物。

自此，陆龙飞在市扶贫办声名大噪。

刚到市扶贫办时，陆龙飞在单位附近租一间房暂时住了下来。那时刚好单位有旧房改造，投入一万五千元就可以将房子买下来。陆龙飞立即给盘龙大哥打电话借钱，盘龙却让他老婆接了电话。陈大嫂道出了心里话："目前我们都是房奴，拆东墙补西墙的，手头不宽裕，日子紧巴巴的。这个忙真的帮不上！"大哥他们说的是实话，陆龙飞却不想失去这次好机会。无奈之下，陆龙飞突然想到了大学同学周艳，便厚着脸皮向周艳发出了十万火急的救急信号。周艳毫不犹豫地伸出了援助之手，让陆龙飞感动至极。要知道，当时一个干部的工资每个月只有千把块钱，一万五千元简直要了陆龙飞的命，可是他还是豁出去了。等自己赚点小钱后再慢慢还给老同学吧！五年后陆龙飞才还清了这笔债务。

有了这个窝，陆龙飞就像流浪多年的小鸟终于有了属于自己的家！

3 关爱有加

这天，陆龙飞有幸陪同黄声怀主任到晒岭移民安置点调研，这是东莞援建的一个移民安置点，黄主任曾经指挥手下仅用二十一天时间，就建起了两百多套移民住房，深得好评。临行前，黄主任让陆龙飞到他办公室带上用尼龙绳捆好的一个纸箱，陆龙飞以为纸箱不重，谁知花了好大力气才把纸箱扛到肩上。他想里面装的应该是书本吧。

晒岭移民安置点安置着来自阳安县隆福乡大崇、崇山、六山等特困村两百多户群众。1996 年底至 1999 年初，石山市委、市政府发出移民大搬迁行动的号召，动员阳安、大都等四个县一万多户约四万贫困人口搬迁到环山县新的家园。

路上，黄声怀提起阳安移民搬迁的事情来如数家珍。他脑子里都是一串串耳熟能详的数字，就像数着自己的手指头一样。他声情并茂地说开了——

“穷则思变，穷则思迁。”最困难的是 1999 年，按照上级要求，石山市需要异地安置的贫困人口是三万零五百人，其中仅阳安一个县就需要安置二万七千人，占石山市那一年安置人数的百分之八十八。为了完成这一雷打不动的移民异地安置任务，阳安县以闪电战术用二十一天建好二百多套简易住房的速度，一年内建了简易住房四千多套，保证了二万七千人如期搬迁至环山县。在这些移民中两万多人没有棉被过冬。按照每三个人共盖一床棉被统计，一共需要六千六百多床棉被；按每床八十元计，仅此一项，阳安就需要投入五十三点三万元。从实际情况看，当时阳安发动全县的干部群众捐了五十一万元，如果再捐的话，已经不堪重负了。必须另想办法，否则对不起两万多移民，人民利益高于一切！我立即把情况报告给县委书记，并尽快建议石山市委向全市十个县发出倡议，献爱心、见行动。石山市委书记亲自给我打来电话，问道：“阳安尽最大能力可以解决多少？”我实事求是说：“五百床。”陈书记当即拍案定案，剩下的由全市十个县献爱心。仅仅两天时间，六千六百多床棉被如数调到环山，还有大米一万四千多斤、电视机二十台，捐款捐物总数达到一百五十三万元。

黄声怀说：“后来我写了一首诗，记得是这样的：‘移民安置像战场，攻坚精神要发扬。和衷共济齐发力，脱贫致富奔小康。’”说罢，黄声怀突然问陆龙飞道："小陆，你是个作家，你看怎么修改才更好呢？"

陆龙飞突然被提问，不假思索地说："写得很好啦。"

黄声怀说："呵呵，开始学会巴结领导了。"

陆龙飞急忙辩解说："实事求是嘛！押韵有味道，很大气！"

黄声怀哈哈大笑起来："我写的诗也有自己的特色了，就像高昂的大公鸡一样令人充满昂扬的斗志！"

很快，车子路过环山县城，朝着晒岭方向驶去。

下车后，黄声怀首先来到特困户蒙五家。蒙五是市委书记陈路的拜把兄弟。陈书记被组织调到另一个市担任市委书记时，特地交代黄声怀要抽空去看望蒙五。蒙五虽然是个残疾人，可他读到初中毕业，本人也勤快，种有三亩柑橘。黄声怀掏钱买了二十斤大米和几本水果种植的书送给他，这次来见到蒙五身体硬朗，很是欣慰。黄声怀提议跟他们一家一起吃餐饭，这也是落实民主生活会整改问题的一项具体工作。陆龙飞和覃科长忙活半个小时，才把饭菜弄好了（饭菜和酒水当然都是黄主任掏钱买来的），接着，他们三人便与蒙五及隔壁家几个户主一起吃起来。

正当黄声怀与蒙五他们其乐融融之时，安置点干部小李跑到蒙五家报告说："有两户人家因为鸡毛蒜皮的事打起架来了。"黄声怀问："具体是什么？"小李说："就是因为你每次来都只到老蒙家，他们说他们家也有困难，也不比蒙家好到哪里去。他们说你偏心！"黄声怀说："我知道了。你马上去请他们几个年轻人一起过来。"

小李很快又跑了回来，而且脸被打肿了。他诉苦说："他们不给情面，还揍了我几拳。"

黄声怀骂道："反了！"又改口道，"你回去告诉他们，说我们马上过去他们家喝酒。"

陆龙飞跟着黄声怀到那两户人家门口的时候，他们还在争吵（当然是故意而为的）。黄声怀赶到他们中间，叉腰一站，严肃地说："我也手痒呢，你们谁先来！"

没有人敢站出来，可能是被黄声怀的威严吓怕了吧。

黄声怀走到人群中将一个高大壮实的小伙子拉出来，又拉上一位被打得脸上青一块紫一块的小伙子，说："你们兄弟俩，不是想打架吗？来，我来跟你们比一比！"黄声怀握紧拳头，两个小伙子猛地跪了下去。黄声怀厉声说道："都给我站起来！为什么打架？"两个小伙子不约而同地说没事干呗！他们没有说真话，表面上是黄声怀关心他们不够，深层次则是因为一个寡妇闹得不可开交，结果寡妇带上小孩嫁到外县去了，由此他们两家积怨越来越深，打架也就在所难免了。要破解两家的矛盾说难也不难，如何提高他们的内生动力才是关键。

黄声怀说："你们两个人没有讲实话。看谁先说实话呢？"他指着打架的一个小伙子蒙红宝，说："红宝，你先说。"

蒙红宝吞吞吐吐地说："是蒙卫赶跑了我的女人！"

另一个小伙子蒙卫说："你自己抓不紧，怪我个鸟毛嘛。"

黄声怀说："女人走了，你们怎么办？"

他们不约而同地说："不懂。"

黄声怀说："我帮你们分析一下。第一，你们两个都是好男人，女人担心嫁给你们两个当中的哪一个，就会得罪另一个，没有别的办法，她只好选择躲避、逃跑。第二，要发家致富，就要想方设法弄到更多的钱才行。钱不是万能的，可没有钱则万万不能。这就涉及脑子和文化。第三，你们文化水平都不高，有时都管不好自己，哪能管好老婆呢？由此看来，扶贫先扶志，扶贫必扶智。"

他们两个人懵懵懂懂地点了点头。

黄声怀向陆龙飞招手，示意他过去。黄声怀交代他将车后厢打开，把纸箱子带过来。陆龙飞扛着纸箱子过来并打开，箱子里装满了书籍。

黄声怀循循善诱，说："移民易地搬迁，关键是要扶思想、扶观念、扶信心、扶知识、扶技术，通过努力，拔掉'穷根'。你们都是读过书的人，也懂得一些实用技术。前段时间我看了你们的图书室，都是一些旧书籍。今天先拿部分书籍来送给大家，我还打算与县扶贫办沟通，不定期办农家夜校，给大家传授一些发家致富的知识，到时候你们要带头参加，这都是为了大家好！"

蒙红宝和蒙卫点了点头。

黄声怀将他们两人的手放在一起，说道："你们两个以后还闹不闹矛盾呢？拿笔来，我要让你们两位兄弟画押，立字为证。"他简明扼要地在一张纸上写"不闹矛盾、和好如初"八个字，让他们两人分别签上自己的名字，并按下了手印。随后，黄声怀将两桶分别装有十斤酒的塑料桶交到他们手上，并说："礼轻情义重，互爱显真情。"

他们又驱车赶到大都外迁环山移民开发区大都分场了解情况。在那里，陆龙飞突然见到表哥韦建珠。韦建珠是大都分场负责人，从第一次进农户家被吐口水、磨嘴皮到后来的农户笑脸相迎、以酒相敬，从家徒四壁到住进移民新居，从没有鸡犬干扰到鸡犬欢叫，从移民点返回家乡到再次回到安置点安心住下，从几乎无米下锅到粮仓满满，韦建珠与移民们在一起度过了七年多时间。

韦建珠引着大家走访了两户移民搬迁户，一户户主叫韦英明，原来是个懒汉，搬迁到洛阳镇后变得勤快起来，后来被当地一个寡妇看上了，从此一切改变了。他们夫妻俩勤劳致富，恩恩爱爱。另外一户户主叫蒙飞虎，据说在老家曾经因私藏枪械被公安民警制服，关了段时间，之后痛改前非，并带头易地搬迁，学会编织赚了钱，日子过得美美的，女儿也跟着到安置点当了小学教师。

黄声怀看到蒙飞虎有一个书架，上面堆满了许多风水书籍，便问道："飞虎兄弟，你会看风水？"

蒙飞虎说："懂点皮毛。当然，这里的风水比我们山里好得多！在这里，我蒙飞虎算半个文化能人呢！"

听到蒙飞虎这个名字，陆龙飞觉得很熟悉，一看到本人，他立即想起来了。蒙飞虎一抬头，就看见陆龙飞了。陆龙飞偷偷朝他竖起了大拇指，他也笑了起来。

每到一户，黄声怀就像一位高明的医生一样"望闻问切"，不厌其烦地教他们如何发家致富，如何斩断穷根。他们都说移民搬迁好，感谢党、感谢政府！感谢韦场长，说韦场长就像个小老弟，帮这帮那，忙里忙外！

黄声怀问："韦场长，你来到分场有几年了？"

韦建珠说："报告主任，我在这里七年多了。"

黄声怀说："了不起！你的青春都挥洒在移民点上了，给你点赞！"

韦建珠得到鼓励，就像竹筒倒豆子一样滔滔不绝地说开了："光我们老家那个屯，我就动员了十多户群众搬迁过来，刚开始我厚着脸皮、磨破嘴皮，一户一户地做工作，甚至有的来了以后又偷偷跑回山里，我不得不连夜赶回去。有的还没到家，我就耐心等他们回到，不厌其烦地跟他们讲道理，从而让他们吃了定心丸。安置移民最重要的就是就业。晒岭安置点就是因为那里有大片的荒地等着开发，农民就乐意来了，而有的移民安置点，办了好几年还是人气不旺，必须多想办法才行！”

黄声怀啧啧称道：“人的天分只是火花，要使它成为火焰，那就只有劳动、劳动，而劳动就要勇于实践，善于用脑，务实肯干。要是我们基层干部多几个像你这样的，群众工作就好做多了！”

韦建珠笑笑说：“依靠群众如鱼得水，脱离群众像树断根。整天与群众打交道，就是再苦再累也值得。”

黄声怀说道：“看小韦说得多好。你们在扶贫一线很辛苦，也很值得！你们是我们这个时代的楷模。”

韦建珠说：“时代的巨轮在转动，我只是在乡村发展进程中作为扶贫干部出了点力，和大家一同成长。”

黄声怀哈哈大笑起来，说：“有道理！”半晌，他问道：“韦场长，结婚了吗？”

韦建珠说：“革命尚未成功，同志仍需努力。这事，我现在急得像热锅上的蚂蚁。”

黄声怀哈哈大笑说：“真幽默！环山妹漂亮、勤快、贤惠，干脆在当地找一个结婚算了。”

韦建珠说：“多谢主任关心，只是心有余而力不足！”

黄声怀说：“好好干，老婆会有的！一切都会有的！”

黄声怀转头对陆龙飞说：“小陆，韦场长在分场这里干了七年多，很不容易！作为年轻人，就是要在清水里泡三次，在血水里浴三次，在碱水里煮三次。只有经过不断磨炼，才能走向成熟！”

陆龙飞偷偷向表哥竖起了大拇指。他被韦建珠七年多来与移民同吃同住同劳动的精神所感动。

陆龙飞突然想，我要好好采访表哥韦建珠，把他写进小说里。生活是创作的源泉，只有在这个“聚宝盆”里才能挖掘到创作的素材，激活创作的灵感。

当晚回到招待所，陆龙飞就给韦建珠表哥打了电话，表哥毫无保留地将自己的经历和感受告诉陆龙飞。

陆龙飞不由得感叹：生活就是一张纸，自己要用一生的时间来描绘出一幅幅精彩动人的画卷。

不一会儿，黄声怀的电话打进来了。他问："小陆，电脑拿来没有，有个汇报材料需要你连夜加班完成。"

陆龙飞说："打印机等都一起带来了，这叫未雨绸缪！"

黄声怀说："心中有数、料事如神，表扬三分钟！"

当晚，陆龙飞就像出膛的子弹朝着目标飞去，忙活到凌晨一点，才把材料交到黄声怀手上。黄声怀看到文稿后满意地点了点头。

陆龙飞很快根据这次调研情况分别写了一篇真实感人的调研侧记和一篇调研报告，刊登在内部刊物《扶贫简报》上。之后，他还洋洋洒洒地写了一篇纪实散文，刊发于省外的一家刊物上。

一石三鸟、一举多得，陆龙飞充分利用这次调研活动完成了一次充实而舒心的旅行。

这天是个下雨天，陆龙飞和司机运送一批物资到移民易地安置点。他们驱车来到一个山坳口，当时雨水多、路面滑，前面急速行驶的一辆面包车刹车失灵，车子就在陆龙飞面前飞下了山沟。救人要紧！陆龙飞急喊司机停车，拨打急救电话，可是在山里手机信号很弱。陆龙飞急忙下车，命令司机掉转车头出山，驱车到有信号的地方立即拨打救援电话，自己则冒着雨冲下深沟去救人。出车祸的面包车上连司机一共五个人，其中一人当场死亡，其余四个人尚有生命体征。身患重感冒的陆龙飞当机立断，独自一人手忙脚乱地一一将他们从车里拉出来，随后艰难地将伤者一个一个背到路边。陆龙飞首先将一名奄奄一息的伤者背起，一步一个脚印地往上爬。伤者的鲜血一滴一滴地挂在他脸上，陆龙飞感觉到了一丝暖气。可还没到公路边，伤者就断气了。陆龙飞将死者慢慢放下来，手脚也抖个不停。一道闪电划过天空，雷声啪啪作响，震得陆龙飞有些害怕。可是被大雨淋成落汤鸡的陆龙飞还是转身扑向山下。第二个伤者在他背上疼痛难忍地呻吟着、哭喊着，陆龙飞安慰道："忍一忍，没事的。"不久，司机也从山上冲了下来，一起将受伤者抬到了公路边上。谁知，陆龙飞右腿不小心被石头划破了一层皮，脚崴了，走路一拐一拐的，几天后才稍有好转。

陆龙飞身患重感冒却舍身救人的先进事迹很快被《石山日报》报道了，他成了名噪一时的红人。

回想起自己的表现，陆龙飞给自己打了个满分。

半个月后的一天上午，陆龙飞突然接到盘龙大哥打来的电话，说李凤舞回到石山市来了。

4 爱的烧灼

苦读五年，李凤舞在中山大学的大学生活终于画上了圆满的句号，何去何从成为这位年轻人日夜挂念的大事。权衡之后，李凤舞两次与盘龙联系，并通过他联系上了曾经也就读于中山大学的师兄胡用院长，很快在石山市人民医院找到了落脚之地。

由于身体原因，李凤舞两次临近高考之时突发急病，不得不住进医院，结果两次高考都与她擦肩而过。到了第三年五月的一天晚上，李凤舞做了一个梦，梦见自己再次与高考失之交臂，醒来之后她全身出了一身冷汗。她担心病情再次发作，周末之余特地回了一趟老家，瞒着家人找到盘阳校长，将自己的担忧一五一十告诉了他。她深知盘龙校长熟人多、门路广，好多人通过他认识了几位有名的土医生，相信他会有办法。古道热肠的盘校长多方打听，很快找到了当地一个有名的民间医生李明。据说这位“神医”很牛，曾经有不少病人被大医院的主治医生宣布无药可救，结果经过他之手不仅将病人从死亡线上救了过来，而且有的现在还活得好好的。韦明给李凤舞开了几包中药，告诉她按时吃药，注意休息。经过一段时间的治疗，李凤舞终于完全康复，顺利参加了第三次高考。高考结束后，李凤舞第一时间回到乡下，专程向盘校长报喜。见到盘校长时，李凤舞突然跪了下去，泣不成声地说：“盘校长，收下我这个干女儿吧！”盘阳愣了一下，说：“你要说出理由来。”可看到李凤舞充满渴望的目光，立即将她扶起来，改口说道：“好吧，我答应你！”

李凤舞开心地笑了。有了干爸的支持与保护，李凤舞如鱼得水，尽情地畅游在知识的海洋里。

在李凤舞看来，大学就像人生的一条河，有欢笑的浪花飞溅，有迷人的鱼儿交欢，有波涛汹涌的漩涡，有暗藏杀机的暗礁，必须谨慎前行。那时候，李凤舞多次收到大哥李威武的来信，责令她无条件了断与陆龙飞的友情。无奈之下，李凤舞不得不尊重大哥，将那份真情埋在心底。李威武就是一把刀，毫无理由地斩断了两位老同学之间的情思。她想把心事告诉干爸，却又勇气不足，只好作罢。从此，她将情感大门封闭了起来，直到韦红生的登场。与韦红生的萍水相逢，让李凤舞的情感如同山洪暴发，注定将自己淹没了。

李凤舞与韦红生相识于一次讲座会上。那是她读大三第一学期，学校邀请大学五年级高才生韦红生给他们年级上国情教育课。平时，李凤舞只能从公告栏上见到韦红生，那里张贴着他的照片和“三好学生”、优秀学生会干部的报道，只知道韦红生来自广西革命老区县，是红军的后代。听说韦红生要来他们年级做专题讲座，不知为什么，李凤舞还是刻意将自己打扮了一番。

韦红生汇报自己暑假的社会调查成果，题目是“来自将军故乡的数字”。他站在讲台上，脱稿而讲，激情飞扬，就像一条自信的鱼儿在河里欢歌曼舞。充满激情的韦红生将李凤舞一步一步地引进一个历史与现实的交会地带，这也勾起了李凤舞对家乡的思念，并让她对韦红生萌发相见恨晚之感。当讲座进入互动环节时，李凤舞第一个举手站起来提问，韦红生对答如流。其他同学刁钻的提问也无法将韦红生难倒，反而让他更显得鹤立鸡群。讲座结束后，李凤舞忍不住跑到后台，拦住他签名留念。韦红生说：“对不起，我从来不签名。”李凤舞鼓起勇气说：“我们是老乡。”韦红生眼睛一亮，说：“老乡见老乡，两眼泪汪汪！不过，我要改成老乡见老乡，有缘来相牵！”李凤舞心里一阵激动，夸奖道：“你的报告很好，特别是你的记忆力超强，脑子里全是数字！”韦红生笑着说：“想向我讨教超级记忆的方法，是吗？你可要虚心学习才行！”李凤舞按捺住怦怦直跳的心，说：“我是不是冒昧了？”韦红生说：“我读大学近五年了，还没有哪个人主动告诉我说是石山市老乡。你是破天荒头一个！我突然想，今天我的命运是不是要迎来一个美丽的拐点了？”李凤舞说：“老乡，你真幽默！应该给我签名了吧？”韦红生爽朗地说：“好！”他在李凤舞的笔记本上写下了一行字：“寄语李凤舞，老区的子孙永远奋发向上！韦红生。”李凤舞接过笔记本，感到沉甸甸的。

李凤舞开始谈恋爱了，太久的压抑就像一块石头堵住了爱情之水的流动，她满怀信心地去迎接爱情的冲击与滋润。他们爱得轰轰烈烈，爱得死去活来！每一次，李凤舞都由着韦红生抚摸自己长长的头发，那么柔软，那么丝滑，真是让人痴迷与执着。韦红生忍不住从长发慢慢地往下走，寻觅着探讨着窥视着顺着脖颈、胸脯、腹部深入。李凤舞情不自禁地任由韦红生的手像一条蛇一样慌慌张张而又理直气壮地往下延伸，两人心跳急促、手脚发抖，感受着热恋的魅力。可是到了关键时刻，李凤舞却坚决拒绝韦红生的得寸进尺！

李凤舞苦口婆心开导他，让他再耐心等一等，等她想好以后。于是，李凤舞特地在网上搜索一些关于男人和女人的名言。她将一些名言警句记在了日记本上。比如，男人是情场上的猎手，女人是情场上的猎物；女人总是希望她是他的最后一个女人，男人总是希望他是她的第一个男人；女人恋爱期间渴望对方裸露心灵，男人恋爱期间渴望对方裸露身体。李凤舞的心情突然变得复杂起来，就像看到了男人和女人心里的湖泊从清澈透明转向模糊浑浊。她不知道如何是好。正当这时，李凤舞同宿舍的一个闺蜜张丹为情所累差点出了事。原因很简单，张扬开放、追求个性的张丹因为过于相信爱情，与大两届的男生在学校旁租了一间房，经常泡在一起，享受男欢女爱，大一恋爱至今已堕了三次胎，堕胎的费用男生也舍不得出一分钱，最后拍拍屁股一走了之。张丹一时想不开，就在宿舍里上吊自杀，幸好被李凤舞碰上了。她使尽全力才将张丹从窗户边上放下来，张丹的荒唐举动使李凤舞的心灵受到极大的震撼，她毫不犹豫地将自己裹得严严实实的，同时也为自己拒绝韦红生的进一步要求找到了充足的理由。可是，韦红生的征服欲在李凤舞身上没有得逞之后,早就移情别恋了。也就是说，道貌岸然的韦红生脚踏两只船，与李凤舞亲热恩爱的同时，又与另一个女生享受鱼水之欢。李凤舞却还蒙在鼓里，她沉浸在自己创设的极度想象的幸福之中。

他们又约会了，这次他们选择在离学校不远的一个公园里。那是傍晚时分，四下里静悄悄，是恋人倾诉衷肠的最佳时机。那时李凤舞已经从张丹的嘴中得知韦红生脚踏两只船的事。这次约会，李凤舞隐约意识到韦红生决计要与她摊牌了，这个男人再也没有耐心了。李凤舞恰到好处地把陆龙飞抬了出来，这时候高一时的合影开始发挥作用。韦红生也将他和新任女友的照片亮了出来，说："我们谁也不欠谁了！"

来到校园对面的一家理发店，一气之下，李凤舞想让理发师傅将长发剪掉。心细的老师傅突然看见李凤舞的眼里含着晶莹的泪水，说："姑娘，还是留着吧，剪了就没了。"李凤舞没好气地说："啰唆什么，我让你剪，你就剪吧！"半晌，老师傅摊开两手说道："对不起，姑娘，你让别的理发师剪掉吧，我做不来！"李凤舞抬头看着六十多岁的老师傅，问道："师傅，你怕什么？是我要剪掉的，你剪掉就是。"老师傅慢慢开导道："剪掉就是一秒钟的事情，可是想恢复就不是一秒钟的事了。你这长发没有几年长不来的！想一想，先留着吧。"李凤舞不再言语了。老师傅趁热打铁道："如果我没有猜错的话，你一定被什么事给刺激了，想开一些。不知道谁说过这样的一句话，你生命当中一切美好的或不美好的，它们是注定要发生的。既然注定要发生什么，那就该拿起就拿起，该放下就放下，把它们作为全部生命的体验！"李凤舞看着老师傅，强忍住了内心激起的波澜，含着眼泪说："谢谢师傅的开导，那就修一点点吧。"老师傅说："这就对了嘛。"

从当年收到合影开始，李凤舞就特地将合影贴在一本精心制作的相册里，只要一打开相册，她的心就有些慌乱。

李凤舞盯着合影，心飞回到高一年级的记忆之中。那时她也对未来萌生了很多的梦想。她不止一次在深更半夜翻看相册，每翻一次都有不同的感受。比如，第一次收到陆龙飞寄来合影的时候，李凤舞脑海里突然蹦出"结婚照"三个字，弄得自己脸都红扑扑的。陆龙飞一脸遮掩不住的青涩而兴奋的笑容，就像爱情的飞箭强劲地刺中了她的心脏，她感到一阵眩晕；再看看自己，一头倾向陆龙飞，两只乌黑的眼睛如同玛瑙似的亮丽迷人，两个小酒窝好像被黏上了蜜糖一样甜蜜蜜的，鲜艳的红裙子张扬着喜庆祥和的气氛。那年回到家乡的当晚，李凤舞再一次翻看着合影，她的情绪突然变得糟糕起来。那时候，陆芸被村民选为村委会主任，李峰心情烦躁，到处想骂人，李凤舞便成为父亲发泄不满的受气筒。此时，李凤舞看着合影里的笑容却觉得虚假做作，感到合影就像沾满鲜血的刀子将自己割伤。第三次翻看合影是在收到大学录取通知书的时候，李凤舞意识到自己和陆龙飞之间的感情只能是一个虚幻的梦。第四次翻看合影这天，正是与韦红生正式分手的当晚，那天刚好是陆龙飞通过竞聘上岗到市扶贫办上班的第一天。之后，李凤舞毫不犹豫地将爱情之门关闭了起来，绞尽脑汁地为今后走上社会积累更多的知识和经验。窗外小鸟呢喃、黄鹂欢唱，湖边杨柳依依、游人如织，公园里恋人无数、流连忘返，图书馆里情侣交心、交流，但这些都与她疏远了。

更多的时候，李凤舞将心思重点放在对临床医学的实践与研究上。同时，她也偷偷打听着陆龙飞的一切。听干爸说，陆龙飞在拼命工作的同时，经常在夜深人静时创作小说、书写散文，捕捉灵感，劲头十足。有时候还真的想问候他，沟通交流，畅谈人生，却不知道如何开口才好。

后来，李凤舞铁下心要回家乡工作，并且与盘龙取得了联系，由他牵线搭桥，在石山市人民医院找到了好去处。

5　中秋之夜

在扶贫办综合科工作，周末加班是常事，尽管没有一分加班费，陆龙飞和同事们却乐此不疲。周五这天中午，陆龙飞将刚完成的一份材料交到黄声怀主任手上，以为今年中秋节可以放松一下了，黄主任却交代他周末加班赶一份材料，周五晚上陆龙飞按照要求通宵达旦写出了初稿，其间只眯了一个小时。第二天一早，陆龙飞将材料送给覃科长审阅，并根据他的建议进行了修改，到中午十一时许终于完稿。

陆龙飞正准备给黄主任打电话，盘龙却突然给他打电话说李凤舞到石山市来了，晚上一起为她接风，地点定在城区文化路春风大排档。他给陆龙飞列了一大串名单，交代他下午五点前到大排档等人，六点准时用餐，他加班结束立即赶过去。

听到盘龙大哥提到李凤舞的名字，陆龙飞心里为之一惊，好像被人拨动了心中的琴弦一样慌乱起来。李凤舞——中山大学临床医学专业毕业的高才生，竟然放弃在大城市谋生发展的机会，毅然回到山旮旯里来了。

也许家乡就是他们这两根风筝线的另一头，那里有割舍不断的情缘，有淡淡的哀愁，有艾草的清香，有牛背上的回忆，有粉笔的味道，有游戏的放纵，因而他们把家乡看得很重。几年前陆龙飞主动申请回到老家工作，两年多后又挺进石山市区，在市扶贫办暂时落下了脚跟。他想，与老同学一起在一个城区谋生，以后见面机会就多了。陆龙飞又盯着盘龙发来的聚餐名单，突然看到黄声怀主任的名字也在其中，正好借此机会让他帮忙审稿，同时敬他两杯酒，以表谢意。

陆龙飞下午四点半钟出门，可他又想，平时吃晚饭都是六点以后，这是不是盘龙大哥的有意安排？陆龙飞和李凤舞毕竟好几年没见面了。

陆龙飞看着身上的衬衣，突然想起什么，看了一下时间，回头特地换上了红色衬衣，才匆匆赶往文化路。出租车驶出不久，他突然想起那张红色合影，又叫司机转回头。司机骂道 ：“你发神经吗？”司机看了看手表，说，“我还要去城东接人，来不及了，你自己再找车吧。”

陆龙飞用恳求的语气说 ：“我多加钱还不行吗？”

司机说 ：“这不是钱的问题。”

陆龙飞只好下车，跑回出租屋，找了半天却没找到相册，想了半天才记得放在办公室了。陆龙飞便以百米冲刺的速度冲向办公室。等他赶到春风大排档，还有三分钟就到下午五点了。

陆龙飞走进一楼大堂，服务员说包厢已经有人了。唉，陆龙飞还是慢了一步。还没到五点钟嘛，谁先到了？看来陆龙飞又要挨骂了。前一次也是来晚了一步，被盘大哥骂得抬不起头来。

陆龙飞冲到二楼一号春风包厢，从窗口望进去，只见李凤舞穿着红色连衣裙专心致志地在看电视。陆龙飞兴冲冲地推门进去，李凤舞惊讶地站了起来，一脸粉红。

陆龙飞却将目光停留在她那一头又长又黑的头发上，真想走过去再次将长发轻柔地抚摸着。此时此刻，他们都不由自主想到了当年一前一后爬山过坳形同路人的那个下午。曾经的赌气、猜测、怀疑、困顿、相思、愁苦一一涌上心头，真是“花自飘零水自流。一种相思，两处闲愁”。

陆龙飞故意反背着双手，弯着腰侧着身歪着脸眯着眼看了她半天，就像一个流氓无赖欣赏一块光彩夺目的彩玉石似的。彩玉石是他们老家的特产，它的美在于石肤温润如脂，富有光泽，色韵自然，变化有序，纹理清晰而具有独特的韵味，令人百看不，用两个字概括 ：绝美！

李凤舞被陆龙飞盯得不好意思，突然给他来了一拳，说 ：“不认识我了？”她的目光像杀猪刀一样。

陆龙飞故意答非所问 ：“我想写小说！”

李凤舞问：“我的脸像小说？”

陆龙飞说：“你的脸就像家乡的彩玉石，你的心才是小说！”

李凤舞说：“贫嘴。”

陆龙飞看着李凤舞白里透红的漂亮脸蛋，立马挺直身子，很有礼貌地伸出右手，彬彬有礼地说：“欢迎你，老同学！”

李凤舞抿着嘴不好意思地伸出了右手。

陆龙飞迫不及待地将左手补了过去，温柔地说：“手好暖！”李凤舞试图将手缩回来，却被陆龙飞的双手像蛇一样咬住了。

服务生敲了门，才走了进来，给他俩倒了两杯茶水，就掩门出去。陆龙飞摊开两手，开玩笑说：“好事被敌人破坏了！”他们各自坐下后，李凤舞说：“好久不见，你变了！”陆龙飞说：“时代在发展，人类在进步！我们在不断地变化着、进步着。”陆龙飞担心一下子陷入僵局，便说：“老同学，趁着现在人少，你当我是个记者，我准备采访你，好吗？”李凤舞没有答话，却从包里掏出一封信递到他手上，说：“这是干爸让我转交给你的。”陆龙飞惊讶地说：“我干爸是你能叫的吗？”李凤舞意识到自己说漏了嘴，急忙打住，眼睛也转向一边去。陆龙飞没有往深层次去追问，顺手拆开信封，瞄了一下，见干爸提到解决“三难”问题等。陆龙飞将信收好，说：“今晚我的领导也过来与我们热闹，到时再对接了。我可以抽烟吗？”李凤舞说：“想抽你就抽吧。”陆龙飞说：“深更半夜写稿子，没有烟不行。呵呵。”他掏出香烟抽了起来。

也许是从熟悉到生疏的缘故吧，陆龙飞见李凤舞有意回避有关自己的话题，但是他不会放弃这一难得的机会，想尽量多一些了解她的故事，便主动问道：“听盘大哥说你前几天回了一趟老家。广东是我国改革开放的最前沿，再对比我们家乡，感触一定很多吧？”

李凤舞开始顺着陆龙飞的思路往下走，这让陆龙飞感到兴奋，他不遗余力地在大脑里过滤着她的每一句话。

李凤舞滔滔不绝地说开了：“我们这里太穷了。这次我特地走了几个村屯，感触很多。比如，从你们屯来看，从村部我家那里开始爬山再下山，就走了一个多小时，要是修了公路，最多十多分钟就到了；电也不通，晚上乡亲们只能点着煤油灯过日子；水也不够用，典型的‘三难’屯。盘校长说盘龙哥和你在市里工作，应该多为家乡建设出力。不然，你们就白当官了。比如，弄江屯全都住着瑶族群众，屯里没有一个初中毕业生，也没有人乐意外出打工，一天就抱着几分责任地不放，十几个光棍汉聚在一起赌‘六合彩’，喝闷酒。还有单穷屯，跟屯名一样，还是穷！穷！穷！有一户人家一共七口人，其中三个是残疾人。好在蒙爱国哥外出打工早，听李露姐说他发大财了，要是待在山里，也富不到哪里去！”

陆龙飞说：“以前条件还不成熟，到了市里，门路广了，人脉有了，办法就来了。再说我现在市里做事，致富路、光明电、幸福水不会是很遥远的事情了！”

李凤舞说道：“这次回老家给我印象最深的还有一个，就是山里的医生太少了，有的村甚至没有一个土医生，这样哪行呀？”

正在他们聊得正欢的时候，杨波带着两个美女走进包厢。陆龙飞和李凤舞的聊天就像被人突然关掉电源一样被迫中断。杨波见他们都是红色衣服打扮，也许勾起了他沉睡多年的记忆，他指着陆龙飞和李凤舞，大声问道：“你们两个老同学是不是事先约好一起穿红色的？然后提前跑来包厢约会？”

杨波看见陆龙飞双眼瞪着他，急忙转移了话题：“不好意思，我们来得不是时候，打扰你们的雅兴了。”

陆龙飞打圆场道：“有吗？哈哈！我们也刚到。”

杨波盯着烟灰缸里的烟头，说：“你抽三支烟了，至少有半个小时了吧？哼，兄弟，你骗不了我！”

陆龙飞一脸尴尬。他的谎话就像虚假的广告明目张胆地贴在墙上。

凡丽娜笑了笑，帮腔道：“香烟是某些男人的命根嘛。”

杨波说：“呵呵，又想助人为乐了。”杨波将脸凑近凡丽娜耳边，低声说道：“我知道你这个人很有心计。”

凡丽娜冷笑一声，转到一旁打电话去了。

陆龙飞看着凡丽娜的背影，突然想到上次她带着自己离开喝酒现场的事情。那晚，凡丽娜拉上陆龙飞一起离开之后，他们也没有再联系，可是陆龙飞经常在报上看到她写的诗歌、散文，感受到了她的勤奋与灵气、思考与坚守。

不久，黄声怀和盘龙有说有笑地走进了包厢。

大家落座后，陆龙飞见缝插针地将材料交到黄声怀手上。黄声怀仔细地翻阅着，不一会儿，当着众人的面对陆龙飞表扬了一番。他说："小陆，看得出你又是加班到天亮了，这是什么精神？我认为，这是特别能战斗、特别能吃苦的精神！"

杨波顺水推舟说："今晚大家要好好敬我们的陆大作家几杯了！"

盘龙站起来充满激情地说："我首先声明，明天是中秋佳节，今晚由我请客。我先说几句话。第一句话，每逢佳节倍思亲，花好月圆伴君行。在这美好的日子里，我衷心祝愿大家中秋节快乐！第二句话，疾风知劲草，烈火见真金。欢迎李凤舞同学回到家乡工作，相信小李一定能像一块金子一样闪闪发光。第三句话，滴水之恩，当涌泉相报。黄声怀主任是我和龙飞两兄弟的大恩人。今后不管走到哪里，我们都不会忘记黄主任的大恩大德。第四句话，一打朋友，十条路子。大伙今晚能够相聚就是一曲幸福吉祥的交响乐。下面请大家端起酒杯，祝大家中秋快乐！干杯！"

大家觥筹交错，其乐融融。

吃饭喝酒到了七成，黄声怀和盘龙耳语什么，而后盘龙站起来说："黄主任还有其他事情，准备先走一步，但他有话要说，下面请黄主任给我们加油鼓劲！"

大家使劲地鼓着掌，小小包厢充满着欢乐祥和的气氛。

黄声怀打开公文包，拿出一个精致的盒子，说："今晚是个好日子，我们能够相聚在一起，那是缘分，特别是李凤舞同学回到家乡工作，更是令人感动。上个月，我参加在首都北京召开的一个全国性扶贫开发会议，会议结束后，一位领导挥笔疾书，写下一幅字，内容是：'只争朝夕！'为此我将这幅字转送给小李，祝小李只争朝夕、马到成功！"

李凤舞受宠若惊，激动的心情就像一幅精美的图画画在脸上。她双手接过这幅字，连说三句"谢谢"。

黄声怀兴致勃勃地说："年轻人就是早晨的太阳，朝气蓬勃，灿烂耀眼。年轻人就要奋发向上、砥砺笃行！"

高明的领导就是不一样，他就是年轻人十字路口的一个指南针，想必今晚李凤舞一定睡不着觉了！

相比之下，陆龙飞则显得多么自私而渺小，只顾着揣摩女人的心思，以为李凤舞对自己如何如何呢。

不久，盘龙和黄声怀主任提前"撤退"了。过了十多分钟，陆龙飞也想找理由溜了。他走到正在激情高歌的杨波跟前说："你们继续，我顺路送老同学回去。"这正是陆龙飞的一个计谋，与老同学独处，聊聊天，那该多好！

杨波对陆龙飞挥手道："好的。"然后继续和两个美女对唱歌曲，一展歌喉。回家路上，李凤舞以一种近乎讽刺的语气，说道："老同学，你们的夜生活真是丰富多彩啊！"陆龙飞说："大伙都关心你嘛。黄主任不愧是好领导，给你送一幅字，我哪有这种待遇？"李凤舞转移话题，说道："我看今晚那个小凡对你很感兴趣，看得出你们有共同的爱好，有共同的语言。"

陆龙飞不想往下谈论这一话题，反问道："那么你呢？"陆龙飞深知李凤舞想套出他的心里话来，他更想通过交谈，了解到老同学更多的内心情感。李凤舞沉默了一会儿，才说："你是个作家，你不是有丰富的想象力吗？"陆龙飞说："看我们今天穿着同一种颜色的衣服，我想起了高一时候的合影，而且今天下午见到你之前发生的一些事，可以写篇散文了。好了，车开到你租住的地方了。"

李凤舞看了陆龙飞一眼，一句话也不说就下了车，而且忘记与他说"拜拜"之类的话。

陆龙飞突然变得敏感起来，他不知道哪里说错话了，看李凤舞一脸冷淡地离开，心想一定是自己自作多情了。

陆龙飞刚下车，杨波马上打来电话："快点过来，我们唱歌等你。"

陆龙飞想到李凤舞对他的冷淡，便在路边等出租车，回去继续跟杨波唱歌去了。他再次来到包厢时，杨波扯上凡丽娜，说："凡丽娜你输了，陆作家不是又回来了吗？"杨波笑笑说："刚才我跟她打赌，她说你跟老同学约会去了。我说谁输就喝一瓶啤酒，哈哈，我赢了吧？"

凡丽娜盯着陆龙飞，撒娇地说："大作家，是这样吗？这杯我单独敬作家。"她的一双玛瑙似的眼睛在夜间绽放着迷人的光彩。她又故意说："我让大作家帮我喝一杯，行吗？"

陆龙飞说："美女说了算，我奉陪到底！"兴奋之余，他将一瓶啤酒喝了个精光。

接下来，杨波提议每个人讲一个难忘的中秋故事，大伙都拍手叫好。

每逢佳节倍思亲，中秋佳节尤为最。杨波提到了韦向阳老书记的故事，陆龙飞在听来的故事中得知了父母亲的一些往事，对乡镇党委书记的工作也有更深的感触了。

采访手记

中秋佳节这天，笔者采访了二十世纪八十年代中期担任那龙乡党委书记的韦向阳同志。笔者送上了一盒大大的月饼，韦老不由得瞪大了眼睛。

笔者：人逢喜事精神爽，月到中秋分外明。这是今天我要采访的主题。韦老，您就讲一段最难忘的中秋故事吧。

韦向阳：1986年的中秋节，这本来是一个团圆的好日子，我有幸到那龙乡担任党委书记。我打算节前回老家陪着生病的母亲过好中秋节。母爱就像一把大伞，在疾风骤雨中为儿女撑起一个温馨的港湾。在母亲看来，月饼可当家常饭菜。我小时候饿肚子的时候，母亲经常变戏法似的将月饼递到我面前，让我津津有味地品味着，我也经常在众人面前显耀母亲的善解人意，说她是天底下最好的人。伙伴们可怜巴巴地望着我，我毫不犹豫地将月饼分给了他们。母亲得知后直夸我懂事会做人，她更希望我每个中秋佳节都能伴随在她左右，可是我却都食言了。

那年农历八月十四半夜，云联村巴王屯一家农户突发火灾，邻近的两户茅房也同时遭殃，一大片茅草房被烧成焦土。房子起火后，村民小组长陈山带领众人冲进火里，很快就把人救了出来，没有造成人员伤亡。我和杨阳等乡领导第一时间走了三个多小时山路，才赶到火灾现场。我们赶到那里时，几个老人搂着七八个小孩坐在老榕树下欲哭无泪。

我说："只要人没事就是万幸！今晚就挤在组长家门前，大家共度中秋。"

傍晚时分，大伙围在火塘边载歌载舞，好不热闹。陈山说："我们农民哪有过什么中秋节的？好在如今搞包产到户，各家各户都堆满了粮食。但月饼是不可能有的。"

我说："只要大伙心里想，也许月饼就会有呢！"

我对刚刚赶到火灾现场的韦平助理说道："韦助理，马上把月饼拿过来，每户都有一份。”

其实来之前我就特地交代韦平查清该屯户数，然后准备了二十多盒月饼，每户一盒。听说每户都能领月饼，众人不由得围了上来，争先恐后，热闹非凡。礼物不多，但情义深重。于是，村民们挤在火塘边，前面摆放着各式各样的月饼，以特殊的方式欣赏圆月。

我站起来兴致勃勃地说：“我就讲三点：第一，今天是中秋节，我代表那龙乡领导祝大家中秋快乐！回想到五年前甚至十年前，我们是怎么过的中秋节？饭都吃不饱，买油盐的钱都没有，哪有钱买月饼呢？现在包产到户了，什么都有了。在这里，我们要感谢我们党解放思想，感谢包产到户政策。第二，向受灾的三户群众表示慰问！恰逢中秋节，突发火灾事件，确实让人揪心、伤感，我们要让大家记住这个特殊的日子，凡事谨慎再谨慎，小心再小心，同时要管好家人、小孩，时刻都要系牢生命财产安全这根弦。第三，加紧做好灾后重建工作！俗话说，一块砖头砌不成墙，一根甘蔗榨不成糖。大伙要拧成一股绳，把干劲使起来，只要大家齐心干，不出三五天，新的房子就能立在我们面前。”

第二天一早，陈山招呼群众早早起来帮忙，各家各户不约而同参与到重建房子的忙碌之中。有扛着木头来的，有抬着木板来的，有挑着玉米来的，有挑着玉米酒来的，还有提着鸡鸭、抱着被子来的，等等，大伙兴高采烈，忙得不亦乐乎。

三天后三幢新木楼拔地而起，受灾农户又能聚在一起喝酒了。那几天，我一直与受灾农户在一起。办公室覃秘书将电话打到村部，有人便亲自跑到巴王屯，告诉我说母亲病危了。我眼前一黑，感到天旋地转。

当我赶到老家时，母亲已是垂危状态。她看到我手中的月饼时，两行泪水从她脸上慢慢往下滑。这一滑，滑出了人生的跑道之外，再也没有醒来。我趴在母亲床边，悲痛欲绝。我已经答应陪着母亲一起过中秋节，可是我却食言了！

母亲下葬那天，我全然不顾亲朋好友的劝阻，执意跟几个抬棺材的亲戚一起抬着母亲上山。到了墓地，我特地将月饼放进棺材里。我想，要是自己能变成月饼的话，我宁愿让母亲捧在掌心里。

当我们盖上最后一铲土的时候，大雨瓢泼而下。我跪在母亲坟前，任由泪水、雨水交织在一起。

谁知，办公室覃秘书再次赶到我身边，耳语道："韦书记，山龙村发生群体上访事件，他们到县里上访了，蒙乡长让我报告给你。"

面对母亲的坟墓，我再次跪了下去，慢慢地磕了三次头，缓缓站起来，再次给母亲鞠了三次躬，才依依不舍地离去。我想，一个星期后母亲的忌日，我会再次来到母亲身边。我默念道："儿行千里母挂心，句句交代情最深；丝丝缕缕情深厚，养儿方知父母恩。"

笔者：陆龙飞是你们那龙乡良龙村人，听说他父亲与你的母亲有亲戚关系，能不能谈一谈呢?

韦向阳：陆龙飞的父亲叫陆山，是我母亲妹妹的儿子。在我们那里，陆姓有壮族人，也有瑶族人，按照以前的风俗习惯，同姓是不允许结婚的，结婚就是犯忌了。要是犯了忌，重者被丢进井口，轻者被打断双腿。新中国成立前我们这一带还盛行这种不成明文的约定，之后才逐步消除了。

陆山从小失去双亲，是外婆将他拉扯大。他身体本来就虚弱，体力跟不上，重活干不了多久就气喘吁吁，为此经常被冷眼对待，也遭受了不公平的待遇。有一天，年轻的陆芸路过我们生产队，见到社员群众在烈日之下将生病的陆山打得遍体鳞伤。陆芸向来敢作敢为，冲过去往前一站，将一个手执木棍的男人推到一边，骂道："良心喂狗了！"她挥动着木棍，追赶着肇事的人。肇事者被吓着了，扭头就跑，却被陆芸伸出的一只脚绊倒了，嘴巴满是尘土。

陆芸挺身而出，挽救了陆山的生命，也将他们的爱紧紧地连在了一起。由于他们同姓且不同民族，这就注定他们成不了夫妻。他们找到了盘阳老师，诉说了自己的心事，表明了彼此之间的真挚之爱。盘阳在当地就是一棵顶天立地的大榕树，他毫不犹豫地支持他们勇敢地结合在一起。他将他们带到一棵树根相连的老榕树下，让他们各自在树根刻下自己的名字。盘阳默念着什么，然后缓缓站起来，将他们的手放在一起，且编出一首山歌来：

榕树根须根连根，枝繁叶茂蔚成林。
彼此不分你和我，海枯石烂不变心。

可是，陆山体弱多病，之前又被打伤多次，身体每况愈下，孩儿尚未出生，便被病魔夺去了性命。陆芸痛恨上天不公，哭得死去活来。她独自一人将儿子陆龙飞拉扯大，很不容易，还受到很多非难，甚至有的人到处传言说陆龙飞是盘阳的私生子，等等。面对种种不公平的待遇，陆芸亲自找到我，让我出面帮说话，还买了一只六七十斤的山羊，请来全屯有头有脸的人物一起吃了一顿大餐。那天恰恰也是个中秋节。餐前，陆芸当着大家的面举杯对天发誓，并澄清了事实真相。性格泼辣的杨蓝是她的闺蜜，她们自小玩在一起，喜欢唱歌，爱编一些小快板之类的东西。杨蓝也替陆芸和陆山做了爱情的见证人，并当场将那些搬弄是非的小人不点名地大骂了一通。当时我也就民族团结进步问题做了一番很有说服力的宣传，他们老家至今都一直做到了“小事不出村、大事不出乡、矛盾不上交”。陆龙飞的母亲众望所归，当了两年村委会主任，工作没的说，后来被歹徒杀害，真是太可惜了。

母亲被杀在陆龙飞心中留下了不可磨灭的阴影。可是，这些年来他昂首挺胸从阴影中走了出来。他念了大学，入了党，有了工作，当了民警，当了秘书，成了科长，当了驻村扶贫干部，后来又当上了那龙乡党委书记，一步一个脚印往前走。他是大山的子孙，他的血脉里流动着大山的泉水，他的心底装着父老乡亲的期盼与希冀，从他身上我体会到了山里人生存的艰苦与辛酸，领略到了读书人的执着与追求，也看到了人间的美好与温馨。

笔者：感谢韦老对我工作的关爱和支持。

第三章　因为有爱

1　命运好比山与水

在机关工作，实事求是地说，除了部门领导外，最忙的莫过于办公室的秘书们。毫不夸张地说，他们是部门领导的喉舌。做得好，上级表扬、领导夸奖、同事称赞、皆大欢喜；做得不好，挨骂是司空见惯、不足为奇的。由此，陆龙飞自觉克服平时不善交往的习惯，经常打电话与县里扶贫办的领导联系对接，直接了解基层的情况，同时利用周末走访附近的贫困村屯，掌握了大量的社情民意信息，从扶贫角度写出了若干篇高质量的理论性文章，往省级报纸或者市级报纸投稿，有见诸报刊的，也有石沉大海的。他的名字频频出现在报端上，令其他同事对他刮目相看。当然，陆龙飞也偶尔有一些短篇小说、散文刊登在报刊上，自我感觉良好。

更为重要的是，石山市扶贫办年底将举行竞聘上岗或轮岗锻炼。盘龙得知情况后特别提醒陆龙飞要像母鸡孵蛋一样用心用情，争取聘上副科长一职。陆龙飞把这次机会看成是人生路上的又一次考试，他要努力考出好的成绩来。

又是难得的周末，陆龙飞在出租屋构思小说。他深知写小说是自讨苦吃，很容易被别有用心的人扣上“不务正业”的帽子，可陆龙飞对写作情有独钟、自得其乐，更不在乎别人说什么闲言碎语。记得一天早上，戴着一副高度近视眼镜的林立副主任拿着一份省报副刊放在陆龙飞面前，对他刚发表的一篇散文表示祝贺，还说要多向陆龙飞学习。

陆龙飞苦笑道：“区区小文，不足挂齿。”

林立说：“不积跬步，无以至千里；不积小流，无以成江海。小陆，给你点赞了！”他舌头一转，又说道，“不过有句话我不知道该不该说，但出于对你的关心爱护，我得提醒你，身体是革命的本钱，不能因为写作把身体搞垮了，更不能因此而把工作耽误了。”

陆龙飞说：“谢谢主任提醒。本人向来工作第一，从来没有耽误过！”

林立摘下近视眼镜，揉着双眼道：“你工作、写作两不误，两全其美，可喜可贺。可有人私下说你用办公室的电，用办公室的电脑、纸张办自己的事，这就不好啦。我这是善意的提醒！”

林立拍拍陆龙飞的肩膀，意味深长地说：“小伙子，有时间的话，多把精力放在工作上吧，这才是你向上的阶梯！”说罢，林立走出去了。

陆龙飞心里窝着火，“莫须有”的罪名太可怕了。他就像拿着放大镜一样将自己来到市扶贫办的所有细节过滤了一遍，意识到自己并未做出什么出格之事，更没有像林立副主任所说的那样，可就是有人处心积虑地“关注”起自己来了！

不一会儿，林立又折回来，关心地问道：“小陆，有女朋友了吗？”

陆龙飞答道：“八字还没一撇，先玩几年再说。”

林立脸上露出尴尬之情，不过他还是装着很关心的样子，继续着他的关爱话题。“我有个女儿在乡下工作，比你小几岁，也是个工作狂！我关心她的婚事，她跟你说的一个调，不把人放在眼里。现在你们年轻人，眼角高，有傲气，也有自己的思想，有自己的抱负，有自己的主见，这是好事，可是也要考虑个人的婚姻大事嘛。”林立话锋一转，突然问道，“黄声怀主任对你就像对待家人一样，难道他不关心你的个人婚姻大事吗？”

陆龙飞心里一愣，说：“怎么扯上黄主任了呢？”他将脸转向另一边，看见窗外的一片大树林，一群鸟儿正活蹦乱跳，叽叽喳喳，好不热闹，就像在准备一个什么大聚会似的。陆龙飞自言自语地说：“看看窗外的鸟儿多自由啊！”

林立似乎看出了他们之间的话不投机，只好说：“呵呵，那就不说了。一句话，祝你工作、创作、爱情三丰收！”

陆龙飞勉强地点了点头：“谢谢主任的关爱，不胜感激。黄主任有事找我，我忙去了！”说着拔腿而出，逃之夭夭。

林立好像还有话要说，陆龙飞却没有再听下去的心思了。陆龙飞开始学会了撒谎，也学会了拿领导的头衔来吓人了。

近来公事多而急，需要起草汇报材料，完成领导讲话稿，填报有关表格，再说覃初科长又被组织安排去市委党校培训学习几个月，许多大事小事都落到陆龙飞头上，陆龙飞忙得团团转。但这是工作，马虎不得！

今天是周末，难得一静。灵感突然来了，陆龙飞好不容易提起笔来，顺着创作思路零敲碎打地忙活了两个小时，盘龙的电话却将陆龙飞的灵感拦腰斩断了。盘龙以命令的口吻说道："你马上到我办公室一下。"陆龙飞想说，大哥，有什么事情电话里说也行，何必让我来回折腾呢？但却答道："好的！"

陆龙飞飞快地赶到盘龙的单位市政府办，看到整层办公室的门几乎都敞开着，里面的人好像一台台高速运转的机器在转动，一派忙碌景象，而自己平时则忙里偷闲写小说，真有点格格不入了。

盘龙打开抽屉，取出一封信，扔到陆龙飞面前，说："自己看吧。有人写信举报你利用上班时间写小说，有没有这回事？"

陆龙飞嗤之以鼻："欲加之罪，何患无辞？"

盘龙说："这只能说明你虽然智商高，可情商不怎么样！智商决定起点，情商决定终点。想要成才靠智商，想要成功靠情商。著名心理学家丹尼尔·戈尔曼曾经说过这样的话，一个人的成功元素中，情商占百分之八十，智商只占百分之二十。"

陆龙飞不服气地说："大哥，举例说明嘛。"

盘龙一针见血地说道："你被人举报就是例证。"

陆龙飞仿佛看见自己的前程就像一块红布被一些别有用心的小人涂上黑点一样，更深感人性的悲哀。世上就有那么一些人自诩高大，却对别人的勤奋与成功看不顺眼，从言语上和行动上加以污蔑诽谤。陆龙飞说道："众口铄金、人言可畏。大哥也不相信我了？我还是那句话，走自己的路，让别人说去吧！"

盘龙说："这话要是在小说里可能很时髦，可是在现实生活中则显得苍白无力了！我们从山里出来，目的是什么？那就是好好学习、好好工作！当然，也在孜孜追求美好的爱情和幸福美满的家庭生活，可我现在还发现你的'情商'水涨船高了。换个角度说，兄弟，你是不是对李凤舞和凡丽娜其中的一个动了真情？奉劝你不要脚踏两条船！"

陆龙飞脑子急转弯，想套住大哥的话，更想听听他的意见，于是反问道："大哥，你说呢？"

盘龙一针见血地说："第一，你开始学会了玩世不恭！第二，你开始动情了。你想借题发挥，有意向两个女生设计陷阱。第三，你这是变相的求爱方式。"

盘龙停顿了一下，眼睛死盯着陆龙飞，说道："李凤舞是你的老同学，你们知根知底。聚会那晚，你们都穿着红衣服，我想起你们高一时候的那张合影，就像一对年轻的新婚夫妻。我不知道你是否对她动过心、动过情，不过看得出来，那天晚上你穿红衣服一定是刻意的，平时我很少看到你穿红衬衣。那么这样一分析，李凤舞穿红色连衣裙也是刻意的。而李凤舞选择回到石山市工作，我认为至少有两个原因：一是她心里装着你，而且通过我，她了解到你目前还是单身。你可能不知道，我和李凤舞可是经常联系的，而你却是一块又臭又硬的石头！二是估计李凤舞曾经热恋过某个男人，可是他们的爱就像昙花一现，灰飞烟灭了。"

陆龙飞忙问："你怎么知道？"

盘龙说："哈哈，我有特异功能。兄弟，我这是开玩笑啦！不过，你想想，其一，谈情说爱，天经地义。李凤舞在广州那边读书，举目无亲，人长得漂亮，脑子又聪明，不谈恋爱才怪。而且读医学专业的，什么鸟东西没见过？你这个可爱的傻瓜加笨蛋！其二，龙飞凤舞，一语双关。这是成语，也是冥冥中给你们的暗示。龙在腾飞，凤在飘舞，潇洒又美丽，天生的一对、地设的一双。其三，自己拿定主意。我想，你和李凤舞一定有过心动的时候。比如高一的时候，李凤舞隐隐约约提到你们曾经一起走了五个多小时的山路回老家，你母亲被选上村委会主任，李凤舞的父亲大发雷霆，后来你母亲被歹徒杀害，李凤舞的父亲患上了脑梗，等等，这是一道坎！如今我们老爸还在老家，而且又是一根筋，你说应该如何去面对呢？我曾想，要不要帮你推一把？想来想去，看来还是你自己拿主意，老爸老妈他们很关心你，他们不好意思给你打电话，我也不知道你心里是怎么想的。"

陆龙飞理直气壮地说："恋爱、结婚、工作、交朋友、写小说我都想！不怕想不到，就怕做不到！"

盘龙问："你想试谁呢？"在他看来，陆龙飞以为自己就是一根钓鱼竿，鱼钩上装满了诱人的鱼饵，只等鱼儿主动上钩、自动落网。

陆龙飞充满自信地说："谁的分量重，我就试谁！"

盘龙说：“学会权衡利弊，方可进退自如。先把你的副科级别搞定，这是第一位。既然你已经选择公务员这一行，那就要拿实力来说话。如果光想把爱情拿到手，那是没有出息的！所以把工作放在第一位，这是硬道理！”

陆龙飞感谢盘龙大哥在人生十字路口上给自己指路。他想，自己也要准备像整装待发的士兵向爱情的阵地发起猛烈的冲锋了。当然，陆龙飞对大哥盘龙死板的现实生活似乎有点不屑一顾。呵呵，这恰恰是个人不同的生活追求而已，无须千篇一律吧。

三个月后的一个周六，这是一个阳光灿烂的日子，陆龙飞似乎看到自己的爱情就像冬日里暖和的阳光。他渴望这样的光线，太强了，他会受不了，太弱了，他又感到美中不足，恰到好处才是最好。于是，早上一起来，陆龙飞便给李凤舞发了一则短信，第一次向她发出特别邀约，希望见上一面。李凤舞犹豫片刻，才答应与陆龙飞见面。陆龙飞有意穿上红色衬衣，他想如果李凤舞真的喜欢自己，她会穿着红色连衣裙赴约的。他们相约在刘三姐公园里的最高石阶上见面。

当时正是傍晚时分，人来人往，好不热闹。陆龙飞提前来了，穿的正是红色衬衣。

李凤舞来了，可是她穿了一件米黄色衬衣。陆龙飞愣住了，这一信号意味着爱情对于他仅仅是单相思而已，更意味着第一次与李凤舞正式约会，可能变成最后一次相会了。

果不其然，李凤舞开诚布公地谈了自己在大学时的恋情，还从小包里拿出一本相册，取出他们高一时两个人的合影，当着陆龙飞的面将合影撕毁了，然后将碎纸片扔进了垃圾桶。

李凤舞说：“这是我们的一个梦，现在梦破灭了。”

陆龙飞手足无措，感觉自己的心在软弱无力地飘飞，也意识到自己的单相思就是一盘棋，才落下第一颗棋子，就输得一塌糊涂了。

不一会儿，杨波扬扬得意地走到陆龙飞面前，从容自如地说：“老同学，我和李凤舞谈恋爱了。”

答案很明显，陆龙飞是第三者，杨波才是她的心上人。

杨波牵着李凤舞的手，亲密无间地走下了台阶，如同鸳鸯戏水，也恰似鸾凤和鸣。

陆龙飞突然感觉到自己很悲催，就像准备在爱情跑道上起跑，突然被杨波暗地里伸出一脚将自己绊倒了。

陆龙飞有气无力地走下台阶，不知哪一家正播放着《红楼梦》插曲《葬花吟》：

花谢花飞花满天，红消香断有谁怜？
游丝软系飘春榭，落絮轻沾扑绣帘。

那歌声哀怨凄切、如诉如泣，揪心刺骨、催人泪下。陆龙飞的心里就像注入了无数个幽咽曲折的音符，又像添上了许多令人心碎的感叹号！

当晚，杨波给陆龙飞发信息，将李凤舞母亲住院的情况告诉陆龙飞时，陆龙飞说："既然你选择了李凤舞，那就要对爱负责到底，不能让亲爱的另一半有丝毫的委屈。"

杨波说："这就是一个人的命运，想躲也躲不开！"

杨波成了陆龙飞的情敌（陆龙飞自己这么认为而已）。陆龙飞扪心自问，是这样吗？

这时候，凡丽娜就像归巢的燕子恰到好处地飞到陆龙飞的身边。两天后，她给陆龙飞发短信说出了炽热滚手的心里话：

芳草无数在天边，最香最美在眼前。
好比鸳鸯在戏水，永结同心舞翩跹。

凡丽娜的大胆令陆龙飞震惊，更让他感到温暖。陆龙飞隐约觉得凡丽娜就是一朵瑰丽之花，专为自己绽放，更认为这是老天爷送来的一份厚礼。他很快回复道：

命运好比山与水，交相辉映报春晖。
试问人生何处去？做对燕子双双飞。

一个人生活中经常有这样的风景：总是不知不觉羡慕着别人的幸福，一回头，却发现自己正被别人羡慕着。要珍惜和感知自己真正拥有的幸福，不要让你的幸福只是在别人眼里。陆龙飞想，我的爱情就像天上掉下的一张亮丽的名片，在不经意间降临到自己手中，拥有着这张名片，我的命运将是无尽的幸福和快乐！

随着竞聘上岗的日期越来越近，陆龙飞精心准备着演讲稿，还亲自登门向盘龙大哥当面请教。盘龙花了半个小时做了大幅度修改，然后说必须将稿子背得滚瓜烂熟，脱稿演讲，否则效果会大打折扣。他说："我的正科职位就是通过竞聘演讲得来的。小弟，考验你的时刻到了！"

即将竞争上岗的头晚，自治区扶贫办来函，要求尽快提交一份有关移民易地安置工作的典型经验材料。黄声怀亲自给陆龙飞布置任务。陆龙飞说："明早上班送到主任办公室。"黄声怀说："明天上午我们办不是搞竞聘上岗吗？你要做好充分准备，不要自己打自己嘴巴！"

陆龙飞自信地说："我今晚加班加点，明早上班交给你。竞聘上岗的事我也会好好地露一手！"

典型经验材料不像写一份情况汇报那样简单，而是要提炼出有特色、有亮点、有深度的经验性东西。陆龙飞很快理出了思路框架，然后在原有材料的基础上掰开、折叠、揉碎等，重新搭建新框架，精心起草文稿，一直忙活到早上七点钟，然后吃了一碗桂林米粉，满怀信心地上班去了。

当陆龙飞将刚刚完成的材料交到黄声怀主任手上时，黄声怀以不信任的目光盯着他，问道："小陆，完成任务了？"

陆龙飞说："按主任要求拿出了初稿。"

黄声怀感叹道："又是熬夜到天亮了。我们需要的就是这种拼搏精神！"

市扶贫办除处级领导干部外，其他同志都踊跃报名参加竞聘上岗。根据抽签结果，陆龙飞抽到第五个上场，这应该是上上签。评委除了主任、副主任外，还邀请市委办、政府办、组织部、人事局等领导做评委。陆龙飞是唯一一名不拿演讲稿的选手，他竞聘的岗位是综合科副科长。在演讲时，陆龙飞就像一位出色的弹琴高手，激情时"飞流直下三千尺，疑是银河落九天"，动情时"嘈嘈切切错杂弹，大珠小珠落玉盘"，最后他还特别提到了昨晚加班到天亮起草文稿的细节，说真所谓"众里寻他千百度。蓦然回首,那人却在,灯火阑珊处",并引用了一位著名作家的一句名言做"凤头"，以下面这首山歌做"豹尾"：

扶贫大事靠大家，好比花园种百花。
芬芳诱人香四海，成就事业你我他。

陆龙飞演讲一结束，场内发出了雷鸣般的掌声。他突然看见李凤舞和凡丽娜分别坐在大会议室最后一排的两边，鼓掌时间特别长。陆龙飞感到有点遗憾，如果及早发现她们前来捧场，那么自己的演讲将更加充满激情、精彩生动。呵呵，就像斗马比赛需要一匹母马一样，两匹公马才会斗智斗勇、全力以赴。竞聘上岗的结果公布，陆龙飞排在各科室的头一名。当打开手机时，一连串道贺信息爆满了。“热烈祝贺！”“今天周末，要请客的！”……开始陆龙飞还回了一两条信息，后来又突然意识到太俗，就都不再回复。

后来，陆龙飞听从盘龙的建议，没有在当晚请客，而是在任命文下来之后小范围聚了一下。这次小聚，也是盘龙在石山市政府办工作的最后一次聚会，不久他随李市长到另一个地级市高就去了。半年后盘大嫂也调到那边去了。临行前，盘龙与陆龙飞进行了一次长谈，交流个人从政心得和做人做事的道理，希望陆龙飞多回老家陪陪干爸干妈和妹妹他们，更希望陆龙飞更加珍惜自己，工作上要锦上添花、力争上游，在官场上走得更远。陆龙飞将大哥的话都铭记在心。

盘龙突然一走，陆龙飞感到心里空落落的，就像一只雄鹰失去半只翅膀一样，今后的路都得靠自己去努力、去奋斗了。不过，陆龙飞会常常向盘龙大哥讨教关于工作、关于人生、关于命运、关于爱情等方面的真经，让自己的生活充满着无限的柔情蜜意和罗曼蒂克，更让自己的人生命运渲染着昂扬奋进的斗志和神奇梦幻的色彩。

2 “那不是你的最爱！”

爱情就像命运的车轮，只要一路向前飞奔，就会处于剧烈的颠簸运动之中。有人说，最甜美的是爱情，最苦涩的也是爱情。李凤舞大学毕业不到半年就与杨波闪婚，这是她和杨波两人始料未及的事情，就像两条平行的铁轨有一天突然并轨了，尽管这样的并轨很危险。

俗话说：“福无双至，祸不单行。”李凤舞大学毕业后的两个多月，家中的灾难就像事先预约好似的接踵而至，让她在烫水里苦苦挣扎着。先是瘫痪在床的父亲李峰有一天突然闭上了眼睛，她回到山里抱着父亲的遗体哭得死去活来；一个月后，大嫂覃萍两腿内侧疼痛难忍，大哥李威武连夜驱车带她上南宁大医院检查，外科医生说股骨头坏死了，必须住院治疗，否则将危及生命；大嫂确诊后的第五天，大厂镇传来坏消息，说姐姐李露因车祸受重伤住进了医院；紧接着母亲黄飞身体感到不适，李威武及时将病情告诉了李凤舞，李凤舞立即赶回老家带上母亲到市人民医院检查，先是查出鼻咽癌，后又查出宫颈癌等，一下子将她击垮了。这是一笔巨大的开支，自己刚刚参加工作，工资都还没有领到手，哪有那么多的钱为母亲治病？李凤舞不得不向医院财务科申请借款，但这也只能缓解燃眉之急。黄飞住院那段时间，李凤舞一边拼命工作一边照顾母亲，一个人忙得晕头转向。

后来，陆龙飞问起这事，她只是说我不想连累老同学。她晓得从一个公务员那里一下子未必能借到更多的钱。走投无路之下，李凤舞突然想到了杨波，她虽然认识杨波的时间不长，但她知道杨波是陆龙飞高中时的同窗好友，现在是一家房地产公司的副总，从他那里也许能够借到十万二十万。李凤舞犹豫了一个晚上，也被金钱折磨了一整夜，直到第二天也未能确定下来。她意识到自己是个爱面子的人，放不下知识分子的臭架子，只好拿出五分硬币来抛，心想“天安门”朝上就努力搏一搏，结果连续三次“天安门”朝上,便下决心向杨波借钱。杨波听罢李凤舞的诉说，立即答应借给她十万块钱。当时杨波手头开支也很大，但是在危难之时，他二话不说，慷慨解囊，伸出了援助之手，令李凤舞感激涕零。

杨波大学毕业后，在乡下一所中学干了几个月，随后停薪留职，下海经商。他凭着聪慧的脑子和犀利的眼光，加上三寸不烂之舌，在商海里如鱼得水。三年后，他干脆辞了公职，无牵无挂地苦心经营着房地产生意，很快成为腰缠万贯、财大气粗的房地产名人。手头有了钱，杨波的心也开始变野起来了。

杨波见识多、人脉广，特别是他对女人有着一双犀利的眼睛，交谈两下子，他就能准确无误地判断出女人的心思，可谓情场高手。杨波在认识李凤舞之前曾经谈过几个女朋友，而且都是手到擒来、从未失手。他与她们只是逢场作戏，满足于自己的肉体之欢，没有什么真爱可言。而新认识的一个女人则令杨波头疼至极。这个人就是年轻寡妇韦艳菲。杨波原以为可以跟她逢场作戏一下便收手，可是韦艳菲是个有心计的女人，时时刻刻都想把杨波看成是自己大网里的一条大鱼，步步为营地收拾着他。

杨波深知自己到了被逼婚的地步,有点慌了。加上母亲多次催他结婚，刚好李凤舞向他恳求援助，杨波觉得就像接通了电源一样，更像看到幸运之神向他伸手过来了。更为重要的是，李凤舞是刚刚被提拔担任市人民医院院长的胡用的师妹，是胡院长亲自引进的高才生，她在大学时发表了不少的医学论文，尽管其能力和水平刚刚显露出冰山一角，但很快会有大的长进，通过她一定会得到更多的意外收获。她全身是个宝，拥有这块宝贝将受益无穷。再说，能够娶到重点大学的高才生，也算是祖坟冒青烟了。杨波权衡利弊之后很快做出人生最重要的选择，就像弦上的箭一样飞向李凤舞。

有一天，杨波约李凤舞在公园最高处见面，突然变戏法般从身后拿出一束玫瑰花，当场向她示爱。李凤舞面对突如其来的求爱，慌得六神无主。面对杨波的猛烈进攻，李凤舞犹豫了。她寻思半晌，满脸微笑地对杨波说："一个星期后正式答复你！"

杨波同样报以微笑，以平和温馨的语气说道："我等待你的佳音。"在杨波看来，李凤舞就像一位与苦难搏击的选手失魂落魄地在凹凸不平的山道上颠簸行进，累了困了，尤其需要在路边枕着一块柔软的枕头休息一下，而他就是那个枕头。

陆龙飞鬼迷心窍、思念心切，主动约李凤舞出来见面，这一天正好是杨波向李凤舞求爱的期限日。李凤舞没有穿上红色连衣裙前来相见，陆龙飞已经意识到他们所谓的爱情如同纸做一般，经不起风吹雨打，只能就此打住了。陆龙飞心里十分失落，就像生了一场大病一样。他本以为这是一场轰轰烈烈的爱情，也曾经做过很多美丽的梦，谁知只是单相思而已。可是，李凤舞却被杨波的表面功夫给迷惑了，这让陆龙飞无法接受。杨波算什么东西？说句不好听的话，他是个玩弄感情的高手，李凤舞哪一天被抛弃是早已注定了的！那么，该不该将自己知道的一切告知她呢？思前想后，冷静下来的陆龙飞没有做出更多的分析，而是将心灵的大门关闭了起来。他深知，热恋中的人一般是听不进别人的半句真话的，再说，有些东西要靠个人的分析、判断以及自我掌控，别人也是起不了什么作用的。

李凤舞很快与杨波结了婚。结婚是人生一件大事，更是步入了人生的一个殿堂，哪有不热闹一场之理？可是杨波还是沉住了气，真是让人感到不可思议。

后来，有人告诉陆龙飞，说杨波不敢大张旗鼓操办婚事，正是他的高明之处。这样一来，不偏不倚，稳妥郑重，男女双方均表示满意。这既符合李凤舞的性格，又巧妙堵住了其他和他牵扯不清的女性的嘴；既完成母亲的愿望，又尊崇移风易俗的风尚。这可真是一举多得、一箭多雕。

对于李凤舞的闪婚，众说纷纭。

陆龙飞感到十分突然，又觉得合乎情理，因为一向孝顺的李凤舞是在救自己的母亲啊！

蒙爱国得知李凤舞他们结了婚，第一时间给陆龙飞打来了电话，顺便卖弄他的命相资本。他说："兄弟，古人说，一命二运三风水四积阴德五读书，命里有时终须有，命里无时莫强求。你是无神论者，你不会相信命，听我分析就是。从命相来说，那不是你的最爱！你的命里有李凤舞，但注定你们走不到一起。命是上天注定了的，运则是后天所为！比如，你们就是两棵树，各自生长在一片土坡上，也许只能遥遥相望，而没有树树相拥的可能。除非有一天一棵树突然倒下了，正好倒在另一棵树身上。"

陆龙飞不相信蒙爱国的鬼话，但觉得他的分析鞭辟入里、头头是道，只能一笑置之。

蒙爱国掐着指头，富有节奏地说道："李凤舞 1977 年生人，属相是蛇；杨波 1975 年生人，属相是兔。有人说'蛇盘兔必定富'。在古老的八字配里，男兔属火，女蛇属木。有诗云：'火木夫妻好婚配，子孙孝顺家业旺。六畜钱粮皆丰盈，一世富贵大吉昌'。这命相不错，绝配！"

陆龙飞反问道："表哥，那么你呢？应该也是绝配吧？"

蒙爱国说："别损着我，好吗？呵呵，比上不足比下有余吧。会算命的人，有时候也不一定算准自己的命嘛。"

陆龙飞说："也就是说人有自知之明，是吧？"

蒙爱国说："这就是命。我一个农民，知足了！"

陆龙飞不知说什么才好，只能"呵呵"两声。他又说道："表哥，你也可以帮我算一算嘛。"

蒙爱国说："你哪里信这种东西啊？不过，我可以吹一吹吧，你就当耳边风啦。属龙男＋属鼠女——完美的婚姻，天生的一对；属龙男＋属鸡女——非常般配的一对；属龙男＋属猴女——非常速配的一对；属龙男＋属蛇女——最佳搭配的一对！呵呵，心诚则灵，你自己看着办吧！”

听蒙爱国这么一摆谱，陆龙飞不由得像筛子一样过滤着他的每一句话。他虽然不相信算命先生的鬼话，却在苦苦思索着自己的下一步，工作、爱情、友情、生活、小说、理论、散文，等等，它们就像棋盘里的各个棋子，只要动了第一颗棋子，随后就得面对看似简单实则复杂的局面，步步为营地搏杀、进取，最终走向成功！

3 “关键时刻还得老娘上！”

俗话说：“美不美，家乡水；亲不亲，故乡人。”

“三难”屯是陆龙飞贫穷家乡的代名词，消除“三难”（行路难、饮水难、用电难）、回报家乡、建设家乡，需要的是具体行动。作为山里走出去的文化人，谁不想为家乡的建设发展尽微薄之力呢？除非这个人不食人间烟火！由此，陆龙飞经常在盘龙大哥耳边提及建设家乡之事，但每一次他都显露出不冷不热、无动于衷的样子。盘龙是科长，又是领导身边的人，如果有心想为家乡办点实事，跟家乡县分管领导打一声招呼，那还不是小菜一碟？问得急了，盘龙推脱说：“兄弟，有些事急不得，不是我不想作为，而是暂时不能为。”

陆龙飞不无讽刺地说：“那我们家乡‘三难’屯就永远没有改变的可能了吗？换个角度说，你不干，同样需要有人干！现在不趁热打铁，那要等到猴年马月啊？”

盘龙被陆龙飞说得哑口无言。半晌，他才说：“你在扶贫办工作，可以直接向黄主任报告这件事，试探他的态度嘛。”盘龙舌头一转，严厉地说：“可是我提醒你，不能打着我的名义！”

陆龙飞就像吃了闭门羹一样，只好闭口不说了。陆龙飞想，家乡是“三难”屯，可是我要是向顶头上司提出申请，势必给领导出难题了。如果领导不表态的话，情义上说不过去；如果领导同意了，是不是给人留下了以权谋私的嫌疑？盘龙大哥的顾虑也许正在于此吧？解决“三难”问题是大势所趋，是民心所向。想当年，陆龙飞读小学时干爸就提到致富路、幸福水、光明电的事，几十年过去了，梦想成真的愿望还是遥遥无期。乡亲们急，走出山门的陆龙飞比他们更急，但是急又能怎么样？心急吃不了热豆腐，可是一种力所能及的意愿在陆龙飞心中油然而生，一种为民请命的念头在陆龙飞的心中根深蒂固。陆龙飞深知大哥的苦衷，心想既然他不宜出面牵线搭桥，那就由我这个小小的副科长来完成吧。当然，陆龙飞经常提醒自己，一切必须依法依规进行，这是底线，马虎不得！后来有一次陆龙飞找到黄声怀主任汇报工作情况，黄主任主动问有什么困难，陆龙飞本来想把家乡“三难”一事抖出来，可是话到嘴边又缩了回去。陆龙飞为自己“胆小怕事”感到悲哀。

凡丽娜对陆龙飞的胆小懦弱表示强烈不满，一针见血地骂道：“你个陆龙飞，胆小如鼠，家乡的小事都不敢去面对，吹牛说自己是一条龙，要飞上天！还要写什么小说呢！被人告了黑状，自己还恭恭敬敬给别人赔笑脸！实话说，小说只能是精神食粮，它解决不了温饱问题，更破不了‘三难’！”

陆龙飞被说得哑口无言，一脸尴尬。他意识到小说在现实面前就像跳梁小丑，表现得越卖力，越没人在意，自己这样的表现在凡丽娜面前真是无地自容。

凡丽娜用纤细的双手紧紧抱着陆龙飞的脖子，说道：“刺到你的痛处了吧？我要表达的是，该做的事必须千方百计去做，不违反法律法规就行；该写的也要绞尽脑汁去写，写好写精写得获大奖更好。所谓工作小说双丰收，文学爱情双胜利！”

陆龙飞抚摸着凡丽娜的纤纤细手，激动地说：“丽娜，冲你这句话，我要将双丰收、双胜利进行到底！”陆龙飞猛地将她搂进怀里，就像一只老鹰在高空看见了猎物猛插下去的英勇与执着、刚毅与贪婪、迷恋与快感。

凡丽娜亲自找到黄声怀主任说明情况，黄声怀问道：“小凡，你是龙飞什么人？”

凡丽娜快言快语道：“文友加朋友，难道不行吗？”

黄声怀说：“如果你是他女朋友的话，那么我可能优先考虑。不过，想要走我的后门，那是没门！麻烦你帮我带话给小陆。”

凡丽娜说：“黄主任,你这人太不近人情了。小陆的家乡也是个‘三难’屯，不通路、不通电、不通水，可是他却不敢向主任提出半个字的要求！”由于是老乡，凡丽娜说话咄咄逼人，毫无遮掩。

黄声怀说：“有时候不近人情是对的，近了人情会害死人，这是经验之谈。”

凡丽娜说：“难道有困难的村屯不应该提出合理的要求吗？难道合理的愿望和诉求不应该得到重视与支持吗？难道改变家乡贫穷落后的面貌有错吗？黄主任，请原谅我凡丽娜的冒昧！”她扮了个鬼脸，低着头走出去了。

黄声怀说：“小凡，你给我站住！”

凡丽娜猛地立住。

黄声怀走到她身旁，低声问道：“是不是看上陆龙飞了？”

凡丽娜看了黄主任一眼，害羞地点了点头。

黄声怀哈哈大笑起来：“光喊在嘴上，没有行动，哪行呢？不过，你的‘三个难道’就像三把刀直插在我心上！我内心有愧啊！”

凡丽娜说：“黄主任，我只是替龙飞诉苦，没别的意思。不管怎么样，我们改变家乡贫穷落后面貌的决心没有变！”说罢，扬长而去。

后来，凡丽娜将这件事告诉陆龙飞，陆龙飞觉得一阵快意涌上心头。他激动地说：“你将了我们主任一军，也让他对我们这些部下的家乡有了更多的了解。‘三难’非解决不可！”

有一天，干爸突然给陆龙飞打来电话，说他退休回到家那天，屯里老老少少不约而同挤到家门口，恳求他出面，想尽一切办法把路修进来，把电线架过来，把水柜建起来。更有一些好事者当着干爸的面数落他们这些走出山外的读书人，让干爸羞得无地自容。比如，“关爱家乡，重在行动；不见行动，有个鸟用！”“‘三难’不解决，枉作家乡人！”乡亲们都把干爸当作出气筒，以此将难听的声音尽快传到盘龙和陆龙飞的耳朵里。干爸深知盘龙的难处，没有跟他提及这些事，还特地交代陆龙飞不要给大哥施加压力。陆龙飞也推脱说每天都忙得像陀螺一样团团转，或者说正在考虑之中。

可是，干爸对他们不冷不热的态度还是表示了强烈不满，措辞之严厉让人感到汗颜。他甚至放话说："家乡的事是小事也是大事，要是你们兄弟打哈哈，爱理不理的，冤枉读了几年大学，冤枉在官场上混了！'当官不为民做主，不如回家卖红薯。'"

听到这些话，陆龙飞就像一株禾苗突然被暴风雨击打一样不知所措。他以为在市扶贫办做事，有了"近水楼台先得月"的优势，捷足先登应该不成问题，谁料到反而成为帮家乡的一大障碍。陆龙飞似乎看到一团火往自己身上烧，烧得他疼痛难忍。他深知，作为扶贫办的人就是忌讳谈修路之类的事，免得授人以柄、引火烧身。想来想去，陆龙飞只好厚着脸皮与凡丽娜商量。凡丽娜思维活跃，勤于思考，乐于动脑，常常把写作稿交给陆龙飞审改，陆龙飞不厌其烦地提出修改意见，很快就有五篇散文、八首诗歌分别刊发于省级刊物和省级日报上。能够在省一级刊物上发表文章，其创作实力不可小觑。正在热恋的凡丽娜对陆龙飞言听计从，乖巧得就像一只猫一样。他们郑重其事坐下来认真研究，决计先从修路下手。凡丽娜想了想，说道："我认识一些政协委员，多跟他们联系也许有戏可唱。政协委员很多都是企业家，也乐于将资金投到扶贫事业上。"

陆龙飞眼睛一亮，就像在黑麻麻的隧道里行走时突然看见一道亮光。他恳求凡丽娜开动脑筋，利用人脉关系，助家乡建设一臂之力。

凡丽娜自信地说："关键时刻还得老娘上！"

到了周末，凡丽娜和陆龙飞相约一起跑一趟她的老家宜江市。

尽管是新社会，可对于农村人来说，思维毕竟还是比较传统、守旧。突然带一个男人回老家，不是丈夫是什么？师出有名，必须有一个名分才行。陆龙飞问凡丽娜，她又将问题像踢足球一样踢回来："你说呢？"陆龙飞突然灵机一动，猛拍大腿，想出了一个名正言顺的最佳办法。陆龙飞说："我们把想法写在纸上，看是否一致。"凡丽娜说："好呀！"不一会儿，陆龙飞本想写"结婚"二字，又觉得太唐突了。陆龙飞说："还是由你说了算吧，我没有意见。"说心里话，当时陆龙飞对凡丽娜还不十分上心，美其名曰再观察一段时间。

也许，陆龙飞的心思被凡丽娜捕捉到了，她一针见血地说："是不是后悔了？你们这些臭男人的那点心思我还不懂吗？吃了碗里的还想着锅里的！"

这话就像一支利箭射中了陆龙飞的心脏，他不得不对凡丽娜另眼相看了。陆龙飞从自己的脸面考虑，拉下脸说道："可是人家已经登上了婚姻的殿堂了嘛！"

凡丽娜说："虎口拔牙呗，这不是你的强项吗？"

陆龙飞深知凡丽娜喜欢开玩笑，但他还是故意虎着脸说："原则上的问题我不跟你开玩笑的！"

凡丽娜穷追不舍地问："那你家乡就不想修路了，是吗？"

陆龙飞说："我想的是如何做到合情合理、两全其美，既不为难你，又能够办好该办的事。"

凡丽娜说："你只有结婚了！又是修路，又能搂得美人归，不是两全其美吗？算了，开玩笑的，修路才是最重要的。我们可以硬着头皮、磨破嘴皮、踏破脚皮，努力想办法把修路资金落实下来。至少你是我的写作引路人吧。可是，又有谁像我这样的傻瓜替你卖命呢？"

之后，凡丽娜通过亲戚朋友出面，与宜江企业家凡峰、黄立（他们都是凡丽娜家的亲戚）沟通、联系。陆龙飞和凡丽娜利用周末时间对他们进行深度采访，很快写就两篇报告文学，在市级报刊上做了宣传推介，打动了两位企业家的心。他们表态一定会捐款，但必须走一趟陆龙飞的老家再做答复。

机遇说来就来了，这样的机会陆龙飞哪能轻易放过呢？陆龙飞知道他们是凡丽娜家的亲戚，他们只是看在她的面子上，因为陆龙飞是凡丽娜的男朋友、准丈夫，将来与她结为夫妻是陆龙飞的福气。陆龙飞深知要抓住机遇，将家乡修路的大事落实好。凡丽娜告诉陆龙飞，他们两个亲戚都是酒场上的老手、高手，必须让他们感受到家乡的淳朴与热情、豪爽与好客、多情与快乐。于是，陆龙飞特别交代干爸杀一只六七十斤的山羊，弄好醇香的羊瘪汤、鲜嫩的羊活血、可口的羊包肝、松软的羊松骨等，还准备了一百斤的红薯酒，送给他们每人一桶，每桶三十斤装。这些都是陆龙飞自掏腰包。随后，陆龙飞还主动与那龙乡党委书记、乡长取得联系，盛情邀请他们过来一起款待山外的客人。

那天，乡里主要领导来了，覃放副乡长来了，村支书李威武也来了。他们提前在陆龙飞家门口迎候着。覃放是陆龙飞以前的顶头上司县经贸局局长覃山的公子。因为陆龙飞的小说问题，覃放曾经暗中通过某个县领导给他施加压力，搞得沸沸扬扬，结果被县委宣传部部长的一句话化解了。

那个覃放也喜欢写点文章，名字频频出现在报刊上，也算是个小作家吧。这次他也许有意来看陆龙飞，至于抱着什么目的那就不清楚了。

山高路陡，阳光炽热，企业家凡峰、黄立等人爬了一个多小时的山路，累得汗流浃背、腰酸脚疼。陆龙飞要的就是这种现场感、真实感，让他们深受山路的折磨，从而心随意走、献出爱心。

客人一到，俭朴而有特色的招待活动就开始了。按家乡习俗，至少包括六个方面。第一，敬请客人先喝一杯茶水；第二，敬请客人喝上三小碗酒，由干爸亲自敬酒；第三，敬请客人喝上一碗羊活血（羊红）；第四，敬请客人吃一碗羊瘪汤；第五，对唱山歌，以示欢迎；第六，敬请客人观看铜鼓舞和陀螺舞表演。特别是第五、第六这两项，令人振奋。

铜鼓舞表演在门口的空地上进行，旁边围观着众多的乡亲，这也是陆龙飞特意设计的。陀螺舞表演更是精彩至极。只见表演者用绳子将陀螺绕了几圈，然后用力往地上旋放，右手迅速托起正在旋转的陀螺，让陀螺在手上转，在背后来回转，在头顶上转，在左右手之间转，随后又单脚独立，将陀螺从身前身后、脚底下转，陀螺始终不停地转，突然表演者将身子往后一仰，让陀螺在自己的下巴处转。众人特别是从外面进山的几个人看到如此精彩的表演，都赞不绝口。

凡峰对陆龙飞说：“小陆，如果有可能的话，春节期间我想邀请他们去我老家表演。”

黄立凑过来说：“我老家也要请表演队。”

陆龙飞说：“到时我亲自带他们过去！”

两位企业老总异口同声地说：“好！”

吃饭期间，两位老总商定，每人捐二十万元修路资金。他们还向陆龙飞透露说黄声怀主任也非常支持他们的义举，不然他们不会爽快进山来考察的。

陆龙飞意识到黄主任采用“曲线救国”的策略，恰到好处地助了家乡一臂之力。自己不好好干，就对不起顶头上司了！

谁知，由谁来负责施工却成了大问题，村民小组组长陆成亲自给陆龙飞打电话，提示让他求县领导通融通融，辛苦费百分之十五。陆龙飞二话不说就挂了电话。之后，陆成又不断地骚扰陆龙飞，只要一听到他的声音，陆龙飞就只听不说。

之后，又有几个小老板接二连三给陆龙飞打电话。陆龙飞就像是一把锯子,被他们左扯右拉,不知所措。一个搬来县领导,一个搬来乡党委书记,都是为了拿到施工单。

陆龙飞将自己的担忧告诉凡丽娜，凡丽娜大大咧咧地说道：“这太简单了，由捐钱的人自己找施工方不就解决了吗？”

陆龙飞拍着脑袋，说：“是啊，我怎么没有想到这一点！”

凡丽娜说：“解铃还须系铃人。这样谁都不会得罪，两全其美，何乐而不为？陆龙飞同志，你需要学的东西太多了！”

陆龙飞调侃说：“虚心使人进步，骄傲使人落后。”

凡丽娜说：“这就对了。谦虚是一种智慧，是一种明智之举，亦是一种有分寸的表现。”

于是，陆龙飞分别给这些老板打电话，巧妙地予以拒绝。一个姓杨的老板还没有听陆龙飞说完，就劈头盖脸骂起他来了。

姓杨的说：“我给你打电话，就是尊重你，你以为我想求你吗？你一个副科长，要钱没钱，要权没权，等着喝西北风吧。”

陆龙飞笑笑说：“兄弟，现在不是求了吗？只是我能量不够，帮不上你的大忙。具体你联系凡总他们吧。”

陆成说话更加露骨。他说：“不管怎么样，我是你的父辈，修路是我们家的事，理当是我们陆家赚小钱。”

陆龙飞说：“那好，请你与凡总和黄总打交道吧。”

一天晚上十一点钟一刻，陆龙飞加班回到家，见有一个酒醉的人坐在出租屋门口，陆龙飞一看，这不是陆成组长吗？陆龙飞好不容易才将他扶进了简陋的房子。陆龙飞感到他既可怜又可恨。可怜的是，他作为一个村民小组组长，低三下四地讨好领导，喝得不省人事；可恨的是，一个人在金钱面前变成了奴仆。

当晚，陆龙飞让烂醉如泥的陆成在出租屋休息，既然到了这样的地步，何不送个人情呢？

第二天陆成醒来之后，陆龙飞特地请了个假，将他送到了汽车站。陆龙飞只能说这事自己做不了主，要由陆成自己去对接凡总和黄总，至于给谁承包，已经不是陆龙飞的事了。在这个问题上，陆龙飞必须分清楚哪些是水，哪些是油，不能黑白颠倒，不能越俎代庖，更不能授人以柄。这点常识陆龙飞是懂的！

通车那天，在交叉路口举行了简朴的仪式。三岔路口那里竖起一块牌子，写着一副对联：

劈山打通致富路
遇水架设民心桥
——宜江县政协委员援建屯级公路示范点

之后，陆龙飞和凡丽娜继续通过凡峰、黄立牵线搭桥，再次为良龙村引进了三十万元修路资金，同时想方设法为村里地头水柜建设也拉到了不少资金。

陆龙飞和凡丽娜的情感也像山上流下的清水进入舒缓的平地上，悠然自如地走进充满人生魅力的世界里。陆龙飞感到慰藉，因为他潇洒从容地把“将工作和爱情双丰收进行到底”的口号写在了人生的履历上。

4 “现实就是现实”

蒙爱国比陆龙飞和李凤舞早结婚几年，他自由自在地枕在温馨幸福的臂弯里，潇洒自如地享受着鱼水之欢，但是却囿于种种原因，至今尚未有孩子。在大厂镇拼命打工赚钱的蒙爱国没想到会碰到这种苦不堪言的尴尬事。蒙爱国和老婆黄娴开始是小闹，然后变成大闹，由相知相爱、惺惺相惜逐步转变到恩断义绝、反目成仇，最后离婚了。有一天，蒙爱国亲自给陆龙飞打电话说要到市里请他吃大餐。陆龙飞问：“为什么？”他说：“我终于跳出婚姻的牢笼了，现在变成了自由人！”陆龙飞不知道说些什么才好。过了一段时间，蒙爱国又说他有新的女朋友了。陆龙飞追问，他又避而不谈了。之后，蒙爱国也不主动给陆龙飞打电话了，陆龙飞给他打电话，他总是避重就轻、避实就虚，或者干脆不接陆龙飞的电话。渐渐地，他们之间的联系也少了。可是听蒙爱国的好友说，蒙爱国经常在孤独的时候用树叶吹奏着美妙悦耳的乐声。

李凤舞和杨波结婚之后也一直没有生育，她那块土地只有盛开的鲜花，没有成熟的果实。这是他们最大的一块心病。作为一个医生，李凤舞每天都与病人打交道，将病人看成是自己的骨肉同胞，不断施以爱心，而个人的生育问题却一潭死水平静如镜，如同那些风水先生天天给人看风水，自家的风水却没能给自己带来好运气一样。无奈之下，李凤舞多次跟杨波商量去大医院做检查，杨波却总是推脱说忙，抽不出时间来，而且他对自己的身体健康状况从来没有怀疑之心。李凤舞跟胡用院长请假，利用周末时间跑到南宁几家大医院做了全面检查，结果是她一点问题都没有。于是，李凤舞想让杨波去大医院检查，可是又不敢当面跟他说。杨波本人从不怀疑自己身上出了状况，而且说了一大堆的理由，夫妻之间的矛盾就此开始了。俗话说，家丑不可外扬。李凤舞周末时跑到住在阳安县城的杨波母亲谭琳家里，将医院检查的情况告诉老人家，还让她看几家医院的体检报告。谭琳通情达理，直接拨打儿子的电话，将杨波大骂一通，并且叫他立即回阳安县城。杨波不得不立即驱车赶回老家，还特地带上了刚认识的姑娘牛翠花，目的只有一个，就是要让母亲暴跳如雷，也让老婆更加心灰意冷。对他来说，李凤舞只不过是自己的发财工具，这个工具完成了使命，就应该滚蛋了。说实话，正是因为李凤舞的出现，杨波才在胡用院长那里顺利拿到了五千万元的建设项目，从而赚到数目可观的利润。谭琳见到儿子带着一个年轻女子回家，气得火冒三丈，立即要将对方赶出家门。李凤舞却一个箭步上前，将牛翠花拦住，说道："小妹，你别计较老人家的话，有事坐下来好好商量嘛。"

牛翠花挣脱李凤舞的手说："李姐，对不起你们了。我不能留下，留下会害了你们一家。"说着，捂住嘴巴跑开了。

杨波想拔腿而去，却又迈不起步子。他被母亲威严的目光镇住了。

李凤舞深知婆婆珍惜这个家，珍惜杨家名声。李凤舞给杨波使眼色，示意他不要意气用事。杨波坐在沙发上，一脸无奈，就像断了翅膀的山鹰。李凤舞恰到好处地利用婆婆的关爱树立起自己贤妻的形象。她轻轻捶着谭琳的肩膀，说道："妈，您消消气嘛。有什么事一家人还不能好好商量吗？何必搞得鸡飞蛋打、坐立不安？杨波这是气您的，我可从来没有听说过杨波跟别的女人不清不楚的，您误解他了。这个小牛我认得，是他们公司的秘书。"杨波感激地看了李凤舞一眼，转而对母亲说："可不是嘛，妈不分青红皂白把人家气走了，还说了很难听的话，人家今后怎么做人？”李凤舞说：“就是，杨波这是故意气您，才把小牛一起带来，我相信杨波。”谭琳本来很生气，经李凤舞这么一说，心里的气也消了一半。谭琳说：“儿子，结婚可不是闹着玩的，没有后代才是最可怕的。”杨波说：“知道了。”谭琳说：“你们这个家组合起来不容易，要倍加珍惜。你爸走得早，我养你们几兄弟不容易，你作为老大，更要树立威信和形象。”谭琳将几份医院检验报告交到杨波手上，说：“你先看看吧，这是凤舞跑了几家医院体检得出的结果。”杨波接过几份检验报告，目不转睛地翻阅着，说：“妈，可能是我的问题了。过几天我就去大医院检查！”谭琳开心地笑了：“儿子，这就对了嘛。”

问题果然出在杨波身上，杨波看见医生的签字后差点晕倒在地。医生告诉杨波，要多吃些补品，养好身体，奇迹也许会很快发生。可是杨波多方寻医，甚至跑到上海、广州等地的大医院治疗，钱也花去了几十万元，还是无济于事。

不久后的一天，谭琳突发急病过世。此后，杨波一天在家也待不上半个小时，李凤舞就像守寡一样度日如年，泪水湿透了枕头。白天她不得不强颜欢笑，投入忙碌的工作之中。晚上回到家中，她独自坐在空荡荡的房间里欲哭无泪。有一天半夜，醉酒的杨波有意将牛翠花带到家里来，当着李凤舞的面故意调情，李凤舞实在看不下去，猛地抬起一张独凳砸向杨波。杨波顺手推开，改变了独凳飞走的方向，啪的一声不偏不倚地砸在镜框上，将他们的结婚照砸落在地。杨波说：“砸得好！这就是你想要的结果吧！”说着拉上牛翠花摔门而去。李凤舞看到被砸烂的镜框，她小心翼翼地将镜框碎片捡起来，心里一阵酸痛，她意识到自己和杨波之间的感情就像支离破碎的镜框，很难破镜重圆了！

就在他们的结婚纪念日当天，李凤舞正式向法院提出了离婚申请，净身出户，家产一分不要。善于伪装自己的杨波故意装着可怜巴巴的样子，一把鼻涕一把眼泪诉说心中的苦楚。李凤舞看透了杨波的心，庆幸自己没有被假象所蒙蔽。后来杨波因为犯法被判刑，李凤舞也被找去问话，她庆幸自己清清白白，没有卷入这一旋涡里，这是后话。关于婚姻，李凤舞不想多说什么，毕竟是自己草率的选择，对错已经不重要了。就像一个人走山路，走到半山腰才发现这条山路越往上攀登越是悬崖，只好退下山来，考虑如何重新起步。

有一天，陆龙飞突然收到李凤舞发来的一则信息：我和杨波的婚姻已经走到了尽头！陆龙飞不知道如何回复她的信息，想了想，才答道："老同学，不要把长发剪掉了！"

陆龙飞的这则信息意义深远，只要想到李凤舞，她的柔软飘逸的长发就像富有情感的树根一样长在他的心里！

半晌，李凤舞才回复一个"嗯"字。不一会儿，她又给陆龙飞发信息说："真羡慕你们的婚姻！"

陆龙飞和凡丽娜结婚第三年，女儿呱呱落地，他们给她取名为陆凡，即陆家和凡家的结晶。女儿聪明，迷上音乐，爱妻便教她练习唱歌、弹电子琴之类，每天的每天，他们小小的房间里弥漫着音乐的美妙和温馨的气息，日子就像倒吃的甘蔗一样节节甜。

又过了几年，就在陆龙飞准备提拔当科长的时候，有人写匿名信举报他以权谋私，匿名信分别寄给了市纪委、组织部和黄声怀主任本人。

事情起因就是几年前陆龙飞给家乡修路、修水柜的事情。家乡部分村屯通路后，村里人把陆龙飞看作英雄一般，而还未通路的两三个屯的群众则多次找到陆龙飞的干爸，求他亲自跑市里一趟，当面向陆龙飞求情给他们修路，弄得干爸进退两难，不知所措。干爸深知陆龙飞的难处，只好当面回绝了他们的要求。于是，就有人到乡政府告状，无中生有说了干爸的坏话，还骂陆龙飞这个野种不知好歹，忘了祖宗忘了本。

干爸默默承受了众人的辱骂，尽管心中怒火冲天，却也不与他们争辩半句。只是，他对众乡亲的做法和举动是感到不可思议的。

黄声怀收到匿名信当天，立马将陆龙飞叫到自己办公室，严厉审问他是否安排施工队施工，是否收了老板的烟酒，是否吃了回扣，等等，陆龙飞一一予以否认。无中生有之事怎么能编出东西来?

黄声怀当着陆龙飞的面将匿名信撕个粉碎，骂道："天下之大，无奇不有！"

可是，陆龙飞的提拔问题还是被耽搁了下来，就像一条船准备下河试水，却发现船身被人蓄意破坏，船无可奈何地搁浅在沙滩上。陆龙飞意识到人世间的险恶及人性的复杂，他感叹道："现实就是现实，真是太复杂了！"

这天上午，陆龙飞陪同黄钟翔副主任驱车回到家乡大都县那龙乡检查地头水柜建设工作。事前市扶贫办收到群众举报，说大都县那龙乡部分地头水柜年久失修，群众多次向乡党委、乡政府反映，但都没有引起重视，希望上级扶贫部门给予重视和支持。收到群众来信后，黄声怀很快交代黄钟翔副主任以调研为名，深入实地了解情况。黄钟翔便带上陆龙飞下村屯核实去了。车子颠簸了四个多小时才驶入那龙乡政府，中午两人与大都县扶贫办的相关同志会合后匆匆吃了便饭，乡党委副书记杨帆亲自陪同他们到山羊村和山龙村调研。

地头水柜，又称集雨浇灌工程，就是用水泥和石块砌成的蓄水池，大者可装几百立方米的水，小的也能装五十立方米左右的水。因状如柜子，又大多建在田边地头，当地人称之为地头水柜。地头水柜的作用显而易见，它有效缓解了山区群众人畜饮水困难的状况，促进山区群众脱贫致富，还给山水秀美的大石山区增添了一道亮丽的新景观。

调研组首先来到山羊村，向村干部了解相关情况，还特地走访了写告状信的陆姓老农。老陆说，1998 年，凡周当了他们那龙乡党委书记后，和乡长陆斌一起发动全乡修建地头水柜，他们首先在山龙村和山羊村搞试点，再全面铺开。在山里，地头水柜的作用很大，可是水柜里的水不够干净，希望政府多出钱，给每个水柜都加好盖。老陆还说，有一年冬天大旱，三只猴子没有水喝，只好跑到他家后山的水柜找水喝，因为水柜较深，三只猴子爬不上来，结果全溺死了。水柜里的水流进他家石缸里，气味很浓，后来才发现是猴子死在水柜里引起的。他将猴子掉进水柜死亡这一情况及时报告给村干部，村干部再上报给乡领导。他将三只猴子打捞上来，把它们分别装进了编织袋，再找一块地将猴子给埋了。后来，各村屯群众都在水柜里摆放一根木头，让猴子喝足水之后沿着木头往上爬，这样就起到了一箭双雕的作用。老陆当着大家的面说，在水柜里放木头这个主意正是乡党委副书记杨帆提出来的。

黄钟翔竖起大拇指夸奖道：“保护动物是一件大事。杨书记的办法真管用！”

杨帆呵呵地笑了：“实践出真知嘛。”

随后，调研组又驱车来到山龙村弄江屯山坳口。弄江屯每家每户都建有家庭水柜，全屯五十二个水柜成了一道亮丽的风景线。站在高处远望，只见在田边地头、村旁屋后、竹林深处，一座座或圆或方、大小不一的地头水柜依山而建、临水而围，拔地而起、错落有致，全都装满了干净的水。

杨帆如数家珍地向黄钟翔他们详细介绍了山龙村和那龙乡全乡地头水柜的建设情况，他对哪个村、哪个屯有多少个地头水柜都了如指掌，黄钟翔有意问了几个刁钻的问题，杨帆都能对答如流。

陆龙飞不由得感叹："当乡领导真的不容易！"

黄钟翔说道："小陆，那龙是你的家乡。这次我们虽然没有安排到你们屯去调研，但是我想你回来看到一个个地头水柜，一定有新的感受吧，就当我是记者采访你，你用一首山歌来表达吧！"

陆龙飞脱口而出一首山歌来：

水柜好比储粮仓，蓄满粮食不愁荒。
平时节约少乱用，能省则省进米糠。

车上的人忍不住鼓起掌来。

不一会儿，黄钟翔对陆龙飞说道："小陆，难得回来一趟，不知道你家离这里近不近。我想了想，我们还是拐过你老家看望你的家人吧，不然你会说我黄钟翔没有人情味、不近人情。这也是黄声怀主任特别交代的，领导关爱下属完全是应该的！"

陆龙飞说："可不是嘛，回到老家，却不进家门，怎么能说得过去呢？如果我是大禹，也做不到三过家门而不入。多谢主任了。当然，天色已晚，别的什么土特产可能来不及准备了，土鸡、土酒还是有的。"

5 人有旦夕祸福

时间如白驹过隙，日历也翻得很溜。很快，陆龙飞在市扶贫办综合科副科长这个位置已经摸爬滚打了好几年时间。黄声怀主任被组织调任市农业农村局局长，林立副主任由副变正。一开始，陆龙飞以为自己人生路上又遇到了一位好领导，可是他很快意识到自己在林主任那里并不受欢迎，这就像把自己最美的一幅画交到画家面前，可是画家并不识货一样。干秘书这个活的劳累程度无法用言语来形容，三天两头不被领导批评就是“阿弥陀佛”了，当然偶尔被批评也属正常，可是林立上任不久就暴露出了自己的本性。他是个急性子，脾气暴躁，作风霸道，动不动就训人，几个科长都被他训得无脸见人，下不了台。说不好听的话，他好比一台只会运转的骂人机器，一旦插上电源，就一直转动不停。其中，覃初科长被骂得最严重，加上还有其他原因，覃初一气之下递交了辞职报告。

覃初辞职的第二天，林立主持召集市扶贫办党组成员开会研究，打算将另外一名副科长提到综合科科长这个位置，结果其他党组成员提出了不同意见，科长职位只好留空，陆龙飞还是主管全面工作的副科长。这是领导讨论的折中结果。

当天下午六点，黄钟翔主动约陆龙飞到附近一家餐馆吃快餐。凡丽娜与黄钟翔老婆李丹同在一个科室工作，平时经常在一起，两家也很熟，说说心里话也属正常。黄钟翔是陆龙飞的顶头上司，平时除了工作之外，聊天机会也多，但是陆龙飞还是有所忌讳。这一次却不同，他主动找到陆龙飞，似乎有一种不吐不快的感觉。

吃罢饭，他们选择一个幽静的地方喝茶、聊天。黄钟翔直接进入谈话主题，说 :“本来有些话我不应该告诉你，但是我不得不说，我要替你打抱不平！有人说你高傲自大、目中无人 ;有人说你聪明过头，可情商很低 ;有人说你不务正业，城府很深。这些不管有或没有，你都要引以为戒，有则改之、无则加勉。而我要说的是，你是一匹骏马，你是一只雄鹰，你是一只猎豹，必须蓄势待发，展现自我！”

黄钟翔的话就像一支体温计，将陆龙飞心的温度量得准确无误。陆龙飞的眼睛湿润了 :“谢谢主任的关爱！这个社会我还没入门啊！”

黄钟翔说 :“看在你我老婆是闺蜜的份上，不管怎样，你必须干好，千万不能让大家失望！”

陆龙飞站起来敬礼道 :“遵命！”

黄钟翔突然看见陆龙飞脖子上挂着什么东西，忍不住问道 :“你还迷信呀？看看你胸前挂的是什么？”

陆龙飞将纪念章取出来，双手将它放在黄钟翔的面前。

黄钟翔盯着纪念章上“龙飞凤舞”四个字，又将纪念章还给陆龙飞，说 :

"'龙飞凤舞'，龙马精神，这是时代所需。但我一直在想，你干吗不读研究生呢？文凭越高越吃香啊。"

陆龙飞推心置腹道："原来我也有过这样的想法，但我的英语基础相对差一点，再说我想在文学上有所突破，所以晚上很多的精力都放在阅读和写作上了，现在看来这不现实。"

黄钟翔说："我知道你是一个永不服输的人，只要有了高文凭，你想去哪里，人家都抢着要的。文凭是什么？文凭是个宝，机遇不可少；高文凭在手，一切有得搞！"

陆龙飞说："嗯，先把研究生文凭拿到手了再说！"

过了不久，陆龙飞报名参加广西大学工商管理学院研究生班考试，每天晚上静下心来复习攻关，很快通过了考试，两年半之后参加全国联考，顺利拿到研究生文凭。在读期间，陆龙飞和杨帆同班，之后他们成为无所不谈的好朋友。

就在陆龙飞和杨帆拿到研究生文凭当晚，他们相聚在广西大学附近的一家餐馆用餐。正当他们闲聊正酣、其乐融融之时，命运悄然发生了改变。

当时，陆龙飞和杨帆喝啤酒喝到了七成，说话也有了相当的底气。他们就像胜利归来的将军扬扬得意地相互吹嘘起来。他们各自拿出研究生毕业证书放在桌面上，炫耀说有了这个东西，一切都好说。杨帆告诉他，他正在热恋之中，女朋友属于小鸟依人类型，对他更是百依百顺，有这么一个如花似玉的女朋友也知足了。他说他们打算在国庆节结婚，将爱情进行到底！

陆龙飞拿出自己与爱妻、女儿的合照，边饮酒边亲吻着照片，得意地说："我陆龙飞不才，但有了这个家，有了宝贝女儿，我也心满意足了。我还想，我和凡丽娜志趣与爱好互通相投，是知音与情爱的完美结合。"

这时候，杨帆突然接到了女朋友的电话，然后走出外面说了半个钟头，回到餐桌边，一气之下，就将手机砸在地上。不一会儿，又将手机捡了起来。他慢慢回到座位上，猛地拿起一瓶啤酒喝了起来，喝完又继续打开另一瓶啤酒咕咚咕咚喝了下去，然后再打开再继续喝着。

陆龙飞发觉不对劲，站起来制止了他的过激行为。

陆龙飞抢过啤酒瓶，问道："杨帆，出了什么事了？"

杨帆瞪着眼，猛地从陆龙飞手中抢过酒瓶。陆龙飞早有准备，抱着啤酒瓶不放，不让他放纵自己。

杨帆将头抵在桌面上，双手抱着头，像个小男孩般号啕大哭起来。半晌，他抬起头来，有气无力地说："兄弟，我的爱情没了！"说着，他张开眼睛木木地看着陆龙飞，好像死了一样，只是眼睛还睁着，原来是杨帆的女朋友打来电话，说他们的爱情已经走向了死亡。

陆龙飞走到他跟前，将他提起来。杨帆软绵绵的，好像一头死猪，任由陆龙飞摆布。杨帆喃喃自语道："这是我人生中最难过的时刻，你别碰我！"说着，头就歪了下去。陆龙飞叫来服务员买单，扶着杨帆踉踉跄跄地往一家小酒店走去。

刚把杨帆安顿好，陆龙飞突然接到黄钟翔的电话。黄钟翔严肃地说："小陆，告诉你一件不幸的事，你要挺住啊！"

陆龙飞问："主任，什么事让你这么严肃啊？"

黄钟翔停顿了一下，才鼓起勇气说道："我的老婆和你的老婆在大都县老兰乡出了车祸。你马上回来，我现在在赶往现场的路上。"说罢，就把电话挂了。

陆龙飞脑袋嗡了一声，就像被雷电猛击一样。陆龙飞坐在醉酒躺下的软绵绵的杨帆面前，感到头皮发麻，身子发抖，写了一张字条留在杨帆的床头上。

回到家中，陆龙飞匆匆收拾了行李，包了一辆出租车，马不停蹄向大都县赶去。车子颠簸了五六个小时，第二天一早五点多才赶到事故现场。

见到一脸憔悴的黄钟翔副主任和用白布盖着的两具遗体，陆龙飞顿时腿软了下来。

黄钟翔将陆龙飞扶起来，说道："坚强起来吧！"

干爸、干妈和岳父、岳母同时赶到了市里。面对白发人送黑发人的噩耗，四位老人老泪纵横，泣不成声。

妻子遗体火化不久，陆龙飞将她的遗像分别装在两个相框里，一个挂在墙上，一个挂在床头。让她白天关注整个家庭，夜晚就在床头边陪伴着陆龙飞和女儿度过一个个不眠之夜。干爸见到陆龙飞如此摆设，将放在床头的遗像收了起来，说这样不吉利。回山里前，他特别交代，过了七七四十九天后遗像就不宜放在大厅里了。陆龙飞想说什么又说不出口。干爸说："你心中装有一切，就足够了。"

最初的那段时间，每天都有亲人前来悼念，陆龙飞就像机器人一样呆呆地招呼着他们，感觉自己好像掉进了一个深井，眼前一片黑暗，看不见前方的路。其间，陆龙飞也经常到黄钟翔家中去给李丹大姐烧炷香。黄钟翔家还是前几年花了一万五千元买的旧房子，约有六十平方米，加上双亲，一家五口人挤在窄小的房子里，很是寒酸。陆龙飞不知道该说些什么，但是他每晚铁定都去陪黄钟翔半个小时才回去。

这晚，陆龙飞从黄钟翔家那里刚刚回到家，呆若木鸡地坐在房屋正中央，眼睛盯着墙上爱妻的遗像，他发誓自己不能再流泪。不久，杨波带上新认识的女友胡珊珊一起来到陆龙飞家。闲聊几句之后，双方不知道该说些什么话才好，杨波将一个厚厚的信封塞进陆龙飞衣袋，说："节哀顺变，我不知道该怎样安慰你、帮助你，只能给你一点心意了。"陆龙飞说："老同学，这个我不能收，话我就不多说了，非常感谢了。"陆龙飞将信封退回给他，并亲自将他送到门外。

杨波他们刚走不远，李凤舞和她的一位闺蜜悄悄走了进来。她们每天这个时段都过来，陪陆龙飞聊天。

此时，陆凡突然看见李凤舞，立即跑过去扑到她怀里，什么话也不说。她不知道近段家里为何突然来了很多人，妈妈却不知跑到哪里去了。李凤舞对陆龙飞说："老同学，就让我妈带陆凡一段时间吧。陆凡很乖，很听话。"

陆龙飞默默点了点头。陆龙飞还能说什么呢？

陆龙飞收拾着爱妻的遗物，突然看到爱妻的一本日记本，上面记载着一些心里话：

> 摆脱贫困，是为了追求美好的明天；摆脱贫困，是为了实现共同富裕。最近我看了《摆脱贫困》这本书，受益匪浅。在驻村的日日夜夜里，我一心扑在扶贫上，村民对我很好，就像对待亲生女儿一样。我住在小学的宿舍里，每天早早起来打开房门，经常看见有一些东西挂在门边上，比如糍粑、香蕉、糯米，等等。每每看到这些东西，我都感动至极，这就是我的质朴的父老乡亲们。新农村建设指导员工作虽然烦琐，都是与村民打交道，但很有乐趣。我与群众一起同吃同住同劳动，也学到了很多书本上没有的东西。

每天晚上，我都在思念丈夫和女儿，可是我不在他们身边，公鸡带女，苦了龙飞了。我多想每天都在丈夫的庇护下开开心心过好每一天，相夫教女。可是，我要为山里的腾飞而努力，我想丈夫会理解我的。女儿出生后，我母亲也退休在家，便过来帮带孩子。母亲以前是幼儿园园长，电子琴弹得很好，我从母亲那里得了真传，也将它传授给了女儿。女儿一见到电子琴，就忘记了一切。她也喜欢唱歌，嗓子也好。有母亲带着她，我没有后顾之忧。

我是个小人物，能够当社会主义新农村建设指导员，也是一件幸运的事。尽管苦一些，累一些，但也要力所能及地解决贫困群众反映的问题，不能解决的就逐一往上报，直到妥善合理地解决。这多令人开心呀，也是非常值得的！

爱妻凡丽娜突然离陆龙飞和女儿而去，以致陆龙飞的生活如同断线的风筝失去了飘舞的能力。丽娜走得太突然了，一点预兆也没有，就像一滴水落地一样不声不响。她是在去大都县乡下的路上不幸遇难的。那晚他们一行四人行驶在弯弯曲曲的公路上，山上突然滚下来的巨石不偏不倚地砸在车上，车子翻下山崖，爱妻和李丹当场断气，另有一名同事和司机受了重伤。

妻子的死，对陆龙飞的打击不亚于一场战争。岳父、岳母好像失去了一切，双双被折磨得死去活来，岳母更是整天叨叨着女儿的名字，人一下子瘦了十几斤。陆龙飞说：“岳父、岳母，你们就是我的再生父母，我一定把女儿带大，不再想别的什么事了。”岳父说：“孩子，话是这么说，但你才三十多岁，人生之路还很长啊！”

那时陆龙飞暗暗发誓，为了可爱的女儿，他甘愿放弃续弦。干爸跟着陆龙飞住了一段时间，对陆幸却是守口如瓶。后来，不知道谁把情况告诉了陆幸，她打来电话将陆龙飞大骂了一顿。

周末时间，陆幸专门从中学赶到市里陪陆龙飞住了两个晚上，以尽兄妹之情。她告诉陆龙飞自己学习成绩很好，很快就要把大学之梦变成现实了！

陆龙飞说：“妹妹，大哥一点儿都不好。你马上就要考大学了，可是大哥几乎没有帮上什么忙，一切都得靠你自己去努力。如今你嫂子不幸遇难，大哥这个家难啊！但我们必须顽强地活下去，不能辜负了干爸的期望啊！有人说，人生就像一列飞奔向前的火车，快乐与痛苦就是那两条平行的轨道。痛苦造就人生，快乐点亮生活。对于我们来说，就是要把痛苦抛在脑后，让快乐充满心中！加油，妹妹！”

陆幸说：“哥哥，加油！我也加油，争取今年圆了大学梦！”

陆龙飞说：“妹妹那么聪明，考上大学那还不是小意思吗？陆凡要学姑姑呀！”

陆凡嗯了一声，并点了点头。

陆幸回学校去了，陆凡每天不断叫嚷着姑姑的名字。

十几天之后，有人偷偷告诉陆凡说：“你妈妈死了。”陆凡问：“死是什么意思？”那人说：“死了，就是永远见不到了。”陆凡听说自己永远见不到妈妈的笑容、永远听不到妈妈的声音了，每天醒来的第一件事就是哭喊着要妈妈。

听着女儿撕心裂肺、痛不欲生的哭喊声，陆龙飞的心就像一块生肉被放在火上烤着一样。白天，陆龙飞强忍着内心的痛苦与同事奔波劳碌，常常加班加点，忙得晕头转向；晚上，回到家里陪着女儿度过痛苦的时光，女儿睡在怀里，他却彻夜难眠。岳母过来照顾了一段时间，可是后来岳父突然患上脑梗，岳母不得不回去看护。之后，干爸再次到市区来，恳求陆龙飞让他把女儿带回山里，女儿却死活不干，干爸只好暂时留下来照料一段时间。女儿却一点不乖，对干爸更是拒之于千里之外，甚至用头撞到墙壁上。陆龙飞二话不说，上前就是一巴掌。小小年纪，哪有这样对待老人家的？

干爸给陆龙飞一巴掌，骂道：“小孩不懂事，难道你还不懂事吗？”干爸责备，愤怒的目光就像一把刀朝陆龙飞劈过来，让陆龙飞羞愧至极。

有一天，女儿回到家时脸上青一块紫一块，原来是与隔壁家男孩打架留下的印记，陆龙飞心疼地轻轻抚摸着，唯恐再给女儿添上伤痛的砝码。更多时候，女儿多次问陆龙飞要妈妈，陆龙飞只能告诉她说妈妈去了很远很远的地方。女儿说：“我梦见妈妈了，可是我抓不住妈妈的手，我想妈妈了！”

陆龙飞抱起女儿，说道：“女儿，爸爸也非常想你的妈妈。”

女儿说：“爸爸，我只有一个妈妈！”

当时，陆龙飞压根没想到要续弦，也没有哪个姑娘看上他这个带女的公鸡。陆龙飞说：“就我们父女俩，谁也夺不走的。”

这时候，窗外不知哪里传来《世上只有妈妈好》这首忧伤的歌曲，好像一场暴风雨将陆龙飞柔软的心击得疼痛难忍。

女儿竖起耳朵，认真地听。慢慢地，她安静了下来，就像一只乖巧的小猫。由此，女儿不开心的时候，陆龙飞便教她学唱儿歌、山歌，却也收到了奇效。渐渐地，他们父女俩从阴影里走了出来。

爱妻不幸离世以后，照顾好女儿成为陆龙飞的当务之急。干妈和岳母均表现出极度的爱心，都争着帮他带女儿。陆龙飞作为中间人左右为难，谁也不敢得罪。无奈之下，他不得不求助于李凤舞，李凤舞便建议他采取折中的办法，并给他介绍一个姓黄的保姆，费用也不高，一个月才几百块钱，陆龙飞欣然接受。

那时候，黄保姆对陆龙飞续弦一事很关心。她在带好陆龙飞女儿的同时,经常留意身边的人,多次牵线搭桥,期望陆龙飞再续好的姻缘。有时候，陆龙飞碍于面子也跟对方相约见见面，可是又担心续弦后女儿没有得到应有的关爱，他每次都是敷衍了事。公鸡带仔，确实很不容易。下乡时，有时候陆龙飞将女儿寄放在李凤舞那里。好在领导安排陆龙飞下乡的时间并不多，这样他就有更多的时间陪陪女儿。女儿喜欢唱歌，陆龙飞就经常抽出时间陪陪她，教她学唱歌之类；女儿更喜欢学习弹电子琴，陆龙飞便将女儿送到一位姓林的音乐老师家中，拜她为师。林老师要价很高，而且一开始不想收陆凡为学徒，还说了一大堆理由。李凤舞得知此事，多次跑到林老师那里替陆龙飞求情。看在李凤舞的面子上,林老师勉强接收。谁知，有一天林老师随着丈夫调到外地去了，女儿便成了断线的风筝。陆龙飞多方联系，虽然又给女儿找到了新的音乐老师，可是这位杨老师性格古怪，动不动对女儿发脾气，还常常对她进行挖苦。这天，女儿回到家里哭闹着打死也不去练习电子琴了。陆龙飞忍不住给女儿一个巴掌。女儿倒也不哭，反而将脸凑上前去，说道：“爸，你再来吧。我不玩电子琴了。我要妈妈！”

陆龙飞猛地将女儿抱在怀里,女儿泣不成声。女儿抱住陆龙飞的脖子，哭着说：“杨老师骂我没有妈妈，她说我妈妈死了，再也回不来了！”

陆龙飞不知道如何是好。他想了想，说：“陆凡，杨老师说得对，你妈妈再也回不来了，可是我们只有好好活着，才能对得起死去的妈妈，妈妈更不希望你做一个不乖的孩子啊！”

女儿含着眼泪点了点头。她走到书桌边，将陆龙飞和凡丽娜的结婚照取下来，郑重地交到陆龙飞手上，说：“如果妈妈在，多好啊！”

陆龙飞点了点头，说：“你妈妈是世界上最好的人！你要好好念书，才能对得起你的好妈妈。”

女儿说：“爸爸，我会的。我要向姑姑学习。”

几个月后，陆幸考上了广西师范大学中文系，陆龙飞带着女儿陆凡将她送到了风光秀美的桂林，他们还一起观看了大型桂林山水实景演出《印象·刘三姐》。“山中只见藤缠树，世上哪见树缠藤。青藤若是不缠树，枉过一春又一春……”“连就连，我俩结交订百年，哪个九十七岁死，奈何桥上等三年。”刘三姐的经典情歌在无边无际的山水间，将袅娜多姿的竹林、古色古香的木楼、如诗如画的月亮，以及月亮上跳舞的精灵和水边沐浴的嫁娘都化成了情歌的音符，在天空中播撒……

观看演出结束后，陆凡对陆龙飞耳语道：“爸爸，桂林太美了，以后我也要到桂林来读大学。”

陆龙飞说：“好啊。机会留给有准备的人，陆凡一定会如愿以偿的！”

陆幸兴奋地说：“将来陆凡一定比姑姑考得还好呢！”

6　一路往前走

陆龙飞在拼命工作的同时也在报刊上发表了不少的文章，包括小说、散文、理论文章等，多路开花，小有高潮，这让他萌生了一种飘飘然的感觉。远在桂州市担任市委副秘书长的盘龙察觉到这一情况，便发来一则信息，泼冷水道：“干弟，不要因为成为小有名气的作家就沾沾自喜，其实坡还很陡，山还很高，路还很长，有本事就试着写长篇小说吧！”

说者无意，听者有心。当个作家不容易，当个知名作家更不容易。陆龙飞不才，他深知自己的斤两，工作方面他想做得更好，文章方面他也想显露一手，以显示自己的实力和水平。呵呵，盘龙大哥就是楷模！那就开始尝试写一写吧。向自己挑战！陆龙飞苦苦地想。

有一天，石山市委办下发通知，要求市直部门要广泛宣传动员，在自愿报名的基础上举荐一名科级干部继续到县（市、区）担任驻村第一书记。作为市扶贫办的一名科长，陆龙飞踊跃报名驻村，第一个毫不犹豫地亮出自己的心声。后来，大家才得知他当时这么主动而为，其实仅仅为了表明一种态度罢了,有沽名钓誉的嫌疑。其实,由于他女儿年幼,尤其需要照顾，报不报名都无可厚非。通知张贴于大门口、各科室门口一个星期了，竟然仅有陆龙飞一人报名。

得知情况后，林立主任一个科室一个科室找人谈话。然而，大伙都找出各种理由敷衍了事，被林立骂得狗血淋头。他们却好像事先商量好了一样，毫不犹豫地举荐了陆龙飞。

陆龙飞傻眼了，他不知道自己在哪些方面得罪了哪路“神仙”，他们不约而同不负责任地将了他一军。陆龙飞也坦言，报名不过是沽名钓誉罢了，谁知道“聪明反被聪明误”。这时候，外面风传陆龙飞铁定下乡锻炼，有了“近水楼台先得月”的味道，只是陆龙飞不得而知。

当陆龙飞最后一个被叫到主任办公室时，林立兴致勃勃地说：“小陆，你主动请缨下村挂职锻炼，很难得。说明你觉悟很高、认识到位、大局观强。大伙也都举荐了你,也许别的单位只派副科级或者一般干部下村挂职，我们这里却派了正科级干部下去驻村。大家对你的期望值很高，我更希望你能在挂职岗位上干出一番不平凡的事业来！毛主席说过，‘为有牺牲多壮志，敢教日月换新天’。我看可以再加一句：雄心征服千层岭，壮志压倒万重山。”

陆龙飞瞪大眼睛说不出半句话来，就像哑巴错吃了黄连似的。可是，他随后说出来的话却令自己也吓了一大跳。陆龙飞说：“命运总是爱捉弄向它挑战的人，但它捉弄的过程也促使这个人更加坚强起来。”他看到林立惊愕的目光，昂着头走出主任办公室的门。

从林立主任的口吻上来看，陆龙飞下乡挂职是板上钉钉的事了。这时候，陆龙飞脑子里就像筛子一样过滤着自己的所作所为，他似乎有些后悔，后悔自作聪明把自己挑在刀尖上，而且同事们好像有意将他推出家门一样。说不好听的话，陆龙飞变成别人的眼中钉、肉中刺。这么一想，陆龙飞突然感到寒心，意识到自己像被抛弃了一样。只是，如果自己真的不去的话，其他同事可能会对自己心存偏见，一定会有更多人说自己不老实，欺骗组织，自己的“一世英名”就会一落千丈。但是，自己下村的话，女儿怎么办？

陆龙飞这么一想，突然返身回到林主任办公室，掏出了心里话，说：“林主任，不好意思，我还没有准备好。再说我没有说实话，我欺骗了组织。”

林立示意陆龙飞坐下，语重心长地说：“知错就好嘛。陆科长，人就是在不断进步中长大的。想当年知青下乡，我也是头一个报名，我爸得知后到我单位找领导闹，结果单位领导找我做思想工作，让我暂缓下乡，我几乎听不进半句话，那时的条件比现在艰苦得多。我凭着一颗赤诚之心扑在工作上，也让当地群众对我刮目相看。现在有我们做后盾，你还怕什么？再说，前几年我只让你担任主持全面工作的副科长半年时间，很快就将你提拔上来了，让你有了施展才华的舞台。组织可没有亏待你啊！”

林立步步为营地将了陆龙飞一军，陆龙飞感到有点心虚，只好说：“我听组织的。”

俗话说，开弓没有回头箭，现在木已成舟，只能走下去。看到林立露出不信任的目光，陆龙飞补充道：“组织就是我的再生父母，我感谢组织对我的信任与厚爱。”

林立一脸严肃，指着陆龙飞的脸说道：“跟组织开玩笑，沽名钓誉，这种行为要不得！这绝对要摔跟头的。”他又转换语气，假装关心地问道：“你驻村有什么困难需要组织帮忙的吗？”

陆龙飞已经下定决心下去挂职，那么个人的小问题就不成为问题了。他说：“请主任放心，个人困难我会努力想办法克服。”

林立要的就是这话，这是定心丸嘛。原先，他还担心陆龙飞在关键时刻掉链子呢，现在一切都好了。他忍不住站起来，啧啧称道：“很好！我们需要你这样的好干部，舍小家、顾大家，扶真贫、真扶贫，值得表扬。”

林立很快召集领导开会，将名单确定下来，将陆龙飞写入首批名单上报给市委办。后来，陆龙飞才从知情人那里得知，林立恨不得让陆龙飞立马动身下村蹲点，他好安排自己的亲戚文山表弟顶替陆龙飞的位置。

李凤舞不知道从哪里得知陆龙飞报名驻村的事，立即给他打了电话，责问道：“老同学，你驻村后女儿怎么办？难道扔下她一个人在市里？”

陆龙飞停顿了良久，才说道：“电话里说不清楚，我们找一个地方喝茶，见面详聊。”这是再次见面的好机会，也是沟通感情的好时机。

李凤舞说：“好的。”

陆龙飞很快在办公室附近的一个茶叶店与李凤舞见了面。李凤舞穿着一件红色上衣，可两根长辫子不见了，坐在陆龙飞面前的李凤舞好像换了一个人似的。

陆龙飞在思索着两个具体问题：第一，李凤舞为什么穿着红色上衣来？难道这是她有意而为之，告诉我她还在思念着我吗？第二，她为什么将两根长辫子剪掉了，难道她遇上难以启齿的事情了？可是，陆龙飞没有问，他观察着、思考着、窥视着。这两个问题就像两道密码等待陆龙飞去破译。

他们喝的是梧州苍梧六堡茶，汤色红浓，香气醇厚，滋味甘醇爽滑，“红、浓、陈、醇”四绝。

李凤舞双眼直逼着陆龙飞，开门见山问道：“下乡挂职的事你告诉盘龙大哥了吗？”

陆龙飞歪着头，慢条斯理地答道：“一个人有一个人的想法，一个人有一个人的胆识，一个人有一个人的活法，干吗非得请示他呢？”

李凤舞说：“他是你哥嘛！不过，我估计你会被他骂死的！”

陆龙飞说：“我这是响应市委的号召，大哥没有理由阻拦嘛。”

李凤舞说：“你报名驻村理由当然很充分，可是你没有考虑到陆凡的感受吧？小小年纪，就失去了母爱，现在更需要你在她身边，难道你没有想过这一问题？这个年代与我们那个年代不同，那时候父母随便将我们往哪里一扔,也不值一提。现在的小孩动不动耍脾气,闹情绪,以小皇帝自居，让大人头疼至极。”

陆龙飞想了一下，才说道：“我带女儿到驻村小学读书吧，两全其美，这就是最好的办法。”

李凤舞说：“你疯了吗？”

陆龙飞有气无力地说：“也许吧。”

李凤舞说：“想想看还有什么更好的办法呢？”

陆龙飞直言道：“我不想在办公室待了。”

李凤舞问：“为什么？”

陆龙飞答非所问道：“可以写一篇小说了。再说，我已经好久没有动笔了。小说是什么？小说就是灵感的爆发，小说就是生活的再版！”

李凤舞说：“老同学，你激动什么？我们一起想办法吧。”

陆龙飞感慨道：“妈的，这个社会太复杂了！”

李凤舞说：“不要抱怨生活的无奈，不要感慨社会的不公，更不要以为自己就是一部小说。告诉你，我也辞职了！”

轮到陆龙飞心急了。他说：“你是不是发疯了？”陆龙飞傻眼了，以不信任的目光盯着她，问道：“为什么？”

李凤舞说：“尊严，懂吗？”

陆龙飞问道：“你不是干得好好的吗？”

李凤舞不想正面回答陆龙飞的问题，改口说道：“每家都有一本难念的经。以后我会慢慢告诉你，变成你的小说素材，让你的小说故事更加曲折生动、精彩纷呈，让你的小说人物形象更为真实、更加丰满。唉，还是回到正题上来，陆凡下一步怎么办？”

陆龙飞摇了摇头。

也许，李凤舞揣摩到陆龙飞复杂的心思了，她思索半晌后说道：“你看这样行不行，我有个同学在县幼儿园当老师，可以先把陆凡放到那里，这样你周末回到县城看她也比较方便。”

陆龙飞连声说：“不行，不行。”他当然有顾虑了，他不想让老同学背上包袱，更不想让别人说闲话。

李凤舞说：“那就尽快找个后妈，这样就能消除后顾之忧了。这是最好的办法。”

陆龙飞盯着李凤舞的眼睛，责怪道：“你以为去商店买东西呀，中意了就花钱买下来。如果找不到中意的人，我宁可不再考虑这个问题了！”

李凤舞说：“听我的，先让陆凡到县幼儿园读书，我帮你安排就是。有机会我一定给你的女儿找到称心如意的后妈。”

陆龙飞眼里一酸，说：“难得老同学一片好心。不管怎么样，我非常感谢你对我女儿的关爱。”

陆龙飞看着李凤舞的眼睛，突然想起了什么，想向她说些心里话。可是，李凤舞却将陆龙飞想说的委婉地拒于千里之外。

李凤舞说道：“如今最紧迫的还是要解决陆凡的上学问题。好了，我马上打电话给我的闺蜜罗阳。”

李凤舞当着陆龙飞的面立即拨通罗阳的电话，三下五除二地将陆凡读幼儿园的事落实了下来。

陆龙飞不得不佩服李凤舞做事的热心与干练。他想不通杨波怎么会把这样一个能干而贤惠的老婆给抛弃了，更想不通李凤舞为何辞去了人民医院的工作。其中必定深有原因。

李凤舞说："既然迈出了这一步，只有大胆往前走！"

陆龙飞说："生活在向我们微笑！"

李凤舞不由得瞥了陆龙飞一眼。

7　箭在弦上

陆龙飞来到古明乡五山村扶贫的第一天，看到的是翠绿的山峰，婀娜的竹林，袅袅的炊烟，牧归的牛羊，如歌的风情，感觉就像回到温暖的港湾一样，一切都显得那么亲切、温馨、自然。可是，面对一条条凹凸不平的青石板山道，面对一幢幢破破烂烂的农家房屋，看到一群群衣衫褴褛的村民赤脚挑着重担子汗流浃背地往来于羊肠小道上，陆龙飞的心就像经历了一场丧事一样，难过、沮丧、忧伤、痛苦。

这天晚上，躺在村部的小房间里，陆龙飞想得最多的就是自己的爱妻，她在陆龙飞心中是唯一的一颗星星，照亮了前行之路，可是这颗星星突然间陨落了，带给他的是说不完的伤感与遗憾，留给他的是道不尽的思念与缠绵。陆龙飞联想到年纪尚小的女儿陆凡独自一人在县城幼儿园读书，身边无人照顾，心里不免萌生绵绵无尽的伤感。于是，他三天两头给李凤舞打电话，她也不厌其烦地告诉他，女儿乖巧听话，音乐天赋好，非常喜爱弹电子琴，可是有一点不好，就是爱吃零食。女儿就像一根电线，一头连着陆龙飞，一头连着李凤舞，她的一切成为陆龙飞与李凤舞之间的共同话题，也只有这个话题才让他们变得畅所欲言、无话不谈。

有时候陆龙飞想，如果自己与李凤舞的爱可以重来，人生的命运是否有所改变呢？可是自从离婚以后，李凤舞就像密封了的罐子，将自己的情感封锁了起来。她多次委婉表示，他们之间可以成为无所不谈的知心朋友，但涉及个人情感的问题一律免谈！

初来的十多天，陆龙飞像一只饿虎马不停蹄地走村串户寻找食物，更像一位猎人把全村的贫困户都转了一圈，初步掌握了第一手材料。一个月后，陆龙飞将走村串户拍下来的照片，包括山地、山路、危房、床铺、粮仓、猪圈、留守儿童等照片，编成三本厚厚的相册，一本留在身边，另外两本分别寄给盘龙大哥和大学同学周艳，让他们了解自己挂点村屯的现状，更重要的是，他想利用人脉关系为五山村办点实事。

精诚所至，金石为开。已经调到南宁工作的盘龙收到相册那天，立即给陆龙飞打去了电话。陆龙飞深知盘大哥的脾气，他一定先把陆龙飞训一顿才切入正题。在大哥看来，陆龙飞就像一只羽翼未丰、翅膀未硬的山鹰，还需不断锤炼、充实，才能有展翅高飞的那一天。

盘龙说："你寄相册给我，我就知道你要放什么屁了！"

陆龙飞诉苦道："大哥，你现在身份变了，说话的语气也变了！可是你不能见死不救啊？"

盘龙转移话题道："是金子，放在哪里都会发光的！"

陆龙飞说："我虽然不是金子，但是我也把我这颗沙子用筛子筛一筛。"

盘龙说："车到山前必有路，有路就有财富来。我争取帮你联系对接，为民办点实实在在的事吧！"

难得盘龙大哥开金口！陆龙飞感激地说："太感谢大哥了！"他就像一辆奔驰前行的轿车，突然看到前方出现一个加油站，而他的车子正需要加满油一路飞奔向前。

半晌，陆龙飞问："大哥，还写小说吗？我已经好久没动笔了。"一边工作，一边写作，确实太累太难了，自己都被那些患上红眼病的人说"不务正业"了。不过，陆龙飞真的很敬佩盘大哥！

盘龙说："农民在地里劳作，播种、施肥、除草、培土、再施肥，缺一不可。写作的人也是如此，就像得到一粒玉米种子，要是光想放在手心里看着它，想想它会长成什么样子，可能会越想越找不到感觉，明智的办法只能是将种子种到地里去，种子发芽露出地面后施肥、除草、培土、再施肥、再培土，等等，这样才能看到苗子长高，长出果实来。这个过程是痛苦并快乐着的过程，也是结出果实、走向新生的过程。要是什么都没做，那么本来很有希望的种子就死在手里了。这是谁都不乐意看到的！”

陆龙飞说：“大哥，我记住了。”

盘龙说：“我们每天都在忙，忙于工作，忙于生计。如果说忙，你不会比我更忙；如果说你没有多余时间，我首先不相信你。驻村干部除了与农户说事、办事、聊天，晚上应该有更多属于自己的创作空间。当然，你不想写东西，也没有人干涉你；你不想进步，也没有谁阻拦你；如果你不想让更多的人认识你、尊重你、敬仰你，那你想做什么，随你的便！可是，你要想成就一番事业，只有拿实力说话！”说罢，盘龙挂上了电话。

听到啪的一声响，电话就像断电了一样。盘龙的话就像一个博学多才的老师在教训一个不听话的学生，语气之严肃、措辞之严厉让陆龙飞醍醐灌顶、茅塞顿开。

这天一早，陆龙飞从村部向村小学方向走去。路过学校门口时，一阵悠扬悦耳的琴声飘进了他的耳朵。《献给爱丽丝》，多么诱人的名字，多美妙的琴声，就像一幅美轮美奂的图画展现在眼前。陆龙飞跟着哼了几句，意识到乡村小学也是藏龙卧虎之地。于是调转回头，随着琴声传来的地方走进了小学。陆龙飞轻手轻脚地走到琴声传来的教室，《献给爱丽丝》的琴声戛然而止，贝多芬的《命运交响曲》充满激情地响了起来。命运在敲门，一切都显得崇高雄壮。

长着瓜子脸和两个酒窝的覃文心突然感觉身后有人，立即转过脸来，就看见了陆龙飞。她站起来打招呼道：“陆书记，你也喜欢弹琴？”

陆龙飞说：“覃老师，再弹一曲《献给爱丽丝》好吗？”

覃文心说：“恭敬不如从命。”

《献给爱丽丝》，这是陆龙飞爱妻凡丽娜最喜爱演奏的一首曲子。陆龙飞仿佛看到了凡丽娜，她就像美丽的蒙娜丽莎神秘地向自己微笑，陆龙飞试图抓住她的手，她却轻轻推开陆龙飞，像一阵轻风飘然而去，然后远远地回眸一下，让陆龙飞伤感不已。此时，陆龙飞好想再次让她在自己身边演奏着美妙动人的曲子，将他带到那些恩爱的日子里。

陆龙飞闭上眼睛沉浸在覃文心演奏的曲子之中。他想，要是女儿听到覃文心弹奏这首曲子，想必一定喜欢覃文心老师和《献给爱丽丝》。

曲子弹毕，陆龙飞已是泪流满面，“恰似梨花春带雨，愁满眼，泪阑干”，让人心疼不已。

覃文心站起来，突然看到陆龙飞满脸泪水，顿时慌了手脚。她不安地问道："陆书记，你怎么啦？"

陆龙飞说："弹得太好了，我都被你的琴声感动了！我的爱妻也喜欢弹电子琴，可她已经不在人世了。"

覃文心说："我听说了，很可惜。你一定很爱你的妻子吧？"

陆龙飞默默地点了点头。他看着覃文心，想把心里话说出来，又感到不好意思。陆龙飞的双手就像筛子一样发抖，让覃文心看出了他的迟疑与犹豫。

覃文心本能地在陆龙飞的面前竖起一道无形之墙，笑笑说道："只要不涉及个人问题，陆书记有什么话就直说吧。"

陆龙飞犹豫着、判断着、分析着，最后才鼓足勇气说道："覃老师，我想把女儿带到山里来，跟你练习弹电子琴。学费嘛，我照付给你。"

覃文心说："陆书记，不要把我看成势利之人，你的女儿陆凡我认得，那两个迷人的酒窝给我印象太深了。"

覃文心的描述令陆龙飞大吃一惊。

她解释道："陆书记，罗阳副园长是我的表姐，她也是李凤舞的初中同学。"

陆龙飞点了点头。

覃文心大大方方地说："要是信得过我的话，我可以免费当她的音乐辅导员。"

陆龙飞说："我首先替女儿感谢你。周末回县城时我跟女儿商量一下。"他想，要是女儿在身边，自己就没有后顾之忧了。女儿就是陆龙飞身边叽叽喳喳的百灵鸟。

陆龙飞往回走，还没到村部，一阵吵闹声就杂乱无章地飘进了他的耳朵。几个村民围着村干部叫嚷着要修路。弄飞屯的五个村民上访来了。他们见到陆龙飞，就像见到一根救命稻草一样抓住他不放。他们七嘴八舌地说，修路一定先修他们屯的，今天要是没有结果，就要把事闹大，闹到乡里去。有人说："陆书记，你是市扶贫办下来的，一定带来好多资金，修路就有希望了。"有人说："你陆书记本事大，修路、产业发展、危旧房改造、水柜建设等等，都需要资金。"

陆龙飞只是笑笑，没有直接回答村民们的问题。他深知自己驻村不久，还需要做全面具体深入的调查研究。公路不修绝对不行,不过要有先有后,那么修路资金从何而来？市扶贫办是陆龙飞的坚强后盾，可它并不只是一个村的扶贫办，而且他也没有打算从扶贫办那里得到什么资金，一切都要从长计议。

陆龙飞说："要致富，先修路。大伙的愿望我能理解。不过，饭要一口一口地吃，路也要一条一条地修。"这时候，陆龙飞突然想到古明乡党委书记覃锋说过的话，这里的村民对修通公路抱有很大希望，可是如果按县里的说法，一个乡一年才修三条路，全乡一百多条路至少要三十多年才能全部修通。想到这，陆龙飞再也坐不住了，他把自己看成是一张白纸，试图挖空心思地在这张白纸上画上最美的图画。

这天周末，陆龙飞驱车回大都县城，刚好覃文心老师也要回县城，便搭了陆龙飞的顺风车。他们一起赶到罗阳老师家时，恰好遇见李凤舞正和陆凡一起玩游戏。陆凡突然看到陆龙飞，却像老鼠见到猫一样躲到李凤舞身后去了。陆龙飞伸出的双手在空中扑了个空，自己感到很尴尬。

李凤舞将陆凡抱起来，说道："陆凡，这是你的爸爸，你怎么不理爸爸了？"

陆凡盯着陆龙飞扑空的双手，一句话也不说。

一阵悲哀袭击陆龙飞的全身,冷飕飕的。陆龙飞苦笑着走到女儿跟前，想把她抱在怀里。陆凡却挣脱陆龙飞的手，委屈地说："我不要爸爸，我要妈妈！"

陆龙飞心里一阵绞痛，却装着若无其事的样子。

罗阳说："陆凡，平时你都听李阿姨的，今天看到你爸爸了，怎么不高兴了？"

陆凡说："我想妈妈了，妈妈弹电子琴可好了。"

覃文心趁热打铁道："我这个阿姨也会弹电子琴呀，走，我带你弹琴去！"说着，她拉上陆凡，转进旁边的一间房里去了。

不一会儿，优雅动听的曲子迅速传播开来，整个房间弥漫着美妙的乐曲声。覃文心连续弹了五首曲子，让陆凡醉在其中、乐不思蜀。

一脸红扑扑的陆凡忍不住哼起歌曲来了。

覃文心表扬道："小凡，你有一副好嗓子，唱歌一定非常好听，给我们大人唱几首吧。"说着，示意大人们停下话题，专心集中到陆凡身上去。

陆凡似乎听到了进军的冲锋号，开口就唱起了歌曲《让我们荡起双桨》。唱罢，大人们都被小陆凡百灵鸟一样美妙动听的歌声吸引住了，忍不住鼓起掌来。接着，覃文心继续让陆凡表演才艺。陆凡毫不犹豫地亮出自己的才艺来。覃文心恰到好处地说："那就去我们学校读书吧，我教你弹电子琴，也教你学唱歌，好不好？"

陆凡想了一下，才说道："我怕我爸爸不给！"

陆龙飞使用激将法，故意说道："我偏不给！"

陆凡执拗地说："我偏要去！"

覃文心又说："可是我们的小学在乡下，要走好高的山，好长的路。"

陆凡执拗地说："那我也要去。"

陆凡飞到陆龙飞身边，拉着他的手说："爸爸，让我去吧！"

陆龙飞故意不理她，女儿摇着他的手说："爸，让我去嘛！"

陆龙飞有意设计了一个套子，让女儿去钻，她果然中计了。

李凤舞看在眼里，善解人意地说："你们父女俩拉钩吧。"

覃文心适时激将道："陆凡没有勇气了，是吗？这可不是好孩子！"

陆凡说："怎么不敢？"说着，她与陆龙飞用力地拉了钩。

陆龙飞对覃文心巧妙的配合表示由衷的感谢。陆龙飞的眼睛情不自禁地寻找着覃文心的眼睛，她却故意将目光转到一边去。

李凤舞将陆凡抱了起来，在她脸上亲了又亲，说道："听话的女孩才是乖女孩。"

之后，女儿跟着陆龙飞来到了五山村中心小学。

很快，盘龙带着三位企业家走进了五山村。盘龙确定下村屯调研的三天之前，陆龙飞分别向市扶贫办主任林立和乡党委书记覃锋报告了情况，并与村支书、村主任一起商量如何做好接待工作。同时，他还向黄声怀局长报告此事，黄声怀答应到场，并表示全力支持陆龙飞驻村扶贫工作。黄声怀被组织调到市农业农村局之后，也经常关注陆龙飞的一切，鼓励他要好好干。林立主任忙着陪同东莞来的客人到晒岭安置点考察去了，只好派了个科长下来。来者都是客，而且客人是带着资金来帮扶的，必须把接待工作做实做细。在接待经费紧张的情况下，陆龙飞毫不犹豫地自掏两千元钱买了一只七十多斤的黑山羊招待客人。只要能够为五山村带来更多的经济效益和社会效益，陆龙飞必须将铺垫工作做得更加具有人情味。

陆龙飞组织一些村民参与接待，什么“羊瘪汤”“羊活血”“羊包肝”“羊五味”等等，全部弄好，一些村民还自发送来五十斤红薯酒。接着，陆龙飞又带着三位企业家到最远的村屯调研。最后，他们每人出资二十万元给五山村修建了一条屯级公路。黄声怀局长也在种养项目等方面提供支持，这让陆龙飞十分开心。

俗话说，好事成双，吉事双全。陆龙飞将一本相册寄给大学同学周艳之后，当然希望有一天能接到她的电话。大学毕业后，周艳和陆龙飞各奔前程，就像两条铁轨伸向了远方，他们都各自结了婚，平常也偶有联系。可是，到了关键时刻周艳却是丁点信息也没回复，这让陆龙飞感到十分失落。

有一天，陆龙飞到一个农户家做客，几位村民竟然因为修路问题发生口角，相互打骂起来，弄得两败俱伤。陆龙飞突然想起什么，有意识地拿出手机将他们打架的场面录了下来。然后，他借助喝酒壮胆，给周艳发了几则短信息。同时，陆龙飞主动拨打了周艳的电话。当时因病住院的周艳刚好打开手机，陆龙飞的电话即刻打了进来。

身体虚弱的周艳不想让更多的人得知自己因病住院，更不想让更多的人牵挂自己的病情。可是,她对陆龙飞不得不说出真话。她有气无力地说：“老同学，难得有你的电话。对不起，我住院了。”说着，就挂掉了电话。陆龙飞再拨过去，对方却关机了。陆龙飞还来不及问她患了什么病，严重不严重，病了多久了，等等。

陆龙飞感觉到自己刚打开了一扇开放之门，却突然被人重重关上了。他意识到周艳同学态度的冰冷，也意识到自尊心受到了前所未有的打击。他心想，不至于嘛，至少我们曾经有过一段美好的时光啊，没有必要拒人于千里之外吧！更为重要的是，我陆龙飞还要借助外力干大事呢。

箭在弦上，不得不发。第二天一早，陆龙飞向村支书韦东请假，带上几本相册和相关资料直奔南宁，下午坐飞机飞往浙江温州。当陆龙飞一次又一次打不通周艳手机的时候，当陆龙飞拿着地图一家一家打听周艳在哪家医院治疗的时候，当陆龙飞突然出现在周艳面前的时候，病恹恹的周艳顿时变得惊喜而兴奋了。就像在高空中突然见到一条高傲自信的龙，就像在海湾里突然见到美丽可爱的海豚，患病的周艳完全没有料到陆龙飞会从遥远的广西深山老峁跑到浙江温州乐清市去看望她，她和她的家人因此而感动至极。

陆龙飞就是想通过自己的温州之行来博得周艳及其家人的欢心。他的温州之行就是一次诉苦之行，是一次推销之行，也是一次破冰之行。

陆龙飞向周艳和她父亲周方平董事长谈到了扶贫村——五山村贫困落后的现状和自己家乡那龙乡的现状，包括行路难、饮水难、用电难和产业发展、文化建设、新农村建设、生态文明建设、民族团结问题等。陆龙飞将它们打包成一个个炸弹砸向了他们的心房，让他们去体会着大石山区的贫困与苦难、挣扎与搏击，更想以此激发出他们的爱心。

为此，陆龙飞还用山歌加以说明，这就是他的亮点所在，更是他彰显山区群众会唱山歌的聪明之处。陆龙飞将家乡的困境用一首首山歌淋漓尽致地展现出来。

比如，讲到大石山区恶劣的自然条件，陆龙飞说石山里“行路难”是非常普遍的现象，由于山高路陡，洼地众多，赶一次街日往往花上六七个小时，用一首山歌来表达就是：

上街挑担两头摇，一山更比一山高。
来回都是两头暗，一天到晚累断腰。

比如，讲到农民生活苦，他说有的贫困农户就是：

一贫如洗几无奈，房屋破烂四面开。
吃不饱来穿不暖，哪有幸福日子来？

比如，讲到山里的生态文明建设，陆龙飞特别点到了一些村屯石漠化严重问题：

悬崖绝壁如刀砍，不见葱绿难上难。
石多土少枯木草，满眼都是石头山。

最后，陆龙飞道：

山里穷苦响叮当，摆脱贫困找良方。
众人添柴火力大，斩断穷根靠相帮。

陆龙飞巧妙地用广西山歌来反映大石山区农村的贫穷苦难，既通俗易懂，又诙谐幽默，既击中要害，又不枯燥乏味，引起了周方平董事长的关注，他表态同意让周艳病愈后亲自到贫困山村去看一看。

二十天后，周艳独自一人进山来了。陆龙飞随车到南宁接上了老同学。

当晚吃罢饭，陆龙飞安排周艳与覃文心老师住在一起。第二天一早，周艳见到陆龙飞就说："你的事覃老师全都告诉我了。"这个覃文心，真是的！陆龙飞后悔没有交代覃老师该说什么，不该说什么。

周艳说："覃老师非常喜欢陆凡，她说陆凡有音乐天赋，一学就会，而且有一副好嗓子，音乐感也很强，是个唱歌的好苗子。"

陆龙飞却没好气地说："知道了。"

周艳见陆龙飞神情不对，就转移了话题，说要多到几个村屯走走、看看。

陆龙飞带上周艳走村串户整整四天时间，对五山村道路建设、产业发展、精准扶贫、生态建设等问题进行了深度调研。他们冒着酷暑，汗流浃背地爬山过坳，下村屯、访农户。周艳就像一个侦探家一样做了仔细翔实的记录。看到老同学边问边记边流泪，陆龙飞深知她已经动心动情了，他必须抓住这一机会，做好自己想做的一切！

人心都是肉长的。周艳被山里的贫困状况震撼了，也被村民们的热情与善良感动了。周艳给她父亲周方平董事长打电话，征得同意后确定把五山村作为他们公司的对口帮扶综合示范点。

后来，周氏鞋业集团有限责任公司先后投入六百多万元用于扶贫示范点建设，大棚蔬菜基地、食用菌基地也办了起来。分管"三农"工作的县委副书记李山第一时间来到五山村指导工作。一年多之后，五山村成为大都县乡村扶贫开发工作综合示范点。

在古明乡，陆龙飞和覃锋书记关系很好，情同手足。覃锋先是在那龙乡担任党委书记，后又到古明乡任职。陆龙飞在他手下挂职一年多，学到了不少东西，增长了不少见识，感受到了乡亲们的厚道与纯朴，更体会到覃锋书记等乡干部们为老百姓日夜操劳的真情与付出。覃书记经常与陆龙飞交心谈心，把学习、工作、生活等经验和盘托出，也给予陆龙飞很多的关爱。他把陆龙飞当作挚友相待，陆龙飞也把他看作是知己。后来，他被组织提拔升职去了，陆龙飞也因为工作需要离开了五山村。

采访手记

覃锋同志上任那龙乡党委书记的那年九月，该乡发生了百年不遇的旱灾，覃锋和他的班子成员在县委的坚强领导下，交出了一份令人满意的答卷。笔者专程跑到外县，对已在那里任职的覃锋部长进行了采访。

笔者：覃部长，听说您在担任那龙乡党委书记期间办了很多大事，时间关系，您就谈谈最难忘的一件大事吧。

覃锋：水是生命之源。在我们大石山区里，“滴水贵如油”绝不是夸张的事。2009 年 7 月至 9 月，我们县又遇到了百年不遇的干旱天气。我们立即行动起来，引导全乡干部群众发扬“一方有难、八方支援”的精神，全力以赴投入抗旱救灾的行动中。我们就是冲锋枪，党指向哪里，我们就冲向哪里；我们就是突击队，群众哪里有困难，我们就出现在哪里；我们就是主力军，哪里有灾情，哪里就有我们的身影。我们不怕苦，就怕群众受委屈；我们不怕累，就怕群众活受罪。

一天中午，我们乡党政办接到县委办电话通知，说下午四点将召开紧急会议，请旱情严重的六个乡镇的书记、乡长到县委办小会议室开会，不得有误。接到紧急电话后，我立即从旱情严重的弄中村村部抗旱现场赶往县城。

下午四点，县委书记蓝骁准时走进会场，做了简短讲话，然后请大家各自简要汇报本乡干旱情况。几个乡镇书记分别汇报了各自受灾情况，可是蓝书记对他们的汇报不满意，尤其对他们的工作作风大为反感，甚至当场大发雷霆。

轮到我发言了。由于我事先要求分管领导对包村情况都要全面掌握，由此心中有数、了如指掌。我胸有成竹地说：“我们乡共有十二个村，全线告急，目前受灾群众超过一万人了，其中良龙村一千六百人，古安村一千五百人，弄中村一千五百人，龙汉村一千三百人，山羊村一千三百人，山龙村一千三百人，云王村一千二百人，云联村一千二百人……”

蓝书记站起来说道：“覃书记，说具体一些。”

我说：“最令人揪心的是，今天我见到那龙中学和那龙中心小学师生排着长龙去池塘边等水，上千人啊。那龙中学前面的池塘，已经见底了，池塘上阳光暴晒，四处开裂，底部的泥水里慢慢流出点滴水，学生们排着长龙一样的队伍，有的提水桶，有的拿脸盆，有的拿口盅，一片慌乱。我心里很着急，又没别的更好的办法。灾情最严重的就是那龙中学和那龙中心小学了。公路边到处见到挑水抗旱的人群，我心急如焚啊。”

蓝书记说："我县干旱十分严重，我们要认清形势，深化认识，把思想和行动统一到党委、政府的决策部署上来，这是第一。第二，要关心群众，掌握实情，时时刻刻把群众利益放在心上。第三，要改进作风，担当实干，努力把工作做细做实。第四，要强化领导，落实责任，确保把灾情损失减少到最低限度。希望大家回去后认真做好抗击灾情和统计汇报工作，会议到此结束。请那龙乡覃书记和韦乡长留下，其他的散会。"

从会议室出来后，我和韦乡长来不及吃晚饭，就在路边店买了几盒饼干和矿泉水，便驱车回去。路上我和韦乡长分头给乡领导打电话交代任务，连夜行动，不得有误。

回到乡政府当晚，我立即召集乡党委班子成员开紧急会议，让他们各自汇报灾情。开会中，我突然接到县委蓝书记打来的电话。蓝书记说："小覃，告诉你，明天你要好好汇报你们乡的灾情，情况要摸清，数字要准确！要以最佳的精神状态投入工作之中，绝对不得有误！"

我说："知道了。"这时候，我已经意识到可能会有大领导要到我们乡来视察旱情，必须严阵以待。

回到会场，我立即传达蓝书记的指示精神，严格要求大家在这个关键节点绝对不能掉链子，更不能让官僚主义的行为在我们乡蔓延！

当晚十二时许，我准备入睡，突然传来一阵激烈的敲门声，我起身开门一看，不由得愣住了，只见蓝书记笑眯眯地站在我房间门口。我立即带蓝书记赶去学校池塘边。

一大群人仍然排着队等待着往桶里装水。大伙心急如焚，可也耐心等候着。水就那样慢慢从深处往外冒，谁急也没用！

有人突然看见县委书记蓝骁蹲在池塘边的冒水处，忍不住打招呼道："蓝书记，这么夜了，你还从县城赶过来看我们啊？"蓝书记安慰大家道："没有什么大不了的事，事在人为、人定胜天！这场干旱很快就会过去！"

当晚，蓝书记顾不上休息，又连夜赶回县城。

谁知道，蓝骁书记驱车二十多分钟后，来到高高的神龙山坳口时，却被一场山体滑坡堵住了。大旱的日子，哪来的石土松动？哪来的龙王发怒？蓝书记感到莫名其妙。可是偏偏就发生了这样的事！他打开车门，跳了下去，打开手机的手电筒，沿着路段查看，边查边走，边走边看，并分别给相关部门领导和我打了电话。

疏通道路是第一要事。半个小时后，我和韦明乡长第一个赶到了现场。

蓝书记说："看这架势，老天故意刁难我们来了！必须马上组织施工队施工。"

我说："刚才我来的路上已经做了交代，很快就有施工队跟上来了。"

蓝书记说："这就对了，今晚所做的一切都是为明天开路。"

十几分钟后，施工队开着钩机赶到了现场。随后，蓝书记和我又转到二十米长的山体滑坡处的另一头，指挥施工队疏通道路的石头，叮嘱无论如何都要在自治区党委领导进山前将路段障碍物扫干净。经过紧锣密鼓的努力，第二天凌晨四点多钟才打通了道路。

中午十一时许，那龙乡迎来了自治区党委领导。那龙乡学生饮水问题牵动着自治区领导的心，领导们冒着酷暑、顶着热气，风尘仆仆走进山里，看望受灾的师生。领导刚刚下车，我就迫不及待伸出了双手。

之后，我带着领导们走进那龙中学，走到池塘边，来到了出水处。只见阳光照射之下，水慢慢沁出来，就像羊拉屎一样。看到这种情形，领导发话了，明确指示要尽快想方设法加以解决。自治区相关部门很快在资金和项目上给予大力支持，我们的信心更大了，干劲更足了！

笔者：采访最后一个问题，请您谈谈对乡镇领导和干部的一些看法，然后列举熟悉的那龙乡党委书记做例子。

覃锋：从全国来说，我国目前有四万多个乡镇。乡镇是我国最基层的行政机构，一头连着城市，一头连着农村，在农村乃至整个国家经济社会发展中发挥着基础性作用。我认为，在贫困乡镇工作，很重要的一条就是要千方百计把乡镇各级领导干部的积极性、主动性调动起来，团结和引导群众脱贫致富同步小康，这是一条颠扑不破的真理。一是乡镇领导。乡镇领导是主心骨，必须带头解放思想、担当作为、当好表率。二是乡镇干部。他们是决策的推动者和执行者，必须因势利导，发挥作用。三是村级干部。他们处在基层第一线，最了解情况、掌握实情，必须加强指导引导，多为群众办实事、做好事、解难事。四是驻村干部。驻村干部来自上层，思路活、视野宽、办法多，必须加强联系、主动对接、借助外力、形成合力。

在这方面，我觉得陆龙飞书记为我们做出了榜样。用他的话来说就是：坚守初心、与时俱进，找出一条建设壮美新那龙的路子；服务中心、担当实干，大力实施“五大行动”、营造“四种风气”；紧贴民心、执政为民，让人民群众有更多的获得感、幸福感、安全感；深化同心、发挥作用，凝聚人心、凝聚力量；秉持公心、廉洁奉公，永葆共产党人的政治本色！由此，我给陆龙飞书记点赞！

笔者：谢谢覃部长接受我的采访！

第四章　心动不如行动

1　高山顶上的松树

这天星期五下午三时，细雨纷飞，轻飘曼柔，如同美丽的舞姿，给秋天的石山村注入了清爽的气息。陆龙飞在弄加屯给农户们上电商知识辅导课。房子虽然破破烂烂，雨水慌不择路飘了进来，坐满了人的屋子里却充满着旺盛的热气。几户人家七嘴八舌问这问那，让陆龙飞这个“半桶水”冒了不少冷汗。陆龙飞自诩知识渊博，但对科技知识也是一知半解，群众却对他信任有加，就像对待自己的亲人一样友好。陆龙飞不得不力所能及地将自己所晓知的电商知识和盘托出。

正当陆龙飞与农户们侃侃而谈的时候，突然接到县委书记黄江华联络员小张的电话，小张直截了当地说黄书记想来见他。作为驻村干部的陆龙飞当时就蒙了，县委黄书记专程来看自己，这个待遇也太高了吧？五山村扶贫开发工作综合示范点建设得到县委、县政府的重视和支持，县委副书记李山曾多次下村指导工作，黄书记也曾经来过一次，可是专程来看陆龙飞则是破天荒头一遭，由此陆龙飞激动、兴奋、紧张，甚至莫名其妙也就不足为奇了。他立即放下手中的活，马不停蹄赶回村部，这时他也意识到自己必须好好露一手了。

黄书记的突然到来，让整个山村像炸了锅一样沸腾起来，众人就像长龙一样尾随而去。陆龙飞陪同黄书记边走边看，简明扼要做了口头汇报。他特别提到，自从自己组织开展五山村沃柑特色农产品网上销售以来，销售网点十分红火。销售员伶牙俐齿，八面玲珑，招人喜爱。

黄书记看得仔细、问得详细，并对综合示范点建设给予了充分肯定。

随后他巧妙地问道："小陆，我们大都县是少数民族自治县，也是个特困县，古明乡跟你老家那龙乡条件差不多，你见多识广，思路开阔，不妨谈谈对建设那龙乡的一些想法和思路。"

陆龙飞诚惶诚恐地回答："黄书记，俗话说，寸有所长，尺有所短。这个题目太大了，我对基层又不是很熟悉，是个门外汉，恐怕不太好说。"

黄书记哈哈大笑道："小陆，你是那龙乡走出来的文化人，又是个大作家，理论功底深厚，善于独立思考，这一点哪能难得倒你呢？我想听听你的心里话。"

陆龙飞被黄书记夸得有些飘飘然起来，就像双脚下装上了滑轮一样。他想了想，说道："既然黄书记给我出题目了，我想有几个思路是可以通用的。比如，必须有一个明晰的工作思路，所谓'思路决定出路，出路决定发展'；比如，精准扶贫，那龙乡是我们县脱贫攻坚战的主战场之一，必须有一套精准扶贫的举措，将中央关于脱贫攻坚的决策部署贯彻落实到位；比如，产业发展是根本，必须有特色产业作为支撑，所谓'百花齐放兴产业，千方百计引产业，万众一心抓产业'；比如，群众是我们的衣食父母，必须爱民如子，时时刻刻想到群众；比如，移风易俗，破旧立新，在大石山区里，各种陋习多如牛毛、随处可见，必须推进乡风文明建设，倡导新风尚；比如，民心是最大的政治，必须促进民族团结一家亲，所谓'石榴结籽心连心，脱贫路上手拉手'；等等。"

黄书记说："哈哈，给你出难题了。古人说：'三人行，智者为师；二人行，能者为师；一人行，天地为师。'你的出色工作体现了你的精心思考，展现了你的真才实学，也凸显了你对家乡的挚爱！我们山区县贫困人口多、贫困面积大、贫困程度深，需要投入更多的精力，下更大的功夫，尤其需要实干担当的精神。这一年多你们的建设资金怎么来的？"

陆龙飞联想着一年多来的种种经历，就像一个五味盘子，酸甜苦辣咸什么滋味都有。他推心置腹地说："黄书记，有人曾经做了归纳，那就是'硬着头皮、厚着脸皮、磨破嘴皮、踏破脚皮、饿着肚皮、合不上眼皮'，这叫作发扬'六皮'精神。当然，我也远远没有达到这样的境界，我只不过厚着脸皮而已！"

黄江华书记啧啧称道："'六皮'精神，概括精当，值得点赞！你在市扶贫办当过秘书，请你对秘书工作简要谈一谈自己的看法。"

陆龙飞得到黄书记的表扬和鼓励，就像脑子里注入了兴奋剂一样，思维也变得活跃起来。

他说："我记不得哪个人曾经说过，如果说领导是一个圆心的话，秘书就是环绕在圆心的圆周轨道上运行的各个点；如果说领导是一条线的话，秘书就是围绕主线上下、左右、前后同步行进的一条曲线。想必黄书记一定深有体会吧？"秘书是没有角色的角色，黄江华曾经做过市委书记的秘书工作，他当然深有体会了。

黄书记又称赞道："很好！"然后转移话题说，"小陆，俗话说得好，贫穷时不忘家乡，富有时故土难舍。回报家乡、建设家乡，是每一个走出大山的文化人的愿望！我想把你从市里调到我们县委办来，暂时做秘书工作。想不想到县里来呢？或者有什么顾虑？我希望你能够重视一下我的建议。不过，这是建议，更是命令！"

陆龙飞不禁一愣，就像在山顶上突然看见一道闪电，他不知道说什么才好。

黄书记很快捕捉到陆龙飞有动心的念头，继续添砖加瓦道："心动不如行动！行动才是最好的证明！只要你同意，那就好办了。市扶贫办林立主任由我亲自出面，他是我在自治区党校中青班培训时的同班同桌同学。"

后来陆龙飞才了解到，其实黄江华书记早已跟林主任打过招呼了，对他的了解更是有了八九不离十的概念。当然，黄书记从林立主任那里并没有了解到真相，却从陆龙飞的行动中感受到了年轻人的能量！领导看中的往往就是实践多于理论的人，而且陆龙飞在五山村群众中的口碑很好，他们都说这小伙子心中真正装着老百姓，这就够了！

陆龙飞很快被调回大都县委办工作，职务是县委办副主任，对应联系县委书记。然而，板凳尚未坐暖，陆龙飞的工作又有了新的变化。

一个月后的一天下午，黄书记主持召开县委常委会会议，其中有一项议题是讨论人事问题。会议研究明确，决定任命陆龙飞担任那龙乡党委书记，陆成龙任江平乡党委书记，黄鸿任土生乡党委书记等，按程序任前公示七天。

这晚，陆龙飞考虑着如何安排女儿陆凡的读书问题，让女儿继续留在古明乡五山村小学显然不现实了。陆龙飞正要给覃老师打电话，她的电话却先打了进来。

覃文心说："陆书记，恭喜你上任那龙乡党委书记。"

陆龙飞说："工作变化节奏太快，有点跟不上了呢。过一段时间我就将女儿转到那龙乡小学读书，至于其他只能等待有机会再说了。"

覃文心停顿了片刻，才说道："陆书记，如果你信任我的话，就让陆凡继续跟我一段时间吧！"

陆龙飞不无担忧地说："就怕对你影响不好！人言可畏啊！"

覃文心想了一下，才说出心里话："只要陆凡读好书，练好电子琴，练好金嗓子，只要你信得过我，就不要在乎别人说什么。舌头在别人嘴里，你封不了他们的嘴巴。"

陆龙飞长叹一声，说道："我不是女儿的好爸爸，却把你牵扯上了，实在抱歉。"

覃文心说："陆书记，用心当好乡党委书记吧，让你的人生在扶贫路上闪光，让更多的父老乡亲永远记住你！"

陆龙飞说："我只有好好干了。我女儿那里请你多操心了！"

覃文心说："我这是学习雷锋做好事，助人为乐见真情！"

听到这句话，陆龙飞心里涌起了道不完的感激之情。他想，看来眼下只能暂时这样了。女儿读书和学习弹电子琴两者缺一不可。如果换了另一位音乐教师，女儿不一定能接受。再说，女儿喜欢唱歌，覃老师又是这方面的高手，曾经多次获过奖，女儿跟着她，跟对了！女孩的人生之路必须有一个好的引路人。这样一想，当晚陆龙飞在电脑上开始设想乡镇党委书记的生活，他将要演绎自己的美丽人生，书写精彩纷呈的命运故事。

不久，李凤舞给陆龙飞打来了电话。她开口就问陆凡怎么办？

陆龙飞一时语塞，不知道说什么好。

李凤舞说："你这是对陆凡不负责任！"

陆龙飞问："怎么说呢？"

李凤舞说："我想了想，有三个'要么'。要么一辈子不再谈爱情，不再续弦，好好与你的女儿过。要么多多接触覃老师，她是个不错的女人，好好爱一场。我看得出来，覃老师对你很有意思。要么我再给你介绍一个女生。"

陆龙飞不知哪来的勇气，突然蹦出一句话来："老同学，要么，要么，我们恢复到中学那个时代，好吗？"

李凤舞的心好像被子弹击中了似的，她一阵激动，但情绪却只是昙花一现。半晌，她严肃地说："倒出去的水收不回来了。再说，比我优秀的人多的是！"说罢，就挂了电话。

爱情是什么？也许爱情就是失去之后的珍惜，就是风雨之后的阳光！可是，我看不到那一缕阳光啊！陆龙飞想，我们两人之间的线索难道就这样断了吗？或者由干爸出面？

当晚，周艳也给陆龙飞发来了信息："老同学，听覃老师说，你上任那龙乡党委书记了，这可是乡里的一把手啊！就是高山顶上的一棵松树！在此，首先热烈祝贺了！下一步是书记到哪，我们跟着到哪！"

当时陆龙飞心情十分复杂，他回复说："老同学，多谢了！我陆龙飞没有别的本事，但脸皮很厚！"

周艳说："这是双赢的基础。哈哈！"

2　任职之初

男儿立志走四方，青春作伴好还乡。
摆脱贫困担使命，协力同心建小康。

这是陆龙飞上任那龙乡党委书记前写下的一首诗，表明自己回报家乡、建设家乡、振兴家乡的信心和决心。家乡是什么？家乡就像一座桥，一头连着山里，一头连着山外。陆龙飞没有想到自己从小立志发奋读书、走出山门、挺进城市，到头来还是回到家乡担任一把手，成为乡里最大的"父母官"。哈哈，也算是"一方诸侯"，陆龙飞突然被自己的想法吓了一跳。他虽然没有官瘾，可是一旦被组织任命为乡党委书记，他的心还是像十五个吊桶打水——七上八下。陆龙飞在正科岗位干了几年时间，也深谙官场的路数，可如今将面对四万多的父老乡亲，他似乎感到有点力不从心，就像女子初嫁，心猿意马，慌乱甚多。

一天下午，陆龙飞接到县委组织部干部股股长蓝强的通知，说晚上八点钟开会，黄江华书记将找有关领导同志谈话。

晚上七点四十五分，陆龙飞和另外两位同志提前十五分钟到县委小会议室等候。黄江华书记的联络员小张告诉他们，开完会后黄书记就要立即赶往机场，第二天一早飞北京学习。黄书记讲话不长，但字字珠玑，让他们激情涌动，更加深感肩上担子的沉重。会议结束后，黄书记将陆龙飞单独留了下来。陆龙飞如坐针毡，黄书记严肃地说："小陆，乡镇作为我们最基层的一级政权组织，上连多级党委、政府，下连广大人民群众，乡镇书记扮演着'上面一笼统，下面当总统'的角色。乡镇书记不同于部门领导，你的一言一语、一举一动，都与老百姓息息相关，所谓'一枝一叶总关情，一点一滴见初心'。"

说罢，黄书记将笔记本上的一张白纸撕了下来，将它放在陆龙飞面前，说："小陆，这是一张普普通通的白纸，可我希望你能够在纸上描绘出美丽的图画来！说心里话，我把你从市扶贫办调回老家，就是看好你丰富活跃的思维和与时俱进的精神，看好你的一颗赤诚真挚之心和担当实干的魄力，看好你的人品和才情，你必须好好干！"

陆龙飞说："不辱使命担当，坚决完成任务！"

按县委要求，陆龙飞和几位新任乡镇党委书记就要履新任职了。陆龙飞感到既兴奋又"压力山大"。那龙乡党委书记黄明被调到自治区某单位去了。那龙乡是全县脱贫攻坚的主战场之一，县委派陆龙飞回到老家担任一把手，既是对他寄予厚望，也是一次严峻的考验，对陆龙飞来说更是极大的挑战！

就在陆龙飞履新任职的那天凌晨三时半，那龙乡云联村古香屯发生大面积山体滑坡，造成两死八伤。村支部书记韦宝第一时间分别给覃放乡长和分管安全生产的蒙强副乡长打电话，可是他们的电话都无法接通，就给乡值班室打了电话。值班室的同事直接拨通陆龙飞的电话。迷迷糊糊之中，陆龙飞听到手机响个不停，他没有接，过了几分钟，陌生电话又继续响个不停。陆龙飞接起电话，对方说："陆书记，深更半夜打扰你了，我是那龙乡党政办秘书黄永龙，覃放乡长的电话一直打不通，只好冒昧打你电话了。听说你很快就任我们乡党委书记，现在云联村发生大面积山体滑坡事件，已经有两个人死亡、八个人受伤。"

陆龙飞猛地从床上跳了起来，说道："黄秘书，你立即将这一情况报告县委办、政府办值班室。我马上赶去云联村。”

陆龙飞打开床头灯开关，利索地穿上了衣服，第一反应就是这个小小的乡镇书记不好当啊！他回拨电话说：“黄秘书，你告诉云联村党支书，当务之急要马上想方设法把重伤员送到乡卫生院，同时做好群众的安抚工作。”

陆龙飞想了想，觉得不妥，又跟黄秘书索要云联村党支书陆有成的电话号码，并亲自给他打了电话。

陆龙飞说：“陆支书，群众利益无小事，你们要把工作做深做实做细，不要让群众骂娘！”

陆有成支书说：“马上落实，决不怠慢！”

放下手机，陆龙飞腿软了。唉，还未走马上任，第一把“火”就烧到身边来了。实践经验告诉他，必须第一时间赶到现场，这才是一个乡镇党委书记应有的素质！接着，陆龙飞又给县委组织部部长龙升打了电话。

龙部长接到陆龙飞的电话，命令他立即动身。

车上，龙部长说：“刚才我已经跟黄书记通了电话，他要求尽快把你送到乡里，尽快进入角色，尽最大可能组织村民把受灾损失降到最低限度。”

龙部长一脸严肃地说：“乡镇干部站在中国问题的最前沿，最贴近实际，最贴近群众，最接地气。乡镇干部干得好不好，直接关系到基层群众对党和政府的印象好不好。你刚刚上任，就碰上了棘手的问题，陆书记，后悔当这个乡镇书记了吧？”

龙部长话里有话，他想套出陆龙飞的心里话。

陆龙飞虽然没有对突发事件有足够的心理准备，可他深知农村工作难做，“上面千条线，下面一根针”嘛。他故作轻松地说：“明知山有虎，偏向虎山行！”

龙部长说：“责任重于泰山。从某种程度上来说，乡村现实生活比我们想象的还要严峻得多，你必须以良好的心态、与时俱进的精神和严谨务实的作风，努力干好每一天！”

陆龙飞说：“那龙乡是我的家乡，回报家乡、建设家乡是我应尽的义务和责任，我一定力所能及地把工作做得更好！”

龙部长说：“书记的表率作用体现在行动。一个作家就要拿作品来说话，一位乡镇党委书记就要拿实绩来证明！”

陆龙飞在龙部长面前变得沉默起来。龙部长与他同龄，却有三年副处级领导干部经历，陆龙飞才是正科级干部。相比之下，他感到自己就像一只蜗牛与兔子赛跑。

车子爬行两个小时后进入云联村地段，陆龙飞他们停好车子，再爬山走路一个多小时才赶到出事地点。龙部长走山路健步如飞，陆龙飞差点跟不上他的步伐。爬山不到十分钟，陆龙飞气喘吁吁，全身已经像泡在水里一样难受至极，可是他又不好意思让龙部长看出自己的困乏与疲惫，毕竟陆龙飞是个地地道道的山里人啊。

走进古香屯时天已大亮，经历了一阵号啕大哭，整个山谷却似乎无动于衷，只听到乌鸦躲在树上呱呱地叫着。龙部长在村支书的引领下走到两具遗体前，蹲下去一一打开白布，两位逝者的眼睛瞪得大大的。他慢慢将他们的双眼合上了。天灾人祸，防不胜防，太可怜了。他对陆龙飞说：“陆书记，眼下要做好工作，不能让群众对新班子失望。”

陆龙飞说：“龙部长，我会的！”

不一会儿，龙部长大声问道：“覃放乡长来了没有？”

很快有人应答道：“龙部长，我是副乡长蒙强，负责安全生产这一块。覃放乡长正在赶来的路上。”

不一会儿，陆龙飞突然在众多的人群中看见了略显富态的良龙村支书李威武。

长着一对小眼睛的李威武对陆龙飞笑了笑，点了点头。他有意挤到跟前，好像要表现出一种什么姿态。他主动亲近陆龙飞，说道：“龙飞兄弟，你怎么在这里？”有个人在李威武耳边小声说道：“陆龙飞是我们那龙乡新上任的党委书记。”李威武以不信任的目光盯着陆龙飞，一脸疑惑。

陆龙飞接过话说：“我陆龙飞回到我们老家做事了。”他在李威武面前尽量显示出绅士风度。当然，陆龙飞不是一盏省油的灯，也不是占着茅坑不拉屎的人，他更不会把自己弄成一个小人，让一个对他有根深蒂固偏见的村干部看不起。

李威武低声地抛出一句话来：“当官不为民做主，不如回家卖红薯。”

陆龙飞低声地答道：“李支书，你说得对！”

龙部长很快将大伙召集过来，趁机介绍道：“这是新来的乡党委书记陆龙飞同志。陆书记，你是乡里一把手，工作由你来主持。”

陆龙飞走到前面，说：“龙部长是我们县第一个赶到现场的县委领导，很快蓝县长也将赶到现场，县委、县政府领导对山体滑坡事件非常重视，县委黄书记做出了指示，目前我们要做的有几件事：一要组织群众尽快把受伤人员送往乡卫生院治疗，绝不能掉以轻心；二要做好死者家属的安抚工作，让群众感到党和政府的关怀与温暖；三要及时对全村进行一次彻底的安全隐患排查工作，做到防患于未然；四要认真做好灾后重建工作，还要考虑农户要不要搬迁，该搬迁的必须搬迁，决不能让群众整天提心吊胆过日子。”

龙部长接过话说道：“刚才陆书记所说的我都同意。一句话，群众利益无小事！这时候我们的领导干部就要以身作则、发挥作用。”部长的话简短有力、掷地有声。

四十分钟后，牛高马大的覃放乡长才赶到古香屯。

看到龙部长忙着慰问受灾群众，覃放走上前去，不好意思地说：“龙部长，我来晚了。”他没有料到龙部长和陆龙飞会在他前面赶到出事现场，额头上沁出了豆大的汗珠。

龙部长将覃放拉到陆龙飞跟前，低声而严厉地说：“陆书记从一百多公里外的县城赶到事故现场，而你呢？乡里离云联村不外五六公里，你就这样履行一个乡长的职责吗？看你一身酒气的样子，昨晚喝醉了，然后把手机关了，是不是？哪有这样当乡长的？”

覃放就像做错事的孩子一样低着头站在原地等候大人的训话，脸上冒着豆大冷汗。他用手背抹去汗水，急促不安地说道：“龙部长，不好意思，我错了。”其实，昨晚酒醉的覃放正在那龙街上年轻貌美的寡妇李兰家里鬼混呢。他突然想，我覃放不能再乱来了，否则说不定哪一天会出事啊。

龙部长说：“要是蓝县长到了，你覃放还没有露面，我想帮你说话也没有用了！”

陆龙飞接过话解围道：“龙部长，从现在起，我和覃乡长一起把山体滑坡事件处理好，把灾民的损失降到最低限度！”

覃放一脸感激，就像犯了错误的人得到了极大的宽恕、同情和理解一样。

陆龙飞拍着他的肩膀，以示理解。以后，覃放乡长是陆龙飞的搭档，工作上更多要依靠他和其他班子成员一一去落实，给他关爱、温暖、理解，就像给他送去一颗定心丸一样。这样的心理学陆龙飞是懂的！

又过了半个小时，蓝益县长和罗永山副县长以及安监局领导也赶到了现场。陆龙飞简要汇报了受灾情况和下一步的工作打算。蓝县长对他们的工作给予了充分肯定。同时，要求他们想群众之所想，急群众之所急，全力以赴做好灾后重建工作。

吃罢中午饭，县领导逐一离开了古香屯。龙升部长把陆龙飞和覃放乡长叫到一起，交代通知第二天上午召开乡领导班子成员会议。

当天下午，龙部长特地带上陆龙飞和覃放乡长走访了住在那龙街上的两位已退休的乡党委书记韦向阳和凡周。两家只是一墙之隔，大家便集中在韦向阳老书记家中聊天。龙部长对他们两位老领导为那龙乡做出的贡献给予了高度的评价，也希望他们在有生之年有一分热发一分光，多关心和支持陆龙飞书记工作。

陆龙飞则像虚心求学的学生，不厌其烦地向两位老领导讨教工作上的事情，其意浓浓，其心切切。

韦老说："过去我们党打仗依靠的是广大人民群众，今后也是一样。在任何情况下，我们都要把人民群众的安危冷暖放在心上，让百姓过上幸福美好的日子！"

龙部长说："韦老说得对，人民是我们的衣食父母！"

凡老说："我们那龙乡是全县少数民族人口最多的乡镇，要时刻绷紧稳定压倒一切这根弦，让大家团结如一人，走好民族团结进步之路！"

不一会儿，凡老转移话题，一针见血地说道："覃乡长，你是覃山老书记的儿子。说句不好听的话，当年你老爸私心太重，在产业发展、促进民族团结方面做得不到家，不然的话，他早就被提拔到处级领导干部的岗位上了。"

陆龙飞看到覃放一脸尴尬，好像不经意地被老人家戳到了痛处一样。陆龙飞装作不知道的样子，迅速将目光转向了门外，那个和蔼可亲而又伪善做作的覃山局长的形象突然展现在自己面前。陆龙飞想，覃放是覃山老局长的公子，他是不是秉承他父亲的性格呢？但我绝不能被他牵着鼻子走！

第二天上午九点，那龙乡领导班子（扩大）会议准时召开，龙升部长宣读县委文件，宣布陆龙飞担任那龙乡党委书记，然后做了简单的介绍，接着由陆龙飞做简短的表态发言。陆龙飞说：“感谢县委对我的信任和支持，安排我到我家乡那龙乡工作，我深感责任重大、使命光荣。”陆龙飞从牢记“初心”、服务“中心”、保持“爱心”、深化“同心”和秉持“公心”等五个方面进行简明扼要的表态发言。最后，他用一首山歌作结：

心动不如早行动，服务乡亲立新功。
好比拔河齐用力，携手共建新那龙。

龙部长忍不住带头鼓起掌来，全场掌声雷动。覃放乡长也在会上做了表态发言。

3 “我们要修路”

将龙部长送走后，陆龙飞的美好心情才持续了几分钟，就被云王村古巴屯群众的上访击得七零八落。他们打着“我们要修路”的横幅朝着乡政府走来了。更让陆龙飞感到诧异的是,他的干爸盘阳也加入了上访的队伍。干爸善解人意、为民请命是出了名的。干爸以这样的方式与干儿子正式见面了。干爸就像一个经验老到的教师给陆龙飞这个新生上课来了！哈哈，来得早，不如赶得巧。这也是陆龙飞需要深入调研了解、全面掌握情况的重要一环。俗话说，擒贼先擒王。干爸不是王，但他应该是幕后的一个关键人物，必须先从他身上下手！

陆龙飞将十多位上访群众引到会议室坐下，然后交代黄永龙秘书，让他把覃放乡长也叫过来。

一个名叫蒙飞龙的上访村民听到这，站起来张开双手拦住陆龙飞道：“我们不要覃乡长参加。”

陆龙飞不禁一愣，很快镇定地说：“乡长是我们的父母官，没有他可不行！”

蒙飞龙说：“你才是一把手，他也要听你的。”

众人齐声道："是的。"

陆龙飞严厉地说："我说了，他必须在场！我的话就是一把斧头，就是一道命令！"

蒙飞龙听得出陆龙飞话里有话，急忙解释说："我知道你们今天开会，我不想给你这个新来的书记添乱，更不想让覃乡长难堪，就没有闯进会场。"

陆龙飞深知他们想在他和覃放乡长之间横插一刀，让他们两人之间产生误会，造成无形的摩擦，上访群众精明到家了。一、二把手必须团结共事，拧成一股绳，否则往后工作很难好好开展下去。陆龙飞得巧妙地替覃乡长说话，提高威望，树立形象。陆龙飞说："难得大伙一片好心，乡亲们的情我陆龙飞心领了，修路是大事，非等乡长来不可。"

陆龙飞舌头一转，说道："乡亲们，按要求上访不能超过五个人，你们推荐本屯五个人来，其他同志在外面等候，也不能围在会议室门外。"

陆龙飞有意将干爸排除在外。他必须让干爸知道干儿子的良苦用心！

干爸心领神会、一点就通，转身就走。蒙飞龙急忙扯住干爸的衣角，以恳求的口吻说道："盘校长是我们请来的客人，他必须在场！"

干爸顺水推舟道："陆书记说了，按照规定上访不能超过五个人，我又不是你们屯的人，我退出。"干爸的话就像豹子的尾巴，简短有力。他昂着头、挺着腰转身走了出去。陆龙飞急忙跟上去，将房门钥匙交到他手上，说："干爸，你先回我房间休息，很快就没事了。"陆龙飞指着前面的房间，说："就在前面第一排宿舍一〇一号房，最外面那一间，我还来不及好好整理，比较乱。"

干爸接过钥匙，点了点头，从容不迫地朝陆龙飞房间的方向走去。

蒙飞龙拍着大腿长叹一声，看得出，他好像失去主心骨一样虚弱。

陆龙飞拍着蒙飞龙的肩膀说道："有理有据要说话，走遍天下都不怕。哪能在乎人多人少呢？"

覃放乡长很快赶了过来。他见到陆龙飞，感觉有了主心骨，底气也足了。

蒙飞龙按要求只留下五个人，其他人极不情愿地走了出去。

陆龙飞他们和五个上访群众围坐在一起，聊天式地话家常、说心里话。他环视着大家，只见他们个个情绪高涨，似乎有一肚子的话不吐不快。陆龙飞心想，我必须先发制人，不能让他们像牵着牛鼻子一样牵着走。他正了正衣襟，慢条斯理问道："你们把盘校长拉过来，有什么目的吗？你们谁先说？"

蒙飞龙站起来，振振有词地说道："陆书记，不瞒你说，我对覃乡长有意见。"

陆龙飞以威严的口吻说道："先回答我的问题！"

蒙飞龙被陆龙飞震得说不出半句话来。显然,他不知道如何答复才好。

他双手不停摸着头发，一脸局促不安。

陆龙飞说："好了，我不追问这个话题。我问你，你们屯离村部有多远？"蒙飞龙好不容易才喘过气来，说："大概两个小时吧。"

陆龙飞又问："从村部到乡里又需要多久呢？"

蒙飞龙说："走两个半小时。"

陆龙飞说："你们今天一早就赶过来，赶了一个上午的路。我为你们的执着而感动。中午饭吃了没有？要是没有的话，我叫其他同志马上打盒饭过来。"

蒙飞龙应道："吃了吃了。"

陆龙飞转移话题，问："我们乡领导有到过古巴屯的吗？"

蒙飞龙说："路途太远了，计生工作队到过而已。"

陆龙飞突然问道："你叫蒙飞龙，蒙飞虎你认识吗？他现在情况怎么样了呢？"

听到这，蒙飞龙警惕地说道："你问这干吗？"

陆龙飞严厉地说："是我在问你！你要是认识就说认识，不认识就说不认识。"

蒙飞龙说："他是我的堂兄弟，是另一个乡另一个屯的。"他紧盯着陆龙飞，摸摸自己的头发，突然说："你就是蒙飞虎所说的那个公安民警陆龙飞？"

陆龙飞笑着点了点头。他突然想到了干爸，便想，该把他老人家拉出来了吧。陆龙飞说："覃乡长，你跟他们先聊聊，我去去就来。"

蒙飞龙担心陆龙飞一走了之，急忙冲上前来，张开双臂，就像一根横杆一样拦住他，并说道："我不让你走。"

陆龙飞用手将"横杆"推向一旁，说道："兄弟，我去叫我干爸过来，这行了吧？”

蒙飞龙急忙改口道：“对，盘老校长说话有分量。”

陆龙飞很快回到房间，只见干爸坐在椅子上，正在饶有兴趣地翻阅着《摆脱贫困》一书，这是陆龙飞特地带在身边的最珍贵的物品。

陆龙飞说：“‘为群众办实事，说起来容易，办起来难；做一件、做一天容易，坚持到底难。’这是《摆脱贫困》一书中的一句话，那篇文章的题目叫‘把心贴近人民，做好新形势下领导的信访工作’，具体内容在第六十页。干爸，翻翻看是不是？”

干爸很快翻到第六十页，不由得竖起了拇指。因为陆龙飞精心读过这本书，关键之处他都用红笔画线。接着，干爸又朗读道：“信访工作的首义，在于时刻把自己看成人民中的一员，把心贴近人民。”

陆龙飞走到干爸跟前，慢慢将他扶起来，说道：“干爸，你还是去说句公道话吧。”

干爸想了半晌才说道：“要致富，先修路，这是硬道理。古巴屯群众希望修通屯级公路也是合理诉求，他们曾经多次向乡党委、乡政府反映过，但都没有结果，特别是覃乡长总是一拖再拖，群众很有意见。”

上访目标是冲着覃放乡长来的，陆龙飞意识到覃乡长心里一定感到十分委屈和无奈。一乡之长，全乡各族人民的“父母官”，群众不找他，找谁啊？躲避不是办法，迎难而上才是唯一出路。陆龙飞说：“干爸，你儿子有多少斤两，你老人家很清楚。但是有一条，干爸不该跟着他们来上访！”干爸激动地说：“这是逼上梁山！这是为民请命！你的干爸有头有脑，绝不是无理取闹！”陆龙飞说：“这话要得！走，我们一起去交代一下，马上跟他们回村里去。”

回到会议室，干爸找了个位置坐下来，一脸微笑、从容。

陆龙飞虎着脸说道：“飞龙你赶紧把横幅收起来！”

蒙飞龙说：“你们说话不算数的，我们就不收！”

干爸从蒙飞龙手中抢过横幅，蒙飞龙却死抱不放。他们一个拉一个扯，互不相让，就像拔河比赛一样。干爸骂道：“飞龙，你想干什么？”蒙飞龙说：“谁知道书记说的是人话还是鬼话呢。”

干爸使劲拉扯着红布，蒙飞龙也用尽全力对峙着。干爸突然松开双手，蒙飞龙一不留神，跌倒在地。

干爸哈哈大笑起来，说：“活该！”

蒙飞龙双手搓着疼痛的屁股骂个不停。

干爸趁机抢过红布，然后站到前面去，拿出打火机打算点燃红布，但又突然意识到在会议室烧掉红布不妥，便将红布上的白字一一撕下，并将红布叠好，放在自己跟前。

干爸问蒙飞龙：“还有什么想说的？”

蒙飞龙灵机一动，说道：“我想请陆书记到我们屯做客！”

陆龙飞站起来说道：“好吧，我马上跟你们一起进山！”

随后，陆龙飞交代覃放乡长继续进驻古香屯，与村民商量如何做好灾后重建工作。

覃放怯怯地说：“陆书记，我也跟你下村屯去吧。”

陆龙飞说：“群众给我们上了一堂生动的教育课，我要亲自下去了解情况，你重点还是到古香屯做好灾民的救助帮扶工作。”说罢，陆龙飞拉上黄富强副乡长跟着上访人员向外走去。陆龙飞就是要让覃放深知自己是农民的儿子！

当晚六时，陆龙飞和黄富强跟着上访的人群沿着凹凸不平的山道走进了远近闻名的上访屯——古巴屯。途中，干爸给陆龙飞使了个眼色，就偷偷从另一条山道溜走了。陆龙飞心知上访村民以干爸作为挡箭牌引来了乡主要领导，干爸的使命便画上了句号。干爸恰到好处地闪亮登场，又善解人意地退到了幕后。

古巴屯地处三县交界处，山高皇帝远，日子苦黄连。这次陆龙飞下来的主要任务就是深入了解情况，摸清实情。既然群众最关心的是修路问题，那么修路自然是第一要事了。从古巴屯到村部还要翻过几座山，需要爬山过坳，再爬山再过坳，群众反映的修路问题是共性，是难啃的“硬骨头”。面对这样的棘手问题，第一次走进古巴屯的陆龙飞似乎感到茫茫然。他忧心群众的同时也对覃乡长的苦衷表示理解。跟村民走山路时陆龙飞感到头昏脑涨，全身酸痛，但他硬撑着，赶到古巴屯时竟然吐出东西来了，他只好躲进茅房里待了三分多钟。

晚饭时，黄富强对陆龙飞耳语道：“陆书记，到山里做群众思想工作，不喝几杯酒是说不过去的，群众会把你当外人看，只能灵活了。”随后，他对在场的人说道：“不好意思，我得替陆书记说句实话，书记平时滴酒不沾，酒就由我代喝了。”

蒙飞龙笑了笑说：“只要有领导喝酒，我们就高兴了。”

陆龙飞站起来说道：“黄副乡长替我说了心里话，我身体有些不舒服，酒我就免喝了。”

蒙飞龙的岳父韦有山说：“陆书记能够下来看望大家，说明他的心和我们相通。”韦有山将手放在陆龙飞的额头上，说道：“真的烫着呢，马上量体温。”他立即起身拿来了体温计。

过了几分钟，蒙飞龙问：“阿爸，没事吧？”

韦有山说：“小问题而已。陆书记，我是个土医生，你患的是小病，无大碍的，最好的办法就是喝几杯酒下肚，就没事了。这叫以毒攻毒！”

陆龙飞只是笑了笑。

众人你看我，我看你，都纷纷点了点头。

韦有山又拿来些土药，让陆龙飞喝了下去。

蒙飞龙说：“我岳父说了，陆书记可以喝一点酒了！”

很快晚饭开始了。第一次进屯的陆龙飞还是被质朴热情的村民们给灌醉了。

半夜醒来，陆龙飞突然发现自己睡在一张崭新的床上，旁边还坐着一个姑娘，那是韦有山的妹妹韦美丽。

陆龙飞被吓得出了一身冷汗，堂堂的乡党委书记身边留着一个姑娘，这还得了吗？要是传出去的话，那还不是羞死人了？

韦美丽见到陆龙飞醒了过来，不断打着瞌睡的她赶紧将陆龙飞慢慢扶了起来，可是她想叫醒老爸却没能叫醒过来。老人家确实喝多了。难得乡党委书记第一次走进他们家，也头一回陪着大伙一起喝酒，由此他照样喝他的酒，也劝说陆书记多饮。瑶族人喝酒向来豪爽，一旦沾上了酒，醉酒是理所当然的了。黄富强副乡长却一点事也没有。

当时，陆龙飞想支走韦美丽，韦美丽却说保护好书记是她爸、她哥交给的任务，说什么也不会离开。其实，这是蒙飞龙设计的“美人计”，只是陆龙飞不得而知。

陆龙飞没有办法，只好跟她聊聊天，说些心里话。闲聊之中他才了解到，韦美丽十六岁就出嫁了（领不了结婚证），后来所谓的老公有一天半夜突然死在韦美丽身上，为此她名声扫地，只好回到老家来。她今年还不满二十岁，看上去却显得与实际年龄差别较大，这让陆龙飞想起了鲁迅先生笔下的祥林嫂。

韦美丽说：“陆书记，我的命真苦！”说着，她竟然哭出声来，很快泪水涟涟。

陆龙飞越是安慰，她越是哭得伤心。

看到韦美丽泪水汪汪的眼睛，陆龙飞突然想到了自己的爱妻，他说道：“小韦，说心里话，每家都有一本难念的经，我也经历过不幸的事情。”

韦美丽瞪大眼睛，好奇地说：“我的老公死了，一个人过日子，可你哪有比我更伤心的事？”

陆龙飞伤感地说：“我的老婆几年前死于车祸，女儿跟一位女老师在古明乡五山村中心小学读书。我作为我们乡书记，几乎顾不了女儿读书的事，你说苦不苦呀？”

韦美丽说：“陆书记太不容易了！”

陆龙飞说：“挺过去就好了！你去休息吧，明早起来后我要批评你爸！”

黄富强副乡长被安排到另一家农户住下，第二天他早早就起来散步了，等赶到韦有山家时陆龙飞刚起来不久。

昨晚与大伙喝了几杯酒，幸好也服了药，陆龙飞一早起来清清爽爽的，退烧了。他今天第一件事就是与黄副乡长商量修路踩点问题。

黄富强对陆龙飞书记的举动不置可否。在他看来，陆龙飞这人显得从事草率，成熟冷静不足，群众上访，你就跟着下访，被农民牵着鼻子走，太缺乏领导艺术了。当然，黄富强不会显露出半点不屑一顾的神态来，毕竟陆龙飞是一把手嘛。他想了一下，说道：“我们乡众多屯级路还不通，群众也迫切希望我们有所行动。我在那龙工作将近十五年了，我深知农民之苦，我们乡干部也尽力了，群众希望值高，更要看现实嘛。”

陆龙飞盯着黄富强的眼睛，说道：“我们真的要打退堂鼓吗？回答是不能的！马上把韦有山、蒙飞龙他们找来。”

“不用找，我们来了。”听到说话声，陆龙飞和黄富强回头一看，韦有山、蒙飞龙来到了跟前。半晌，韦美丽提着一篮熟红薯摆在大家面前。

陆龙飞说：“煨熟的红薯我最爱了，香喷喷的。记得小时候上学读书，早上出门走到半路，将熟红薯藏在路边的小洞里，放学回来到藏匿的地方，又将红薯取出来，慢悠悠地吃着，乐悠悠地边背书边回家。”

陆龙飞试图以此拉近与韦有山他们的距离。他深知山里人最重一个“情”字，只要你对他有情，他就对你有意。充满着温暖与柔情的话语就像寒冬里第一束勇敢的阳光，它可以减轻甚至消除心灵的痛苦与隔阂。

韦有山说：“这就最好了。山里最好的佳肴就是熟红薯了。”他进而解释说：“我的女婿飞龙带头上访，只是一种形式，我们也不巴望马上就能解决修路问题。不过，陆书记亲自进山来，我们知足了。这是我们屯有史以来第一次迎来了乡党委书记啊！”

陆龙飞说：“美丽这孩子昨晚受苦了，你们喝得醉醺醺的，你们忍心让她受苦受累，我都替她打抱不平！”

韦有山说：“这都是命。你身体有病，关照你是应该的。这也是天意，如果我女婿昨天不上访，如果你昨天不下村屯来，美丽这孩子哪里有机会照顾你？”

陆龙飞说道：“哈哈，这些都是上天有意安排的。有意思，有意思了。”他转移话题道：“韦老哥，我们这里通公路的村屯离你们屯大约有多远？除了村部之外。”

蒙飞龙抢先回答道：“平时街日我们都是赶阳安县的安保街。对了，我们翻下山坳就到弄工屯，就有公路了。”

陆龙飞说：“如果与阳安县弄工屯公路连接上，就能直接打通与外界的联系了，是这样吗？”

韦有山说：“是的。如果从山上修到山下，拐来拐去的，有三四公里吧。这山不是我们屯的地盘，弄工屯群众可能也不乐意！”

黄富强说：“最难做的就是群众的思想工作。”

韦有山说：“山脚下的村屯住着汉族同胞，他们有些人看不起我们瑶族人。以前我们屯和弄工屯发生过多起打架斗殴事件，打伤不少人，现在虽然少了，但也时有发生。因为我们屯在山上，他们在山脚下，所以也很少与他们打交道。”

陆龙飞问：“估计需要多少钱才能修到弄工屯呢？”

蒙飞龙说：“没有五六十万拿不下来。”

陆龙飞说：“如果把这条路修通了，我们这里加上其他村屯，大约有多少人受益？”

韦有山掐着指头数了数，说：“六七百人吧。”

陆龙飞说：“修路是大事，涉及多方面，必须与阳安县安保镇弄工屯搞好关系、密切合作。”

韦有山说：“我能理解党委、政府的难处，我保证，今后不管怎么样，我们都不会让年轻人去上访了！”

陆龙飞说：“我想，我们要与安保镇的书记、乡长打交道，一起推进屯级公路建设！”

蒙飞龙说：“安保镇是另外一个县份的，听说那个韦舞书记是个单身的女强人！再说，弄工屯群众工作也不好做，特别是那个覃江平老人更是得理不让人！”

陆龙飞说道：“强中更有强中手，用诈还逢识诈人。下一步我得亲自会一会这个女强人了！好了，定了就办，说干就干。等一下我们先去踩点，看看公路怎么修。”

这天，陆龙飞他们就像出膛的子弹朝着荆棘丛生的小路射去。无数荆棘杂草挡不住他们行走的步子，悬崖绝壁困不住他们飞行的翅膀，汗流浃背也干扰不了他们探路的信心和勇气。匆匆吃了便饭，陆龙飞又组织户主们在韦有山家里开会，附近几个屯的村民小组组长得知新来的乡党委书记进到山里来，也纷纷跑到古巴屯来，会议一直开到夜里十点多钟。看到大伙畅所欲言、意犹未尽的样子，陆龙飞深深感受到了村民们致富奔小康的迫切心情和强烈愿望。

第三天一早往回走之前，陆龙飞和黄富强还是给韦有山他们付了吃饭钱才回去。他们特地绕过一个山梁，路过山龙村地界龙光屯，亲自看一看屯里的地头水柜。

陆龙飞站在山口上往山下望去，只见一个个地头水柜蓄满了雨水，闪耀着粼粼波光。陆龙飞对当年凡周书记的果敢之举和人格魅力表示十足的钦佩，更对群众的支持与配合表示由衷的高兴。他在心里暗暗发誓：我也要干出新样子来！那么先从修路开始吧！群众把我们看成是靠山，我们就要通过努力让他们感受到山的厚实与温暖。陆龙飞和黄富强沿途停停走走、走走停停。

陆龙飞站在高处，突然心血来潮，诗兴大发，忍不住蹦出山歌来：

修路说难也不难，好比寻路上高山。

披荆斩棘一路干，旧貌就能换新颜。

回到乡政府，陆龙飞主动将他和黄富强在古巴屯聚餐的情况做了书面说明，并交给党政办秘书存了起来，以防小人抓住把柄，因为这类防不胜防的事例太多了。

4 回老家

周末到了，陆龙飞特地回了一趟老家。

老家离乡政府六公里，陆龙飞驾车回到村口，然后将车子停在路边，提着事先准备好的祭品径自走到母亲坟前。坟头长满了野草，就像女人长满了蓬松凌乱的头发。陆龙飞后悔没有拿上柴刀，只好用手用力将野草连根拔掉，泥土连着草根，露出一大片小坑。陆龙飞手忙脚乱地用泥土将小坑一一填上。随后，他将祭品一一摆放在母亲坟前，跪拜于地上，嘴中喃喃自语："母亲，我回到老家当了一把手，陆幸妹正在读大学。我们两兄妹都在努力表现自己，你要保佑好我和妹妹以及爱我们的人！"

约莫过了十分钟，一只乖巧的小狗突然飞到陆龙飞身边，友好地对他摇着尾巴。陆龙飞转身一看，只见干爸疾步走了上来，手里拿着一把柴刀。其实干爸站在不远处已经很久了。

干爸说："我就知道你会回来。其实我早就想将野草割掉了，可是这事必须由你亲自来做，这是村里的习俗。"

陆龙飞含着眼泪说："我知道。"

陆龙飞和干爸将母亲坟头上的野草一一除掉后，虔诚地跪在坟前，回忆着母亲的音容笑貌，泪水又一次飘了出来。

良久，干爸慢慢将陆龙飞扶起来，说："回家吧，今晚好好把乡亲们请来聚一聚。"

陆龙飞慢慢起身，面对墓碑拜了三拜，缓缓转身离去。在车上，干爸语重心长地说："目标常常被比喻成生长在高山顶上的花朵，要想摘到这朵美丽的花，必须克服重重困难。作为乡党委书记，你至少还要干三到五年时间，必须有一个清晰明确、与时俱进的工作思路，要有迎难而上、攻坚克难的革命精神，要有担当实干、团结和谐的工作作风，带领大家跟着干，让乡亲们记住你，记住你的好！"

在干爸面前，陆龙飞的得意与满足就像一幅清晰的图画画在脸上。但他有意换了话题："干爸，那天上访怎么回事呢？"

干爸没有正面回答，却说道："致理之要，惟在于安民；安民之道，在察其疾苦而已。"

陆龙飞顺着思路，轻轻念道："衙斋卧听萧萧竹，疑是民间疾苦声。些小吾曹州县吏，一枝一叶总关情。"

回到家时天色已暗，乡亲们也陆陆续续赶来了，院里一下子挤满了人。大伙谈笑风生，拉家常、话致富，其情深深，其乐融融。陆龙飞感觉到浓浓的乡情就是一首饱含真情实意的交响乐。村民小组组长陆成提来一桶酒，打开盖子，整个屋里就像被醇香的味道浸泡了似的。他双手端着满满的酒杯走到陆龙飞面前，毕恭毕敬的样子，说："龙飞呀，多亏你为家乡出力，才有路通、电通、水通、财富通的今天。"以前陆成经常借酒劲将干爸他们骂得一无是处，这次见到陆龙飞回乡当书记，他整天惶恐不安，既恨又怕。陆龙飞则表现出大度之相，说："叔叔，你是小组长，你的职责就是带领群众脱贫致富同步小康，脱贫路上一个民族也不能少，一个贫困户也不能漏！往后的日子长着呢，要多想些办法，带领大家甩开膀子大胆干。"陆成说："有你来领头，我们跟着干！"陆龙飞严肃地说："脱贫攻坚跟拔河比赛一样，少一个人用力都不行，共同努力吧。"

乡亲们回去后，干爸与陆龙飞进行一次长谈。长谈是在干爸的书房进行的。

干爸看到陆龙飞在书柜前的各种山歌书籍前面停住，解释道："退下来后我还是干老本行，走亲访友，助人为乐，教唱山歌，以歌会友。好的山歌，就像春江绿水，沁人心脾。"说着，他蹦出了一首山歌来：

有舞不跳脚发痒，有锣不敲难叮当。
有酒不喝心难受，有歌不唱心发慌。

陆龙飞也对出了山歌：

心态很好人青春，干爸永远是年轻。
好比春天花烂漫，朵朵鲜花都是新。

干爸哈哈大笑起来："要得，要得的！"

回到正题，干爸变得严肃起来。他说："作为乡镇一把手，你肩上担子很重，但是必须学会'弹钢琴'，首先要把思路理清，把目标瞄准，把任务压实。观念决定思路，思路决定出路，出路决定发展……"

陆龙飞默默地聆听着干爸的谆谆教诲，感受着父辈们至亲至爱的熏陶。

接着，干爸将话题转移到孩子身上来。他语重心长地说："孩子是家中的宝贝，是家长的明珠，更是家庭的未来。父母的思维方式、教育方式会影响孩子的一生。父母关爱孩子，孩子就会收获一种情爱；父母撒下一粒种子，孩子就会收获一种希望；父母有好的性格，孩子就会收获美好的人生！"

干爸推心置腹的话语就像高山上流下的清泉融进了陆龙飞的灵魂深处，让他突然领悟到：父母就是孩子的榜样，孩子就是未来的希望。而孩子未来的人生命运将是如何呢？人生需要真爱！需要坚强！需要搏击！无论如何，自己都要成为女儿的榜样！

干爸说："现在你在那龙乡当一把手，女儿在另一个乡读书，这不是个办法，得尽快把她带到身边来，否则就会留下遗憾！"

面对和蔼慈祥的干爸，陆龙飞就像竹筒倒豆子一样将情况一五一十地告诉他。

干爸充满关切地看着陆龙飞的眼睛，说道："我知道你心里的苦楚，可是有几个问题必须考虑好。要学会多关爱。陆幸这些年跟着我们过，早已适应了。有我们在，陆幸读书的事你尽管放心。可是，陆凡正是长身体、长知识的关键时刻，你不把她带在身边哪行呢？如果你还在古明乡五山村挂职还说得过去，现在你到我们乡任职了，必须把她带过来，让她从小就得到更多的父爱和温暖。要学会分析利弊，你脑子那么聪明，用不上我多说嘛。还有，你和李凤舞现在怎么样了？"

陆龙飞说："女儿喜欢弹电子琴，嗓子好，爱唱歌，进步也很快，如果放弃了，就很可惜了。至于李凤舞的话题，我不想过多涉及。"

干爸问：“为什么？”

陆龙飞说：“干爸，这不是一句话就能说得清楚的事，最好不要再提了。”

干爸说：“李凤舞的思想工作我可以去做，她是个难得的好人。你们是老同学，彼此都熟悉。”

陆龙飞说：“干爸，我的事我自己做主。女儿读书、弹电子琴和学唱歌的事，我也会继续与覃老师对接好。”

干爸想发火，却找不到更好的理由反驳他，只好转移话题说道：“个人感情的事，你自己看着办吧。你是乡里一把手，要看清自己，摆正位置，书写好小人物多姿多彩的美丽人生！”

陆龙飞点了头。他想，干爸说得对，自己仅仅是个小人物。小人物的角色虽然不起眼，可是也要显示小人物的智慧与聪明，彰显小人物的干练与果敢，诠释小人物的责任担当与为民情怀！

干爸又试探性地问：“干儿子，要不把陆凡带到我们老家来，由我们俩老照顾？”

陆龙飞想了想，说道：“嗯，这也是个办法。不过干妈的病一直不好，干爸你的身体也吃不消。晚上我再跟覃老师商量一下吧，毕竟陆凡跟覃老师混熟了，女儿进步也很大。女儿的进步就是我的一切！”

当晚，陆龙飞拨打了覃文心的电话。他们通话半个小时，也就陆凡的读书、弹电子琴和学唱歌的事情达成了共识。覃文心心知肚明地说：“陆书记，我和你的女儿谈妥了，以后我们以姐妹相称，姐姐只要把妹妹管好，其他的就不要想那么多。再说，我正在热恋之中，这下陆书记放心了吧？不要怕别人说三道四的，只要我们走得正，没有私心杂念，谁也不能把我们怎么样！我就是一句话，教好陆凡就是陆书记交给我的任务，我也不需要任何报酬。”说罢，她摁掉了手机。

陆龙飞被覃文心的话羞得无地自容。他不知道覃老师所说的话是真是假，但在感情问题上自己是显得有点自私了。

第二天一早，陆龙飞来到办公室后立即找来黄富强副乡长，详细了解全乡精准扶贫情况，并重点了解个人对口帮扶贫困户情况。

黄富强说：“这是前任书记黄明的扶贫对象，黄书记调走了，后续得由陆书记来帮扶了。”

陆龙飞说："好的。"

当天下午，陆龙飞就下村屯去走访对口帮扶户，与他们促膝谈心、共话致富。陆龙飞将贫困户看成是自己的亲人一样，他们今后的酸甜苦辣咸将成为他时刻牵挂的一件大事。

5 石榴树

刚到那龙乡的最初日子里，不知不觉，陆龙飞成了救火队长，哪里有问题，陆龙飞就奔向哪里。没有调查，就没有发言权。由此，陆龙飞选择云联村、云王村、山龙村、弄中村等几个有代表性的村屯深入开展调研。在调研中，陆龙飞了解到山里群众有"八盼"：盼修路，最好是把致富路修到家门口；盼产业走进千家万户，尤其需要短平快的好项目；盼科技实用技术进山；盼娶上老婆，减少光棍汉；盼饮上干净水；盼危房得到改造；盼腰包鼓鼓的；盼有个好班子。

经过调查研究，陆龙飞和覃放乡长认真坐下来，反复商量研究今后的工作思路。覃乡长在那龙乡任职时间比陆龙飞长，比陆龙飞熟悉实际情况，实践经验比陆龙飞丰富。按说，乡党委书记这个位子应该是他的，谁知半路杀出个"程咬金"陆龙飞来，从心理学角度上来说，他心里一定有障碍，甚至有些抵触情绪，尽管表面上没有显露出来。由此，陆龙飞开诚布公地与他交心谈心，推心置腹。

覃放说："俗话说，火车跑得快，全靠车头带。陆书记，请你放心，我绝不做绊脚石一样的小人。你是一把手，你就大胆提出自己的思路和想法，我们不折不扣抓好落实。"

陆龙飞说："覃乡长，这话可是你亲口说的，关键在行动，我相信你！你也必须好好干！"

覃放说："我绝不做理论的巨人和行动的矮子！"

陆龙飞要的就是这句话。不想担当就不配当干部，不会担当就当不了好干部，必须强化"想担当"的自觉，压实"真担当"的责任，营造"敢担当”的氛围，以敬业奉献诠释担当，以拼搏奋斗彰显担当。

第二天上午，陆龙飞主持召开乡领导班子成员会议，研究相关重点工作问题。陆龙飞说：“思路决定出路，出路决定发展。领导者的责任主要在于解决‘桥’与‘路’的问题。桥，即是搭桥，为群众发展商品生产疏通渠道，架设桥梁。至于路，就是确定本地经济发展的路子。因此，必须明确思路，精准实施，真抓实干，这样才能不辜负人民群众的期待。”

会上，陆龙飞初步提出实施“五大行动”、大兴“四种风气”工作思路的设想。第一，实施“三农”品牌大行动，重点对科学种养、特色品牌、能人扶持等方面进行研究，由蒙强副乡长负责拿出方案。第二，实施精准脱贫大行动，包括通路建设会战、产业开发、移民搬迁、“志智双扶”等，由黄富强副乡长负责拿出方案。第三，实施乡村文明大行动，开展精神文明进千家活动、文化娱乐活动、移风易俗活动等，由副乡长李龙负责拿出方案。第四，实施民族团结进步大行动，包括开展宣传教育感恩活动、“办实事暖人心促团结”活动、家庭和谐互助活动等，由韦江琳副乡长负责拿出方案。第五，深入实施美丽乡村建设大行动，包括推进村庄建设、整治村容村貌、维护社会稳定、推进生态文明建设等，由林红副乡长负责拿出方案。同时，大兴“四种风气”，即大兴读书学习之风、调查研究之风、知难而进之风、艰苦奋斗之风，由韦江琳副乡长负责拿出方案。陆龙飞和覃乡长负总责。

上午十点钟结束会议，下午四点钟，副乡长韦江琳就找到陆龙飞，将实施“五大行动”、大兴“四种风气”宣传方案的初稿交到他手上，包括标语内容、标语字体、标语尺寸、宣传地段、写作标准、所需经费等。

陆龙飞眼睛一亮，动作好快呀！他说：“很好，你先放我这里，很快我就会找你商量修改，完善初稿。”

陆龙飞立即找来覃放乡长，侧面了解韦副乡长的情况。

陆龙飞问：“覃乡长，在乡领导班子成员中，谁的综合能力最强？我要的是真心话！”

覃乡长想了想，说道：“首推韦江琳副乡长，不是因为她是唯一的女领导，而是因为她思想活跃、大胆泼辣、作风扎实，有思路、有办法、有水平！”

陆龙飞瞪大眼睛问：“这是你的心里话吗？”

覃放说："陆书记，你刚来不久，掌握的情况不是很多，可是我哪敢讲假话呀？我说了不算，书记可以问别的领导嘛！"

陆龙飞呵呵地笑了，然后将宣传方案初稿转给覃乡长过目。

覃放看着草案，兴奋地说："我说对了嘛。我们需要这种雷厉风行的作风。"

陆龙飞说："我们马上组织分管的领导开会确定专题研究相关事宜，把具体方案搞出来，并及时报告县委办、县政府办。眼下宣传氛围必须优先考虑。从韦副乡长提交的宣传方案初稿来看，她给我们一、二把手上了一节教育课了！"

陆龙飞立即打电话给黄永龙秘书，交代他通知几位领导五点钟集中开个短会。

到五点钟，覃放、韦江琳等人准时进场，还差林红副乡长没到。陆龙飞环视大家，示意大家先传阅宣传方案。林红迟到了几分钟，他平时喜欢发牢骚，这时候看到自己迟到了，只好解释说："不好意思，我迟到了。"

韦江琳看了他一眼，开玩笑说："还有一个小时才到下班时间，刚才是不是路过酒馆交代晚上聚餐的事了？"

林红舌头一转，一语双关地回答："那就要看陆书记有没有空了。请吃饭还不简单吗？"

陆龙飞问："平时下午这个时间段大伙是不是忙自己的事去了？"

韦江琳说："基本上是这样。"

陆龙飞又问："覃乡长，是这样吗？"

覃乡长点了点头。陆龙飞说："下午三点上班，四点多就溜了，要是群众来乡政府办事也找不到人了，是这样吧？这种状况必须改变。"

覃乡长解释说："这些年都是这样过来的。"

陆龙飞想了想，说："因循守旧要不得，与时俱进改作风。改变工作作风，就从饭堂开始。马上办个机关干部食堂，从下周开始。"

韦江琳雷厉风行的作风给陆龙飞留下了深刻的印象。在行动快这方面陆龙飞得好好感谢她。

于是，陆龙飞主动找到了韦江琳副乡长。

韦江琳一张圆脸，长得白白净净的，很是可爱。见到陆龙飞，她抢先说道："陆书记，其实我早就认识你了。"陆龙飞本能地在心中筑起一堵墙，说："可能吗？"韦江琳说："我和李凤舞是同学，也是好闺蜜。"陆龙飞说："完了完了。"韦江琳说："什么完了？"

陆龙飞说："你和李凤舞是同学，我没有秘密可言了。"

韦江琳说："我只知道你有个女儿叫陆凡，至于其他我也不想打听太多。"

陆龙飞说："至少说明我在你这里是没有什么顾虑了。"

韦江琳说："你是一把手，我坚决服从。是不是我的工作陆书记不满意了？"

陆龙飞说："恰恰相反，你的工作我很满意！"

韦江琳"哼"了一声说道："八字还没有一撇呢，什么很满意？八成是将我的军来了！"她有意转移话题，"李凤舞多次建议你物色一个女生，你都委婉拒绝了，为什么？"

陆龙飞反问道："那么，你呢？"

韦江琳说："我主张独身主义，无牵无挂，多好！不过，陆书记不会看上我吧，哈哈！"韦江琳有意将了陆龙飞一军。

陆龙飞掏出了心里话："为了女儿，我宁可不再考虑续弦的事！好了，现在我们聊工作。比如，读书学习是终身课题，是蓄电池。对于大兴读书学习之风，你有什么好的思路和建议呢？"

韦江琳说："首先，我不同意陆书记对续弦的提法。人生那么长，距离一百岁还有大概六十年吧，何必将自己禁锢起来呢？好了，言归正传，我脑子里已有一个大概的思路和框架，先把初步方案搞出来。比如，学习方案可以考虑搞'五个一'活动。比如，讲个人嘛，每月阅读一本好书，每月写一篇心得体会文章，每两个月参加一次小组学习会，每季度参加一次读书分享会，每年交一份学习总结，等等。比如，调查研究要重在解决问题，要扑下身子，到条件最艰苦、群众生活最困难、矛盾问题最多的村屯去，把工作做得更深更细更实，不要搞蜻蜓点水、走马观花式的表面文章，不要搞作秀式的调研。"

陆龙飞鼓励说："思路很好。这几天我们要开动脑筋，发散思维，头脑风暴，认真借鉴成功经验，拿出一个具有那龙乡特点、切实可行的实施方案。比如，民族团结进步大行动方案就要下功夫思考，包括具体目标任务、内容、措施、步骤等。三天后我们再讨论实施方案问题。"

第三天一早，韦江琳将两份实施方案初稿交到陆龙飞手上后就向他请假，说有急事非她到场不可。陆龙飞问：“什么事非你到场不可呢？”

韦江琳不做解释，就匆忙走了。

陆龙飞也不便多问，实施方案的制订进入冲刺阶段，他和覃乡长集中大家开会认真研究审改方案。其间，他突然收到市扶贫办副主任黄钟翔发来的短信，说是林立主任病重，正在自治区人民医院抢救。

陆龙飞回信息道：“知道了，我会很快抽空去看望他。”陆龙飞突然想到了爱妻凡丽娜和黄钟翔副主任的妻子李丹，眼泪很快在眼里打转。

当晚，正好是周末，陆龙飞请大家吃了个便饭。大伙兴高采烈地夹菜吃饭喝“酒”（酒呢，就是红牛、椰子汁之类），对“五大行动”“四种风气”啧啧称道，还说首次聚餐不喝酒，感到很轻松、很愉快。陆龙飞对大家的理解表示感谢，脑子里却想着林立主任的病情。

周六一早，陆龙飞便驱车赶往南宁。林立主任病重，他必须去看一看。途中，他给黄钟翔副主任电话，才了解到林立主任发病时正在南宁开会，天亮的时候突发脑出血，目前正在自治区人民医院治疗。

陆龙飞赶到医院时，林立主任还在重症监护室进行抢救。陆龙飞便跟他家属李阿姨了解情况，并附上慰问金，才匆匆赶回乡里。

回到乡党委书记办公室，陆龙飞发现门下被人塞进一封信。他打开来看，信是韦向阳和凡周两位老书记写的，主要反映种树问题。他俩曾经给前面几任乡主要领导反映过这个问题，可是一直都没得到解决，这回只好通过写信这个方式来反映。他们建议将乡政府院子里那棵半死不活的老榕树砍掉，换上新的树种，建议的理由很充分，可是都没有引起高度重视。最主要的原因就是相互扯皮，最后谁也不想管。陆龙飞站在办公室门口，就可以看见那棵老态龙钟的榕树。陆龙飞目不转睛地盯着多次被闪电袭击却大难不死的老榕树不放，想了想这封信背后隐藏的深层次的东西，随后打算亲自走访韦向阳和凡周两位老领导。他刚走到大门口，就被几个人堵住了，来人不知从何处得到了消息，说他们要找陆书记论理。他们说这棵树不能砍，砍了就会影响风水，就会出大问题。

陆龙飞只是笑了笑，并没有答话。

有人说：“陆书记，如果将大树砍掉的话，我们乡民族团结进步工作就会大打折扣了。”

陆龙飞哈哈大笑起来，说：“你们还挺迷信呀？”

有人说：“要不，书记可以去街上问一问韦向阳和凡周两位老书记嘛，他们最有发言权了。”

见到两位老领导后，陆龙飞开门见山道：“两位老书记，你们谁更迷信呢？”

凡周说：“那肯定是我了！当然，也不一定说是迷信嘛。”

韦向阳说：“我是迷而不信！陆书记那么忙，怎么有时间来看我们呢？”

陆龙飞说：“今天我可是因为你们俩的信件而来。我们乡是少数民族人口最多的乡镇，少数民族占了百分之九十七，必须推进全乡民族团结进步事业大发展，看看两老有什么好建议。”

韦向阳说：“那敢情好。这些年我们乡也抓民族团结进步工作，效果也好，但是打架斗殴还是时有发生。”

凡周接过话说：“我老家那个屯壮族、苗族各一半，各有各的算盘，各唱各的调。乡党委提出民族团结进步大行动是提对了，下一步就要先从乡政府做起，要让广大干部群众看到我们乡党委、乡政府领导在行动。”

陆龙飞问：“这话怎么理解呢？”

凡周说：“就是种树问题。”

陆龙飞说：“我来看两老就是商量种树问题。如果这事都不能妥善解决，我们还能说解放思想、与时俱进吗？还能说改革开放、求变应变吗？”

韦向阳说：“只有落后的干部，没有落后的群众！只要敢想敢干、敢作敢为，就没有干不成的道理！”

凡周说：“具体来说，种什么树好呢？种榕树是不可能的了。”

陆龙飞问：“两位老领导，你们认为呢？”

韦向阳说：“迷信的人会说不能种榕树了，所谓容人不容树，容树不容人。陆书记，你看呢？”他们又将问题像踢皮球一样给踢了回来。

陆龙飞想了想，说道：“采取折中的办法吧。其一，大榕树可以暂时不去动它，让它自生自灭。其二，种上新的树种。那么，种哪种树更好呢？你们两老意见不一致。”

凡周抢先问道：“陆书记，那你认为呢？”

陆龙飞胸有成竹地说道：“种石榴树呀！石榴，原产波斯（今伊朗一带)，西汉时引入我国。在我们传统文化中，石榴有吉祥的寓意，象征多子多福。各民族要‘像石榴籽那样紧紧抱在一起’，这是习近平总书记说的！石榴‘千房同蒂，千子如一’，我们壮汉瑶苗等民族血脉相连、命运与共，你中有我、我中有你，谁也离不开谁。所谓：‘石榴花开，果硕枝盈；石榴籽红，紧紧相拥。’由此，我们要发动全乡各村屯掀起一个种植石榴树的热潮！”其实，陆龙飞刚进入那龙乡政府的大门时，就萌生种石榴树的念头了，今天则更加坚定了！

几天后，乡党委书记陆龙飞要在乡政府种上石榴树的消息迅速传开了。渐渐地，那龙乡一些村屯也纷纷行动起来，在房前屋后、山边地头种上了石榴树。看到这一喜人的现象，陆龙飞、覃放等乡干部们乘胜追击，深入村屯，广泛动员全乡群众以此为契机，掀起了“山上种竹种树种果种花、地上种好农作物、栏内大养猪牛羊”的热潮。

水有源来树有根，根深叶茂感恩情。这天，陆龙飞突然接到县政协主席班华打来的电话。班华主席曾经当过两个乡镇党委书记，担任过县政府办主任、副县长、县委常委、统战部部长，多岗历练，经验丰富，是个女强人。她在电话中直截了当地说道：“小陆书记，听说你们乡发动全乡大种石榴树，这事你们做得好！今年县委重新调整领导联系乡镇工作，安排我联系那龙乡。我打算在你们乡创建政协委员联络工作站和‘有事好商量’协商议事厅试点，以便全县全面铺开，发挥好委员主体作用，助力做好民族团结进步大文章。”

陆龙飞兴奋地说：“班主席，我们能够得到你的亲自指导，这是那龙乡的莫大荣幸！我们一定全力配合做好工作。”

班华说：“人民政协是最广泛的爱国统一战线组织，是社会主义协商民主的重要渠道和专门协商机构。作为人民政协组织，要做的事情很多，协商于民、协商为民，是政协履职的一项重要要求，要践行以人民为中心的发展思想，坚持人民政协为人民，做到协商于民、协商为民，让人民群众感到政协离自己很近，政协委员与自己很亲！创建委员联络工作室和协商议事厅是一项创新工作，是委员联系界别群众的有效载体，也是助推各民族团结进步的有力举措……”

随后，陆龙飞找来与这项工作密切相关的乡党委委员、副乡长商讨如何加快推进工作，让民族团结进步工作更加有形有感有效。第二天，陆龙飞带上他们直奔县城，当面向班华主席汇报去了。班主席对政协历史了如指掌，对政协履职工作也有独到见解。她说："坚持中国共产党的领导是政协之根，服务大局是政协之要，协商议政是政协之责，履职为民是政协之义，凝聚共识是政协之功，发挥委员主体作用是政协之基。"班主席的一席话让陆龙飞他们豁然开朗、茅塞顿开。以前陆龙飞对政协组织和政协委员的认识懵懵懂懂、一知半解，就像雾里看花，私下里也瞧不起政协之人，如今想起来他感到汗颜。

很快，那龙乡政协委员联络工作站和"有事好商量"协商议事厅全部建立起来了。有好几个大屯也建起了协商议事厅，拉近了与群众之间的距离。陆龙飞顿时来了灵感，默念道：

政协协商议事厅，田间地头见真情。
点点滴滴都是事，人民政协为人民。

由此，陆龙飞通过政协委员牵线搭桥，也将山外的一些项目、资金、管理及技术人才等引到那龙乡来，全面开花、层出不穷，为尽锐出战打赢脱贫攻坚战、助力那龙乡经济社会发展注入了强大合力。

站在乡政府的石榴树前，陆龙飞才思泉涌，灵感大发。

民族团结花盛开，千朵万朵迎面来。
石榴结籽抱得紧，和谐硕果众人摘。

6　李威武的挑战

记不起谁说过这样的话：一个好的榜样，就是最好的宣传；优良的示范就是最好的说服。这些话通俗易懂、深入浅出，也是打开工作新局面的一把"金钥匙"。

这天下午，陆龙飞和覃乡长组织各村党支书、村主任开会，专题研究示范点建设问题。会上，村支书们畅所欲言、各抒己见。陆龙飞和覃放乡长对此感到满意。可是，良龙村党支书李威武却舌头一转，振振有词地说：“我们村是那龙乡政府所在地，理应得到乡党委、乡政府的高度重视，可是陆书记似乎有些偏心，好像对我们村关心不够、重视不够！”

李威武开始向陆龙飞挑战来了。听到咄咄逼人的话语，陆龙飞差点像失去理智的疯牛一样暴跳起来，却又不得不按捺住内心的不满，慢条斯理地问道：“李支书，我偏心吗？说一说你的理由吧。”

李威武说：“以前乡书记一上任不出一个星期就到我们村调研，可陆书记回到家乡好几天了，也没见到我们村露个面，群众都有意见了。”

陆龙飞面带笑容：“李支书，就没有别的意见了吗？”

李威武见好就收似的说道：“我这是代表群众对书记提建议，如果提得不对，就请书记谅解了。”

陆龙飞将目光像探照灯一样环视周围，然后停留在李威武的脸上，说道：“我不到良龙村调研，并不等于我不了解良龙村的情况。这一个月来，我先后走访了云联村、云王村、山龙村、山羊村、弄中村等，也了解到了一些情况，特别是云王村古巴屯群众在我正式上任那天到乡政府上访，给我当头一棒。我想问一问各位村支书，要是你们坐在我这个位置上，你们该怎么办呢？”

陆龙飞停顿一下，喝了一口水，继续说道：“我们村支书在本村待的时间至少都比我长，情况都比我熟悉，经验都比我丰富，值得我学习、信赖和尊重。现在各村支书都想一想，自己对本村是否做到成竹在胸？李支书，你能做到吗？”

李威武本想先发制人，反而被陆龙飞问住了，一颗心怦怦直跳，就像十五个吊桶打水——七上八下的，只好站起来，模棱两可地答道：“应该……应该能吧？”

李威武本想给陆龙飞来个当头一棒，殊不知却被将了一军，脸上直冒冷汗，汗珠子就像一幅图画明目张胆地画在额头上。

陆龙飞站起来，以严厉的口吻说道：“什么叫作‘应该能’呢？底气不足了吧？当了多年的村支书，对本村情况没能做到心中有数，难道不应该想一想自己是否对得起‘共产党员’这四个字？是否对得起我们的父老乡亲？”

陆龙飞故意停了下来，有意识地环视整个会场，四下静悄悄的，掉下一根针都听得一清二楚。陆龙飞要的就是这种效果。他威严的话语就像一阵惊雷一样，起到了震慑作用。看着李威武垂头丧气、不敢抬头的样子，陆龙飞心里暗暗发笑，得意地依托桌面支起左手撑住下巴，一脸笑容地说道："我并不想责怪任何一位村支书，'上面千条线，下面一根针'。村支书是村里的一把手，大大小小的事情都牵挂于身，每天忙得头昏眼花，回到家里可能又得不到理解，苦楚只有自己最清楚。所以，我想送给大家两首山歌——

整天忙得团团转，村官像官不是官。
心中苦楚自己懂，胜过哑巴吃黄连。

雨过天晴白云飘，蓝天架起彩虹桥。
村干辛苦为百姓，点点滴滴有功劳。"

覃乡长带头鼓掌，随即掌声如雷鸣般响了起来。

陆龙飞注意到李威武的掌声最响最长，陆龙飞的一放一收、欲擒故纵让村支书们吃上了一颗定心丸。

陆龙飞继续说道："回到今天会议主题上来，我想了解全乡各村的基本情况。换一个角度说，我出几个题目给各村。第一题，本村目前还有多少贫困户？有多少贫困人口？其中男女各是多少？目前最困难的有哪些户？第二题，本村有哪些资源优势？下一步打算从哪些方面入手？第三题，种桑养蚕产业、养牛养羊产业、七百弄鸡产业都是值得加快发展的好产业，本村是如何考虑的？第四题，你们对示范点建设有什么好的建议？第五题，作为村支书，你们对本村的经济发展情况、扶贫开发情况、社会稳定情况、生态建设情况等，了解到什么程度了？大家回去以后马上要做两件大事：第一，认真调研回答我提出的问题；第二，结合本村特点，拿出相关的几条措施。下周五我们再来一起研究。"

覃乡长补充道："刚才陆书记的话希望引起大家的高度重视，要是下次开会大家还是模棱两可、吞吞吐吐的话，我看大家的脸往哪里放？在这方面，作为一乡之长，我也负有一定的责任。陆书记的要求就是一支冲锋枪，指向哪里，我们就打向哪里！"

陆龙飞说："好，散会。覃乡长和李支书留下。"

陆龙飞是良龙村走出去的第三个大学生，是李威武妹妹李凤舞的老同学，现在是那龙乡的一把手。李威武是良龙村党支书，是那龙乡唯一的大学生村官，也是为数不多的能人之一，十多年来苦心经营着从陆龙飞家买下的养牛场，有盈有亏，日子过得还算不错。良龙村是覃乡长的挂点村，陆龙飞本来就想跟他单独谈谈该村的发展问题，现在正是时候。

李威武来了，陆龙飞本来以为他还不敢面对自己，毕竟他们之间曾经有过不愉快的冲突。可是，今天会上他竟敢与自己顶牛起来了！陆龙飞示意李威武坐下后，将一杯热茶递到他面前，说："我知道李支书一定有话要说，想不到来得这么快！"

李威武低着头，喝着茶，缄口不语。他后悔自己过于冲动，如同跑步之时突然被陆龙飞绊了一脚，有点灰溜溜的感觉。

李威武思路活、门路广、朋友多、人脉好，对扶贫产业的发展也有独到的见解。有一天，他翻抽屉时见到一张旧名片，突然想起了当年李财富厂长，便试着拨了对方的电话，谁知竟然打通了。当年的小老板如今已是深圳财富养殖有限责任公司董事长了，李财富突然接到李威武的电话，显得有些兴奋。他们聊了半个小时，就像一只大雁突然找到了失散多年的小雁一样，李财富财大气粗，有意在良龙村寻找或者说支持良龙村发展"短、平、快"项目。李威武意识到事关重大，亲自向覃乡长汇报情况。覃乡长建议他当面向陆龙飞汇报，李威武却将自己的顾虑告诉他。覃乡长说："解铃还须系铃人。陆书记绝不是小肚鸡肠之人，何况我们正在实施'五大行动'。"覃放有意让李威武自己上门，以便消除误解。这件事前天覃乡长跟陆龙飞提及过，陆龙飞说："这是大好事，我先全面了解情况，然后再做定夺。"可是今天李威武却先给了陆龙飞一个下马威。

李威武说："陆书记，以前我李威武目光短浅，看不到更远的路，还请书记多多谅解，君子不计小人过。"李威武想，在这种场合，只能找一个台阶下，否则就有小肚鸡肠、小人的嫌疑了，我李威武不会这么傻的！

陆龙飞说："你是小人？我是君子？"接着连忙摇手道，"不对不对，我们都是革命同志，只不过我的职位比你的高一点点，可我的基层工作不比你熟悉，基层经验更谈不上了。你是大学生村官，也是我们乡唯一的一个！覃乡长多次在我面前表扬你呢。"

覃乡长说："可不是吗？陆书记给足了你面子！不过你今天够狼狈了

吧？这叫偷鸡不成蚀把米！”

李威武摸了摸自己的脑袋，显得很不好意思。

陆龙飞故意装作看不见，打圆场道：“李支书，叫你留下来，我不是要批评你，这一点你大大放心！我是想请你分享当年在东莞打工时的故事。”

李威武似乎找到了台阶下，说道：“陆书记对这也感兴趣？”

陆龙飞以舒缓的语气说道：“奋斗者的独特经历、精彩的人生故事，这是免费的创作素材，我是来者不拒！”

陆龙飞从李凤舞那里知道，李威武曾经到东莞打工几年，当了几年的厂长，后来又回家乡当村干，其经历可谓一波三折，生动感人。以前李威武看不起陆龙飞，在他和李凤舞之间蛮横地划了一道鸿沟，将他们的所谓初恋扼杀在萌芽状态。如今时过境迁,陆龙飞和李凤舞也都各有各的生活，各有各的不幸，李威武心里可能五味杂陈。

陆龙飞静下心来想，金无足赤，人无完人，每个人都有优点和长处，也有缺点和不足，关键是如何将其长处发挥到极致。李威武是能人，陆龙飞不靠他们这些能人带领群众脱贫致富同步小康，还能靠谁呀？当然，陆龙飞也有私心，他到乡里工作后，打算多了解情况，多为民众办点实事，同时从中收集一些创作素材，为创作所用。于是，陆龙飞说道：“李支书，如果你乐意的话，我想把你在东莞的经历写进我的小说里。”

李威武说：“能够成为你小说里的人物，我感到高兴，只不过不要把我写成坏人就行，哈哈！”

既然找到了共同的话题，那么就有了打开锁头的钥匙，也就有了和谐融洽的氛围。陆龙飞笑了笑，说：“现在你就把我和覃乡长当作记者，你是被采访人，把你当厂长的经历说出来，让我们也分享你的故事和精彩。”

覃乡长附和道：“陆书记是我们乡走出去的重点大学的高才生，又是个作家，这是我无法相比的地方。能得到陆书记的‘采访’，李支书应该感到骄傲和自豪才是。当然，如果不方便的话，我回避就是。”

陆龙飞说：“回避什么？难得的听众啊！李支书，我们乡的发展，就是需要村支书们带好头、做榜样。今天我们开会的目的就是为了那龙乡的明天。行军打仗，就是要做到知己知彼、百战百胜！作为一名村支书也是这样嘛，所以你就给我和覃乡长讲一讲你打工的经历吧。”

会后刚被留下来时，李威武的心情一直忐忑不安，不知陆龙飞葫芦里卖的是什么药。可是经陆龙飞这么解释，李威武心中的石头终于落地了。他滔滔不绝地说开了——

这是我的第一桶金，说说也无妨吧。

我高中毕业后在电视大学读了几年书，之后分在那龙乡初中当了几个月的老师，然后停薪留职跑到东莞打工，一个月工资一千多块钱，比当老师的强多了。我到东莞打工时手头仅有两百块钱。我有大专文凭，却只能说高中毕业，因为担心老板认为文凭高的人不安心干活。当时我刚认识李财富老板，他正在筹办制衣厂，他安排我负责协调将铁架床从深圳搬到东莞的厂里，一个星期就忙完了。李老板对我说："小弟，眼下你抓紧找几十张木椅子来。"我说："木椅子好弄，但要是工友们不满意的话，给凳子一脚，椅子不烂才怪，还是多花点钱搞电焊的铁椅子好一些。"老板又问："你会电焊吗？"我说："我会呀。"可是当时我对电焊一窍不通，但心想可以学嘛，最关键的是，我不能让自己闲着没事干，毕竟在东莞找一份工作很不容易。于是，我跑到有电焊的地方看电焊工怎么做，很快掌握了电焊的技巧。可是回到厂里，一个上午我才焊完一把椅子，这样猴年马月才干完活？我立即建议招收一个助理工，李老板也同意了。我先找到几个电焊工，由他们分别电焊，制作好椅子，并让他们把制作的优缺点都写上，我从这几个工人中优中选优，留下了一个得力的助理工。我们两人忙活十天，就把活干完了。李老板对我的表现非常满意，就让我当业务主管一个月、经理助理三个月，随后让我当了制衣厂厂长。制衣厂工作程序复杂，包括打样板、打纸样、放样、验布、松布、剪裁、配片、分拣、车间缝纫、剪线头、查衫、吹线、熨衣等。太久了，我也记不起很多，反正是比较复杂的。

有一次，李老板让我们连夜加班，争取第二天完成订单任务，中途只安排休息一个小时，包括吃夜宵在内。时间紧，任务重，可是任务非完成不可！马上要赚上一笔大钱了嘛，不干就是傻瓜，再说我是一厂之长。李老板和我各带一个小组加班，因为工厂场地有限，我便带着一支队伍租用了另外一家工厂的场地。眼看时间一分一秒地过去，很快到了深夜零时吃夜宵和休息时间了，任务还没有完成一半。照此下去，第二天上午要完成订单任务，不泡汤才怪。我是厂长，必须对工友们负责。看着忙忙碌碌而又疲惫不堪的工友们，我想起了那些面朝黄土背朝天的乡亲们，感到心疼不已。他们能够出来打工不容易，赚上一分钱更不容易，他们就是我的兄弟姐妹，我必须管好他们的吃喝拉撒。我突然灵机一动，有了主意，那就是亲自帮工友们联系买来快餐，并一一将饭盒放在他们各自的铺单边上，让他们在工位上吃，这就节省下了他们外出吃夜宵的时间。这样吃夜宵不外十多分钟，中途还可以休息三四十分钟。有了短暂的休息时间，工友们干活力气就更足了。相比之下，李老板带的队伍由于睡眠不足，又要赶工，天亮时，大多数都趴在地上，或者钻进别的地方躺下起不来，而我带的工友们却精神抖擞，超额完成了任务。我在这个厂里当了四年的厂长，学到了很多东西，腰包也胀满了。后来种种原因，我不得不赶回山里来，靠着老本维持了一段时间，又收购了你母亲的养牛场。就这样，我留在了家乡。

听了李威武的故事，陆龙飞感叹说：“每个人都有自己的人生故事，你的精彩人生值得点赞。听覃乡长说，你最近又联系上李财富董事长了？”

李威武说：“是的。我们乡召开动员大会之后，我也在思考我们村该怎么做。前段时间我翻开名片夹，突然看到李财富的名片。我试着拨打了电话号码，竟然打通了。他一听声音就说出了我的名字，毕竟我曾经在他手下当过几年的厂长。我便把我们乡‘五大行动’告诉他，并恳求他助一臂之力，他一口答应下来，并说有时间的话，他将亲自进山一趟。如今他是深圳两家公司的董事长，牛得很！俗话说，靠山吃山，靠水吃水。我们良龙村自然资源丰富，山上满是竹藤、金银花。我们的旅游资源也很丰富，听我老爸说神牛洞可与桂林芦笛岩相媲美。如今高速公路就要通车了，其出口处就在我们村附近。我们村弄古屯还有一眼清泉长流水，说不定具有长寿开发价值。”

陆龙飞说：“你的想法很好。你是我们村的大能人，又是村支书，就是要带头致富、带领群众致富。我们要放开手脚干起来，主动作为拼起来，红红火火舞起来，推动那龙富起来。”

覃放说：“很好！”李威武点了点头，看了覃放一眼，欲言又止。

刚好这时候覃放有电话打进来，便随口说道：“我接电话去了，你们继续聊。”于是他趁机出门接电话去了。

陆龙飞深知李威武心里有所顾虑，就说：“覃乡长也是兄弟，二人同心，其利断金。我说东，他不敢走西的！”

李威武鼓起勇气说道：“以前我对不起陆书记和我妹妹。我深知你对我有成见，在这里我真诚向你道歉。”

陆龙飞说：“良龙村是那龙乡最大的一个村，我没有偏心，更没有怠慢。良龙村也是覃乡长的挂点村，你应该多向他汇报。”

李威武说：“我认为都要汇报。你们是我们的父母官嘛。”

陆龙飞说：“我们想到一起了。明天我和覃乡长到你们村调研，你马上交代通知各小组组长明早十点到村部开会。”

李威武给韦文书打电话，交代他立即将通知发下去。

陆龙飞转移话题问道：“你妹妹李凤舞辞职回到我们县民生医院当院长，你去看过她吗？”

李威武说：“没有。只是通了几个电话。”

陆龙飞说：“那是你不对了。她是你妹妹，过去的事情就算了，我们还要面对现实，拥有今天，走向未来。”

说曹操，曹操到。这时李凤舞给陆龙飞打来了电话。陆龙飞按下手机免提键，让李威武也听到李凤舞说些什么话。

陆龙飞问：“老同学，什么风又让你想起我陆龙飞来了？”

李凤舞说：“呵呵，当了乡党委书记，牛起来了？电话问候一下不行吗？再说你现在成了大红人了！‘五大行动’‘四种风气’，县领导都知道了，他们对你多有美言呢。”

陆龙飞说：“你从哪知道的，八字还没一撇。”

李凤舞说：“天下没有不透风的墙。我们同在一个县上忙碌，哪有信息不通之理？有思路，才会有行动；有行动，才会有希望；有希望，才会有成功。‘五大行动’‘四种风气’思路对头，加上你们乡领导的示范引领，以及全乡干部群众的共同努力，你们的付出将会得到更多的收获和回报！”

陆龙飞说："谢谢老同学夸奖了。"

李凤舞说："你的女儿陆凡表现很好，弹琴水平大有提高，唱歌水平更是大有长进。你得好好感谢覃老师！陆凡对她依赖越来越强，覃老师对陆凡的关爱越来越深，你应该对她们给予更多的关爱。周末我想请覃老师一起聚餐，你回县城来吧。"

陆龙飞说："好的，周末见，但是我还想多带一个人，他就在我身边，你跟他说几句话吧。"

李凤舞问："谁呀？我认识吗？不认识的我才懒得接电话。"

陆龙飞说："听了不就知道了吗？"他将电话递给李威武，李威武接过手机，说道："妹，我是威武大哥。"

李凤舞一听是大哥的声音，心里就来气。她炮轰似的说道："哥，你还有脸见陆书记啊？当年要不是你横插一杠，他现在就是你的妹夫了。就是因为你，我们两个人走到不伦不类的今天！你是扼杀我们爱情的罪魁祸首！我恨死你！"

李威武说："妹妹，我们每次电话总是吵架，有意思吗？再说大哥有大事要做，我正在跟陆书记商量大事。相信你的大哥吧！"

李凤舞说："不说伤心话了。话说回头，为了回报家乡，陆书记可是操碎了心，你们要全力支持他工作，不能拖了他的后腿！"

李威武说："乡党委、政府是我们的主心骨，我们都听陆书记的，你放心好了，你大哥也是性情中人！"

李威武又把电话转给陆龙飞，脸上有点尴尬。

陆龙飞说："你妹妹就是这个脾气，嘴上骂你，骨子里善良、善解人意。"

陆龙飞转而对李凤舞说道："老同学，周末我和李大哥一起进城去，到时可要好好招待我们啊！"

李凤舞说："领导说了算！"

陆龙飞以严肃的口吻说道："民族团结首先要从家庭和谐做起！所谓'家和万事兴，黄土变成金'！"

不一会儿，覃放接完电话后走进来，说道："到时候我也参加周末聚会。我有事要向李凤舞院长讨教呢。"

在周末聚会上，陆龙飞把水产畜牧兽医局局长覃金约上一起聚餐。覃局长能说会道，大讲特讲七百弄鸡的种种优势，并即兴念了一首山歌：

七百弄鸡产业好，致富增收有实招。
好比竹笋出了土，快长快大节节高。

李威武当场表示要迅速调整思路大干一场了！

陆龙飞诗兴大发：

大干一场往前冲，好比赛马当先锋。
亮出特色干到底，脱贫攻坚显神通。

陆龙飞和覃乡长趁热打铁，多次走村串户，乐此不疲地为那龙乡奔波忙碌，起到了示范引领作用。

同时，陆龙飞还多次与研究生班同学杨帆沟通联系，曾经在那龙乡担任党委书记的杨帆利用自身优势，千方百计地为那龙乡牵线搭桥，推动弄中村建立起甜笋生产基地和淮山种植基地，使得古老的弄中村沸腾了起来。

采访手记

笔者见到石山市招商局杨帆科长的这天是周末，当时他回到大都县城探亲，笔者正好在大都县采访，就顺便采访了他。

笔者：杨科长，目前我正在创作一部关于乡镇党委书记的长篇小说，主人公就是陆龙飞。听说你和他是同窗挚友，我想了解你们的故事，好吗?

杨帆：好的。陆龙飞和我是研究生班同学，之前我通过石山市招聘考试到大都县工作，曾在那龙乡待过。陆龙飞在市扶贫办担任综合科科长。我们经常联系，交流学习、工作、生活等方面的体会。我被组织任命为那龙乡党委书记那天，特地给他发了一则短信：“我施展的机会来了。”陆龙飞回道：“每个人都是自身的设计师。”接着，他又回道：“天行健，君子以自强不息。”

领取研究生毕业文凭那晚，陆龙飞和我一起喝酒，互相庆贺圆满完成学业。正当我们兴趣高昂的时候，我突然接到女友的电话，她二话不说就跟我提出了分手。我好话说尽，但她说她另有男朋友了，而我们两人之间的桥梁断了，只能是好聚好散。我一下子好像被打进了十八层地狱。当时我根本接受不了这突如其来的现实，当晚猛喝啤酒，烂醉如泥、不省人事，是陆龙飞架着我回到酒店的，我醒来后才发现他留下的字条，只说有事赶回去了，后来我才从朋友那里得知他爱妻当晚出了车祸身亡。我失去了女朋友，可以再谈一次恋爱；陆龙飞却不同，他有一个可爱的女儿，却突然失去了爱妻，就像失去了半个身子。可是他并没有失去生活下去的勇气，他去到古明乡五山村驻村，想方设法为驻村引进了六百多万元资金，这是多么了不起的事情啊！我给陆龙飞点赞！到他担任那龙乡党委书记职务，那是几年后的事情了。他比我们任何一个曾经在那龙乡任过职的党委书记都有眼光、有思路、有魄力、有激情、有办法！

笔者：你思想活跃，实干担当，为人耿直，敢于直言。请讲一讲你给县委书记写的那封信吧。

杨帆：实话说，我写那封信的起因还是陆龙飞。我担任那龙乡党委书记时间不长，可是我却干了对乡党委书记来说非常值得称道的一件事。性格决定命运，也许只有我这样的性格才能做出那样的事情来。那是有一天，我走访完六户贫困户从古平屯回到房间已是晚上八点多了。作为乡党委书记，我对那龙乡的贫困情况了如指掌，可是面对众多的贫困户，我感到自己孤立无援。于是我想到了陆龙飞，就给他打去了电话。他说他正在办公室加班写材料，我说我刚从贫困户家中回到房间，我负责联系四十五户贫困户的工作。

陆龙飞忍不住问道：“一个人负责联系四十五户，兄弟不是开玩笑吧？真的有那么多吗？是不是有点危言耸听了？”

我说：“乡党委书记真的不好当！我们乡贫困户占的比例很高，乡干部仅仅二三十个人，怎么落实对口帮扶呀？我是乡里一把手，我不带头谁带头呢？”

陆龙飞说：“乡镇干部的大事小事都与群众息息相关，必须勇于面对，直面问题，对‘症’下药。”

我说：“我觉得自己联系的贫困户还算少了呢。后来我了解到当时我们的干部中，有一个就负责两个屯的，联系贫困户的工作那时还不叫帮扶，叫联系更准确一些。每个屯就有三四十户贫困户，这是你想象不到的大事情。我们乡有上万的贫困户，怎么办呀？呵呵，我已经免费给你提供创作素材了。”

陆龙飞说：“哈哈，照单全收。对口帮扶是全社会的共同责任，必须做到心往一处想，劲往一处使。比如，是否可以考虑让老师、医生等都参与进来？”

我拍了拍脑袋说：“是呀，我怎么没有想到这点？！我们县是国家重点扶持贫困县，必须动员全县的干部积极行动起来，看来我要给县委书记写一封信才行！”

陆龙飞说：“有几个建议供你参考：一要深入开展调研，把工作做实做细，把那龙乡的具体贫困户数搞清楚，做到胸有成竹；二要分解任务，落实责任，建议全乡每个干部包一至两户贫困户，乡镇领导带头多包几户，每个月用一两天时间深入贫困户家了解情况；三要引导他们进一步解放思想，拓宽致富门路，加快脱贫致富奔小康步伐。”

我说：“谢谢老同学的建议，我知道该怎么做了。”后来，经过一番激烈的思想斗争，我终于提笔给县委书记写信，将真实想法倾注于笔端。

笔者：你的建议很快得到了县委的高度重视，是吧？

杨帆：这些合理化建议是陆龙飞首先提出来的，我只不过将其写在书信上而已。可是我感觉到自己在那龙乡的日子就像王小二过年——一年不如一年了。许多领导都认为我沽名钓誉，我自然变成了众矢之的，只好跑到市里去了。

笔者：你的选择无可厚非！采访最后一个问题，在乡镇当一把手，你最痛恨的事是什么？

杨帆：我最痛恨的事是弄虚作假，搞形式主义，那样受苦的还是群众啊！在那龙乡，有两件事不得不提到。第一件事，二十世纪九十年代末我们那龙乡有好多世界银行项目，其中植树造林是其中一项，县里给我们乡下达种植任务，但是由于乡领导重视不够，工作没做到位，导致任务没有完成。为了应付市督查组考核，乡党委书记覃山只好指使乡中心校长组织二十个学生连夜砍下树枝将其插在公路边的土地里，让督查组同志远远看到一片绿色，就算蒙混过关了。督查组蜻蜓点水，走马观花，沿途转一圈就回去了。两三天后，树叶也凋谢了。第二件事虽然没有发生在我们乡，但也值得我们深思。那是二十一世纪之初，养羊产业也是某乡重点发展的项目，可是由于种种原因发展不起来。为了迎接检查，某乡党委书记和乡长紧急商定，借用干部们扮演山羊。由此乡里购买了几十个编织袋，分发给干部们。上级下来检查那天，乡里就选择在离公路较远又能让人隐隐约约看到一大群山羊游动的山边作为检查点。督查组远远看见山头上有成群的白色东西在晃动，都感叹山羊真多啊！其实那是几十个干部在扮演，他们头戴编织袋，弓着腰学着山羊来回走动。那一届乡党委书记姓蓝，长于弄虚作假，爱搞形式主义。我们这里有的乡镇领导干部就是昧着良心做事，太不是人了！我想起了一首顺口溜：当官不为民做主，不如回家卖红薯。弄虚作假说忙碌，害得百姓最受苦。

笔者：谢谢你说出了心里话。要不要把这两个细节写进我的小说里，我会好好考虑的。

杨帆：这是必须的！不然，我会看不起你！我这个人就是这种性格！性格决定命运，命运决定人生！

第五章　对“症”下药

1　致富的桥梁

路是致富之桥。“要致富，先修路”，这是大石山区群众迫切希望解决的第一要事。为此，陆龙飞认真及时做了三件事：第一，借助盘龙大哥的力量。通过他沟通联系阳安县领导，希望得到他们的支持。县委副书记周强曾经在盘龙手下干过，接到电话后他立即打电话给安保镇书记韦舞，韦舞书记表示会全力以赴。第二，多方对接。陆龙飞和覃乡长亲自跑县扶贫办、交通局等部门汇报情况，他们领导也热情接待，并答应想办法支持一点。第三，沟通感情。陆龙飞喜欢练字，写得一手好书法。他打听到韦舞是个书法爱好者，便特地用毛笔大笔一挥，写就一封信寄给了对方，并留下了电话号码。陆龙飞想以此博得对方的好感，加深两人之间的认识与交往。更重要的是，他们两人都是毛体书法爱好者，这就是他们之间的共同话题。

果不其然，韦舞收到信后，就像磁铁一样被陆龙飞的毛体书法字体吸引住了，忍不住第一时间给他打来了电话。她说：“陆大作家、书法家，当了乡党委书记后，你还有时间写小说吗？你那篇小说《升迁记》很有深度！”很显然，韦舞对陆龙飞个人各方面情况了如指掌。

《升迁记》是陆龙飞参加工作后的即兴之作，差点因此吃了官司。陆龙飞忌讳这篇小说，听到小说题目就感到头疼，更不想让人再次触及心中的伤疤。更尴尬的是，告状者就是覃放乡长的父亲覃山局长。于是，陆龙飞连忙解释道：“工作第一，工作永远排第一！”他似乎有点歇斯底里，就像一头受惊的小公牛。

韦舞说："哈哈，陆书记，你是个不服输的人，岂能放下手中之笔？'指点江山，激扬文字，粪土当年万户侯。曾记否，到中流击水，浪遏飞舟？'我是韦舞，就是收到你毛体书法大笔一挥寄出信件的那个人。"

当时，韦舞其实提醒了陆龙飞什么，陆龙飞却粗心地以为她只是顺嘴提到文字上的东西，他说道："冒昧打扰韦书记了。不过，我们不管是壮族也好，瑶族也罢，也不管是苗族还是水族，我们这是民族团结手拉手，脱贫路上心连心！"

韦舞说："开门见山、直奔主题。哈哈！"

陆龙飞得寸进尺地说："你是书记，我也是书记，你们弄工屯和我们古巴屯的未来发展，不就是'像石榴籽那样紧紧抱在一起'吗？念一首山歌给你听。树根相连敬如宾，连起长龙心连心。各个民族都盼望，团结和睦一家亲。"

韦舞夸奖道："陆书记，服了你了，又在卖弄你的资本了？"

陆龙飞说："不好意思，调侃一下。韦书记亲自给我打来电话，说明我陆龙飞还有点价值嘛。这就是福音。"

韦舞说："好啦，说正经事，初步预定下周星期五中午弄工屯见面。"

陆龙飞兴奋地说："知悉加遵命！"他美美地想：这个女书记、女强人值得交往！

之后，韦舞专门派覃中副镇长先回到家乡弄工屯摸清情况，了解和掌握第一手材料。

覃中深知他父亲覃江平曾经是两个村屯打架斗殴的见证者和受害者之一。提到古巴屯，老爸就摔东西、骂人，死不同意。主要原因有：一是思想问题。根深蒂固的思想意识就像一根插在水泥里的钢筋动摇不了。二是历史恩怨问题。当年弄工屯与古巴屯群众大打出手，两个屯的人死的死，伤的伤，这笔旧账扯不清、理还乱。三是补偿问题。这包括山林、土地、坟墓，等等。四是风水问题。弄工屯村民认为修通公路就破坏了后山的风水，龙脉就断了，那还得了吗？

覃中说："老爸，现在是新时代，还提那些陈年旧事干什么？不就是补偿问题吗？只要补偿合理，我们又能乐于接受，就得了。修路是大势所趋、人心所向！什么思想问题、风水问题、历史恩怨问题，都要团结一致向前看！"

覃江平气得发抖。他吐出粗口话："看个鸟毛，我还没死呢，等我死了再说吧！"

一群人站在覃江平身后，纷纷替老头子鸣不平，大骂覃中是败家子，是吃里爬外的家伙，是家族的叛徒！

星期五中午，陆龙飞和黄富强副乡长带着韦有山、蒙飞龙按时赶到弄工屯，刚到村口，就被村民们拦住了。韦舞却玩起了失踪，据说因公出差深圳去了。

受韦舞书记委托，张阳镇长前来对接。他人高马大，一脸傲气，盛气凌人，一点不把陆龙飞他们放在眼里。陆龙飞与张镇长简单聊了几句，都是一些表皮东西。他们心照不宣，心中各有各的打算。

黄富强副乡长一针见血地说："张镇长，恕我说句实话，你们的诚意我表示怀疑，让老百姓拦住我们算哪门本事？"

覃江平老人将一张凳子放在路中央，坐在上面，跷起二郎腿，气势汹汹地说："我就是不让姓韦的进村！"

这个姓韦的，指的是韦有山。

韦有山站在烈日中，汗水湿透了全身，就像被雨淋一样。韦有山一脸苦相："我知道我们屯错了，我代表死去的亲人以及全屯的父老乡亲向你们道歉来了。"说着，他猛地跪了下去。

陆龙飞急忙将他扶起来，说："跪什么跪？解决问题不是靠跪才得来的！"

陆龙飞当即给韦舞发短信问道："书记大人，听说出差深圳去了？缺席也应提前告知一声嘛！"

过了好久，韦舞才回复信息道："刚才开着会呢。"接着又回复说，"作家同志,写小说的人都深知,文似看山不喜平,画如交友须求淡。写了开头，就知道结尾，这样的小说有意思吗？你们就跟张镇长多多沟通、对接吧！很快就到我发言了，先忙了。"

陆龙飞回复说："本人心态很好！可惜也是失望至极！"

陆龙飞反复看着韦舞的信息，觉得自己好像被愚弄了似的，就像喉咙里被鱼刺卡住了，想骂娘却又骂不出口。

张阳摊开两手无奈地说："陆书记，群众不欢迎，我们也没有办法。"看得出，他只是装装样子罢了。

陆龙飞觉得他们处在一种比较尴尬的境地，就像一出戏，一开始就该是主角出场，如今主角却躲到天涯海角去了，留下来的配角只能干瞪眼。看到覃中副镇长不知所措的神态，陆龙飞便拿他当出气筒。

陆龙飞将他拉到一旁，说："想不到你老爸这么糊涂，你一个副镇长也跟着糊涂了？要致富，先修路。这是大势所趋、人心所向。看到这个场面，我都替你感到羞愧！"

张阳走过来劝阻道："陆书记，大可不必嘛。看看还有什么可以解决的办法？"

黄富强火气冲天地说："都不让我们进村，怎么谈？这就是你们乡党委、乡政府的态度？"

陆龙飞接过他的话，一针见血地说道："张镇长、覃老人家、覃副镇长，如果说当年双方的祖辈父辈错了，难道后人就不应该抛弃前嫌、和睦相处吗？难道商量修一条路比登天还难吗？难道两个屯的人就不能团结一致向前看吗？覃副镇长，你站在副镇长的角度说一句公道话吧！"

在场的人应该都被陆龙飞的几个反问句问住了。一脸歉意的覃中走到他父亲身边，低声说道："老爸，问你话呢。"

覃江平仰着头，抚摸着下巴长长的胡须，沉默不语。不一会儿，他抛下话说道："等韦书记回来再说吧！"

张阳说："看来也只能如此了！你们书记之间的事情好商量嘛，我张阳一个镇长插手就显得多余了！"他本来就不想多管闲事，只想看看两个书记比赛斗舞姿呢。

陆龙飞想发火，又觉得犯不着，话到喉咙只好咽下去了。

张阳改口说道："山歌越唱心越开，团结和睦幸福来。我们这里有唱山歌的传统，两个屯可以来一场大比赛呀！只要古巴屯唱赢了，一切都好说嘛。"

韦有山苦笑着说："我们那里早就不兴唱山歌了。再说，山歌也不能当饭吃呀！"

听到对唱山歌，陆龙飞本来为之一振，可韦有山这么一说，陆龙飞只好缄口不语了。呵呵，到了嘴边的山歌顿时好像一朵小花被掐断了。

之后，陆龙飞给韦舞发短信，她竟然没有回复。哼，这样的书记可交也不可交也，就像是鸡肋，食之无味，弃之可惜。

又过了半个月，有一天韦舞主动给陆龙飞打电话，说："陆书记，上次实在不好意思了，是我们没有把好事办好、实事办实！等我忙完之后，你把韦江琳副乡长一起叫过来，加上那个村民小组组长就够了！兵贵在精，而不在多！做群众思想工作，韦副乡长比你有思路，我也比你有办法！"

陆龙飞被韦舞使用了激将法，没好气地说："知道了。"挂了电话之后，陆龙飞立即给韦江琳副乡长打电话说："韦舞书记点名要见你。"他将自己和黄副乡长到弄工屯的情况简明扼要地告诉了韦江琳。

韦江琳说："韦书记是我党校培训班同学。你找我算是找对人了。"

一个多月后的一个周末，韦舞主动约上陆龙飞再次见面，见面地点定在覃中副镇长的老家中。

刚开始时陆龙飞并不抱什么希望，他倒想看看韦舞的绝招是什么。韦副乡长对她可是赞赏有加，看来两个村屯有望和好如初了？

出门之前，韦副乡长开玩笑说："陆书记，只要你把嘴巴和屁股带到就可以了！"

陆龙飞不置可否。

陆龙飞第二次见到韦舞那天，正好是覃江平老人八十岁生日。

韦舞选择在这样的时间、地点与陆龙飞见面，应该是经过认真考虑了的。韦舞书记的绝招是利用覃江平老人家酷爱书法的特点，谋求双方的利益。有时候书法艺术就是一条线，将双方的短路接通了。陆龙飞不知道喜事盈门，登门时两手空空，感到有些尴尬。可是，覃江平老人家却亲自出门迎接他们，又是招呼又是敬茶，态度突然来了个一百八十度的大转弯，与上次相比判若两人。陆龙飞意识到有戏了，戏的主角应该是韦舞书记。

当时韦舞正在厨房忙活着，听说陆龙飞来到后，双手亲自将热腾腾的"羊酱"端到他面前，毕恭毕敬地说："陆书记，让你见笑了，尝尝鲜，我可是亲手做的，味道一定好极了。"

陆龙飞看着韦舞，双手接过碗，慢慢地品尝着。陆龙飞啧啧称道："妙极了，韦书记可以申请专利了。"

韦舞笑了笑，说："今天是覃老人家八十大寿，你们只管吃羊肉。羊是我自己掏钱买的！陆书记放心吃，不违反规定的！"

韦江琳当着陆龙飞的面表扬韦舞，说："韦书记就是比陆书记高明，就像兔子与乌龟赛跑！"

韦舞说："韦副乡长，这不得罪了大作家了？"

陆龙飞看着韦舞，觉得十分面熟。她留着披肩长发，戴着一副眼镜，似曾相识，可就是想不起在哪里见过。

韦舞有意瞪着陆龙飞，说："大作家，灵感短路了吧？"

陆龙飞指着自己的脑袋，点了点头说："短路了！"

韦舞低声地哼了一声，走开了。别人可能听不到的"哼"声，陆龙飞却像在安静的室内听到了一根针落地一样。

生日寿宴设在门前空地上。覃江平老人坐镇中央，在其左右分别坐着韦舞和陆龙飞。覃中副镇长对重要的客人一一做了介绍。之后，韦舞站起来说道："俗话说，人生七十古来稀，何况我们的覃江平老人家今天已经八十岁了。在这样一个晚宴上，有安保镇和那龙乡两个主官光临，特别是我们的大作家陆龙飞闪亮登场，使我们柴门有庆、蓬荜生辉，这是覃老人家的最大荣光，也是覃老人家人生中的第一次！当然，明年后年以后我们年年来。我们覃老也是书法爱好者，和我与陆龙飞书记有共同的爱好，当然，陆书记强多了！现在，请大家站起来，共同祝愿覃江平老人家福如东海长流水、寿比南山不老松！干杯，干杯，干干杯！"

觥筹交错，其乐融融。

覃中再次站起来，说道："下面，我们请陆书记、陆大作家发表感言。"

陆龙飞意识到韦舞书记已经把思想工作做到家了，于是站起来说道："今天是覃老人家八十大寿，我就念一首诗以示祝贺。增福增寿增富贵，添光添彩添吉祥。百年不老长流水，欢声笑语福满堂。"

随后，韦舞变戏法似的将笔墨递到陆龙飞跟前，说："下面请大作家、书法家现场献上墨宝。"

陆龙飞受宠若惊的同时感激不尽，这个韦舞简直就是自己心里的蛔虫。陆龙飞有意看了她一眼，韦舞会意地点了点头。

陆龙飞大笔一挥，写道："上善若水，百年不老。"然后将毛笔双手恭恭敬敬地递到覃江平老人的手上。

覃江平看到陆龙飞潇洒自如的毛体书法，连连摆手道："献丑了，献丑了！"而后挥毫写道："老有所乐。"

内行的人一看便知老人书法功底不错，可是与陆龙飞的比起来，那是"小巫见大巫"了。

韦舞恰到好处地说道："春兰秋菊，各有千秋！一个是宝刀未老，一个是老辣苍劲，有异曲同工之妙！"

在场的人忍不住拍起手掌，掌声雷动。

韦舞对陆龙飞挤眉弄眼起来，说道："我们再请大作家来一手，好不好呢？"

众人异口同声道："好！"

陆龙飞想了想，又是大笔一挥，从容地在宣纸上写出"民族团结一家亲"七个大字！

又是掌声一片。

接着，覃中端来满满一桶蒸好的五色糯米饭，小心翼翼放在韦舞面前。韦舞让覃老人家将木桶盖子打开，五色糯米饭顿时展现在众人面前，香喷喷的。

制作五色糯米饭，必须有红蓝草、枫叶、紫蓝草、密蒙花等植物，据传这是仙女留给壮族人的独特配方。制作过程分为浸、煮、蒸三个环节，首先将准备好的糯米分别放进上述植物的汁液中浸泡，再将泡过的红、黑、紫、黄、白五色糯米沥去水分，放入蒸桶，隔水蒸熟。五色糯米饭色泽鲜艳，晶莹透亮，滋润柔软，味道醇和清香。五种颜色象征五谷丰登、五福临门。当地人深信，吃了五色糯米饭，不但可以除邪驱鬼，还兆示全家身体健康、人丁兴旺。

韦舞站起来说："刚才我们让覃江平寿星揭开了五色糯米饭锅盖，整个现场弥漫着香喷喷的五色糯米饭香味！下面请覃老先生、陆书记、韦副乡长、覃副镇长和我一起将五色糯米饭搅拌融合好，这是象征民族团结大融合！"

陆龙飞和韦舞等人在欢声笑语中纷纷用勺子将红、黑、紫、黄、白五种颜色的糯米饭搅拌在一起，然后将双手洗干净，抓着五色糯米饭吃了起来。

与民同乐，其乐融融，陆龙飞不由得对韦舞书记流露出由衷的感激之情。他深知，这样一来，覃老人家就会乖乖地跟着他们的思路走了，而古巴屯和弄工屯的恩恩怨怨也将就此画上一个圆满的句号！陆龙飞想，往后要在屯口那里立一块写上"民族团结进步示范路"的大石碑，以示后人。这出戏是韦舞书记主导、陆龙飞主演的，他们配合得天衣无缝。

接着，大家纷纷向覃老人家祝寿，整个场面就像欢乐的海洋。

当晚，众人都醉醺醺的，韦有山醉得更为严重，好在他还记得回家的路。

后来，韦江琳告诉陆龙飞，因为修路一事，韦书记曾经私下两次亲自登门拜访，苦口婆心地做思想工作，才将覃江平老人这块石头焐热了。

陆龙飞忍不住夸奖道："韦书记这个女强人真的有水平！"

韦江琳说："还不是因为你这个书记嘛。"

陆龙飞问道："什么意思？"他突然意识到韦江琳话里有话，就像侦探小说中的一个案件即将告破，作者却有意留下悬念一样。

韦江琳白了陆龙飞一眼，说："陆书记，只可意会，不可言传。自己想吧，以后你会明白的！"

陆龙飞转移话题道："我更加懂得在我们大石山区，首要的一条就是想方设法把致富路修到家门口，把光明电拉进山里来，把幸福水引到灶头边，把独特的山货卖出去，把山外的文明引进来！必须好好干！"

新春佳节到了，陆龙飞带上女儿陆凡回老家过年，干爸家里杀猪宰羊，欢欢喜喜，不亦乐乎。大年初一，覃江平老人家不顾年老力衰，主动约上韦有山一起走进盘阳家。逢年过节走亲访友，带上一两瓶好酒自然是少不了的。另外，他们还自带了许多宣纸，说是让陆龙飞挥毫泼墨，给村民们送春联。这正对陆龙飞的胃口，他自然欣喜若狂。他摆了两张桌子，让覃江平老人家也露一手。精神矍铄的覃老喜爱书法，尽管笔力略显稚嫩，却也当仁不让，当众亮招。于是一老一壮，一慢一快，楷书草书一起上，各有千秋众人夸。什么"新春佳节添喜气，福到深山增祥云"，什么"天随人意福星照，日子红火喜迎门"，什么"一年四季行好运，八方财宝进家门"，什么"党恩改变贫穷命，春雨浇开致富花"，什么"石榴花开心向党，民族团结一家亲"，什么"脱贫致富同圆梦，共步康庄再上楼"，等等。他们每每写完一副春联，再附上横批，随后就会掌声雷动，笑声不断。其间，覃老言必谈韦舞书记，几乎都是对她的美言，让人萌生了羡慕之心，陆龙飞就是其中一个。作为乡镇党委书记，陆龙飞也渴望通过用心的努力和无悔的付出，换来群众的阵阵掌声。由此，陆龙飞也从覃江平老人家的嘴中了解到了韦舞书记的为民情怀。

韦有山则手提酒壶，乐不可支地给人倒酒，还扬扬得意地跳起了瑶族舞，潇洒自在、喜上眉梢。大家奔走相告。不久，盘阳老校长家人来人往、络绎不绝，人声鼎沸、热闹非凡。实话说，他们都是想图个吉利，讨要春联来了。

之后的每年新春佳节，陆龙飞都不厌其烦地组织一批书法爱好者进村入户免费给村民写春联。他们就像陀螺一样转个不停，却都是笑容满面。这是后话。

欣喜之余，陆龙飞写下一首山歌：

书法有戏笔生光，手捧春联露芳香。
好比喝酒添蜂蜜，多饮几杯又何妨？

随后，干爸盘阳在陆龙飞面前再次提及覃文心老师的事。在他看来，这是板上钉钉的事。陆龙飞却有意无意转移了话题，盘阳吃了闭门羹，便带上陆凡爬山去了。他对陆凡说道："看看我们谁先爬到山顶吧！"陆凡说："爷爷输定了！"说着，她快步向山顶走去。

山道弯弯，山风爽朗，鸟儿欢叫，阳光暖和。盘阳不慌不忙，紧跟其后，拾级而上。他说道："小凡，你爸爬山最厉害。他经常从山脚爬到山顶，有时还挑着重担上山。"

半个小时后，他们上气不接下气地来到山上，在一棵大榕树下歇息。这时候，盘阳跟陆凡聊着天，并恰到好处地引导着陆凡朝着他的方向走。不知是计的陆凡把自己所知道的秘密全部告诉了爷爷。她说有一天她发现覃老师半夜起来写日记的秘密，她还总是偷偷画着老爸的像，然后将脸贴在画像上，喃喃自语道："陆书记，你是个大好人，我覃文心没有福气啊！"这晚，陆凡偷偷走进书房，覃文心正全神贯注地写着日记，陆凡走到她身旁，低声地说道："覃老师有秘密啊？"这话将覃文心老师吓了一跳。

后来，覃老师威胁陆凡说不准将画画这件事告诉陆龙飞，否则就不理她了。陆凡与覃老师拉钩，并说道："我才不会告诉我爸呢！"

当干爸将这些秘密有意无意告诉陆龙飞时，陆龙飞缄口不语了。

陆凡似乎看出了什么问题，巧妙地替陆龙飞解围道："爷爷，让我爸爸给我写春联吧。"

陆龙飞说："聪明！不过，春联太长，就送几幅字吧。"说着，陆龙飞铺开宣纸，龙飞凤舞地写下了刚劲有力的草书：

——路在脚下！

——欢歌飞舞！

陆凡兴奋地说道："路在脚下！欢歌飞舞！我要欢歌飞舞了！"

这时，陆龙飞的手机突然响了一声，跳出了韦舞书记的短信息："新春吉祥！青春万岁！"

陆龙飞会意一笑，又挥毫写下了一幅字："敢问路在何方？"

随后，他又让陆凡弹起电视剧《西游记》里的歌曲《敢问路在何方》。陆凡也不推让，敏捷灵巧之手便开始行云流水般弹奏起来……

2　山歌的魅力

那龙乡精准脱贫大行动中有一项是移民易地搬迁行动。云联村古香屯发生山体滑坡事件后，陆龙飞和覃乡长进村入户动员群众搬迁，村民却说了一大堆理由。一句话，他们就是"故土难离"思想严重，不想搬迁。村民们甚至联名致信给陆龙飞和覃乡长。对于这样的事例，陆龙飞也感到无可奈何。也许在别人看来，这是陆龙飞为自己找理由开脱。可农村工作难做就在这里，乡党委、乡政府自始至终都是想群众之所想，急群众之所急，可是村民"故土难离"思想严重，加之相关工作人员认识不到位，思想工作做不到家，以致搬迁一事被搁浅了下来。

某一天中午，古香屯再次发生了山体滑坡事件，尽管没有人员伤亡，但县委书记黄江华却十分生气，给陆龙飞打来电话大发雷霆，并下了死命令，必须毫不犹豫地动员群众搬迁。

陆龙飞被县委黄书记严厉的批评震住了，并做了口头检讨。黄书记当时脸红脖子粗，忍不住骂道："光检讨有个鸟用，关键在行动，懂吗？"

陆龙飞头一次领教了黄书记的严厉批评，也意识到自己工作中存在的严重不足，黄书记的"关键在行动"这句话就像一记警钟敲打在自己的脑袋上。经过实地调研，多方沟通，陆龙飞选择公路沿线的古江村弄民屯的一块荒地作为古香屯群众易地搬迁安置点，拿出初步方案后，他直接向县委、县政府主要领导做了汇报。

黄书记说：“移民易地安置点必须做到高起点、高标准、高质量，让移民群众搬得出、住得下、能致富、有发展！政府只能给移民易地安置点一定的补助资金，更多的是要你们自己多想办法，多跑腿，多磨嘴皮了。当然，如果你们有什么需要我出面的，就直接打我手机，我们一起来想办法。上次我批评你过于严厉，说了粗口话，这是我的不对，在此请你多多包涵。”

陆龙飞说：“书记不批评我，我小陆哪来的进步啊？骂是爱，疼是害嘛。”

黄书记说：“一句话，你要放下包袱，担当实干，龙飞凤舞，搏击长空！”

覃放恰到好处地说：“我覃放也有错，工作没有做好。”

黄书记说：“书记、乡长要绝配，把团结放大来，把人心凝聚来，把工作做优来！”

陆龙飞和覃乡长便马不停蹄地往市里跑，目标就是市扶贫办。可是，开始时覃放借故忙于其他事，不想跟陆龙飞一起往市里跑。陆龙飞便将县委黄书记骂他的话重复了一遍，并说道：“覃乡长，你看着办吧！古人说，二人同心，其利断金！”覃放只好缄口不语。

陆龙飞本以为这次回来一定会收获满满，可他还是想错了。陆龙飞在市扶贫办工作好几年时间，从科员到副科长到科长，进步不算快，像牙牙学语，像逆水行舟，像乌龟跑步，但也学到了许多在书本上学不到的东西，积累了不少的经验。今天再次走进这座大门，陆龙飞感慨万千。

陆龙飞和覃乡长首先向市扶贫办副主任黄钟翔汇报此行的目的。随后，黄钟翔带着他们去见刚上任不久的李江主任。原主任林立因为脑出血正在做康复治疗，被组织调整为调研员。

李江见到他们后，开始也十分热情，给人一种自然、亲切之感。可一提到资金，他就说了一大堆理由，予以委婉拒绝。

覃乡长脾气有点急躁，抢先说道：“李主任，我们是不是可以这样理解，李主任不想考虑我们乡的申请了？”

李江打开抽屉，将一大沓申请报告堆到他们面前，不慌不忙地说：“凡事有个先来后到吧？群众利益无小事。可是我们这个蛋糕小，帮不上啊！材料先放我这，有机会再说。”

陆龙飞想骂娘，可他还是和风细雨地说：“李主任，不想帮就说不想帮吧，何必说得那么冠冕堂皇呢？难道移民搬迁是小事吗？难道我们不遵从‘群众利益无小事’的信条吗？难道我们是在为自己做小事吗？”陆龙飞将“几个难道”留给了李主任，拉上覃乡长扬长而去。

陆龙飞站在市扶贫办大门口，一脸茫然。扶贫办曾经是他工作、生活过的地方，此时它就像一个铁面无私的墙壁，将他们挡在了外面。可是陆龙飞不甘心啊！

接着，陆龙飞又打电话给市招商局的杨帆科长。杨帆回话说：“兄弟，我在陕西考察学习几天，回去再联系了。”

陆龙飞又想到了老同学周艳。陆龙飞在五山乡驻村时，她慷慨解囊相助，为陆龙飞后来担任那龙乡党委书记做了铺垫。陆龙飞目前到处碰壁，又没有别的办法，只好一如既往地厚着脸皮向她发出求援的信号，恳求她再次伸出援助之手。可她却将通话断掉了，并回了个信息说出国开会中。

陆龙飞站在市扶贫办门口，漫无目的地望着来来往往的人群，觉得自己就像叫花子一样。

突然，有一部轿车驶到他们面前时来了一个急刹车，车子停了下来。黄声怀老主任摇下右车窗，招手示意道：“上车了再说。”

陆龙飞和覃乡长上车后，黄声怀说：“跟我一起去吃饭！”黄声怀刚退休不久，这天东莞有个叫杨阳的老板到石山市来，约他晚上一起吃饭。当年，杨阳老板对晒岭移民安置点投入不少的帮扶资金。在车上，陆龙飞把他们的困难和想法跟老主任说了，也谈到了自己在市扶贫办被冷落的境遇。黄声怀乐呵呵地说：“条条道路通罗马。你们跟我一起和东莞的企业家吃餐饭，有什么事沟通了感情再说。办法都是人想出来的，感情上的沟通是第一要素，就像谈情说爱一样，没有第一次，哪来的第二次呢？”

听了这话，陆龙飞和覃乡长感到很暖心，就像走进了伸手不见五指的隧道里突然看见了一道亮光一样。

陆龙飞说：“黄老主任，酒我们是不能喝的。”

黄声怀说：“行，酒就免了，就吃点便饭。关键是把你这个大作家的本事表现出来。如果仅仅是吃一顿饭的话，在家里吃也是一样的嘛。沟通、交流是最能体现本事的一张通行证。”

见面时，黄声怀给陆龙飞做了十足的推介。他眉飞色舞地说：“不瞒杨老板，小陆在我手下干了几年时间，他很勤奋、很务实、很有潜力、很有前途，是个大作家，也是毛体书法研究爱好者。”

杨老板瞪大了眼睛，说：“我最敬佩多才多艺的人了。我对刘三姐山歌很感兴趣，能不能用山歌来介绍你自己？”

陆龙飞想了想，很快亮出了一首山歌：

陆家后山一棵松，龙翔凤跃向天空。
飞珠溅玉与风舞，好比鸳鸯喜相逢。

杨老板大笑道：“哈哈，‘陆龙飞好’，藏头诗。你给我的印象很好。”

陆龙飞说：“我们乡是穷乡，万望杨老板多多鼎力相助。”

杨老板大大咧咧地说：“我也是农村出来的，我知道当一把手不容易。你们来找我，不就是钱吗？黄老局长拿来的‘土茅台’红薯酒味道醇，很好喝！”

黄声怀帮腔道：“杨老板，他们是公务员，是乡里一、二把手，喝酒就免了！我们换一种方式考他们。”

杨老板说：“行。”

黄声怀想了想，说道：“让小陆编山歌助兴吧。杨老板，要是小陆编得好的话，你必须重奖他们！”

杨老板爽朗地说道：“好！那就来几首有特色的山歌吧。务必来点刺激的，一首山歌五万元。”

陆龙飞心里一亮，就像眼疾的雄鹰突然见到了猎物，趁热打铁道：“真的吗？”

杨老板说：“一言既出，驷马难追！”他转脸问陆龙飞，“大作家，能行吧？”

陆龙飞说：“杨老板，我们覃乡长也是个作家呢。这次可大有用武之地了！”

覃放却连连摆手，道：“我不行、不行的。”

黄声怀却说：“是骡是马，拉出来遛遛嘛。覃乡长，你也不必谦虚嘛。”

覃放说：“我真的不行。陆书记比我会编山歌！”

黄声怀说："俗话说，帮人帮到底，烈火见真金！干脆一首山歌十万元，这样更能体现杨老板对大石山区脱贫攻坚的大力支持！"

杨老板瞪着眼睛骂道："黄主任就是要挖我的墙脚啊！"

黄声怀笑笑说："谁叫我曾经当过扶贫办主任嘛。办法不多，可脸皮厚着呢！"

陆龙飞趁热打铁道："我来试试吧。"说着，他漫不经心地从口袋里取出一包烟，将烟盒放在桌面上，看了看在场的人，又将烟盒放回口袋里，兴奋地脱口而出：

心想妹妹有话说，好比想着好烟盒。
烟盒放在口袋里，几时想来几时摸。

杨老板笑得前仰后合，开口说道："很好！再来！"

得到鼓励，陆龙飞继续说下去："'壮锦'是我们壮家姑娘用手工编织的锦，可以编织各种各样的花纹或者动植物图案。'凤凰'是我们壮家人的图腾，是壮家人喜爱的吉祥鸟。我就编一首吧：日日想哥夜夜想，手拿壮锦绣凤凰。凤凰挂在厅堂上，飞走之时忘记光。"

又是一阵掌声。杨老板竖起了大拇指："'壮锦''凤凰'多好！还是再来几首，让我们东莞过来的兄弟们周末开心开心！"

陆龙飞想了想，接连念了两首山歌：

妹是桂树在山崖，哥是青藤攀附来。
青藤攀在桂树上，桂树有心花就开。

妹是山中一枝梅，哥是凤凰天上飞。
凤凰落在梅树上，竹竿打来也不回。

陆龙飞的山歌风趣幽默，让杨老板笑痛肚皮。至于扶持资金问题，陆龙飞是看病先生开棺材铺——死活都要钱了！这是逼上梁山！这是投石问路！这是步步为营！这是推销自我！

第二天一早，陆龙飞和覃乡长打算请杨老板吃午饭，可是杨老板和他的朋友一早匆匆吃了早餐就赶回去了。因为美国的合作伙伴提前飞香港，杨老板不得不提前走，他们有一笔大生意要谈。临别前他主动打电话给黄声怀老局长，才离开石山市。唉，看来资金的事要泡汤了。陆龙飞对资金的渴望就像久旱盼望甘霖一样。

黄声怀打来电话安慰道："小陆，好事多磨。杨老板那边，我和你们一起来跟踪落实吧。我是市政协常委，可以通过人脉关系为移民搬迁安置点做些力所能及的工作。只要不把钱放进自己口袋里，我都乐意去做！"

陆龙飞说："黄老主任，有你鼎力支持，我们就有了定心丸了。至于杨老板那里，希望老主任多多美言了！"

覃放说："唱山歌让企业家掏腰包这事，估计是黄了！"

陆龙飞说："只要还有一线希望，我们就要加倍努力！别泄气嘛。"

覃放摇摇头，说道："信心不足也！"

陆龙飞说："姑且把死马当活马医呗！"

这时，周艳给陆龙飞打来了电话，问他昨天打电话给她，有什么急事。陆龙飞便把他们乡移民易地搬迁安置点建设情况告诉她。

周艳说："谢谢老同学对我的信任。很快就到放暑假时间，到时我带上我家人、儿子一起过去，争取待上几天，到时候再具体对接吧。我现在美国考察几天才能回国。"

半个月后的一天，杨阳老板突然给陆龙飞打电话，说："陆书记，我最近准备到你们那龙乡走走，资金嘛，到时再说了。你出口成诗，我还想听你的山歌呢！"

陆龙飞说："只要杨老板高兴，只要杨老板把我当成朋友，我们全力以赴！"

杨老板没有食言，二十天后他顶着烈日，冒着酷暑，风尘仆仆来到了那龙乡。陆龙飞和覃乡长全程陪同他实地考察移民易地安置点建设现场。

吃晚饭时，杨老板有意拿出一张蒙娜丽莎的图片，说："蒙娜丽莎的微笑是世界上最迷人的微笑，是神秘莫测的千古奇韵！陆书记就此编一首山歌吧。"

这简直是考试嘛。呵呵，原来杨老板设了一个陷阱让陆龙飞跳进去。幸好陆龙飞有一定的山歌功底，反应也快，马上蹦出山歌来：

千古奇韵一微笑，好比天上仙女飘。

蒙娜丽莎笑最美，无数帅哥乐陶陶。

杨老板哈哈大笑，说："太开心了！"

杨老板说道："山歌最能抓住人心的，还是情歌了。唐朝有一首诗叫《金缕衣》，写道：劝君莫惜金缕衣，劝君惜取少年时。花开堪折直须折，莫待无花空折枝。陆书记，我最想听听你据此编的情歌。"

陆龙飞一下子蒙了，心想，杨老板是个性情中人，他考验我来了！陆龙飞脑子里转了转，突然灵机一动，又一首山歌出口了：

豆蔻年华正当时，还不风流到几时？
只见风吹花落地，哪有风吹花上枝。

杨老板对陆龙飞的伶牙俐齿给予了表扬，可是却只字不提钱的事，似乎所谓编山歌奖励一事早已被抛到九霄云外去了，真是善行多难、好事多磨啊！

覃放乡长有点急了，忍不住问道："杨老板，唱山歌的这个问题……"他将拇指与食指做了一个摩擦动作，以示提醒。

杨老板却慢悠悠地说道："文似看山不喜平，人如海浪当跌宕。"看得出来，唱歌虽然是雁过留声的事，可谁说了听山歌就要花大价钱呢？口头上的事往往是空头支票嘛，谁也不会当真的！

陆龙飞只好转移话题道："也不急的，杨老板一定会记在心里的！"

谁知当晚，杨阳老板突发急性胰腺炎，胰腺炎如果不及时抢救治疗，是会出人命的。杨阳意识到这一点，第一时间给陆龙飞打了电话。陆龙飞二话不说，立即拨打李凤舞电话，让她及时与自治区人民医院领导联系，并安排救护车将杨老板送到了自治区人民医院。当晚，陆龙飞用杨老板的手机给他夫人打了电话，正在闹离婚的杨夫人听说老公因病住院，二话不说就将电话挂断了，再拨过去，对方关机了。随后，陆龙飞立即交代李凤舞帮联系安排相关人员照顾好杨老板。

周末时间，陆龙飞也从三百多公里外的乡下赶到区人民医院，陪杨老板聊天，给他讲故事，也唱了那些幽默的山歌，安慰他安心养病、养好身体，让杨老板感受到不是亲人胜似亲人的温暖。

"精诚所至，金石为开。"十天后出院当天，杨阳老板立即交代财务人员将一百二十万元打进了那龙乡政府的账户。

杨阳对陆龙飞说："陆书记，是你的山歌和你的真情打动了我！"

陆龙飞开心地笑了。呵呵，这样的事可能让人不太相信，但确有其事。陆龙飞说："你是我们的客人，这是我们应该做的嘛。"

后来，陆龙飞和覃乡长又多次到市扶贫办李江主任那里软磨硬泡，摆出一副不达目的誓不罢休的态势。李江被他们的真诚与执着所感动，很快开会集体研究，同意下拨二百五十万元支持那龙乡移民易地安置点建设。后来，李江主动给陆龙飞打电话说："我看中的是你们那种不见棺材不落泪、不见黄河不死心的勇气与毅力！你们都是好样的！"

陆龙飞第一时间将情况以短信形式报告给县委书记黄江华，黄书记发信息赞道：十分要得！满分点赞！

与此同时，陆龙飞他们一不做二不休，多次奔波忙碌于寻找资金的路上，想方设法地为那龙乡的发展添砖加瓦、尽心尽力。

3　产业好比花中王

充分利用和开发好资源优势，借助各种渠道把资源变成产业，推进产业扶贫，这是精准脱贫的重中之重。道理谁都懂，但如何推进实施，则不是一两句话就能解决的事了。产业扶贫从二十世纪九十年代就提出，多年过去了，一些小产业变成了大产业，昂首挺胸富起来；一些小产业开始顺风顺水，后来却慢慢变得半死不活；一些小厂甚至负债累累，导致破产。究其原因，有多种因素，比如决策层因素、市场因素、开放因素、创新因素、科技因素、内生动力因素、管理因素等，但归根结底还是人的因素。晚上，陆龙飞再次阅览相关的扶贫文章和资料，琢磨着如何在产业扶贫上大做文章。他认为，很关键的一条就是要引进有实力的企业家进行帮扶，形成强大合力。这时候，陆龙飞接到了周艳打来的电话。她开门见山说道："老同学，我很快就要带上我的儿子去看你的女儿了，我要让他们成为最好的朋友！"

陆龙飞说："好呀！我巴不得呢。"

周艳说："当然，要看那龙乡发展到何种程度了，想当年我可是哭得好伤心！”

陆龙飞说：“往事不堪回首。当时你真是傻得可爱！”

周艳意味深长地说：“往事值得回味无穷，更要珍惜拥有的今天！你们有什么困难的话，要舍得抽时间经常给我电话，我做不来的，还有我的朋友嘛。我们温州的朋友遍天下，你们广西也有上万个温州人，其中也有我的不少朋友啊。”

陆龙飞说：“知道了。朋友不怕多，冤家怕一个！你曾经说过，朋友是走投无路时的一张通行证。”

周艳说：“有名人说过，一个人事业上的成功，只有百分之十五基于他的专业知识，百分之八十五要靠人际关系，即与人相处、与人合作的能力。”

陆龙飞嗯了一声，并点了点头。

周艳说：“脱贫攻坚，人人有责！我想组织一个小团队到你工作的地方去！我突然记得一件事，半年前我认识了你们广西南宁某个单位的女生，叫韦思东，对了，她说她是你们大都县人。”

暑假到了，周艳带上她爱人、儿子跟韦思东等朋友进山来了。陆龙飞首先把他们带到云联村龙湾屯竹藤草芒编织加工厂参观。显然，周艳对编织厂大感兴趣，陆龙飞便让负责人蓝伟康做了详细的介绍。那天，刚好蓝伟康在家，他兴致勃勃如数家珍地介绍道：“关于原材料的选取问题，有几大类，比如铁制品类的，有框架用的铁线、绑扎用的细铁丝、构架用的生铁片、吊挂用的铁钩等；比如草木茎类的，有松枝、任豆树枝、杉木枝、玉竹、竹篾等；比如草木藤蔓类的，有黄藤、黑藤、鸡血藤、金丝藤、葡萄藤、红叶藤、常春藤等；比如植物叶类的，有芭蕉叶、玉米苞叶、甘蔗叶、棕榈叶、竹叶、荷叶等。另外，还有树皮类、茅草类、麻线类、果壳类等。关于产品的设计类型，有动物类、玩具类、形状类、篮筐类，等等。关于工艺流程，包括设计图样、焊接框架、选取材料、分类制作、上油润色和消毒等五道工序，然后广交订货、发包生产、回收半成品、集中深加工、贴标包装、集中货运、检验交接、圆满出口，程序复杂着呢。”

周艳说：“看得出蓝总很熟悉业务啊！效益怎么样？”

蓝总说：“这是我的孩子，每天看着他长大，能不熟悉吗？效益嘛，还不错！周老板感兴趣？”

陆龙飞恰到好处地说道：“大老板的，能不感兴趣吗？说不定周董事长还想加盟进来呢！”他转脸对周艳说，“这是个好项目，这个项目为留在村里的老人和妇女提供了就业机会！如果你们公司加盟进来的话，那将是如虎添翼了！”

蓝伟康说：“我们求之不得啊！”

陆龙飞说：“大石山区要脱贫，产业发展是根本！我们山里的产业太需要外力的帮助了！还有种桑养蚕、金银花产业等等，都要一一跟上！”

周艳说：“我看你这位老同学脸皮越来越厚了！”

陆龙飞说：“在老同学面前，我再不放下架子，那不是害了自己了？”

韦思东也插话道：“看来周董事长必须助我们一臂之力了！”周艳转脸看了她一眼，没有说话。

随后，陆龙飞又带他们到弄民移民易地安置点考察。韦江琳副乡长已经恭候多时了。韦江琳在周艳面前做了简明扼要的介绍。她的伶牙俐齿、她的现场解答、她的见多识广令周艳赞叹不已。已经成为温州周氏鞋业集团有限责任公司副董事长的周艳当场表示，回去后开董事会讨论落实。

当然，陆龙飞也让他们认识了自己的女儿陆凡，周艳的儿子何周被陆凡演奏的曲子迷住了，何周所画的画也深深打动了陆凡。他们两家人亲密无间，其乐融融。

短短三天时间，韦思东很快成为女儿陆凡崇拜的偶像。因为韦思东是那龙乡第一个女大学生，也是个文学爱好者，更因为她以大姐姐的身份给陆凡讲了好多令人难忘的故事。

陆龙飞开玩笑道：“小韦，你是我们家乡飞出去的大学生，回报家乡、振兴家乡是我们文化人的一份责任，再说山龙村又是你们单位对口帮扶联系点，干吗不回来当个驻村干部呢？难道对家乡都没有一点感恩之情？”

韦思东被陆龙飞的激将法镇住了，半晌才答道：“陆书记的建议有道理，回去我得及时报告我的领导！”陆龙飞卖弄着自己会编山歌的资本，蹦出山歌来：

水有源来树有根，一草一木是乡音。
回报家乡干实事，思东妹妹好人心。

韦思东激动的情感很快被撩拨起来了。她说："冲陆书记的山歌，我得好好考虑陆书记的合理化建议了！"

周艳竖起大拇指的同时，说道："一打理论不如一个具体行动！"

韦思东猛地来个立正："照办！"她又说："哪一天我想邀请陆书记到我家去会一会我母亲，她曾经是当地有名的一位'山歌王'。"

陆龙飞说："那太好了。我一定去看望她老人家。"

临别时，周艳与陆龙飞进行了一次长谈。她说："都说男人的一半是女人。如果你的生活中缺少女人，那么你的生活可能是残缺不全的。《献给爱丽丝》这首曲子是你和覃老师沟通的一个桥梁。"

周艳随手打开公文包，将一盒录音带递到陆龙飞手上，说："这盒录音带一共有十首不同风格的《献给爱丽丝》曲子，希望带给你无穷的思考与乐趣。"

陆龙飞双手接过录音带，试图解释一番，却被周艳制止了。她继续说道："我知道你想说什么，感情和爱情有时候是分不清的，是不是可以这样理解，感情是爱情的基础，爱情是感情的升华。说心里话，我感觉得到覃老师对你深有好感，而你只想给你女儿找到一位优秀的音乐老师，认为这就完成你的使命了。其实，你这是大错特错了。你就不想想覃老师，一个大姑娘家为什么为你的女儿操心吗？除了同情心之外，最大的因素就是她心中装着你啊！"

陆龙飞盯着手上的《献给爱丽丝》录音带，陷入了沉思。

周艳说："家事国事天下事，事事关注；感情爱情大亲情，情情入心。"

周艳他们走后，陆龙飞也找到了覃文心老师，他们谈了很多很多。陆龙飞感觉到他们之间的交谈就像山中流动的泉水一样缓缓而出，汩汩而流，不掺一丝杂质。从交流中陆龙飞意识到，覃文心对他始终抱着一种固有的矜持与敬重、冰冷与隔阂，而后，他留下了一首令人伤感的山歌：

人生何处不相见，只是花好月不圆。
相见之时恨已晚，隔断情思泪绵绵。

一个月后，陆龙飞率领全乡各村支书到浙江省考察学习。他们选择的考察点是温州市的乐清市和绍兴市的诸暨市枫桥镇，周艳全程陪同，并承诺全包所有的考察费用。陆龙飞问："这合适吗？"周艳反问道："怎么不合适？你们是客人，客随主便，理所当然嘛。钱用在公家大事上，不是个人中饱私囊，你怕什么？算是我们支持你们吧！”陆龙飞说：“那更不行！你们集团公司应该支持大的，而不是支持小的！我可不能因小失大吧？我们乡是个穷乡，但几万块钱的考察经费还是有的！”周艳讽刺道：“穷装酷呗。”陆龙飞只是呵呵地笑了。周艳说：“就这么定了。你们贫困乡，该帮忙的我们会毫不犹豫地帮忙，至于产业帮扶嘛，那就更不用说了！”

回来之后，陆龙飞经过精心准备，召开全乡产业发展工作座谈会，头天下午座谈，第二天上午村干部表态发言，乡党委、乡政府主要领导讲话。村干部们刚从浙江大城市回来，脑子里就像装满了子弹一样，只要扣动扳机，子弹就“嗒嗒嗒”地飞出来，纷纷畅谈外出考察学习的感受；那些乡贤能人也当仁不让地介绍自己苦苦打拼的经历；驻村工作队员们也各自献计献策，不亦乐乎。大伙的出发点都是好的，都想为那龙乡的产业发展添砖加瓦。

陆龙飞总结说：“产业是发展的根本。我们乡的产业有资源、有基础、有优势、有发展前景，必须好好经营、精心呵护！如果把山村看成是一座百花园的话，那么产业就是其中最亮最美的那一朵花，必须千方百计开发好、建设好、保护好！”

最后，陆龙飞用一首山歌进行小结：

百花园里竞芬芳，产业好比花中王。
做强做大好产业，王者风范第一香。

覃放乡长也在会上用五分钟时间做了简短有力的讲话。

之后，全乡掀起了因地制宜兴产业、千方百计抓产业的热潮。加之周艳副董事长带着资金进山来，更让山里人插上了腾飞的翅膀！

4　生活在微笑

有人说，生活就像一杯苦咖啡，只有慢慢品味过它的苦涩与香甜之后，才能深知它隐藏的内涵；生活就像一场戏，需要你投入全部精力去演好自己的角色；生活就是芬芳烂漫的花朵，处处在向你微笑。陆龙飞算是个工作狂，韦江琳却比陆龙飞更卖力，整天像玩命似的，有一天终于累垮了。住院五天，病愈的她立马回到乡政府，又将精力放在工作上。之后她也经常请假外出，但很少正面与陆龙飞接触，似乎有意避开什么，直到有一次开罢班子会后陆龙飞特地叫她留了下来。她却十分警惕起来，就像一只刺猬似的保护着自己。

陆龙飞关心地问道："你住院那几天，我出差在外，没能及时到医院探望你，实在不好意思。"韦江琳说："我现在不是好好的吗？谢谢书记的关爱。"陆龙飞说："自从那天早上你请假回来之后，我发现你变得憔悴了，变得沉默寡言了，也变得陌生了。"

韦江琳不敢看陆龙飞，担心他看出什么问题来。

陆龙飞直言不讳地说："韦副乡长，半年下来你也多次请假，肯定有什么事情瞒着我。当然，你可以不告诉我实话，但是我会查出你请假的原因。"

韦江琳翘着嘴，责怪道："有这个必要吗？不务正业！"她的话明显带着不满的情绪，担心陆龙飞会像侦探一样将"案件"侦破到底。

陆龙飞说："关心关爱我的副职，我就不务正业了？不务正业这顶帽子我戴得多了。在土生乡当公安民警时，我被黄峰所长给戴上了；在市扶贫办时，我也被人给戴上了，林立主任也把我骂得头臭！"

韦江琳不置可否。她抛出了一句"我不跟你说了"，就咚咚走了。

走了几步，她又打转回头，想了想，说道："说出来吓死你！"不一会儿，她鼓起勇气说出了心里话："我的亲生父亲曾经是你的顶头上司林立，他当时病危，我请假去照顾他！"

陆龙飞脑袋嗡了一下，愣住了。

林立，这是陆龙飞最不愿听到的名字，也是最不愿看到的一个人。不是陆龙飞自私，也不是他缺乏度量，而是林立在陆龙飞成长的路上设置了种种障碍。碰到这样的人，是陆龙飞一生的倒霉。当然，换个角度看，这有时也是一件好事。比如，覃初科长就是被他逼走的，可是现在的覃初在南宁一家房地产公司当部门经理，活得很潇洒。

韦江琳说："你还笑呢。"

走的。我正想这也是一件好事呢！”陆龙飞转移话题道：“说心里话，韦副乡长，不管怎么说，亲生父亲只有一个，这是改变不了的事实！你比我幸运，我还在娘胎时父亲就病故了。好了，我们抽个时间去看看你的父亲吧。”

陆龙飞说：“不笑又能怎么样？市扶贫办覃初科长就是被你的父亲逼

韦江琳愣在原地，不由得瞥了陆龙飞一眼。

周末下午，韦江琳突然接到李凤舞的电话。

李凤舞说：“你父亲到我们民生医院中医室来了，他希望能够尽快见上你一面。”韦江琳挂了电话后，立即跟陆龙飞请假。

陆龙飞说：“既然你爸要见你，那就越快越好。说句严重的话，脑出血不是开玩笑的事，弄不好是要走人的。他现在需要继续治疗，直到病愈。我也正好要去县城，饭后就出发吧。”

韦江琳说：“知道了，谢谢书记！”

民生医院有个中医室，室主任班灼鸣是个刚刚退休下来的中医师，名气很大，在针灸、理疗方面颇有造诣，许多病人都慕名前来就医。李凤舞就任院长后，很快发现中医室有很多病人排着长队等候。她摸清情况后，立即报告给潘宁董事长，并提议暂时租用隔壁一家工厂的旧房做临时病房用。潘董事长接受了她的建议，并让她尽快着手办好这件事。李凤舞得到指令，立即启动这项工作。她很快找到工厂主人，起初主人不同意租房，经过多次登门沟通协商，磨破嘴皮，主人最后同意将旧厂房出租给医院。李凤舞觉得租金相对高了一些，她知道主人有意抬高价钱，也有类似于“趁人之危”的嫌疑，但只要他们同意了，就试办一两年吧，至于今后要不要扩大医院规模，那是以后的事，干了再说。中医室扩大病房后，许多病人蜂拥而至，几乎天天爆满。一天作业四次，上下午各两次，也还满足不了病人的需求。班灼鸣主任一人忙不过来，临时聘用了两名理疗助手。

有一天，李凤舞突然接到在市里认识的李榕姐的电话。李榕听到李凤舞的声音，哇的一声哭了一阵子，才说道：“我家遭大难了！我老公命途多舛，去年他因为脑出血，住院了一个多月。之后我们也找医生做了康复理疗，可是他走路还是一拐一拐的，右手臂一直隐隐作痛，右手指也有了后遗症，写字都在不停颤抖。三个月前的一个晚上，他再次因为病重住院，变成了医院的常客。先是心肌梗死住院，安了三个支架，住院二十多天；

仅仅出院一天时间，又因脑梗再次住院，待了十几天；最近又是因为再次脑出血住院了二十天时间。四次病情，就像四把柴刀捅在心上。真是见了鬼了，要害的病全部赖上了他。听说班医师医术高明，我就想到了你。”

李凤舞说：“那就赶快过来吧。”她很快在医院附近找到一间出租房，房子不小，房价也合理。

很快，李榕用轮椅推着丈夫林立从市里赶到了民生医院。林立刚到医院，就想尽快见到女儿。

李凤舞问：“不知道谁是主任的女儿。”

李榕说：“我也没有她的号码。”

林立艰难地说：“她就在那龙乡任职。”

李凤舞问：“那龙乡？那不是我的老家吗？她叫什么名字？”

林立说：“韦……江……琳。”

李凤舞问：“韦江琳是你的女儿？我可从来没有听她提过你。”她感到十分惊讶，姓氏也对不上呀。

林立说：“她随母姓。”

李凤舞说：“我和她是老同学。”

当晚，陆龙飞他们九点半钟赶到了县城，李凤舞便把他们带到出租屋。当时林立已是骨瘦如柴，一身虚弱。他有气无力地躺在床上，就像一只奄奄一息的公羊。突然见到陆龙飞，他不由得一愣，随即点头示意陆龙飞坐下。他支撑着身子试图坐起来，却又起不来，只好又躺了下去。

韦江琳急忙走到他身边，将枕头垫高。林立有气无力地说：“我大难不死，从鬼门关回来了。”

陆龙飞说：“阎王爷怎么可能接收我们的林大主任呢。林主任来民生医院做针灸康复治疗，找对人了。”

李凤舞接过话说：“我们班医师水平很高，治好不少病人。”

林立对陆龙飞说：“小陆，谢谢你来看我。”

陆龙飞说：“主任，应该的，你的关爱我都记在心里。”

韦江琳插话说：“你住院第三天，陆书记就赶到了区医院。”

陆龙飞安慰道：“林主任，什么都不要想，身体是革命的本钱，养病第一。”

林立点了点头。

"唉，病是个魔鬼，差点要了我的命。可我的官位丢了！算了！"想想这些，林立感到心里如刀割一般难受。

安顿好林立后，陆龙飞他们走出出租屋，李凤舞提议到附近吃点东西。

吃罢饭，他们继续喝茶聊天。

韦江琳直言道："陆书记曾经在我父亲手下干过，我都替他鸣不平！我父亲太不像话了，城府很深，作风霸道，处处打压年轻人，不然的话，陆书记早就被提拔当处级领导了，害得现在让他搞什么示范点建设。"

李凤舞说道："示范引领，典型带动，这是应该的。在大石山区，就是要通过示范点建设，带动群众跟着干。但是，要建好示范点不容易。"

韦江琳说："可不是吗？从方案设计到选点，从发动群众到筹措建设资金，从盘活资源到组织实施，整天像陀螺一样忙个不停。"

陆龙飞对李凤舞说："谁叫韦副乡长是个实干能干的女领导呢？老同学，俗话说，人心齐，泰山移。我们乡里大抓'三农'工作，大搞精准脱贫，大兴产业开发，大做乡村建设，大谈筑'巢'引'凤'，大写民族团结进步，大推生态文明建设，大讲社会稳定，你能不能动用你的关系、人脉、声望，助一臂之力呢？"

李凤舞说："我发现陆书记言必谈修路呀，精准呀，资金呀，招商呀！"

陆龙飞说："这就是我的工作。回报家乡、建设家乡，哪能仅仅停留在口头上呢？老同学，潘宁董事长是我们县的企业家，你们的关系一定很融洽吧？难道你就眼睁睁看着我这个可怜虫像一只蚂蚁在热锅里跳舞吗？"

李凤舞说："看看，又把我给牵扯上了。好，恭敬不如从命。我马上给潘董事长打电话。"接通电话后，李凤舞说："陆龙飞书记向我诉苦说他几乎成了可怜虫了！"潘宁董事长说："哈哈，可怜虫，作家用词恰如其分，好呀，你把他手机号告诉我，我马上联系他。"随后，潘董事长跟陆龙飞通了十几分钟的电话。

陆龙飞就像一条鱼儿跃进河里畅游一样，把他们的思路、想法、举措等等一股脑儿全部说了出来，潘董事长表示将大力支持，并在其他方面加强合作。

挂了电话，陆龙飞就像参加高考获得高分一样兴奋异常。他兴致勃勃地对两个美女说："生活在向我们微笑！"

李凤舞突然斜着眼看了陆龙飞一眼。

5 “我要当贫困户！”

这天上午九时，陆龙飞在办公室处理完日常事务，正要赶去古龙村调研，刚出门就被一条横幅所震惊。“我要当贫困户！”这条横幅就像一把刀插在陆龙飞的心上。他只好摇头自嘲家乡人太聪明了。现在这个年代谁不想脱贫？有人竟然想当贫困户，而且公开向乡里挑战来了。

陆龙飞看了一下，不多不少，正好五个人。他们摇着旗子，穿着破旧的衣裳，有的拄着拐杖，有的抱着小孩，站在乡政府大门，不停地喊道：“我要当贫困户！”

这个馊主意竟然是表哥蒙爱国出的！陆龙飞傻眼了。

蒙爱国站在陆龙飞面前，一脸苦相，就像一株干枯萎缩、毫无生机的小树。

在他举起的一块牌子上歪歪扭扭地写着这样一首山歌：

我是一个穷光蛋，样样都是好困难。
要是政府多帮助，吃穿不愁能过关。

陆龙飞盯着牌子上的山歌，讽刺道：“表哥，这是你编的山歌？写得挺好的嘛。”说着，陆龙飞也蹦出一首山歌来：

穷光蛋是蒙爱国，看来委屈实在多。
打着旗号来上访，有话就要慢慢说。

蒙爱国说：“表弟，说来话长了，我再找机会跟你说吧。”

陆龙飞命令道：“现在就说！”

蒙爱国生硬地回答道：“我偏不说，我就要当贫困户！”说罢扭头便走。

陆龙飞喝道：“你给我站住！”蒙爱国猛地立住不动。陆龙飞走过去双手扭住他的双肩，说：“表哥，你瘦多了！”陆龙飞叫来黄永龙秘书，从口袋里掏出钱包，取出两百元交到他手上，说："你马上到街上安排一下，等下我带他们一起去吃个便饭，不管怎么样，不能让乡亲们饿了肚子，身体是革命的本钱。"陆龙飞故意提高音量，好让蒙爱国听到。

蒙爱国突然蹲了下去，双手抱着头，一言不发。

争当贫困户，说起来好笑，却是真有其人其事，而且这人正是蒙爱国。

蒙爱国高二那年，父亲突然一命归西，留下一大摊债务。草草将父亲下葬后，蒙爱国辍学离开学校，在大厂镇挖到了"第一桶金"，找到了立足之地，后来不知道什么原因又折回山里来。而陆龙飞读完大学之后，奔波忙碌于城乡之间，小有进步。想不到的是，他们以不同方式走出大山，又不约而同地回到了大山。

蒙爱国躲进深山，确实有原因。当年蒙爱国的父亲蒙久轨病逝后，他高中没毕业，就跑到红山矿打工，两年多才还清父亲欠下的债务。后来他到大厂镇办了网吧，红火了一阵子，不料网吧发生打架斗殴事件，有几个人受了重伤，很快就被勒令停业整顿。一天晚上，网吧突然发生火灾，损失殆尽。

走投无路之下，蒙爱国不得不再次投奔韦路遥老板。几年前，蒙爱国通过朋友介绍认识了韦老板。他们第一次在一起吃饭时，韦路遥吹嘘说红山煤矿底下都是煤，只要做得好，一年赚它十多万块钱不成问题。急于还清父亲债务的蒙爱国很快就去投奔韦路遥。经过一天的颠簸，蒙爱国转了三次车，终于在夜灯初上时来到了矿山。那天晚上，韦路遥从矿井里回到井上，蒙爱国正好从班车上下来。见面后，韦路遥将他拉到镇上一家大排档狂饮一番。饭菜还未上桌，几个男人便已无拘无束地闲聊矿井下经常发生死人的事情了，弄得蒙爱国毛骨悚然。韦路遥说："小蒙，我先把丑话说在前头，免得你后悔来不及。挖煤很苦很累，钱不多，弄不好还要搭上性命呢。"蒙爱国说："大不了一死，什么都好说了。"韦路遥批评道："千万不能死，我们还要享受更多的快乐呢。"

蒙爱国在红山矿待了一年，很快就把父亲的债务还清了。后来，这个非法采矿点被查封后，蒙爱国跑到大厂镇打工，认识了老乡黄娴，并很快结了婚。谁知道，他们结婚几年，女人的肚子里就像被晒干了的种子一样没有发芽，两人不约而同有了外遇，只好在离婚协议上签了字。黄娴很快与别人结了婚，一年后就生下了一个胖小子，蒙爱国这才意识到自己不是个有种的男人，日子又恢复到单身汉的状态。

这次蒙爱国打听到韦路遥的行踪，再次与他联系上了。还是挖煤，当然还是偷偷地挖。

蒙爱国和同伴们一起整天弯着腰在设备简陋、闷热潮湿的矿井里，挖煤块、运煤块，像木炭一样黑不溜秋的。一般来说，他们下矿井挖煤，短则三五天，长则十天半个月，因为井下四通八达，不分白天黑夜，有吃有喝有睡的地方，日子还说得过去。这次矿井却发生了瓦斯爆炸。正在矿井下作业的蒙爱国和几位兄弟刚跑出井口几步，便中毒倒地。半夜时分，蒙爱国被一场大雨淋醒了过来。四下黑麻麻的，伸手不见五指。不远处偶尔传来狗的叫声，平添了夜晚的寂静。蒙爱国想了半天，才回忆起自己还有七八个同伴被埋在矿井里。他猛地抬起头，感到全身疼痛，便在野地里喊道：“有人吗？有人吗？我蒙爱国没有死！”

几个时辰过去，一切还是死一般寂静。蒙爱国意识到自己被当作死人放到野谷岭上了。此时，疼痛和饥饿如同两把锯子锯着自己的脑袋。他记得自己倒在地上时听到不远处一声巨响，脑袋嗡的一声，爬起来就跑，才跑出十几步，便被强大的气浪推出了几米远，就什么都不知道了。七八个兄弟没有一个人活着！他们都成了野鬼冤魂了！妈的，那个见钱眼开的李早赌博时还欠自己的五千块钱要不回来了，那个胆小如鼠的陆干华被按摩女扯下裤子全身发抖的场景再也见不到了，那个重色轻友的覃勇再也不用担心自己被老婆抓住什么把柄了，那个被病魔缠身欠下别人三万块钱的黄日锋再也不会为欠债发愁了，那个被煤老板多次打个半死的白家业再也不用担心不开心的日子了……天打雷劈呀，就自己一个人躲过一劫了吗？

不知不觉，蒙爱国就这样迷迷糊糊地晕过去了。

雨水将蒙爱国浸泡了一夜。第二天一早，极度虚弱的他喊哑了嗓子，也没有人应一声。蒙爱国想到了死，可是求生的欲望就像在隧道里看到一道亮光吸引着他的目光。他艰难地爬到一株草丛旁，摘下一片树叶，放在嘴边吹奏起来。蒙爱国反复吹奏的是电影《刘三姐》中的插曲《眼望青山难出笼》：

亏了亏哎，不见画眉岭上飞

不见画眉树头站，清早出窝夜不回

哎，清早出窝夜不回嘞
哎，亏了亏呃，画眉飞去不飞回
你今歇在哪蔸树？你今落在哪蔸梅？

也许凄清而熟悉的吹奏声就像公鸡的鸣叫声一次又一次冲破了早晨的宁静。不知过了多久，一位名叫龙伟山的老人和他的儿媳妇韦秋冬突然来到了黑不溜秋而又奄奄一息的蒙爱国面前。

后来，蒙爱国对陆龙飞说是吹奏树叶救了他的性命，否则极有可能冤死在深山里了。真是福大命大！由此陆龙飞记住了蒙爱国还藏有一手——吹奏树叶。

矿主韦路遥得知蒙爱国还活着，顿时慌了手脚。他深知此事透露出去，他必定要坐牢了。他立即赶到医院，打算给五万元作为封口费。

蒙爱国狮子大开口，说："五十万，没有五十万我不干！"

韦路遥无论如何论理，蒙爱国就是不松口，好像一只咬着硬骨头不放的死狗。蒙爱国说："那可是七八条活生生的命啊，你们竟然隐瞒不报！"

韦路遥以退为进，说道："你看这样好不好？"他将嘴巴凑近蒙爱国的耳边，说，"二十万，这是最多的了。"

蒙爱国火冒三丈，吼道："我要把你告了！"

有一天，蒙爱国突然收到一笔三十万元巨款，把他吓了一大跳。这一定是封口费，也是个烫手的山芋。蒙爱国就像看到了套在自己脖子上的绳索，他犹豫再三，最终还是将这笔钱退还给对方，并实名将韦路遥举报了。后来，韦路遥等人被绳之以法。因为蒙爱国举报有功，县公安局便奖励他七万块钱。蒙爱国将这笔钱存进银行，而后跑回了老家。

回到老家，蒙爱国第一时间走进盘阳家里，将自己的人生经历一五一十地告诉给他老人家。盘阳安慰道："回来就好！家乡是你的根！"

听了蒙爱国的诉说，陆龙飞不由得感叹：人生就像打牌，摸到了第一张牌，却不知道下一张是什么。

陆龙飞问："那后来为什么不把你列入扶贫对象呢？"

蒙爱国说："这个你得问李威武，就是他不让我当贫困户！"

陆龙飞问："你的条件不够？"

蒙爱国越想越气，几乎说不出话来。他说："表弟，你是让我说真话，还是说假话？如果说假话的话，我就不说了。我不是什么大人物，可我不会拐弯抹角，反正，应纳尽纳精准识别工作村里是做不到家的。”

蒙爱国慢慢打开一大沓东西，里面抖出了一张张经过剪裁的报纸，全是有关山羊县扶贫造假事件的新闻报道。

陆龙飞变得严肃起来，问道：“你想说我们乡也存在类似造假事件？”

蒙爱国说：“真的假不了，假的真不了！”

联想到山羊县扶贫造假事件，陆龙飞突然意识到问题的严重性。蒙爱国反映的仅仅是个性问题，涉及的却是共性问题，陆龙飞想通过他做一篇大文章，但必须有尚方宝剑才行。

陆龙飞说：“精准识别造假，那还了得？表哥，你还能提供更多的材料吗？比如你知道还有哪个应纳却没有纳入贫困户的情况吗？”

蒙爱国说：“你可以派人去调查，我无可奉告！”

陆龙飞说：“你不信任我，是吗？可是你应该信任这个吧？”说着，陆龙飞将挂在脖子上的纪念章取出来“啪”地放在桌子上，说：“我这枚纪念章你总该相信吧？我将干爸对我的教诲一一记在心上！”

蒙爱国看到纪念章，心里不由得一震，张开嘴巴“哦”了半天，才说道：“你们不会打击报复吧？”

陆龙飞说：“谁胆敢打击报复，我就收拾他！”

蒙爱国怯怯地说：“我知道的至少应该还有七八户吧，比如弄吉屯，还有上平村、弄中村也有。”

那龙乡精准识别存在造假问题，这个事情如果被新闻媒体曝光出去，那将是一场毁灭性的灾难。即使不存在造假，也要查缺补漏，应纳尽纳，做到一户不能漏、一个不能少！于是，陆龙飞叫蒙爱国立即写一封举报信，拉上他直奔县里，向县委书记黄江华做了专题汇报。黄书记见到蒙爱国，主动问道：“你就是写这封信的蒙爱国？”蒙爱国怯怯地说：“是的。”黄书记说：“小陆在电话里跟我说到你了，感谢你对我们工作的支持。”黄书记首先对那龙乡实施“五大行动”、大兴“四种风气”给予高度评价和充分肯定，勉励那龙乡发扬成绩，再创佳绩。

随后，陆龙飞把蒙爱国反映的情况详细说了出来，建议黄书记支持那龙乡再次做好查缺补漏工作。黄书记二话不说，在举报信上大笔一挥：群众利益无小事！信中反映的虽然仅仅是个性问题，但是有共性因素，必须再次查缺补漏，精准扶贫！

黄江华书记说："小陆，山羊县扶贫对象造假事件提醒了我们，绝不可掉以轻心。这件事不是小事，它反映的是作风问题，你们要把这件事办好。"

陆龙飞说："回去后我们马上落实。"陆龙飞想，有黄书记的尚方宝剑，我就没有后顾之忧了。

陆龙飞和蒙爱国走出县委、县政府大门，蒙爱国有意回头看了一眼，说："表弟，我第一次见到我们县最大的官，黄书记比在电视里看到的还要亲切呢。"

陆龙飞说："你为我们乡办了一件大事，你的困难我已经派人去了解了，很快就会有结果。"

蒙爱国说："我还是想搬来县城，县城多好！在山里，整天面朝黄土背朝天，就只懂得啃泥巴，够吃都谈不上，哪能说得上富裕？现在我一个人带着那么多个小孩，感到很累，又没有别的办法。"

陆龙飞说："你心地善良，既当爸又当妈，极不容易。"

陆龙飞了解到，当年蒙爱国回到屯里后，看到屯里有两户人家父母双亡，几个小孩生活艰难，便向李威武提出主动将他们抚养起来，他们的亲戚也同意了。可是有人却说蒙爱国企图独吞抚养费，居心叵测，于是蒙爱国就被村里的人边缘化了。当然，对于抚养的事，李威武也没把话说绝，只是说等一等。这一等就是一两年。

回到乡政府后，陆龙飞便将黄江华书记的批示件拿给覃乡长看。覃乡长看罢，说道："我们只有干了。"

陆龙飞立即打电话给李威武，叫他马上到办公室来一趟。半个小时后，李威武汗流浃背地赶来了。陆龙飞示意他坐下后，就将蒙爱国的举报信复印件和县委黄书记的批示件复印件一一让他看。李威武边看边抹着脸上的汗水。陆龙飞说："李支书，看到问题的严重性了吧？"李威武低着头说："看到了。"陆龙飞严厉地说："立即整改，马上落实！以后擦屁股的事情尽量让我少做了！良龙村要带好这个头，决不能马虎了事！我警告你，不能对蒙爱国进行打击报复！"

李威武应了一声，灰溜溜逃出了陆龙飞的办公室。

紧接着，陆龙飞立即组织召开乡领导班子成员会议，要求再次对标对表，查缺补漏，不落下一个困难群众。

随后，那龙乡的乡、村干部们再次进村入户查缺补漏，群众对他们的做法大加赞赏。

一个月后的一天，县委、县政府主要领导分别在那龙乡查缺补漏工作情况汇报材料上做了批示，同时对他们实施的“五大行动”、大兴“四种风气”给予了肯定。蒙爱国心血来潮，忍不住编出一首山歌来：

五大行动得人心，四种风气见真情。
好比治病下良药，病去抽丝一身轻。

有一天早上，蒙爱国提着三斤猪肉、一只鸡及其他菜赶到陆龙飞的干爸家，打算与盘阳老校长共进午餐，进一步讨教唱山歌的方法和技巧，沟通交流，顺便商量精准帮扶问题。可是，他刚登上石阶就被陆龙飞干妈撕心裂肺的哭声震到了。

“老头子，你怎么说走就走了呀，呜呜呜……”陆兰双手抚摸着盘阳冰冷的手，趴在床边号啕大哭。老伴安详地走了，事先没有一点征兆。

老校长走的前一天，还带上慰问金，拄着拐杖，花了三四个小时走进自己帮扶的三户贫困户家中，给他们带去了一位老人的关爱与祝福。贫困户们跟他说，乡政府已经解决了他们反映的一些问题。白天老校长还在谈笑风生，到了第二天凌晨三时，他的心脏就突然停止了跳动，实在令人惋惜！

蒙爱国第一时间给陆龙飞打了电话，陆龙飞感到震惊的同时，也在第一时间给盘龙打了电话。

盘龙沉默了一分钟，才给陆龙飞回话：“一切从简吧。”

陆龙飞“嗯”了一声算是回答。干爸突然走了，走得那么匆忙，什么话也没有留下。

不一会儿，盘龙又说道：“我现在北京，马上买返程的飞机票，最迟明早五点前回到老家。你马上让爱国他们找师傅定好下葬吉日。记住，一切从简！”

一切从简！盘龙回来后第二天就按家乡的风俗习惯将干爸安葬了。

陆幸妹也从学校请假回来了。见到干爸的棺材，她趴在上面哭得泣不成声。

几个乡镇的书记、乡长也来了。江龙乡乡长覃小龙告诉陆龙飞，说他曾经是盘阳校长的学生，虽然只在那里读了一年，但也是盘校长的好儿子、好学生。不久，几位乡领导烧香祭拜之后就回去了，而覃小龙有意单独留了下来。他还说他是韦舞书记的亲表弟，希望以后多担待、关爱他。陆龙飞默默地点了点头。他想，有这么多人的祭拜，干爸一定会安心走的。

干爸的坟地上排满了众多悼念的花圈，众多的花圈就像众多亲戚朋友赤诚的心在袒露，足见干爸在世时得到了众人的敬意、尊重和爱戴。

干爸私下帮扶的三户贫困户也带着花圈赶过来了。他们跪在干爸坟前哭成了泪人。在他们眼里，那个质朴厚道、乐观开朗、助人为乐的老校长再也见不到了。人的生命真是太脆弱了。盘龙弯下身子，将他们一一扶起来，安慰道："人死不能复生，谢谢你们记住我父亲的好！"

几天后，李凤舞才从李威武嘴里得知干爸过世的噩耗，她选择在"头七"来到了干爸的坟前。

陆龙飞老家的习俗是在人死后满一周的那天日头落山时，由其亲人祭奠，让其安心西去。那天傍晚时分，夕阳落西，晚霞满天。陆龙飞将祭品包括煮熟的猪头皮、鸡和小酒杯、筷子摆放在干爸坟前，叩拜了三拜，半晌后不断地给干爸烧纸钱。烧着了的纸钱堆成了一座小山，陆龙飞的心被干爸带走了。干爸就像一缕阳光，让人的心灵即使在寒风刺骨的冬天也能感到温暖如春。

接着，陆龙飞慢慢将胸前的纪念章取出来置于干爸坟前，他呆呆地坐着，思绪飞到了很远的地方。

这时候，李凤舞突然来到了陆龙飞的身边，她慢慢地将祭品摆放开来，失声哭道："干爸，您怎么说走就走了呢？"

陆龙飞被李凤舞的话惊呆了。陆龙飞脑海里掠过她曾经说过的话，突然悟出了什么。

李凤舞痛哭流涕地说："哥，盘校长是你的干爸，也是我的干爸啊！"哭肿了双眼的李凤舞慢慢从脖颈那里取出一枚纪念章置于坟前。

纪念章上雕刻着什么内容，陆龙飞不得而知，当然也极想知道。

干爸突然仙逝，让陆龙飞的心灵之眼顿时失去了光芒，他刚刚在再次精准识别工作中得到表扬的愉悦之情被一扫而光了。

李凤舞失魂落魄地来到了坟地上，她让陆龙飞看着纪念章上雕刻的一行小字："生活在向你微笑。"陆龙飞盯着细小的字眼，深知干爸的良苦用心。

李凤舞说："哥，坚强起来，生活在向你微笑！"

陆龙飞"嗯"了一声，拉上李凤舞面对坟墓叩拜三拜，说道："回去吧，干爸一定会保佑我们的！"

半个月后的一天，盘龙大哥回到老家将干妈接到了南宁。

陆龙飞将干爸留下的遗物带到身边，其中有一本笔记本值得保存，里面记载着他老人家对山歌的一些思考和生活中的一些故事。陆龙飞想，有一天自己会将这些变成一个个鲜活的故事的。以下是干爸对山歌的一些思考：

> 山歌对唱的方法，就是"攻""防""转""和"。第一，"攻"，就是在整个歌会上占主导地位，主动攻击对方，紧逼对方，占领阵地，让对方围着自己转；第二，"防"，就是防守，敌进我退，采用迂回战术，不与对方硬碰硬，先退一步，摸清情况，再进行反击；第三，"转"，就是转折、拐弯，改变方向，变换位置，把歌题引向对自己有利的方向，从而变被动为主动；第四，"和"，就是呼应、唱和，一唱一和，同一个歌路、同一个主题默契和谐地唱。最关键的还是现编现唱，现炒现卖，见机行事，能唱则唱。一句话，唱山歌就是要带着感情去唱，只要对它付出了感情，那就得心应手了。
>
> 山歌如水到处流，前人种果后人收。
> 不论壮哥是瑶妹，一唱山歌忘忧愁。
>
> 岭对岭来坡对坡，美妙山歌特别多。
> 你唱党的领导好，我唱民族团结歌。
>
> 三姐故乡风光好，村村寨寨有歌谣。
> 五色糯饭山歌染，丹泉美酒山歌熬。
> 脱贫攻坚主战场，精准二字肩上扛。
> 好比对症下猛药，药到病除保安康。

6　养牛基地

在贫困乡村，产业扶贫是精准扶贫的核心和关键，是实现稳定脱贫的必由之路和根本之策。那龙乡地处大石山区深处，自然条件恶劣，交通不便，底子薄弱，产业发展尤为落后。虽然开展了农村基础设施建设大会战，但建设资金严重不足，公路等级低，同时由于洼地多、弄场深，群众居住较为分散，屯级公路一下子又难以解决，造成产业也跟不上去。而临近县安保镇的扶贫产业却走在了前列，干出了好效果。必须依托资源禀赋，精准打造，借助力量，为我所用。当然，这也让陆龙飞有了更多与韦舞书记见面的机会。就说古巴屯公路建设一事吧，在做通覃江平老人家思想工作后，陆龙飞趁热打铁、软磨硬泡，在县扶贫办、交通局那里分别得到了五十万元资金，韦舞书记更是动员县里的一位企业家委员给古巴屯捐款三十万元，两个村七个屯的群众也“砸锅卖铁”，筹到了部分资金和物资。经过沿途群众的积极参与、携手共建，六个月后终于修通了六公里长的“民族团结进步之路”。

与此同时，陆龙飞又组织各村干部走进安保镇江王村、地东村、王阳村考察学习养牛基地建设的成功经验和做法。那是韦舞书记的得意之作。

韦舞上任安保镇书记后，第一件大事就是将她在江城乡当乡长时建立养牛科研繁育基地的企业家张文明引到镇上来，相继在几个村屯办了六个分场，做强做大产业，很快使其成为养牛扶贫产业的重点龙头企业。

在山里，牛是一大宝，备受尊重；牛和人一样重要，甚至有时候比人更具魅力。于是世间就有“老黄牛”“孺子牛”“拓荒牛”的美称。韦舞对黄牛情有独钟，常常以赞颂黄牛精神的草书活跃于各类书法展览或活动中，其书法作品也频频获奖。这是她个人的业余爱好。工作中，韦舞更是以“黄牛”自喻，努力在自己的人生道路上辛勤耕耘着、勇敢开拓着、默默奋斗着。

这天晚上，凌晨时分，韦舞连续三次梦见黄牛来到她的身边，用舌头轻舔她的手心，用身子蹭着她的身子。渐渐地，黄牛变成了陆龙飞。不一会儿，陆龙飞又变成了黄牛，这样的画面反复闪现在韦舞面前，慢慢地，她看见自己被陆龙飞霸道地抱着骑到牛背上。她的身子被陆龙飞的双手抚摸着融化了……之后的诸多日子里，韦舞的梦中经常听见黄牛的叫声、看见黄牛的身影，她情不自禁地将陆龙飞与黄牛联系在一起，也将自己拉进了真爱的领地里。

这天，陆龙飞一行二十人大张旗鼓地走进安保镇。“共同筹建、共同出力、共担风险、共同致富”和“村村有牛场、户户养牛忙”等横幅挂在半山腰上，显得醒目耀眼，仿佛向人们展示着一个个不平凡的故事。

韦舞亲自陪同，这是陆龙飞意料之外的事情。事前，韦舞发短信开玩笑道：“陆书记，你们大部队浩浩荡荡过来，我委屈自己，主动请缨陪同你们，可以吗？”

陆龙飞答道：“杀鸡焉用宰牛刀，哪能劳驾书记大人啊。”

韦舞调皮地说：“牛是山里一大宝，做强产业少不了！你也是山里一头牛！呵呵，你是孺子牛，你是拓荒牛，你是老黄牛！我喜欢！我乐意！我最爱！”

在韦舞眼里，陆龙飞就是一头勤于耕耘的牛，就是一头善于斗智斗勇的牛，更是一头张扬山里人气质的牛。

陆龙飞感到心里就像注入了一丝丝甜蜜的情感，他投石问路地蹦出山歌来：

喜欢乐意几多斤？最爱又是几多情？
沧海一粟不足讲，九牛一毛不敢鸣。

韦舞一语双关道：“牛气冲天你一人，欢欢喜喜因为情！”

陆龙飞率队来到后，韦舞引着他们到“大山牛都”第一个养牛基地参观。她滔滔不绝介绍道：“据报道，1996 年至 2016 年，全球人均牛肉消费增长 30 倍，人均羊肉消费增长 31 倍。中国人均牛肉消费增长 5.6 倍，人均羊肉消费增长 5.9 倍。我国牛肉价格上涨了 56 倍，羊肉价格上涨了 347 倍。这些数据表明，发展牛羊产业的前景十分广阔。由此，我们的张文明老总看准了市场行情，在江城乡建起‘瑶山牛’养殖场，也看中了我们镇的优势，到我们镇发展来了！张总的到来，就是给我们带来了好消息！”

在牛舍前，牛高马大的张文明指着牛犊，兴奋地介绍道：“这些牛犊一般得养到五百斤才能卖出，一头能卖上一万多块钱。我们贷来的第一批牛都是安格斯、夏洛莱等优良品种，繁殖能力强，长肉快，出栏周期也短，群众都乐意买我们的牛犊。”

张文明边走边谈，边谈边走，兴致勃勃、幽默风趣。他指着一头母牛说：“就说这头母牛吧，它刚开始发情时我毫无察觉，因为这种安格斯牛很安静，没有显露任何迹象，不像我们农家的土牛一旦发情就不进食而且很烦躁。但是我观察了一下发觉它不对劲,就告诉东家说你的母牛发情了，需要配种了，弄得当时在场的几个女人很不好意思。”

“牛一天要吃几餐呢？”有人问道。

张文明笑笑说道：“两餐吧，牛吃得慢，早上八点喂一次，下午四点喂一次。”

陆龙飞问道：“牛多了草料跟得上吗？”

张文明说：“粮改饲以后，我们租种的‘水泡地’可以解决一部分，不足部分可以从农户那里购买。这叫一举两得、一箭双雕。”

陆龙飞问：“怎么说呢？”

张文明说：“一亩地收割四到五吨牧草，每吨一百八十元，每个季度割一次，一年割四次，一亩地每年可收入三千多元，比种玉米赚钱多了，群众巴不得我与他们打交道，多赚钱。”

陆龙飞对韦舞说：“韦书记,这样的‘牛王’你舍不舍得推荐到我们县、我们乡发展呢？”

韦舞说：“张总，陆书记带了一帮人来抢人呢。陆书记虽然不和我在同一个县份共事，但打赢脱贫攻坚战、实现共同富裕是我们共同的奋斗目标。我支持你们公司扩大生产规模，将基地建到大都县那龙乡去。”

陆龙飞兴奋地说：“哈哈，我带来的村支书们，就是抬也要把张总抬到那龙乡去！大家说，好不好？”

村干部们异口同声地答道：“好！”

韦舞说：“发展才是硬道理！比如，从无到有，从少到多，从小到大，从弱到强,就是从实干中来！”能在大伙面前说出来的话,韦舞都毫不保留，就像慷慨地将丰盛的佳肴放到桌上让大家吃得一干二净。

之后，陆龙飞他们又考察第二个养牛示范基地，参观了牛舍、隔离场、饲料加工厂、有机肥加工厂、生物室、化验室、免疫室、科研中心等。

说到经验，韦舞私下告诉陆龙飞说，征地拆迁是一件很棘手的大事，可采用“欲擒故纵”等策略。陆龙飞有意问她怎么个“欲擒故纵”法。

韦舞说："这是我亲身经历的一件大事，我们镇准备开发江王村地段，第二天张阳镇长就让乡干部将征地的地段围了起来。当地村民得知后便在第一时间到乡政府上访，而且闹得不可开交，他们闹事无非就是想抬高地价，多要补偿金呗。之后，我把'欲擒故纵'的战术用上了，我有意放话，准备将征地范围转移到别的村屯去。江王村的部分村民知道后觉得到手的鸭子飞走了，就相互埋怨起来，还派人向我打探情况。我佯装不过问、不关心这件事，由群众自己商量去。之后，江王村地单屯村民主动忙活起来、联合起来，很快结成同盟，并纷纷在保证书上签名按上了手印，问题很快得到圆满解决，补偿金也控制在了合理范围内，养牛基地就是这样得到落实了。"

陆龙飞不由得向她竖起了大拇指。这个经验值得借鉴推广。好的经验就应该互相分享、共同享受嘛。这就好比蜜蜂采蜜，既丰富了自身，又为他人增添了甜蜜。以前通过接触交流，陆龙飞感觉到韦舞书记基层经验丰富，思维方式也与众不同，值得信赖、深交。这次见到她之后，陆龙飞更是坚定了追求她到底的信心和勇气。俗话说，心急吃不了热豆腐，可是陆龙飞就是心急了，想吃热豆腐了。他灵机一动，跟韦舞耳语了几句，便对大家说："今天难得出来一趟，等一下我们就在这里的会议室开会座谈，让大家把心里话说出来，也让韦书记和张总都理解我们建设养牛基地的迫切心情。"陆龙飞以近距离的方式接触韦舞书记，他做得是那么真实自然，同时也能够让韦舞对自己萌生一种特殊的情感。座谈会就是最好的接触方式，也许陆龙飞和韦舞两位乡镇书记才深知其中的深刻内涵。

座谈会开始后，大伙就像打开闸门之水哗啦啦地议论开了。一句话，他们都迫切希望张文明老总进村入户做大产业。

山龙村支书陆康第一个站起来拍着胸膛，说："舍得一身剐，敢把皇帝拉下马！我要豁着老命干了！"

龙凤村支书韦干龙说："养牛我干过，现在家里困难，一下子干不了。但我可以凭着三寸不烂之舌动员群众参与养牛，发家致富！"

良龙村支书李威武双手竖起大拇指，说："双赢，绝对双赢！我李威武绝对不甘拜下风！"

陆龙飞说："青山藏不住，红绿正芳华。张总能够在山里扎下根，我相信我们那龙乡也应该留得住张总吧。"

韦舞顺水推舟说："一人富不算富，带着大家一起富才是真的富！我的建议就是抢抓机遇、多方谋求，合作共赢、双向发展。"

张文明卖了个关子说："那得看天时地利人和啦！天时，就看市场需求；地利，就看山里的环境；人和，就看我们有没有合作共赢的缘分。"

陆龙飞拿出他的撒手锏，蹦出一首山歌来：

天时地利又人和，抢抓机遇谋联合。
好比带鸡又孵蛋，那龙感恩又戴德。

韦舞对张文明说："张总，那龙人的质朴、热情、认真、执着真让人感动。张总要是不帮那龙乡一把，那就说不过去了。我也要替那龙人说话了！"

张文明微笑着点了点头。

回到乡里后，陆龙飞特地走进良龙村、云联村、山龙村、山羊村、弄中村、龙凤村、东阳村等村屯，与村民们一起研究如何发展养牛产业，还交代黄富强副乡长专门组织一些农户继续走进"大山牛都"现场考察，让专家进行现场培训。农科专家声情并茂的介绍、精湛的业务水平以及打动人心的讲演打动了在场的村民，一些村民好像吃了一颗定心丸一样，纷纷表示回去后一定要大干一场，让养牛产业成为摇钱树。乡领导和村干部们趁热打铁，做好细致的思想工作，使参与养牛的户数增加了许多。

接着，陆龙飞又将目标对准了七百弄鸡产业。这一产业群众看得见、摸得着、有市场，相信一定会有大的突破。当然，关键还是如何把工作做到群众的心坎上。

刚好陆龙飞突然接到县农业农村局局长黄先打来的电话，说要下乡一起深入研究七百弄鸡产业的事情。七百弄鸡是那龙乡重点打造的一大产业，必须千方百计将这一产业做大做强。

陆龙飞说："好啊！我们还有问题想请教黄局长呢。"

黄先说："你们乡是大乡，要多多支持我们农业农村局嘛！"

陆龙飞说："那龙乡要强，农业必须强；那龙乡要美，农村必须美；那龙乡要富，农民必须富。只要能够给广大贫困群众带来更多更好的经济效益和社会效益，我陆龙飞哪有不支持的道理呢？话说回头，你是我们那龙乡的老乡长、老书记，长期在基层一线工作，多岗锻炼，见多识广，经验老到，你要毫不吝啬地把实践中的好经验好做法传授给我们，也让我们能够分享你的快乐以及你想说的一些心里话。所谓‘独乐乐，不如众乐乐’！”

黄先说：“乐人之乐，人亦乐其乐；忧人之忧，人亦忧其忧。同乐同忧，共同分享！”

采访手记

这是一位有着从村干部干起，到选上乡政府副乡长、乡长，担任乡党委书记、县农业农村局局长经历的人物，他叫黄先。笔者专门抽空采访了他。

笔者：很高兴黄局长能够接受我的采访，你是土生土长的那龙人，请你谈一谈自己人生中最大的感受。

黄先：我高中毕业就开始工作，至今已经近三十年了，其中在那龙乡工作二十一年，我的青春年华都洒在家乡的热土上了。

第一，善待自我，唯有奋斗。我从小失去双亲，是爷爷奶奶把我和几个弟妹拉扯大，我读高二那年，大妹因为要照顾家里，主动放弃了读书的机会。高三那年，爷爷奶奶先后病故，这对我打击很大，我几乎想放弃参加高考的机会，是大妹鼓励我坚持了下来。由于基础差，我第一次参加高考落榜了，接着又补习一年，结果也没考上。村里的好多人都瞧不起我，加上有病缠身、身体虚弱，村支书韦平昌甚至多次当着众人的面骂我是“大学漏子”，说什么都漏完了，只剩下了两个蛋蛋。这是对我人格的侮辱。后来，有人向我透露了这件事，我特地冲到韦平昌支书家，当着众人的面将他大骂一番。他说：“我就看不起你，怎么样？有本事你当乡长、书记给我看！”我说：“石头尚有翻身日，人世岂无走运时。”我吹着口哨扬长而去。接着我又参加全县招收村干部的考试，当时刚好有四个村团支部书记名额，我排名第一。谁知政审时，韦平昌竟然做我的手脚，以政审不过关为由拒绝签字，我一不做二不休，将这事捅到那龙乡党委那里，陈书记亲自出面，给韦平昌打了电话，严厉地说：“韦支书，如今是改革开放的年代，你还胆大包天，想整死人吗？

门都没有！马上给小黄办手续，不然把你的支书给换了！”陈书记的“上纲上线”，让韦平昌胆战心惊，只好收手。我担任村团支部书记，还是在他手下做事，他总是拿家长式的作风压制我，我却不买他的账。三年后，我成为那龙乡副乡长人选，他眼红了，私下串联几个村干部破坏选举，却被到会指导工作的县人大副主任覃斌发觉，当即找他谈话，对他进行了严厉批评。韦平昌被吓出了一身冷汗，不得不马上答应做好工作，并写了保证书。事后，覃斌副主任才跟我提及这事。我一笑置之。通过这件事，我深知自己的人生路上将面临诸多挑战，唯有善待自我，努力奋斗。

第二，我强烈感受到群众摆脱贫困的迫切心情。我们这里穷乡僻壤，交通闭塞，从我们乡到土生乡，走山路至少要七八个小时。有一次，自治区分管扶贫的某个副主席在蓝县长陪同下走了整整一天的山路，晚上接着开会研究如何解决修路问题。那时我们乡要修建好几条公路，其中有一条要修通八公里长，乡里把任务分到沿途的村庄，村又分到屯（村民小组），村民小组组长再把任务分到各家各户。上级下拨的修路资金也很少，每公里才有一万块钱，一万块钱现在能办得了什么事呢？至于雷管、炸药则由上面免费提供。我们走村入户与群众同吃同住同劳动，几个月下来，几乎瘦成了电线杆。可是为了让群众过上好日子，我们这点苦算得了什么呢？有个老奶奶不顾年老体衰，坚持和我们年轻人战斗在一起，甚至手被石头划破了一层皮，脚被压伤了，也轻伤不下火线。她说只要修通了公路，就是累垮累死也值得。多么朴质的话语啊！

第三，我强烈感受到产业对扶贫、对乡村振兴确实太重要了。在我们县，县委、县政府把七百弄鸡产业作为重点发展的产业之一。七百弄鸡以生态放养为主，具有适应性强、抗病力强、觅食力强和耐粗饲等特点，保持着体型娇小、肌肉结实、味道鲜美、营养丰富的特质。七百弄鸡煮熟后鸡皮呈淡黄色或白色，肉呈白色，肌肉切面有光泽，皮下脂肪少，肌肉结实富有弹性，肉质鲜嫩，鸡汤鲜美而清甜。七百弄鸡上过国宴就是最好的例证！

在这里，我说说原水产畜牧兽医局覃金同志的贡献吧。覃金担任局长后，办了几件实事。第一，首次提出将七百弄鸡作为重点扶持的产业来抓，得到县委、县政府的支持和采纳。第二，推动七百弄鸡2017年获农业部颁发的国家农产品地理标志登记证书，2018年获评首届广西好食材“十大好吃鸡”。第三，推动做大做强产业。

笔者：请黄局长介绍一下产业基地情况。

黄先：先说说几个数据吧。据检测，七百弄鸡的主要营养成分为：蛋白质23.30~24.90g/100g，总脂肪0.96~1.31g/100g，胆固醇52.20~54.30mg/100g，氨基酸总量19.69~20.30g/100g，铁含量0.38~0.67mg/kg，锌含量6.20~7.90mg/kg；风味物质含量为：油酸355.76~440.55mg/100g，亚油酸209.95~242.87mg/100g，亚麻酸6.03~9.44mg/100g，肌苷酸336~348mg/100g。由于七百弄鸡肉含有丰富的蛋白质，脂肪中含不饱和脂肪酸，是老年人和心血管疾病患者较好的蛋白质食品，而体质虚弱者，或病后、产后用七百弄鸡肉或鸡汤作为补品更为适宜。七百弄鸡的品质与生俱来，而要将其发扬光大，关键在于世人的认知、保护和利用。基于此，我们县于2016年开始发展七百弄鸡产业，以此厚植中国绿色食材基地、中国生态食材示范基地和中国长寿特色美食之乡、中国康养美食之乡的根基。

在产业基地建设方面，我们也做了大量的工作，目前全县有150多个基地140多个能人，有1.5万贫困户6万多人养殖七百弄鸡，大有收成，效益十分可观。

笔者：黄局长，能否谈谈你和陆龙飞书记之间的交往呢?

黄先：萧伯纳说过，你我是朋友，各拿一个苹果彼此交换，交换后仍然是各有一个苹果；倘若你有一种思想，我也有一种思想，交流思想后，那我们每个人就有两种思想了。陆龙飞到那龙乡任职后，我多次就培育七百弄鸡产业、种桑养蚕产业、金银花产业等与他交换意见，并在项目、资金、规模、销售渠道等方面给予他大力支持。如今他们在原有基础上乘胜追击的同时，又把目光聚焦在生态环境、旅游产业上，再过几年，那龙乡一定会成为我们县一道亮丽的旅游新景点。

笔者：谢谢黄局长对我的采访给予大力支持。

第六章　人在旅途

1　“到中流击水”

陆龙飞被组织调任那龙乡党委书记后，女儿读书问题成了他的一块心病。陆龙飞在如何带好女儿这一问题上始终思绪纷繁，心乱如麻，只好暂时顺着女儿陆凡的思路走。陆凡说她乐意跟覃老师待在一起。覃文心很快被调到县二中任教，陆凡也像小狗一样尾随到了县城里。陆龙飞深知，从某种程度上来说，女儿就像黏人的糍粑，越来越依赖覃老师，陆龙飞欠着覃老师一个大大的人情债。女儿对电子琴情有独钟，一旦有时间，总是趴在电子琴边练琴。她还生有一副好嗓子，覃老师便全力引导她苦练唱歌，专攻高难度的原生态唱法。最好的投资就是给孩子最好的教育，女儿的进步就是陆龙飞最大的希望。当然，陆龙飞也想走进覃老师的心灵深处，却被覃老师的心灵之墙挡住了去路。即使陆龙飞恳求李凤舞旁敲侧击，也没能如愿以偿。而这些，李凤舞都私下告诉了韦江琳，由此，陆龙飞的一举一动都在韦江琳的掌握之中。韦江琳又将情况及时告诉了韦舞。陆龙飞是否对覃文心老师有情，覃文心是否乐意接纳陆龙飞的感情，韦江琳可是一清二楚。她作为陆龙飞与韦舞之间忠心耿耿的联络员，也十分乐意将传声筒的工作进行到底！而这些，陆龙飞暂时并不知情。

竞技的社会，因男人而精彩；纷飞的世界，因女人而美丽。男人和女人，就像左手和右手，共同撑起一片天地。这天周末，陆龙飞和韦江琳一起到县里办事，各自办完事后一起吃快餐。陆龙飞打算吃完快餐后去见一下女儿，毕竟好久没见到她了。吃饭期间，韦江琳说：“陆书记，你的女儿赖上了覃老师，可是也有人偷偷赖上了你！”说着，韦江琳将一枚纪念章放到陆龙飞面前，说：“这是她偷偷模仿陆书记脖子上的纪念章请人制作的，共两枚。这一枚是给你的，她让我给你送来了。”

陆龙飞拿起一枚精致的纪念章看了起来，只见“到中流击水”几个字醒目地展现在眼前。

韦江琳瞥了陆龙飞一眼，嘴里念着毛主席诗词《沁园春·长沙》。

此时，陆龙飞突然想到了大学读书时的种种情景，眼前很快掠过一组长镜头，他急忙叫住韦江琳，问道：“韦副乡长，如果我没有猜错的话，这是韦舞书记送给我的？她原名是不是叫韦秀舞？”

韦江琳甜甜地笑了。她歪着脑袋说道：“终于想起来了吧？可曾还记得，那时你们到江心水深急流的地方游泳，激起的浪几乎阻挡了飞速行驶的船只。”

陆龙飞说：“只是没有中流击水。我认识她不到半个月就大学毕业了。”

韦江琳说：“所以她就送你这枚‘到中流击水’的纪念章啊。缘分啊，这就是缘分！相识是缘起，相知是缘续，相守是缘定。”

陆龙飞苦笑说：“可是当时她留着一头短发，像个假小子。现在名字也改了，又留着长发，我就一下子想不起来了。”

韦江琳说：“龙升部长宣布你担任乡党委书记那天，韦舞书记就开始向我打听你的一切。开始她谎称她有个朋友想认识你，我当时没在意，后来我越想越不对，越想越觉得你就是她的另一条弧！”

陆龙飞问：“什么意思？”

韦江琳说：“弧就是另一半呗！有人说，每个人都是一条弧，只有找到属于自己的另一条弧才能凑成一个整圆。两条弧在一起，成为的也许是友情，也许是爱情。这条弧应该是让人心驰神往的弧，是令人魂牵梦萦的弧，更是最最美丽动人的弧。由此，她送给你纪念章，就是向你示爱来了！”

陆龙飞心里为之一振，但却装作惊讶的样子：“我哪有这样的福分？再说她为什么还没有结婚？”

韦江琳白了陆龙飞一眼：“你问我，我问谁呀？我建议你多与韦书记沟通、联系，毕竟你们都是乡党委书记，一起在一所大学深造过，有着相同的工作经历，也都有着干一番事业的雄心壮志，又都是我最亲的朋友！”

陆龙飞说：“我可是公鸡带女，对不起，我不想过多考虑个人问题！”

韦江琳说：“我能理解你，不过逃避总不是一个最佳办法嘛！”

陆龙飞没有直接回答，因为他不知道如何回答才好。

韦江琳说："作为一个男人，你不敢面对眼前的一切；作为一个女人，我可是最懂女人的心。也许韦书记有过不幸的过去，但是我没有听到过与她有关的坏话。你因为爱妻走了，就拒人于千里之外了？哼，我看不起你，也替韦书记看不起你！"

不一会儿，她又自言自语："著名作家柳青说过：'人生的道路虽然漫长，但紧要处常常只有几步，特别是当人年轻的时候。'人生有很多改变命运的机会，这些机会要靠自己去寻找、去把握。每个人都要主宰自己的命运，每个人都是自己命运的建筑师！"

这是肺腑之言，也是至理名言。

陆龙飞默默点了点头。女儿跟着覃文心老师在县城的学校就读，她可是把覃老师当作最值得敬重的老师来看，为此陆龙飞心里矛盾重重，不知如何是好。

韦江琳说："你想对覃老师表白，可是她不买你的账，这说明什么？说明你们没有感情基础，说明你们没有缘分，说明她虽然还没有男朋友，可你不是她的菜！"

陆龙飞调侃说："那么多说明呀？"

韦江琳笑了笑说："你的女儿会给你答案的。"

这天，陆凡突然见到陆龙飞和韦江琳一起来看望她，高兴至极，她将陆龙飞拉到一旁，说道："爸爸，我长大了，也学会理解爸爸了。爸爸不容易，覃老师更不容易。"

陆龙飞问："为什么？"陆凡说："我看见覃老师偷偷哭了几次，她说爸爸是个非常好的人，也是一个非常好的爸爸。"韦江琳问："那覃老师呢？她不在家吗？"陆凡说："覃老师告诉我说，她约会去了。"

陆龙飞将两百元钱塞进女儿的口袋里，说道："我的好闺女，老爸不在你身边，你要多听覃老师的话，钱不多，你要节约用钱，少吃零食。"

陆凡说："老爸真烦，我弹琴去了。"

陆龙飞说："去吧。"

陆凡走后，韦江琳说："陆书记，直觉告诉我，覃老师只是想帮助你，她不敢有别的奢望，而韦书记则是对你深有好感，你大胆地往前走——莫回头！感情是微妙的，也是神圣的！"

又过了一个星期，陆龙飞接到群众蒙礼山的实名举报，说弄中村种桑养蚕弄虚作假，许多蚕农不想再干了。民族团结进步大行动也有搞假，问题很多。陆龙飞立即找来韦江琳副乡长了解情况、商量对策。

应该说，近年来弄中村的种桑养蚕产业搞得红红火火，民族团结进步大行动也有很大进展。他们提出坚持以习近平新时代中国特色社会主义思想为指导，铸牢中华民族共同体意识，唱响“奏鸣曲”；以产业发展、致富增收为目标，唱响“发展曲”；以乡风文明建设为抓手，唱响“文明曲”；以开展民族团结进步争优活动为载体，唱响“和谐曲”；以传统节日为契机，唱响“欢乐曲”；以先进典型为引领，唱响“激励曲”。这个工作思路深入人心、家喻户晓，“共居、共富、共学、共建、共享、共事、共乐、共维”的民族团结一家亲的良好氛围正在形成，尤其是弄中村把种桑养蚕作为支柱产业，群众的腰包越来越鼓了，好日子就像倒吃的甘蔗——越吃越甜。由此，村民中有人编了山歌：

种桑养蚕好处多，绿化山地绿化坡。
新的政策就是好，处处变成金银窝。

利用科技来兴农，种桑养蚕成富翁。
蚕茧好比鸡蛋大，蚕虫好比手电筒。

谁知道这样的好事情竟然被实名举报了。

韦江琳坐下后，陆龙飞将举报信推到她面前，说：“韦副，你先看举报信内容，然后谈谈这事怎么看、怎么办。”

韦江琳看到举报人落款是蒙礼山时，笑了：“这个人我认识，村里人说他是个无赖。他反映的有的是事实，更多的是不符合实际情况。先说这个人吧。蒙礼山曾经被派出所抓去‘喂蚊子’几天，原因是县农业农村局派来的一个技术员对一个叫蓝秀的寡妇十分亲昵，被蒙礼山看见了。蓝秀的老公死得早，一人带着三个小孩，日子过得艰难。她有个妹妹叫蓝花，也是寡妇，蒙礼山对蓝花有意思，多次想通过蓝秀牵线，蓝秀却死活不同意，仇也就结下了。蒙礼山不死心，更看不惯那个技术员，便在大庭广众之下羞辱了他。蒙礼山就被派出所抓去蹲了几天，又被放了出来。回来后蒙礼山自暴自弃，整天带着他的公鸡走村串户‘斗鸡’，寻欢作乐，消磨时光。他会唱些山歌，脸皮也厚得很！”

陆龙飞说：“蒙礼山反映的一些问题是共性问题。既然他实名举报，那我们必须认真对待，这事宜早不宜迟，今天我陪你下村去，先去会一会这个蒙礼山。”

当陆龙飞他们赶到蒙礼山家时，蒙礼山正在自得其乐地在家里欣赏着两只公鸡打斗。两只公鸡就像一对仇人一样对打着，它们抖动着翅膀，相互寻找着对方的薄弱之处猛扑过去。

见到陆龙飞和韦江琳到来，蒙礼山吹了个口哨，两只公鸡突然站立不动了。蒙礼山礼貌地向陆龙飞敬了一个礼。他知晓陆龙飞是编山歌的高手，也想在他面前露一手，便开门见山道：“举报信里已写明，知情不报绝不行。要是领导不相信，请到村里查实情。”接着，蒙礼山说道：“我知道你们两位领导是为举报信来的。种桑养蚕没有问题吗？肯定有的，谁敢说没有呢？”

陆龙飞笑着说：“感谢兄弟道实情，真真假假要分明。多少问题总会有，很快调查摸得清。”

蒙礼山呵呵地笑了，继续说道：“陆书记，民族团结进步大行动好是好，可是能帮助我蒙礼山解决娶老婆的问题吗？”

韦江琳接过话，笑眯眯地说：“哪天你把酒戒了，我就给你介绍对象。”

蒙礼山说：“戒不了，酒就是我的女人！”

陆龙飞说：“兄弟，你戒不了酒，就找不到女人。”

蒙礼山将陆龙飞拉到一旁，耳语道：“你把她介绍给我不就得了吗？”

陆龙飞不好当面骂娘，只好说：“兄弟，人家是有对象的人！”

蒙礼山厚着脸皮说道：“我打听过了，韦副乡长还没有对象！”

这话被韦江琳听到了，她笑着说：“蒙礼山同志，只要你能把所有的陋习都改掉，种桑养蚕，发家致富，互敬互爱，乐于助人，说不定我会考虑的！”

蒙礼山摸着自己的头想了半天，才“呵呵”两声说：“找老婆难，找好的老婆更难！我还是多喝酒开开心。”他瞄了韦江琳一眼，自言自语道，“韦副乡长，开玩笑的！呵呵，我这个癞蛤蟆吃不了天鹅肉的！”

陆龙飞和韦江琳对视了一下，无语了。

蒙礼山说：“如果你们本事大的话，就把我的救命恩人蓝光辉大哥的婚事给落实了，那才叫民族团结大进步！陆书记，听说你是个大秀才，是编山歌的高手，蓝光辉也是呀。”

陆龙飞顿时兴奋起来，急问："有这一回事吗？我来了几年了，怎么都没有人说起这事呢？"

韦江琳说："这得找个合适的时间吧。再说，东阳村古里屯离乡里很远很远的，就在高高的山上。"

从蒙礼山家里出来，韦江琳告诉陆龙飞，在东阳村古里屯有一个老光棍叫蓝光辉,他手下有一群光棍汉整天围着他转。他们一天泡在“六合彩”里，不务正业。瑶族人讲感情，爱喝酒，喜欢斗鸡、斗鸟，玩陀螺。私下也有人说蓝光辉还算有点良心，是个“小瑶王”。

陆龙飞说："这么说蓝光辉有一定威信，为什么不利用他的威信为我们做事呢？他也是个唱歌高手，我倒想会一会这个光棍汉。"

韦江琳说："书记说话可要算数，不能让群众对我们失望！脱贫攻坚是一场硬仗，‘志智双扶’必须跟上！"

陆龙飞说："那是必须的！回过头来说，像蒙礼山这样的光棍汉我们乡有很多，如何才能让他们有自己的老婆，有自己幸福美满的家庭呢？"

韦江琳说："陆书记，这个问题太大了，换成你，也是不好回答的！"她转移话题道，"曾记否，到中流击水，浪遏飞舟？"

陆龙飞问："什么意思？"

韦江琳笑了笑，说："我们两个都还是单身！首先要把你的‘到中流击水’——谈情说爱提到重要议事日程上来。当然，我也是。那你顺便在你朋友圈里帮我物色一个呗。你帮我物色，我放心！"

陆龙飞笑了："呵呵，我们的韦副乡长终于也考虑男同胞了！行，我就助人为乐一次！有目标了吗？"

韦江琳想了一下，才鼓起勇气说道："比如县委办副主任何平，我知道你们是好朋友，他不是刚刚与老婆离婚吗？他人品很好，只是他老婆是个妖精，到处惹事，他被戴上了绿帽子，只好提出离婚。我们也熟，可你们同在县委办工作，肯定比我更熟啦，所以特地请你出山，我也不怕你笑话。"

陆龙飞开心地笑了："韦副，工作上你大胆泼辣，感情上却躲躲闪闪的，还有什么资格说我呢？哈哈，我们是五十步笑百步。不过，话已经说到这份儿上了，我乐意为你们牵线搭桥，我这个媒人当定了！”

也许是命运的安排，经过陆龙飞的牵线搭桥，韦江琳和何平就像久旱逢甘霖、故人遇知音，聊得十分投机，真有相见恨晚之感。可是，后来他们又很快分道扬镳了，其中的原因只有他们两人才懂。过了不久，韦江琳才含含糊糊地告诉陆龙飞：“谢谢陆书记的好意，我们没有缘分！”

与此同时，陆龙飞及时与爱好斗鸡的蒙爱国取得联系，询问了解他斗鸡的“辉煌”历史，并鼓励他带上一只有着冠军称号的公鸡到蒙礼山家斗鸡来了。当然，斗鸡不是目的，引导群众发家致富才是真的！陆龙飞也深知，要做好蒙礼山这样好吃懒做之人的思想工作绝非易事，必须循循善诱、久久为功了。

一个月后的一天晚上，陆龙飞正在奋笔疾书时，突然接到韦舞书记的电话。韦舞说：“你们乡有个光棍汉叫蒙礼山的，他钻进我堂叔隔壁家寡妇蓝花家里，被她族人逮了个正着，差点被打了个半死，我及时将他送到当地卫生院，否则他的命就保不住了！闲聊中，他多次提到你，说你是他的亲戚。”

听到蒙礼山的名字，陆龙飞心里就来气，忍不住骂道：“什么狗屁亲戚，什么都不是！他就是一个光棍汉、一个无赖！”

韦舞说：“这么说他把你卖了？他偷的可是我老家村屯的一个寡妇。”

陆龙飞说道：“他们有感情吗？如果说真的有感情的话，我们是不是可以换一种方式考虑，能不能成全他们的好事，让有情人终成眷属？当然，如果没有感情的话，则是另当别论了。”

当天下午，陆龙飞和蒙强副乡长赶到了安保镇卫生院。一脸青一块、紫一块的蒙礼山突然看见陆龙飞出现在面前，便紧握着陆龙飞的双手不放，眼眶里全是泪水。

蒙强上前扇了他一巴掌，骂道：“我们蒙家没有你这么一个瑶老庚！”

蒙礼山抚摸着被扇得疼痛的左脸，低着头说道：“陆书记，我蒙礼山不是人，给你添乱了。”

陆龙飞安慰道：“知错就改就是好同志！”

蒙礼山说：“好在韦舞书记救了我，要是没有她，我可能被乱棍打死了。”

陆龙飞问：“你对蓝花有感情吗？”

蒙礼山说：“她对我有情，我也对她有意，可是蓝家人非要她守寡不可。”

陆龙飞问："有没有两全其美的办法呢？"

蒙礼山怯怯地说："我要带她们母女俩走得远远的！"

陆龙飞说："我支持你们的行动！"

韦舞得知陆龙飞他们来到了镇卫生院，很快赶了过来。她安慰蒙礼山要光明正大地与蓝花交往，不要偷偷摸摸来，否则还会被人误解。

蒙礼山默默地点了点头，随后跟着蒙强办转院手续去了。

他们走后，小房间就只剩下陆龙飞和韦舞两个人。四周静悄悄的，一种爱的温馨就像一阵无形之风友好地袭击着他们两个人。

韦舞见时机成熟、机会难得，便责问陆龙飞道："陆书记，难道你不是一个感情充沛的人？"

陆龙飞被韦舞的问话问住了。他不知道应该如何回答才是恰如其分，就像往杯中倒满水又不能让水溢出来一样。

韦舞说："如果你有感情的话，也应该多多关心关爱你的那个人！你不看看，蒙礼山为了爱情，甘愿被打！为了爱情，宁可受伤！为了爱情，甚至抛弃一切！"

陆龙飞盯着韦舞的眼睛，点了点头。

有一天，陆龙飞再次收到韦舞寄来的纪念章，他目不转睛地盯着纪念章刻着的"到中流击水"，眼前仿佛看到一群人在风高浪急的江心奋力游泳，勇于与汹涌的急流搏击，一股激情涌上心头。陆龙飞立即拨打韦舞的电话，韦舞却将电话掐断了，但很快发来了信息："开会中。纪念章收到了吧？敬请发表感言。"

陆龙飞想了想，很快用山歌回复：

纪念章里情意深，中流击水显精神。
浪遏飞舟迎头上，携手奋进如一人！

真所谓：

一往情深纪念章，鸾凤和鸣心里装。
风雨同舟共患难，如同真爱至无疆。

再简要说说蒙礼山和蓝花后来的事吧。蒙礼山伤愈后，偷偷跑到胡村了解蓝花的情况。知情人告诉他说蓝花带着孩子跑到福建打工去了。蒙礼山和蓝花没能结成夫妻，他还是“一人吃饱，全家不饿”，每天也在编唱着一首首山歌，打发着无聊的日子。

2　借“鸡”生“蛋”

山歌传遍三月三，扁担铜鼓舞翩跹。
情满乡村水欢笑，幸福生活比蜜甜。

很快，又到了壮族“三月三”歌节了。这个歌节盛大空前，在县里、乡里、村里都有活动，那是五色糯米饭的盛宴，是未婚男女青年交心传情的桥梁，是山歌悦耳飞扬的阵地，是项目集中洽谈交流的宝地，也是商贾云集、人山人海的旺地。县里举办了丰富多彩的活动，比如山歌对唱、扁担舞、铜鼓舞比赛，文艺会演，购物消费，经贸洽谈等。陆龙飞十分重视这次活动，他们乡组织开展了购物消费节、“三月三”展销活动等，依托电商平台，大力推介优质牛羊肉、腊肉、腊肠、腊猪头皮、红薯酒、红薯干、竹笋片、旱藕粉丝、蜂蜜等特色农产品，获得了市场的广泛认可。同时，聪明的陆龙飞凭借一手漂亮鲜活的毛体书法亮相摊点，他活动推销员的身份也受到了热捧，一些有实力的老板慕名挤到那龙乡的摊位来，问这问那，好不热闹。陆龙飞除了现场推销土特产品之外，还向他们推介合作项目，他的精彩推介给老板们留下了深刻的印象。三天的活动使他们摊点的土特产品销量、订单量双双上涨，火爆得不得了。

有一天，陆龙飞将一大沓有关山歌的书本扔给蒙爱国，说道：“堂堂的那龙乡，唱山歌的就有那么几个人，看来表哥得下苦功夫才行！”就在前几天，蒙爱国、韦家言和蒙礼山、覃祖山分别参加县里举办的山歌大赛，他们两对选手仅获得鼓励奖，颜面全丢光了。蒙爱国事前曾吹牛要夺得好名次，这个结果多少让陆龙飞失望了。

蒙爱国说：“陆书记呀，现在学唱山歌的人越来越少了。再说，我一个瑶族人学唱壮族山歌，不太顺啊。”

陆龙飞说：“我看那个蒙礼山唱山歌就是比你唱得好。”

蒙爱国嗤之以鼻道：“还不是五十步与一百步吗？牛不到哪里去！”

陆龙飞说：“你和蒙礼山可以再配对嘛。”

蒙爱国说：“我可不想跟这种鸟人配对，玷污了我的名声。”

陆龙飞说：“表哥，话说重了！如果我们乡多举办山歌培训班之类的，如果我抽空当你们的教员，你蒙爱国有没有信心呢？”

蒙爱国说：“应该有吧？目前我还不敢肯定。”

陆龙飞说：“表哥你就是这种性格了，真是朽木不可雕！”

蒙爱国说：“我还是那句话，我只是一个农民啊！”

陆龙飞说：“世上无难事，只怕有心人。”

随后，陆龙飞和覃放乡长商定，将不定期举办山歌学习培训班，请县里的有关专家前来授课。培训广告贴出后，很快就有数十人报名，蒙爱国和蒙礼山也踊跃报了名，可是他们一个不理一个。陆龙飞发现这一问题之后亲自找到他们做思想工作，表面上他们并无二心，心里还是各唱各的调，只是陆龙飞不知其中的缘故。之后，乡里又接二连三举办了相关培训活动，一些山歌爱好者蜂拥而至。专家们倾囊相授，让爱好者们吃上了期待满满、信心满满的山歌文化大餐。陆龙飞也利用晚上时间给他们辅导，他将学习到的相关知识和盘托出，也博得了众人的啧啧称道。陆龙飞想通过多方的共同努力，让更多人了解那龙、走进那龙、参与建设那龙。之后，在陆龙飞倡导下，种桑养蚕协会、科普协会、山歌协会、书法协会等等蜂拥而至，它们就像雨后春笋般冒出山地。陆龙飞因势利导，亲自跑到县里请来了几位德高望重的专家，专家们被山里的红薯酒、羊肉宴弄得心痒痒的，兴高采烈地毫不保留地给村民们传授了相关知识，古老的山寨从此有了另一支独特的专家队伍。

俗话说：“栽下梧桐树，引得凤凰来。”在那龙乡这样一个穷乡僻壤，必须深挖优势资源，加大招商引资力度，多开“绿灯”，多想“怎么办”，少说“不能办”。作为那龙乡一把手，陆龙飞需要花更多时间来考虑如何借“船”乘“风”，为我所用。当然，要做的事情很多很多，“筑巢引凤”便是其中的一项重点工作。陆龙飞本来想着通过县里“三月三”经贸活动有机会引来一些大项目，虽然一些土特产品火爆至极，可一些大项目的引进还不是十分乐观，走马观花的多，真正洽谈落实的少。陆龙飞不得不厚着脸皮，再次与市招商局杨帆科长取得了联系，期盼他能从中助一臂之力。看在研究生同班同学的份上，杨帆很快带着深圳某大型养殖有限责任公司副董事长韦红生走进了那龙乡，谁知这事竟然将李凤舞牵扯进来了。在此暂且不表。但事情的起因正是陆龙飞和杨帆科长的招商引资策略。硬着头皮，厚着脸皮，磨破嘴皮，踏破脚皮，饿着肚皮，合不上眼皮，这就是他们的营商策略。

有人说，朋友是一次人生最美丽的相遇，朋友是一束充满温暖的阳光，朋友也是一笔相知相伴的财富，这话确实有一定的道理。杨帆是在深圳广交会上认识韦红生的，经过多次沟通交往交流，他们很快变成了知心朋友。长期在外摸爬滚打的韦红生到了一定的年纪，对家乡的思念与日俱增、有增无已，特别是妻子张红梅与他离婚并带着女儿远走美国之后，他更感孤独无援，就像高山上一棵榕树独自经受着日晒雨淋、风吹雨打。他曾经多次与家乡的父母官取得联系，可是他们不相信韦红生会干出一番惊天动地的大事来。韦红生在经历了多次沟通联系、对接无效之后，向杨帆诉说了内心的苦闷与忧虑。韦红生大学毕业后留校干了两年半时间，随后辞职下海专做养殖产业，后来又与李财富合作共事，三年便跃居副董事长至今。在他看来，钱财是身外之物，关键是要把钱财盘活起来，越滚越多，越滚越红火，同时也要力所能及地向家乡献出一份爱心。跟他一起前来的陈章、高阳也是实业家，期望在文旅方面干出一番事业来。路上，杨帆一路说李威武拥有近百头牛的养牛场和六万羽七百弄鸡的养鸡场，让韦红生情随意走、跃跃欲试。韦红生意识到七百弄鸡能够登上国宴，那么在深圳市场立下脚跟就像见兔子撒鹰——稳拿。

对接上韦红生后，杨帆第一时间与陆龙飞取得联系，然后从市区出发进山，到达后直接走进李威武的养牛场参观考察，中午就在李威武家里用餐。李威武当年从陆龙飞的母亲陆芸那里买下养牛场后，很快将养牛基地迁到他家后面的一块空地上，并新建了一个大型养牛场。同时，李威武积极响应县委、县政府号召，办起了七百弄鸡养殖场，一些农户纷纷加盟，使养鸡场越做越大，名声在外，销售额一路飙升，效益日趋向好。

那次被陆龙飞将了一军之后，李威武对陆龙飞从怀疑、不信任到全力支持，也让陆龙飞对他有了新的认识。

陆龙飞得知跟随韦红生来的两个兄弟是江西人，谙熟风水，便投其所好，从神牛屯的风水说起。陆龙飞提到，良龙村神牛屯是风水宝地，屯前这座山叫神牛山，因传说“神牛下凡”而得名。传说一位叫牛哥的神仙因为替民请命触怒了玉皇大帝，被罚到人间做凡人。山里人都说虽然牛哥长得丑，身材矮小，可他聪明过人，能说会道，能唱能跳，为人谦和，疾恶如仇，深得山民的钦佩和信服。老人们都传说，很多年前的正月初六晚上，牛哥飘然来到高高的神牛山上，唱着优美的山歌：

天上王子下凡尘，甘愿脱胎做凡人。
喜唱山歌玩铜鼓，更爱人间好臣民。

唱罢，牛哥带上一面铜鼓，突然出现在众多的年轻人面前。正当大伙目瞪口呆之时，他摇身一变成了两个人、四个人。他们在空地上边击边舞、边歌边乐，神采飞扬。开始时，铜鼓声缓慢轻柔，如小溪潺潺、阳光初照，接着渐渐加快，高亢激越如野马奔腾，似猛虎下山，给人一种无拘无束、潇洒自如之感。场上的男女老少也纷纷加入舞蹈行列之中，场面宏大壮观，热烈奔放。

李家女子小燕子被牛哥的铜鼓舞吸引住了，她冲进人群加入欢乐沸腾的铜鼓舞之中。不久，牛哥带上小燕子飞上神牛山，然后两人就在高山顶上对唱山歌。牛哥唱道：

铜鼓咚咚响四方，闹得心里暖洋洋。
人群惊艳小燕子，迷醉王子动心肠。

小燕子心里怦怦直跳，脸红扑扑的，可是想到自己日后与牛哥见面只能是梦中之事，她独自伤感，低声地唱道：

小小铜鼓全是情，声声入耳暖人心。
想见牛哥苦心等，梦中只有泪沾襟。

牛哥亮起嗓子唱道：

日头落岭岭落西，岭边鹧鸪咕咕啼。
鹧鸪边啼边下岭，哥妹边哭边分离。

小燕子随声附和道：

风吹云动天不动，水推船移岸不移。

刀切藕断丝不断，哥妹人离心不离。

传说中，小燕子每天都在思念自己的梦中王子，她一头长发越来越长，几乎覆盖到膝盖上了。她一天一天地等呀等呀，等到头发变长变白，也没有等到牛哥来到自己身边。族长不忍心看到一个聪敏、贤惠、漂亮的壮家姑娘就这样被恋情所折磨，于是派人前来说媒，但都被她委婉拒绝了。有一天晚上，小燕子在极度忧郁中剪掉了长发，从容地跳进了神牛洞。人们飞奔到洞边，只见小燕子的长发挂在那里，族长捧着她留下的柔软如水的长发，欲哭无泪。后来人们为了纪念她，又在神牛洞边写上“仙女洞”。

听到陆龙飞动情的叙述，韦红生陷入了沉思之中，他的情感如同梁山伯遇见了祝英台，久久不能自已。

不一会儿，韦红生才说道：“牛哥和小燕子的故事好感人，小燕子的长发寄托了对心上人的苦苦思恋，我都被感动了！”

陆龙飞见到韦红生眼睛红红的，便给他递上了纸巾。韦红生说：“陆书记，把你所知道的东西全部告诉我们吧，因为这是难得的‘美酒佳肴’，我们嘴馋着呢！”

陆龙飞得到鼓励，回想起几年前干爸提到的这个神牛洞（仙女洞），意识到这是招商引资的一个资源优势，就将干爸跟他描述的洞中景象和盘托出。

陆龙飞说：“在神牛山半山腰上，有一个巨大的溶洞，叫神牛洞，也叫仙女洞。记得我干爸盘阳校长和李峰支书曾经组织五人小组两次进洞考察，他们看到的是洞中有洞，洞洞相连，洞中景点很多、很美。传说有人曾在第三个洞中看到小燕子站在一块巨大的钟乳石上，长发如瀑布飞流而下，让人惊叹不已。但后来不知什么原因，老人们却将洞口封了起来。因此,这个神牛洞（仙女洞）可以说是‘养在深闺人未识’啊！但我敢肯定，这个洞绝对是旅游扶贫的好项目！”

站在一旁沏茶的李威武也恰到好处地做了一番推介。他说：“我爸曾经跟我说过，仙女洞很大、很深、很宽，就像陆书记刚才讲的那样，洞里美不胜收，可与桂林的芦笛岩相媲美！再说，我们这里下半年就要通高速了，有一个出站口就离我们村不远。以前通高速那是纸上谈兵，现在即将变成现实了。我建议你们多住上几天，我带上你们进洞去看看，我们村的旅游资源确实是‘养在深闺人未识’。”

陆龙飞说："不看不知道，一看真奇妙！"为了增强效果，陆龙飞步步为营、生动煽情地宣传推介着，他眉飞色舞的介绍让韦红生这些外来的客人心痒痒的。

半晌，韦红生才说道："陆书记，明天我们非要进洞去看不可，耳听为虚，眼见为实。这么好的旅游资源，就应该好好规划、好好开发。干脆，你把家底都亮出来吧，看看有哪些可以合作开发的项目。我的两位兄弟是搞旅游的，腰缠万贯，看来很对胃口了。这几天我们就住在李支书家里，餐费、住宿费照付，哈哈！就这样定了，明天就进洞去看看，趁着难得的假期，杨科长就请假多住几天，陪我们进洞吧。"

其间，他们不约而同地将话题聚焦到招商引资上来。当然，从那龙乡的角度而言，就是要通过筑巢引凤，让更多的"凤凰"飞到山乡来；从投资者的角度来说，就是要考虑如何获取更多的财富。二者的共同点就是实现双赢目标。满脑子生意经的韦红生已经看上了李威武的养牛场、养鸡场了，他正盘算着如何收购这一赚钱的项目呢。

陆龙飞手机铃声突然响了起来，他一看是李凤舞，急忙接听。李凤舞问："陆书记，周末在哪里潇洒呢？"陆龙飞说："正在你家喝茶聊天，市招商局杨帆科长带着深圳大企业家来我们那龙乡考察投资。"

李凤舞说："是不是我大哥前段时间提到的李财富董事长？"

陆龙飞说："李董事长没来，但是派了韦副董事长过来，我们正在陪他们活动。这是难得的机会，我们打算与他们沟通对接，做好服务，争取把资金拉到那龙乡来。"

李凤舞说："既然好事主动上门来了，你们不要放过机会，要好好招待，多陪他们走走、看看，让他们看上我们的养牛、养羊产业，看上我们的七百弄鸡产业，看上我们的旅游资源，等等，把更多的资金、项目和管理人才引进来。"

陆龙飞说："看得出他们对我们的产业很感兴趣，良龙村的机遇很好。抓住了机遇，等于抓住了希望；抓住了希望，等于赢得了商机；赢得了商机，等于抓住了发展。发展才是硬道理嘛！"

李凤舞说："这时候还等什么？杀羊招待，以最隆重的仪式招待山外的客人。我是个医生，只对病人感兴趣，但我也知道我们乡现在也像个病人，需要良方妙药，才能药到病除！我大哥在你旁边吗？让他接个电话。”

陆龙飞将手机递给了李威武，李威武便走到旁边与妹妹煲电话粥去了。十分钟后，李威武将手机交回给陆龙飞，招呼几个人宰羊去了。“羊活血”“羊瘪汤”“羊包肝”“羊五味”“羊松骨”等等，这是对山外客人最好的招待。

韦红生他们很快看中了那龙乡的种养资源、洞穴资源，决计投资发展。加之正在建设的高速公路路过此地，还在良龙村设有一个出口，这给那龙乡经济腾飞注入了新鲜的血液，古老的大山开始随着高速公路的开通沸腾起来了。

陆龙飞说 :“韦董事长，这是难得的发展机遇，也是合作双赢的好机会。我们那龙乡先天不足，要加快发展，很大程度上要靠朋友的鼎力帮助和大力支持。我想，有你这样的大企业家加盟，我们乡就会像一条龙一样很快腾飞起来了！”

韦红生说 :“互利合作，实现共赢！”

很快，韦红生收购了李威武的养牛场和养鸡场，还涉及相关的村屯。韦红生坐镇良龙村指挥，打算突出资源禀赋，推进整体开发。

借鸡生蛋，这是发展山区经济的一大举措和方法路径，也是陆龙飞担任乡党委书记遵循的一条工作原则。陆龙飞在思索着如何让那龙乡经济来一个翻身仗。这天晚上，陆龙飞从山羊村回到乡政府，刚刚把身上的臭汗冲洗得干干净净，就接到了周艳的一则短信息。当陆龙飞提及工作时，周艳提到了“鸡蛋”理论。她说 :“从某种程度上说，发展经济还是要继续大力推行‘鸡蛋理论’。抓产业开发好比养鸡，鸡养大了下蛋，蛋下来了不舍得吃，再孵小鸡，这样，鸡才能越养越多！”

陆龙飞想了想，用一首山歌回复道 :

鸡生蛋来蛋生鸡，鸡蛋理论天天提。
闻鸡起舞见行动，抱鸡养竹正当时。

周艳回复 :“继续践行‘鸡蛋’理论吧，祝你闻鸡起舞、马到成功！”

陆龙飞回复 :“闻鸡起舞、以苦为乐，担当实干、勤勉工作！”

乡镇是最基层的行政机构，而乡镇党委书记是一把手，职位重要，责任重大。一句话，大小都是事，样样都重要！对陆龙飞这样的乡党委书记来说，每一天都像陀螺一样忙得团团转。他戏称自己是个“四多书记”。一是事情有多多。工作上的事多如牛毛,管“三农”的找你,管扶贫的找你，管招商的找你，管统战的找你，管民政的找你，管维稳的找你，管吃喝拉撒的找你，常常这事没完，那事又跟着来了。只要分管领导都找你，你能不给他们出主意、提要求吗？哪里都是事，往往都是让人喘不过气来。二是难题有多多。干事难、发展难、招商难、征地难、行路难、饮水难、生活难、搬迁难、就业难，等等。三是压力大多多。发展指标、“三农”工作、脱贫攻坚、民族团结、安全生产、生态建设，等等，各种达标检查，各种评优,纷至沓来。四是责任大多多。在乡里,一把手负总责,层层加压，事事抓落实，样样要检查，件件有回音。陆龙飞将这些感想写进日记里，然后靠在沙发上眯了一下眼睛。他突然看见一筐筐鸡蛋堆在自己的眼前，借鸡生蛋，借鸡生蛋！不管如何，我得走一走深圳了！这么一想，陆龙飞立即给韦红生拨去了电话。

到了周末，陆龙飞带上覃放、李威武跟着韦红生走了一趟深圳。在深圳，李财富董事长将他们看成座上宾，并带他们到相关企业走走看看，李财富决计在种桑养蚕、竹藤编织加工、金银花种植、竹笋种植等产业扶贫方面给予支持。可是当他们再到某个城市考察时，因韦红生临时有事没跟他们一起去，其待遇就令人大跌眼镜了。最最令人伤心的事莫过于陆龙飞他们被几个小企业婉拒了。就是韦红生亲自出面求情，别人也不买账，更不用说什么合作了。这时，陆龙飞他们才真正领悟到“朋友遍天下，啥事都不怕”的道理。他们也深知，从山里出来一趟不容易，有得有失，有苦有乐。但有一条,只有走出去,才能海阔天空；只有走出去,才能开阔视野；只有走出去，才能其乐无穷！无论怎样苦、累、难、怕，都必须迎难而上、义无反顾！

于是,陆龙飞再次与李财富通了十几分钟的电话。李财富语重心长道：“借鸡生蛋，合作共赢，你们放心就是，我们会大力支持你们的！我也是从大石山区里出来创业的农民，我知道干事创业不容易，先苦后甜，先苦后甘，就像品茶一样。”

之后，良龙村神奇的洞穴资源开始被开发利用起来了。

3 好事成双

在峰峦叠嶂、洼地众多的那龙乡，由于交通不便、观念落后等多种因素，“光棍屯”还是不少的，而且以瑶族、苗族聚居地的占大多数。这些“光棍屯”就是那龙乡打赢脱贫攻坚战中难以除掉的一块心病。如何通过实施“志智双扶”，引导贫困群众摒弃“等靠要”思想，从思想上、智力上脱贫，成为那龙乡精准脱贫的一项重点工作。

一天，陆龙飞让蒙强副乡长对全乡精准识别的光棍户做了一个初步统计，触目惊心的数字着实把陆龙飞吓了一大跳。全乡有上千个光棍汉，其中东阳村古里屯九十多人中竟然有近三十个光棍汉。陆龙飞翻阅着建档立卡户花名册，突然发现那个有名的光棍佬蓝光辉竟然与他同一天生日。联想到韦江琳副乡长曾说过的话，陆龙飞突发奇想，何不在农历五月二十这天生日上做一篇大文章呢？陆龙飞很快通过东阳村蒙汉国支书对蓝光辉这个老光棍汉了解了个八九不离十。他晓得蓝光辉年轻时曾经谈过一场轰轰烈烈的恋爱，却因为民族歧视问题失去了真爱，加之在一次车祸中断了一条腿，蓝光辉发誓不再考虑个人大事了。他的死对头韦英冠虽然娶上了杨蓝，却也已经病死多年，杨蓝一直守寡着。陆龙飞问道：“韦英冠有后代吗？”蒙汉国说：“应该有吧？听说是良龙村的。这事李威武支书可能比我清楚。”于是，陆龙飞拨通了李威武的电话，李威武回话道：“韦英冠是弄光屯的，死了多年，有个女儿叫韦思东，就是区直部门驻我们山龙村工作队队员！”

韦思东是良龙村人，从区直单位回到山龙村当驻村工作队队员。她通过种种办法引进一百五十万元资金参与基础设施建设，还引进几个企业家到山龙村兴办扶贫产业。她几次借故要向陆龙飞学习写作，其实是想亲近他，却都被陆龙飞委婉地拒绝了。她甚至还搬出她是陆幸的闺蜜之类的话，也未能打动陆龙飞那颗冰冷的心。可是想不到韦思东的父亲就是蓝光辉的死对头，他们的故事就像一个谜一样吸引着陆龙飞。

周末这天，陆龙飞有事跑到大厂镇去了。一是杨帆邀约他和许平、马明等两位研究生同学到大厂镇考察，他们想在那里投资发展，陆龙飞也很想去见一见他们，想邀约他们到那龙乡来；二是做李露姐的思想工作，陆龙飞想在蒙爱国与李露之间架起一座情感的桥梁，促成他们两人的好事。

他们几位老同学兴致勃勃地考察了丹泉酒文化基地之后，陆龙飞特邀许平他们几个抽个时间到那龙乡转一转。他说："那龙乡虽是个穷乡，但也是个旅游的好地方，要不这两天去转转？"杨帆泼冷水道："好个屁！我是那里不受欢迎的人。"他很快意识到说错话了，又改口道，"不管怎么说，我也算是那龙人吧。陆龙飞书记专程跑来陪我们，至少我们同学之情在嘛，要尽些微薄之力才行！"

高个子许平打哈哈道："再说吧，来日方长呢！"

陆龙飞趁热打铁道："你们是从首府来的，就要发扬南宁人'能帮就帮'的精神嘛。当然，作为那龙乡党委书记，我更乐意你们能够给那龙乡以更多的关注和支持。那龙乡现在就像一辆整装待发的车子，需要往车里装满东西，以便一路飞奔向前。我现在脸皮比较厚，当然希望装更多的东西！你们得帮我往车里装一些有价值的东西呀！"

杨帆说："这话倒是不假。一打理论不如一个具体行动，老同学看着办吧！"

后来，许平他们各自组团进入那龙乡考察，或多或少为那龙乡建设添砖加瓦，这是后话。

当天下午，陆龙飞拐进了大厂镇，见到了李露姐。李露五十多岁了，但由于没有生养，平时注意保养，与同龄人比起来显得年轻了许多。李露对陆龙飞的突然造访感到惊讶和疑惑。当陆龙飞将心中的想法跟她提出来之后，她沉默了半天，没有正面回答，却责怪陆龙飞道："跑那么大老远来，就是为了这件事呀？打个电话来不就得了吗？关于你说的事情，我哪能马上回复你呢？两三个星期之后吧。我忙我的去了。"显然，她委婉地对陆龙飞下了逐客令。

好心不得好报。陆龙飞的喉咙里好像被什么东西堵住了，想说什么话却说不出来。随后，陆龙飞不厌其烦地给李露发信息，有意将蒙爱国的个人情况全部告诉她，并强调说蒙爱国有爱心，一个人抚养着三个孤儿，是个有良知的人，希望他们珍惜自己的后半生。后来，他也和蒙爱国私下闲聊，蒙爱国只是一笑置之。

一个多月后的一天，李露姐突然给陆龙飞发了个信息说："谢谢书记老弟，我想了很久，树高千尺，叶落归根！"

李露回到大都县，在城区租了一个地方做起茶叶生意来，并再次主动与蒙爱国联系上了，很快登记结婚。

接着，陆龙飞把下一步将要开展的工作跟蒙爱国夫妇和盘托出。他们非常支持陆龙飞的工作。陆龙飞便决计在农历五月二十这天进驻古里屯。因为这天是他和蓝光辉的生日，他要做成一件大事。去之前他对覃放乡长做了特别交代。

陆龙飞和蒙爱国提前两天赶到古里屯打前站。古里屯坐落在三县交界处，是个瑶族、苗族混居的村屯，平时人们也很少赶街。那里光棍汉多，平时都是聚在一起研究“六合彩”或者赌博之类，乡派出所尽管对他们进行过教育、罚款等等，却也拿他们没办法。蓝光辉家里专门养有几只打斗的公鸡，几户人家也纷纷模仿他养着公鸡，他们便经常以斗鸡取乐，简直是乐不思蜀。当然，蓝光辉最拿手的就是用树叶吹奏音乐。这方面蒙爱国也是个好手。陆龙飞便以扶贫工作队为名进村，他事先交代蒙爱国见机行事，不到万不得已绝不可暴露身份。

这晚，他们带着一个编织袋摸到蓝光辉家门口的时候，突然被一只狼狗汪汪汪的叫声吓住了。屋里有人喊道：“快跑呀，公安来了。”众人慌不择路从后门溜走了。

不一会儿，蓝光辉打开前门，见到他们两个陌生人，看样子不像是来抓人的，陌生人脚边的编织袋里传来公鸡的叫声。

蓝光辉朝编织袋踢了两下，有意伸了个懒腰，镇定自若地问道：“两位同志，请问你们找谁呀？”

戴着一副墨镜、蓄着假胡须的陆龙飞说：“你就是蓝光辉老哥吧？听说你是好客之人，我们找你喝酒来了，也想跟你斗鸡来了。”

蒙爱国将一桶酒壶放下来，嘿嘿道：“我们自带酒水来的。”

蓝光辉将他们拦在门外，说：“我不认识你们，更不喜欢与陌生人喝酒。”

蒙爱国说：“啰唆什么，我们还没有吃饭呢！”说着，他用力一拉，将蓝光辉推到一旁，推开门走了进去。

蓝光辉看他们来者不善，也不敢做声了。

蒙爱国不慌不忙地将一只名叫“王王”的公鸡从编织袋中的鸡笼里放了出来，公鸡便箭一般冲到蓝光辉的鸡笼边扇动着翅膀，挑战似的朝着鸡笼尖叫着。不一会儿，蒙爱国走进厨房，径自烧火弄起饭来。他们都知道蓝光辉平时好客，哪怕家里仅有一只老母鸡也会把它杀了招待客人。因此，他们想通过这种方式拉近与蓝光辉的距离，并让他感到人世间的温暖和真情。

陆龙飞则将桌上的、地上的一片狼藉收拾了一番。

这几天蓝光辉的胃病又犯了，病恹恹的。他有气无力地站在一旁，不知所措。他脑子一片混乱，在思考着眼前这两个不速之客来干吗。

半个小时后，蒙爱国将七八个人的饭菜弄好了。蒙爱国说："蓝老哥，刚才你们玩牌，应该还没吃饭吧？你吹个哨，叫刚才那帮朋友们来一起喝酒。朋友不怕多，冤家怕一个，多一个朋友多一条路。"说着，他顺手从口袋里拿出几片树叶来，优哉游哉地放进嘴里吹奏着曲子，几分钟后屋里便挤进了七八个人来。大伙以为是蓝光辉的招呼声，很自然地找位子落座了。

于是蒙爱国反客为主，自得其乐地吹奏起悦耳的树叶声，让在场的人目瞪口呆。蓝光辉意识到碰上了高手，只好甘拜下风："我是井底之蛙，自罚喝酒了！"说着端起一碗酒一饮而尽。

蒙爱国再次将他们带到了电影《刘三姐》歌曲美妙的境界之中：

山中只见藤缠树，世上哪见树缠藤。
青藤若是不缠树，枉过一春又一春。
竹子当收你不收，笋子当留你不留。
绣球当捡你不捡，空留两手捡忧愁。
连就连，我俩结交订百年。
哪个九十七岁死，奈何桥上等三年。

大家先是一片寂静，半晌就是拍手叫好的掌声。蒙爱国端起盛满酒的碗一饮而尽，随后开口唱道：

夏天蚂蜗叫连连，我讨老婆没有钱。
搬张石凳来瘙痒，以卵击石过一年。

整天赌博不挣钱，很难见到出头天。
改掉往日坏毛病，远离赌博不沾边。

蓝光辉突然警惕起来："你们是便衣公安？"

一群人不由得紧张地站了起来，什么表情都有。陆龙飞不慌不忙地站起来，舞动着两手示意大伙坐下来，说："老哥，想抓你们，你们就会一个都跑不掉的。"

蓝光辉问："为什么？"

陆龙飞摸着眼前那只摇头摆尾的狼狗的头，说道："要是想抓你们，首先你这只看家狗今晚就是'桌上菜'了。老哥子，听说过十几年前蒙飞虎被抓的事吧？"

蓝光辉说："听说过，都说那个公安很厉害，一个人赤手空拳抓走了蒙飞虎，后来还是把他放回家了。"

陆龙飞笑笑说："我就是那个公安民警！"

蒙爱国想说什么，陆龙飞立即示意他不要往下说，因为还不到亮明身份的时候嘛。陆龙飞也想，村民们一时也不会将他与一个公安联系在一起的。

可听说他们是公安，蓝光辉猛地跪了下去，脸上冒着冷汗，嘴里不停说："公安同志，我知罪，我知罪！"

陆龙飞箭步上前，将蓝光辉扶起来坐好，严厉地说："赌博害死人，害了自己，也害了他人。今后绝对不能再赌博了！当然，斗鸡可以，但不能拿着公鸡当挡箭牌，干赌博的勾当了！"

蓝光辉一脸怒气："你们想断了我的财路？"陆龙飞严厉地说道："蓝老哥，就说能不能吧？难道你想跟公安叫板？"

蓝光辉嘿嘿地笑了："能！不然再断了另一条腿！"说着，他举起另一条腿架在桌边，好像表达打算要砸断腿的意思。显然，蓝光辉将他们看成是公安了。有了公安身份这个挡箭牌，蓝光辉可能会在某个方面收敛一些吧？

陆龙飞装模作样地记录"案件"，并威胁道："好多人反映你们聚众赌博，还动手打人！要是别人，今晚你们就吃不了兜着走了！"陆龙飞深知，蓝光辉心中第一道防线就这样轻而易举地被攻破了。

当夜，陆龙飞将酒杯碗筷收拾停当，便冲了凉，径自钻到蓝光辉的床上去，这让蓝光辉大吃一惊。陆龙飞大大咧咧地说："今晚我和你一起睡！"

蓝光辉猛地站起来说："脏兮兮的，怎么睡？"

陆龙飞镇定自若道：“你怎么睡，我就怎么睡！”

蓝光辉说：“被子臭烘烘，虱子又多。”

陆龙飞说：“那干吗不讲卫生呢？”

蓝光辉说：“年纪大了，也习惯了嘛。再说，这也讨不来媳妇呀！”

陆龙飞说：“难道就不能改一改吗？后天是农历的‘5·20’，可是你的生日啊。呵呵，夜了，先睡觉了。”说着，陆龙飞便转头睡去了。

第二天一早，那只名叫“王王”的公鸡开始围着鸡笼打转，鸡笼里的公鸡们瞪红双眼，欢叫不止。

蓝光辉起来第一件事，就是将一大堆臭烘烘的被单、衣服之类的放进一个大桶里，然后烧了一锅热水，倒进去洗。农历五月二十这天是他的生日，往年都会有一帮男人挤到他家里热闹一番，今年的生日当然也不例外。可是昨晚突然来了两个不速之客，不知道今天他们搞什么名堂，得找个人暗中跟着，看看他们究竟在干什么。

一早起来，陆龙飞陶醉在古里屯迷人的风景中，他好像置身于一个世外桃源，举目四望，真是风景这边独好！远处，青翠欲滴的山峰被云雾缭绕着，在晨光照耀下显得高大巍峨、生猛雄壮；一级级石阶就像白色带子在青葱翠绿间延伸；一处庙宇嵌于婀娜多姿的竹林深处，羞羞答答，若隐若现；一道小瀑布从山边涌流而下，煞是可爱。近处，十几株大榕树，好像十几把巨大的雨伞遮住了天空，将世外桃源一样的古里屯包得严严实实；小鸟们叽叽喳喳叫个不停，好像是在快乐的天堂一样。

但是从整体来看，这里的房屋建设显得有些凌乱，与优美的环境显得不相协调。当然，如果把旧房改造和生态文明建设结合起来考虑，统筹推进，做到统一规划、统一标准、统一建设、统一管理，想方设法找来资金搞好建设，这里将成为新的旅游景点。房子改造可以找县里相关部门帮忙，旅游开发得与韦红生老板对接，市文旅局、招商局也许会有一点资金吧。于是，陆龙飞选择不同的角度进行全方位拍照，分别给李凤舞、韦红生、杨帆等好友发了过去。

韦红生第一时间做了回复：“哇，太美了！可是‘养在深闺人未识’，看来我要好好利用才行了！”他又说：“山上有一个庙宇，也许可以做点文章呢。”

陆龙飞使用了激将法：“难道兄弟你不心动？”

韦红生说：“我是搞旅游这一块的，不心动那是假的！你在古里屯等我，明天我进山去，眼见为实吧。”

过了十几分钟，市招商局杨帆科长发来信息：“陆书记，信息收到了。我想一定很有价值，哪天我将亲自去看看。”后来的情况是，杨帆只是嘴巴上说说而已，压根就没有什么想法，他笑这个陆龙飞想得太天真了。

陆龙飞立即叫来蓝光辉了解情况。蓝光辉就把山上的情况一一做了介绍。这就将陆龙飞的好奇心激活了起来，他好像找到了一个致富的支点，便拉上蒙爱国一起爬山。他们拾级而上，当走到一块平地上见到一座偌大的庙宇展现在眼前的时候，一个大胆的想法在陆龙飞的脑海里扎下了根。他想了想，心说看来要当面跟韦红生说才行。

一个半小时后，他们回到山脚边，然后逐一走进农户家中，一户一户了解情况。农户们也不把他们当外人。陆龙飞、蒙爱国他们就像公安民警侦破案件一样不放过任何一个细节，从而对整个屯有了全面、真实、客观的认识。中午，他们在苗族同胞杨光升家里用餐，陆龙飞掏出一百元给他，算是交了伙食费。

接着，他们又到别的农户走访、了解，一直忙到下午六时许，才回到蓝光辉家里。饭菜嘛，蓝光辉已经准备停当，只等他们回来。蓝光辉对他们的态度来了个一百八十度大转弯，这也许是他从他们白天的举动中嗅出什么味道来了。他派去跟踪的那个小孩多次出现在他们的视线里，不一会儿又溜走了。他们到了另一家，小孩又悄悄跟着来了。蓝光辉反复琢磨，也理不出个头绪来。

吃晚饭时，陆龙飞掏出心里话，说：“今天我们到各家各户了解情况，他们对你评价很高，说你人善良，有爱心，有号召力！”

蓝光辉神气地说：“那还用说吗？”

陆龙飞指着蒙爱国说：“兄弟，你的任务就是陪蓝老哥喝酒，酒饭的钱我们自己出，不用麻烦蓝老哥的，我有事出去了。”说着，陆龙飞起身出门去了。

其实，陆龙飞是想利用这个时间再次去杨光升家走一走。谁知，正好看到杨光升老母亲发高烧不退，陆龙飞立即让杨光升马上去找医生来。杨光升却支支吾吾的，陆龙飞说道：“你母亲都病成这个样子了，你还犹豫什么？”杨光升只好告诉陆龙飞说他年前得罪了马医生，叫不动他了！陆龙飞说："让一个小孩带路，我亲自去请他来，救人要紧！"一个半小时后，陆龙飞还是把马医生请来了，杨光升不得不佩服陆龙飞的本事。

陆龙飞回到蓝光辉家门口，手机上突然出现韦舞的生日问候微信。"五月二十日十三点十四分，我爱你一生一世，一年才会遇到一次！我多想飞过去与你一起过，可是明天我们县的乡镇书记们将到四川成都考察学习四天，太遗憾了！"

不一会儿，陆龙飞收到了韦舞的微信转账 520 元，陆龙飞给她发了无数个感叹号！陆幸和女儿陆凡也提前发来了微信红包，陆龙飞同样分别给她们发了无数个感叹号！妹妹陆幸还打来了电话："哥，你应该考虑自己的婚姻大事了，好事成双不只是写在脸上，而是要落实到行动上。要不要我给你介绍一个？比如那个韦思东，她是我们那龙人，她对我很好，为人很好，写文章很厉害，也很崇拜你！"

陆龙飞说："妹妹，你用了四个'很'，足见小韦给你的印象很好！我的大事很快了，妹妹放心就是。"

陆幸说："那我知道了。抓不紧等于不抓啊！"

陆龙飞呵呵两下，挂了电话。

入睡前，蓝光辉将床铺进行大整理，臭烘烘的被褥之类的在白天全部洗干净晒干了。陆龙飞对蓝光辉说道："今晚我继续跟你睡在一起。当然，如果你有老婆的话，我才不会做这等傻事！"

蓝光辉说："这样挺好的，一人吃饱，全家不饿。"陆龙飞问："我听说你曾经谈过一次轰轰烈烈的恋爱，她的名字叫杨蓝。"

蓝光辉警惕起来，不安地问道："你怎么知道的？"

陆龙飞说："你的什么事我不懂呢？老哥子，人生过了一半，难道就没想过女人吗？就比如，杨蓝是个好女人，你就不想和她一起过日子吗？"

蓝光辉说："人家才不想我呢，我的心也早死了！当然，身边有个女人，日子也会滋润的，可是谁还会看上我呢？"

陆龙飞说："平时好吃懒做，家也不像家，谁乐意来啊？要不，你也带头办个养鸡场、果园什么的，先把家业办起来。或者，我们可以合作嘛。就养着几只打斗的公鸡，没有什么意思的，要养就养多多的！"

蓝光辉问道："你是搞什么呢？"

陆龙飞却转移话题道："明天是农历的'5·20'，也是你的生日，是吗？"

蓝光辉猛地从床铺上跳起来，一脸蒙圈。

陆龙飞说："明天把你的生日搞得热热闹闹的，我看不行也行了！"

蓝光辉说："什么意思？"

陆龙飞从公文包里取出两双布鞋来，说："好事成双嘛，这是你的生日礼物。"

蓝光辉猛地坐起来，将布鞋放在灯光下，瞪圆了双眼。他看见鞋底正中绣着"花好月圆"四个大字，鞋底左下方绣着"杨蓝"两个字，双手在颤抖。

第二天上午九时，覃放带领的几个人在村支书蒙汉国的引领下，出现在古里屯口，韦红生在蒙强副乡长陪同下走下车子。他们还把五十斤"土茅台"（红薯酒）和十斤牛肉、十斤猪肉、十斤腊肉以及青菜等等，一一带来了。

蓝光辉看到陆龙飞和蒙爱国跟着一群人走了进来，嘴里还唱着《祝你生日快乐》，他眼睛一下子湿润了。他想，我从小到大可是从来就没有享受过这么大的生日场面啊！

陆龙飞上前说道："蓝老哥，今天是你的生日，覃乡长带领大家跟你过生日来了。"

蓝光辉紧握覃放乡长的手说道："感谢乡长来看望我。"

蒙汉国说："我们乡书记也来了呢。"

蓝光辉问："书记在哪里？"

韦红生抢先举手，说道："我说蓝老哥呀，你有眼不识泰山了！书记的帽子不是刻在额头上，而是落实在行动上！你看看我们当中谁最像乡党委书记呢？"

蓝光辉看了半天也看不出什么名堂来。

韦红生不得不帮着陆龙飞将墨镜和假胡须一一摘下来，指着陆龙飞对蓝光辉说："他就是我们那龙乡党委书记陆龙飞同志。"

蓝光辉盯着陆龙飞看了半天，猛地给他一拳，说："陆书记，你可把我害惨了！"

陆龙飞揉着被蓝光辉捶击之处，开心地说："哈哈，蓝老哥，今天是你的生日，祝你生日快乐！今天也是我陆龙飞的生日，'5201314'（我爱你一生一世），农历五月二十的十三时十四分，蓝光辉和我的生日活动将正式开始，现在还有两个多小时时间，大家要抓紧做好各方面的准备。”陆龙飞立即组织大伙分成几个小组，一拨人下厨房，一拨人平整场地，一拨人搬桌椅，忙而有序、有条不紊。

生日敬酒之时，陆龙飞特地带上韦思东，向蓝光辉做了介绍。陆龙飞说：“这是杨蓝的女儿韦思东，也是驻山龙村工作队队员。”

蓝光辉看着韦思东，连声说：“好好好。”他对韦思东说：“你母亲是个好人，只是我蓝光辉没有那个福气！”

陆龙飞说：“蓝老哥，凡事都有可能，不要说过头话嘛。如今是新时代了，把眼光放远点，一切都会好起来的，这就是‘5·20’——我们生日的最大收获。”

紧接着，那龙乡党委、乡政府主要领导让古里屯的村民立下了克服陋习、发家致富的字据。同时，领导们承诺将举办种养技术知识讲座等，引导群众增强内生动力，增收致富。韦红生等人借着酒气，大讲特讲山外的故事，博得阵阵掌声。

接着举行斗鸡赛、斗鸟赛、山歌赛、吹奏树叶赛等，场内禽鸟搏杀精彩，场外人们欢笑声、鼓掌声一浪高过一浪。

到了晚上，县电影公司放了老电影《刘三姐》，让村民们沉浸在美妙动听的乐曲之中，后面还放了科学种养的专题片。

蓝光辉开始在屯里办了一个酒窖，经营着玉米酒、红薯酒之类的酒生意，很快远近闻名，产品供不应求。

4 拯救生命

自从相互交换了纪念章之后，陆龙飞和韦舞之间的感情之水就像夏天的洪水猛涨起来了。对恋爱的双方来说，寻找共同的话题至关重要，好比一个人想把一块巨石撬起来，就必须找到一个有力的支点。

陆龙飞经常与韦舞提及工作经验一事，借此加深认识，也算是找到了撬动爱情话题的支点。作为乡镇党委书记，只要聊到工作上的事情，他们就有聊不完的话题，韦舞的话就像决堤之水滔滔而下。她说："我们当乡镇书记的，经历的事情确实太多，感触也太深了，其中有一件事也是与征地有关。有一个'村霸'姓林，平时看起来老实巴交，也很守道，不赌不嫖，找不出什么大的毛病。可是，他就是喜欢带头闹事，还暗地里串通农户不配合工作，让我们征地拆迁工作一度陷入了僵局。我想了许多办法，但还是认为'擒贼先擒王'来得更直接更有效……群众大多都是理解和支持我们的工作的，就是有一些人不分青红皂白，从中作梗，将简单问题复杂化。当然，如果样样工作都能顺心顺意的话，那还要我们乡干部做什么？"

…………

可是在感情方面，陆龙飞却显得有点自卑。从某种程度上来说，陆龙飞就是个小人，虽然心中没有那么狭隘，可至少是一个不敢爱不敢恨的懦弱之辈。陆龙飞呀陆龙飞，你在处理个人问题上显然是不成熟的！既不想得罪覃老师，又不敢对韦舞书记动真情，陆龙飞心里矛盾重重，不知所措，就像一个患上重病之人，整天坐卧不安、夜不能寐。直到覃文心老师公开自己与市日报社记者张磊谈恋爱之后，陆龙飞这才稍稍得到了心灵的慰藉，才敢向韦舞书记表白自己的心迹。

对于陆龙飞这样中年丧妻而又有孩子的男人来说，也许只有投资女儿才是上上之策，这是韦舞多次给陆龙飞提示的信息，也是他们畅谈时讨论最多的一个话题。韦舞当然深知，陆龙飞矛盾复杂的心理也是影响他们感情跨越的一道坎。陆龙飞的爱妻不幸身亡之后，他几乎关闭了爱情的大门。李凤舞离异之后，和陆龙飞之间的话语虽然越来越多，可是他们之间感情的闸门已经牢牢关上了，理智战胜了情感。韦舞从韦江琳嘴里得知了这一切，她深知是该出手的时候了。

都说女儿是男人的小棉袄，是男人永远放心不下的人。在一个男人的心里，一生都会疼惜的，就是这三个女人：母亲、妻子、女儿。母亲的爱，是这世间最真挚无私的爱；妻子的陪伴，是这世间最好的温柔；女儿是男人的小棉袄，也是一生的挚爱。这是很有道理的。

韦舞要吸引陆龙飞的目光，只能从陆龙飞的女儿身上做文章，当然要做得自然巧妙且顺理成章，这样即使陆龙飞的心是一块冰，也会渐渐被焐热融化。

在韦舞看来，一个人的命运就像冬天时节，时时面临风霜雨雪，天寒地冻，即使阳光照耀，也是短暂即逝。韦舞曾经有过幸福快乐的童年，可是她父亲抛下她们母女俩后，她伤透了心，更是对父亲恨之入骨。而父亲对母亲的背叛竟是因为母亲当上了乡党委书记。母亲在乡镇党委书记岗位上干了将近九年时间，用八个字来概括："鞠躬尽瘁，死而后已。"父母离异后，她父亲与她们母女俩断绝了一切关系。而她母亲因为脑出血过量倒在了乡镇党委书记的岗位上。韦舞对男人的冰冷那是有名的，为此好多人提到她都是"谈虎色变"，私下里她被人戏称为"母老虎"。当然，她也有过一段甜蜜的不为人知的爱情故事，可是那段爱情给她的伤害也是致命的。那个坏男人陈勇在她面前信誓旦旦只爱她一人，背地里却与她闺蜜打得火热，她一气之下跟他分了手。后来，韦舞从石山市扶贫办主任黄声怀那里了解到陆龙飞的一切之后，再次回忆起自己当年生病得救的情景来，她觉得自己的爱情又复活过来了。只是对于爱情，她更倾向于理智，以第三方的角度去窥视一切。母亲是她的榜样，母亲从一位小学教师到乡镇党委书记，其间的酸甜苦辣、风吹雨打只有自己才能感同身受、深有体会。后来，母亲留给她最后一句话：多给别人以爱，爱便伴你左右。

韦舞给自己定了几条择偶标准，即"五个不能"。第一，不能让自己迁就，但求真诚相待、心心相印；第二，不能失去自我，甘当爱情的牺牲品；第三，不能见钱眼开，在金钱面前迷失一切；第四，不能充当第三者，破坏别人的家庭；第五，不能三心二意，没有找到中意者，宁可不嫁。韦江琳也经常和她提到陆龙飞，接二连三地将自己了解掌握到的情况和盘托出，让韦舞对陆龙飞有了更多的了解。有一次，韦舞有机会陪同市扶贫办主任黄声怀一起用餐，其间黄主任提到了陆龙飞，说他如何如何地勤快、拼命、努力，说他样样精通，书法、写作等都能来两下子，还问她是不是对他感兴趣。韦舞没有正面回话，却有了心动的感觉。特别是韦江琳成为他们之间的传声筒之后，韦舞对陆龙飞更是萌生出时刻想见的亲密之情。但女性的矜持却又让她将自己收敛了起来。她不想让陆龙飞看轻了自己，她想追求爱的完美与魅力。

韦舞的大学同学陈静刚好是陆凡的班主任，陈老师因病住院，这天正好是周末下午，陆凡和其他两个女同学到县医院看望她，韦舞、韦江琳正好也去看望陈静，便与陆凡见上了面，韦江琳就用手机给她们几个人拍了个合影。之后每每看到合影，韦舞就不由得想到陆龙飞。一想到陆龙飞，她突然想到了南宁某个中学校长韦扬，他们学校设有艺术类特长班，师资力量雄厚，成效十分突出，这能给陆凡的未来发展带来极大的益处。于是，韦舞便萌生牵线联系，帮助陆龙飞的女儿陆凡转学的念头。

韦舞巧妙地跟陆龙飞介绍说南宁有一所学校，学校办有艺术类初中生特长班，校长是她的一位老同学，建议陆龙飞将他的女儿转到南宁的学校就读。韦舞苦口婆心说了很多话，就像录音机一样反复播放着百听不厌的音乐，终于让陆龙飞动心了。

陆龙飞想，到特长班学习，让女儿专攻自己喜爱的音乐，这对她来说是天大的喜讯，同时这也是让女儿远离覃文心老师的最好办法。

陆龙飞将这一情况第一时间告诉了女儿，开始时女儿一点也高兴不起来。陆龙飞开导说：“女儿呀，南宁的学校毕竟比我们现在这个学校的教学更好一些，换一个好的学习环境，对你今后的发展可能会更好一些。你喜爱练琴，喜爱唱歌，就要选择最好的学校啦。”女儿默默地看着陆龙飞，点了点头。

陆龙飞便选择一个周末约上韦舞一起去南宁。韦舞亲自开着车子去接陆龙飞。陆龙飞第一次坐在韦舞身边，近在咫尺，爱在涌动。尤其是在对待陆凡的问题上，他们敞开胸怀畅谈了很多，谈论最多的就是陆凡的教育问题。

陆龙飞和韦舞一起走进了南宁某中学，拜访了声名远扬的韦扬校长。陆龙飞将女儿的读书情况一五一十说了出来，韦舞则拿过陆龙飞的手机，将陆凡的相片拍下来放到韦校长面前，说道：“韦校长，麻烦你给陆凡画上一张画像，然后写上几行鼓励的话，让陆书记带回去，好吗？”

韦扬校长说：“老同学，恭敬不如从命。”

韦扬是个业余画家，曾经得了好多个大奖。他很快就将陆凡的面容画了下来，并给陆凡写下了掷地有声的肺腑之言：“相信自己，战胜自己！”

陆凡看到韦校长热情洋溢而又饱含真情的话语之后，含着眼泪抱着陆龙飞久久不放，嘴里连声说道：“我去我去，我非到南宁去读书不可！”

陆龙飞说：“女儿呀，多亏了韦舞阿姨向她的老同学韦校长推荐你，要感谢你先感谢她！”陆龙飞首先让女儿对韦舞有个初步的印象，以便今后感情的日益加深。

陆龙飞打开手机屏幕，找到了韦舞的一张照片，说道：“这就是韦舞阿姨。”

陆凡盯了半天，说道：“韦阿姨我见过了。”她突然又问道，“韦阿姨单身吗？”

陆龙飞答非所问道：“韦阿姨跟你老爸一样，也是乡镇党委书记。她说你有音乐天赋，弹琴弹得好，嗓子又好，更需要打好基础，要选优秀的指导老师。所以，去南宁读书是最好的选择。”

陆凡说：“韦阿姨对我真好！”

陆龙飞夸奖道：“小凡，校长亲自给一个学生写鼓励话，很少有的。韦舞阿姨的面子真大，陆凡的面子更大！我的女儿陆凡是非常受到尊重的学生嘛。”

陆凡猛地扑到陆龙飞的怀里，撒娇地说道：“我也尊重老爸的选择！”

听到这，陆龙飞感到很开心，就像吃了蜜糖一样兴奋不已。

陆龙飞很快带上女儿前往南宁的学校考试、面试，女儿以优异的成绩进入了特长班学习，专攻电子琴和唱歌。陆凡如鱼得水，很快适应了新的环境，学习成绩也排在同类生第一名。

这天周日上午，陆龙飞特地到南宁，陪着女儿在新华书店转了一圈，随后与女儿一起吃了午餐。他刚想把女儿送回学校，突然接到李威武的电话，说韦红生董事长出事了。

陆龙飞问：“出什么事了？”

李威武说：“我是第一时间给你电话，他说头昏脑胀，我们让他躺下休息了。可是半个小时后也不见好转。现在嘴巴歪了，说话吐字也不清楚，手脚也不灵便。”

陆龙飞说道：“马上跟你妹妹联系，先送到民生医院再说。”

李威武说：“韦董事长说不用去医院，很快就没事。”

陆龙飞毫不迟疑地命令道：“韦董事长这种情况有可能是脑梗或者脑出血了，必须立即送医院，十万火急，越快越好！”

陆龙飞很快打通了李凤舞的电话，着急地说：“现有危重病人急送你们医院抢救，李院长你要亲自披挂上阵，救死扶伤！”

李凤舞说：“你叫他们尽快、马上、赶紧把病人送上来，千万不要错过抢救时间！”

同时，陆龙飞把陆凡送回学校，便马不停蹄地从南宁赶回去，两个小时后赶到了县民生医院。

李威武他们也刚把韦红生送到民生医院不久。见到李威武后，陆龙飞问道："怎么回事？很严重吗？"李威武说："脑出血，正在抢救之中。"

陆龙飞心急火燎地找到李凤舞，突然见到她的长头发被剪掉了，人也显得年轻精神多了。陆龙飞来不及多想，着急地问："韦董事长病情怎么样？"李凤舞没好气地说："死不了！"陆龙飞发觉气氛不对，也不再说话。

李威武、陈章、高阳等人不约而同围了上来，紧张又不知所措。

在此之前，李威武也无端领受了妹妹的一顿臭骂。当时李凤舞正在气头上，对他等人进行了一番暴雨式的数落。李凤舞说："大哥，看到了吧，天天喝酒，晚晚猜码，你的一帮酒肉朋友，全部淹在酒桶里了。我多次跟你说不能滥喝酒。看看，在我们家喝酒，喝出大问题来了吧。"

不一会儿，李凤舞故作轻松地问道："谁是病人家属，我们要进行脑颅手术，必须家属签字！"

高阳说："韦董事长早已离婚多年，女儿跟着母亲跑到美国去了。"

李凤舞一愣，问道："谁签字呢？"

在场的人你看我、我看你，却没有人吭声。

陆龙飞将李凤舞拉到一旁，与她耳语了几句，然后说："我来签吧！"

说着，陆龙飞在手术知情同意书上签下了"陆龙飞"三个大字。李凤舞瞪了陆龙飞一眼，一句话也没说就拔腿而去。

望着李凤舞离开的背影，陆龙飞突然对李凤舞剪掉长发心生大大的疑问。

5　长辫子的故事

有这样一句话："要想美好地度过一生，就只有两个人结合，因为半个球是无法滚动的，所以每个成年人的重要任务就是找到和自己相配的一半。"应该说，李凤舞与杨波的闪电式结合，是顺理成章的事情，是当时没有办法的办法。唉，人的命运往往都是不以人的意志为转移，活着就好！

还是讲讲李凤舞的长辫子吧。

李凤舞对长发有一种特殊的感情，也被剪掉了几次。记得小时候，有一次李威武骗年幼的李凤舞说头发长了就长有虱子，虱子会把人的头皮咬出无数个小窟窿。李凤舞半信半疑，李威武便给她讲了恐怖的鬼故事，她被吓得直哆嗦，紧抱着李威武不放。李威武趁着她不注意，从口袋里拿出预先准备好的剪刀轻轻一剪，就将李凤舞的两根长辫子剪下并扔掉了。这是她第一次被人剪掉了长辫子，她哭得死去活来，像失去了亲人一样。她在李威武手上狠狠地咬了一口，李威武本来是想跟妹妹开个玩笑的，谁知被妹妹一咬，咬出了鲜血，急忙挣脱跑掉了。李凤舞一路哭着找母亲。母亲黄飞在一堆柴火上看见蛇一样的东西，吓得直跑，不一会儿，又转身回头，慢慢走过去一看，却是女儿的两根长辫子。黄飞抚摸着柔软的长发，将它带回家中。她找来李威武，知错的李威武任由母亲抽打，也不吭半句。母亲说："威武，你是个男子汉，男子汉要敢作敢为，知错就改，向妹妹赔礼道歉吧！"而李凤舞看到自己的长辫子时痛哭不已。不一会儿，李威武拿着一根树枝交到李凤舞手上，说："妹妹，你打我吧。"黄飞猛地将他们搂在怀里，说："你们可是兄妹俩啊！当哥哥的，不该剪了妹妹的辫子；当妹妹的，也不该咬了哥哥的手嘛。以后不能这样了，别人会看你们笑话的！"之后，黄飞安慰道："我的好女儿，头发还会长，一年后长发又会让你变得更加美丽可爱。"

那年高一暑假放假，李凤舞因为与陆龙飞从学校结伴回家，被父亲李峰知道了，一气之下，父亲把她的一边长辫子给剪断了，李凤舞只好把另一边也剪掉了。

李凤舞与韦红生分手的那天晚上，她路过理发店想让老师傅将长发剪掉，可是老师傅阻止了她的举动，还劝说她凡事都要忍一忍。

离婚那天，李凤舞也想把长发剪掉，可是她还不想断了藕断丝连的念头。但中年丧妻的胡用院长因为李凤舞一头乌黑柔软的长发，明目张胆地向她发出猛烈的爱情攻势。有一次，胡用亲自将奖金送到李凤舞的房间，还说了一大堆暧昧的话。李凤舞听了全身起了鸡皮疙瘩。她说："胡院长，我的心已经死了。"胡用却步步紧逼，将李凤舞推到了墙角。李凤舞顺手拿起一把剪刀，威胁说："院长，你别过来！"胡用嬉皮笑脸地说："我就过来，难道你把我吃了不成？"李凤舞说："对不起，我有男朋友了。"胡用追问他是谁，李凤舞说："我才不告诉你！"胡用说："你不说我也知道，你想拿陆龙飞来挡住我。陆龙飞我认得，我听杨波提起过，可是你们不会有结果的。"李凤舞说："你没有资格玷污我和他的关系！"胡用说："陆龙飞虽然死了老婆，可是他心高气傲，他才不会看上你，你就死了这条心吧。再说，陆龙飞算什么东西，工作十几年了，还只是正科级干部，还处处被打压，连头都抬不起来了。小李，实话说跟我过日子才是最好的。我都想好了，未来医院院长这个位置是你的，或者我向市领导推荐你，当市卫生局副局长，局长也行。"说着，胡用又慢慢压了过来，几乎闻到李凤舞身上的体香了。李凤舞骂道："胡院长，你再过来，我就剪掉我的长发，明天再去告发你！"

胡用如泄了气的皮球，有气无力地说道："算了，我不跟你计较，但我们医院不需要你！"

李凤舞说："我早就不想待下去了，可是我告诉你，院长你要是再不收手，迟早会出大事的！出去，给我出去！"

胡用说："可是，你的长发对我太有吸引力了，我真想天天摸，夜夜摸，时时摸呀！"

李凤舞威胁道："院长，你走不走，再不走的话，我的剪刀可不认人了！"说着，李凤舞手持剪刀、眼露凶光朝着胡用的胸膛刺去！

胡用并不惧怕李凤舞的吓唬，李凤舞却下了狠心，掉转剪刀口，三下五除二地将自己的辫子剪掉了。

胡用目瞪口呆，只好落荒而逃。他深知李凤舞狠心剪下长辫子，也就是剪断了他们之间的可能了。

从此之后，李凤舞再也没有让胡用有单独与自己说话的机会！后来，胡用因严重违纪违法被"双开"，被送进了监狱，这是后话。

不久，大都县民生医院招聘院长一人，报名者竟达十五人之多，李凤舞凭着超强的理论功底和过硬的医术水平应聘成功，很快辞职走人，变成了私立医院院长。由此，李凤舞又开始留长头发了。

几年过去，李凤舞的头发又长得很好看、很柔软了，她的心也像长发一样让人感到柔情似水、细腻温柔。李凤舞看到每天排着队等着看病的人，主动找到潘宁董事长，建议将医院附近一家半死不活的厂房租下来。潘董事长很快采纳了建议，带上她亲自登门，经过反复磋商、讨价还价，厂房老板终于与民生医院签订了租赁合同。李凤舞还亲自陪同潘董事长到天津、郑州、南昌等地拜访名医，动员他们到大都县来，到民生医院来。一切都开着绿灯！

这天天刚蒙蒙亮，已经搬迁到县城那好移民安置点的蒙爱国被干女儿的哭声惊醒。他立即赶到她房间，顺手往她额头上一摸，才知干女儿发高烧了，便马不停蹄地骑着摩托车将她送到民生医院，正好在医院门口碰上了李凤舞。李凤舞主动跟蒙爱国打了一声招呼。她剪了个短发，让蒙爱国差点认不出来。蒙爱国惊讶于李凤舞头发的变化，忍不住问道："多么美的长发，为什么剪掉了？多可惜！"李凤舞"嗯"了一声就从他身边走过去了。看得出她有心事，不想回答蒙爱国的提问。

在蒙爱国眼中，李凤舞从来没有在他面前留过短发，而且匆匆而去的背影让蒙爱国百思不得其解。蒙爱国便与陆龙飞通了电话。

陆龙飞说："表哥，你想多了。没什么奇怪的，前几年我曾见到李凤舞将长发剪掉了。"

蒙爱国说："可是她对我爱理不理，我提到长发的事，她'嗯'一声就过去了。我感到奇怪,这可不是她平时的态度嘛。按说我的干女儿病了，她都会停下来，摸摸她的头，说一些安慰女儿的话的，可是她好像有意回避我，太不正常了。"

陆龙飞转移话题道："现在良龙村建设正搞得热火朝天，你不想跟李支书找点活干吗？光照看孩儿也不是办法。"

蒙爱国说："我不想在他手下做事，他眼里只有金钱，我很需要钱，但就怕脏了我的手！"

陆龙飞说："钱不是万能，可是没有钱，却万万不能。用自己双手去创造财富，就是了！"

蒙爱国说："再说吧。"

经蒙爱国这么一说，陆龙飞还是感到李凤舞突然剪掉长发是有意而为之。他们已经习惯了李凤舞留着两条长辫子,如今突然看见她剪成了短发，总觉得别扭。不熟悉她的人会认为她留着短发更显青春勃发、楚楚动人；熟悉她的人就断定她一定发生了什么大事，否则不会轻易剪掉长发。

蒙爱国刚把电话挂掉，韦江琳的电话就打了进来，郑重其事地提到李凤舞剪掉长发的事。她说："陆书记，在我的印象中，我可从来没有见过李凤舞留短发的样子。李凤舞把长发剪掉了，说明她遇到了难以启齿的事情，希望你这位老同学，往深层次去想，然后和风细雨地帮助她解开心中的疙瘩。”

陆龙飞和韦江琳持有一样的想法，而且认为她的想法千真万确，只是李凤舞本人不愿承认罢了。

有一天，陆龙飞问李凤舞：“老同学，你的长发多好看，为什么剪掉了？”

李凤舞故作轻松地说：“想留就留，想剪就剪呗。”陆龙飞说：“没那么简单吧？记得上次你剪掉长头发不久，就辞职走人了。”李凤舞说：“人的头发长得快，只要想留，不出一两年，又能长出新的长发的。”陆龙飞说：“我不信。”李凤舞说：“你信与不信，又有什么关系呢？”陆龙飞自言自语道：“也是，我这是自寻烦恼。”

可陆龙飞很快就从陈章那里得知，韦红生曾经在中山大学念书，再联想到李凤舞近段时间的所作所为，他意识到他们可能曾经是恋人。答案可以从韦董事长那里去找。韦红生突发脑出血住院，也将他们的生活秩序打乱了。

这时候，覃放主动向陆龙飞汇报那晚喝酒的情况。他说：“陆书记，那晚都怪我，又犯错了，今后绝不喝酒了。”

陆龙飞说：“最好的办法是把酒戒掉。我有个兄弟在某个乡当副乡长，周末那天，县质量技术监督局几位同志到乡里检查工作，中午用餐喝了酒，有位当晚回到家里就去世了，我的兄弟没有参加聚餐，可他是分管领导，事先也没有主动向乡书记、乡长报告，结果人没了，也得掏出五万元赔偿，还背了个处分，你说冤不冤呀？可这是没有办法的办法，谁叫你是分管领导？谁叫你用餐之前不把情况报告给乡里一、二把手呀？教训太深刻了！以后可要谨慎再谨慎！”

覃放说：“记住了！”

陆龙飞盯着覃放的眼睛，严厉地说：“有些话我不好当面说，可是你要时刻绷紧纪律这根弦，存戒惧、知敬畏、守底线！比如，有人私下跟我说你和某寡妇不清不楚的，必须坚决果断地斩断。这是逆耳忠言！这是苦口良药！”

覃放脸色大变，不知所措。

陆龙飞说："话我已经说到这个份上了，你要把控好，不能让自己滑向痛苦的深渊，尽管我知道你已经离异了。我们还是聊聊韦董事长的事吧。听陈章说韦董事长已经离异，女儿跟她母亲跑到美国去了，他出院后针灸康复理疗必须跟上，我已经跟李院长对接好了，需要找一个勤快的护工，这事可以让蒙爱国去做，每天一百到一百二十元，一个月就是三千到四千元。费用当然由韦董事长负责。"

韦红生住院期间得到了李凤舞无微不至的关爱与护理。当第一眼看到李凤舞站在自己面前时，韦红生张开嘴巴半天说不出半句话来。长长的两根辫子不见了，两只乌黑的眼睛似乎也失去了昔日的光彩，脸也比以前消瘦了许多。命运就是这样与韦红生开了一个大大的玩笑，让他羞愧难当。他感慨这个世界太小了，救下自己性命的人竟然是自己抛弃过的恋人李凤舞。韦红生恨不得地上裂出一条缝，好让自己钻进去。而他不知道李凤舞剪掉长发竟是因为他们两人再度相见的缘故。

韦红生躺在病床上，眼泪时时爬在脸上，就像夏天雨水一样。他想说话，却半个字也吐不出来。他医学专业毕业的，深知脑出血这种病情的危险性。一句话，重则一命归西，轻的也会留下后遗症。

韦红生伸出右手比画着，陈章不明其意，只好请教李凤舞。李凤舞二话不说，很快找到笔和纸递到陈章手上。陈章将笔和纸递到韦红生手上，韦红生抖抖地接住了笔和纸，不一会儿，笔和纸却落在地上。目前他的手写不成字，手成了半废品了。陈章不解地问："韦董事长这是什么意思？"李凤舞将他拉到一旁，说道："转院，他想转院！"陈章"啊？"了一声。李凤舞说："不信？你写字条给他看。"陈章将"转院"写在纸上，并让韦红生看。

韦红生看到字条艰难地点了点头。

陈章摇摇头，说道："我想不通！"

李凤舞当即给陆龙飞发信息："陆书记，请速到医院！"

陆龙飞回复道："先与陈章联系吧，我正忙着。"

李凤舞答："行！"

对于李凤舞来说，这个月注定很难过，就像命相书中说的蛇年生人遇到寅月（虎月）的时段，需要多加小心了。腊月三十那晚，李凤舞不小心被狗咬伤，她就知道新的一年将有悲伤之事发生，是想躲也躲不过的。

这是蒙爱国亲口告诉她的大事情。蒙爱国自学命相，对这方面的事略知一二，李凤舞虽然不信这些东西，可是注意一点还是好的嘛。

有一天，李凤舞突然从大哥嘴里得知深圳有个叫韦红生的大老板住到家中来了，大哥对韦红生的所作所为大加赞赏、敬佩至极，说与他成了结拜兄弟，还提到收购养牛场、养鸡场的事情。李凤舞立即以医生找她为由关掉了手机。她坐在办公桌前，将门关了起来。

整个上午，李凤舞恍恍惚惚，心神不定。韦红生，这是她最不愿意提到的一个名字，也是最不愿意看到的一个人。就是这个人将她推向了痛不欲生的境地。一气之下,她狠心地将长发剪掉了。那个胡用企图霸占她时，她以剪掉长发为由将他赶走了，这次突然听到韦红生到来，她无法面对这个负心汉，剪掉长发以示彻底与其了断一切。她将两次剪下的长发用红布包好锁进抽屉里。她想忘记一切，可是一切却不以她的意志为转移，就像冥冥之中有一双手将她击倒在地。

命是一本读不完的书，运则是躲不过的缘！想前想后，反复思考，李凤舞决定听从自己内心深处的声音。

韦红生即将出院，陆龙飞和陈章、高阳、李凤舞商量，决定在医院附近租一间房子，由蒙爱国做韦红生康复理疗的护工，白天送他去医院做针灸、做理疗，晚上则陪护他。韦红生也同意了。

这天晚上，陆龙飞又一次赶到医院看望韦红生。韦红生在李凤舞、中医师班灼鸣和蒙爱国的精心治疗和护理下恢复得很好。他们谈笑风生、畅所欲言。韦红生还给陆龙飞介绍了深圳的几个大老板，陆龙飞也跟他们通上了电话。这是一扇开放之门，也是无限的商机！

之后,李凤舞带上陆龙飞来到了自己的出租屋,然后泡茶、饮茶、聊天。面对陆龙飞，李凤舞一五一十地将自己和韦红生的故事告诉了他，她讲了长辫子的故事，讲了自己与杨波的过往，讲了自己的人生命运。

陆龙飞深知，这时候李凤舞尤其需要一位知心的听众，他就是唯一的也是最好的那个听众。陆龙飞看着老同学，不由得感叹人生苦短，唯有倍加珍惜今天拥有的一切。

李凤舞将两块红布一一打开，两条长长的辫子柔软温馨地展现在陆龙飞面前。她说：“这是我两次剪掉的长发，可给老同学作为创作的素材！”

不一会儿，李凤舞鼓起巨大的勇气说：“老同学，我的干哥，我希望你鼓励我、支持我，我想，也许韦红生的后半生由我来照顾了。”

这就是剪掉长发的故事！这就是破镜重圆的故事！这更是阳光总在风雨后的醉美人生！

陆龙飞会意地点了点头，并竖起拇指做了首肯之态。

半晌，李凤舞突然想起了什么，转移话题道：“记得好久没有见到陆凡了，哥，你想你的女儿吗？”

陆龙飞看着李凤舞，说：“谁说不想啊？女儿的每一点进步，都凝结着你们的心血和汗水。”

李凤舞正要回话，突然有电话打进来。她让陆龙飞稍等一下，便转到一旁接电话去了。

不一会儿，李凤舞回到座位上，一脸的悲痛。陆龙飞意识到她神情异常，便打破砂锅问到底。李凤舞吞吞吐吐地说：“刚才张磊打来电话说——”她忍不住呜呜地哭了，就像痛失亲人一样。

陆龙飞顿时不知所措，冷静之后劝说李凤舞先慢慢把话说完，不要过于激动。陆龙飞将几张纸巾递给李凤舞，她哽咽道：“覃文心老师查出了癌症晚期。”

陆龙飞愣住了，感到这一突如其来的噩耗就像晴天霹雳击中了自己的脑袋。

在陆龙飞最困难的时候，是覃文心老师收下了他女儿做学生，加以无微不至的关爱；在女儿最需要关爱的时候，覃文心就像一位慈祥善良的母亲向她投入深深的爱意，而陆龙飞却没能尽到做父亲的责任与义务。令人悲痛的是，如今覃老师即将失去年轻的生命，命运对她太不公平了！

冷静下来之后，陆龙飞和李凤舞立下盟约，先不急着把这一情况告诉正在南宁读书的陆凡。

当晚，他们连夜赶到南宁的医院，见到了全身消瘦的覃文心。覃文心尚未知晓自己已是病入膏肓，依旧谈笑风生、泰然自若。她姐姐覃文兰坐在一旁，强装笑颜。

半个月之后的一个周末，陆龙飞、李凤舞、韦江琳、韦舞等再次来到覃文心的身边。市委组织部副部长龙升和爱人覃文兰也在场。他们都深知覃文心的病情越来越严重了，就像一根即将燃尽的蜡烛。

也许是回光返照吧，覃文心见到他们后，精神还不错，她还恳求陆龙飞同意让她将他和他女儿的照片带在身边，陆龙飞同意了。随后，她抖抖地在照片的背面写下了两个字：真爱！

四十分钟后，覃文心安详地走了，手里还拿着陆龙飞和女儿的合影。

三个月后的一个周末，陆龙飞约上李凤舞、韦舞一起走进女儿读书的学校。正好那晚有陆凡登台表演的节目，他们观看了她的精彩表演。演出结束后，他们在学校附近的夜宵摊吃夜宵，庆祝演出成功。其间，陆龙飞有意安排女儿坐到韦舞的身边，让她们有更多亲近和交流的机会。

韦舞很快与陆凡找到了共同话题。聪慧的女儿也许看出了他们两个人之间的端倪，不厌其烦地问这问那。韦舞也乐于作答，将其乐融融的氛围营造到了极致。

陆龙飞几次想把覃文心老师病故的噩耗告诉女儿，动了动嘴巴，然而话到了嘴边，却又说不出口。韦舞有意踩住陆龙飞的脚，暗示着先别着急，慢慢来。

李凤舞也微微点了点头。

第二天是周六，他们带上陆凡到南宁青秀山风景区游玩，韦舞专程带着他们到文心兰景点赏花。她说："你们看这朵花，它的花瓣就像一群美女在跳舞。"

陆凡素来喜爱花花草草，她看得很仔细、很专注。

韦舞继续说："文心兰花朵的颜色有纯黄、洋红、粉红，或具茶褐色花纹、斑点，花序更是变化多端，花形优美，花色亮丽，近看形态像中国的'吉'字，所以又名吉祥兰。同时，它盛开的小花在微风吹拂下犹如一群舞女舒展长袖在绿丛中翩翩起舞，其手、头、腰、身、裙形象逼真，栩栩如生，故又叫作舞女兰、跳舞兰，被插花界誉为切花'五美人'之一。关于'吉祥兰'名字的由来，相传是当年宋美龄访问美国白宫时，无意中见到了这种跳舞兰，发现花瓣像极中国汉字中的'吉'字，就给来自拉美、长在白宫的跳舞兰，取名为'吉祥兰'。"

陆凡在文心兰景点停留了很久，她饶有兴趣地欣赏着那些花朵："文心兰，舞女兰，吉祥兰，多好的花名啊！"

半晌，陆凡突然想起了什么，便当着他们的面拨打了覃文心老师的电话，手机却提示说该用户不存在。她说："不知道怎么回事，覃老师的电话打不通。"

韦舞见到时机已成熟，严肃地说："陆凡，我跟你说一件事，你可要挺住啊！"

陆凡不安地问道："什么事呢？"

韦舞有意将落在地上的文心兰花朵捡起来，递到陆凡面前，说："文心兰花很好看，可是也有凋谢的时候。"

陆凡说："我不明白韦阿姨说什么。"

李凤舞说："你的文心姐在三个月前已经走了。"

陆凡瞪大了眼睛，哇的一声全身瘫在地上，韦舞紧紧地将她抱在怀里，双双泪如雨下、泣不成声。

李凤舞也紧握着陆凡颤抖的双手，泪水横流。

陆龙飞缓缓走过去，从身后伸开双臂将她们紧紧抱住。

事后，李凤舞告诉陆龙飞："这几年来张磊始终怀疑你与覃老师有一腿。覃老师忍气吞声，始终没有与他争辩。可是越是这样，张磊越是隔三岔五没事找事，吵架成为他们生活中的一道家常菜。后来，覃老师实在忍不住了，才鼓起勇气将心里的苦楚一五一十地告诉了我。你们一些男人有时候心胸太狭窄了！"

陆龙飞感叹道："命运不遂人意的太多了。"

6　穷则思变

人在旅途，岁月如梭。聆听《徘徊十字路口》这首歌，让人深感站在人生十字路口上必须做出选择，勇敢地迈出步伐。

徘徊十字路口

在你人生的旅途
难免徘徊十字路
哪一条路通往幸福
哪一条路走向痛苦

当你听完这些故事
就会选择你的路
愿你勇敢踏着脚步
寻找幸福归宿
…………

在农村，穷则思迁是大石山区贫困群众的一条出路。要将村民搬迁出去，也是一件极其艰难的大事，有的甚至可用难于上青天来形容。故土难离、乡情难断啊！就像鸟儿恋巢、叶落归根一样，那种舍不断、理还乱的缕缕之情可想而知，那种依依不舍的情感让人留恋不已。陆龙飞在市扶贫办工作时，经常翻阅着谢树强、黄声怀合著的报告文学《征讨贫困》一书，常常被其中的故事所感动。后来，陆龙飞陪黄声怀主任多次到移民易地安置点调研，强烈感受到了移民易地搬迁的发展变化和群众的欣喜之情。现在轮到他亲自组织那龙乡实施这一富民大行动了。这是实施精准脱贫的一大举措，搬迁的地点是县城边上的两个移民安置点。

这天上午，陆龙飞组织乡领导班子成员开会，研究移民易地搬迁行动，他首先传达县委、县政府关于实施移民易地搬迁大行动动员大会精神，然后由各位分管领导汇报情况。大伙都说动员移民易地搬迁是天下第一难事，需要易地搬迁的村屯都有“钉子户”，都必须拔掉！

分管领导各自汇报完毕，陆龙飞情绪激动，忍不住站起来，说道：“移民搬迁是大事，是难事，也是引领群众脱贫致富同步小康的好事，必须按照县委、县政府的部署要求，不折不扣地组织实施。在这里我再强调几点。第一，责任重于泰山。必须把责任扛在肩上、落实到行动上，加强领导，压实责任，一级抓一级，级级抓落实。第二，工作队要发挥更大作用。继续组织工作队进驻村屯开展工作，阻力再大，压力再大，也要始终把工作做得更细更深更实。第三，加强引导疏导指导。比如，可以找来那些搬迁出去的农户现身说法，让他们谈谈移民易地搬迁的种种好处，以此会收到奇效；也可以组织那些急需搬迁的贫困户户主到移民易地安置点考察学习，让他们大开眼界，转变观念，配合做好工作。至于刚才黄富强副乡长提到的龙凤村八多屯三十户移民搬迁的问题，可以转给我来负责做群众的思想工作，我和蒙强副乡长亲自进山去！”

覃放乡长感到有点愧疚，又想显示出自己并非无能之辈，只是未能尽力而已。因此他顺坡下驴，说道："既然陆书记选择最难啃的'硬骨头'了，我和黄富强副乡长就把山龙村弄荣屯的十八户作为易地搬迁联系户，想尽一切办法动员贫困群众易地搬迁，过上幸福日子！"

陆龙飞推心置腹地说："县里安排我们那龙乡六百户三千多人搬迁到县城边的那好移民易地搬迁安置点，任务之重可想而知。但是，再重的任务也要坚决拿下。办法都是人想出来的！我想大家都是想把工作做得更好的！"

这次，陆龙飞和蒙强副乡长带上蒙飞虎一起进山，去的村屯叫龙凤村八多屯，该屯有三十户两百多人，整个屯不大却很深，"碗一块、瓢一块"的土地极为贫瘠，从山上往深处看就像一个水桶似的深不见底，走到底部至少也要二十多分钟。按要求，必须整屯搬迁。以前，覃乡长率工作队下村屯动员群众搬迁，可是村民都不愿意搬，还给工作队的同志设置障碍，导致工作队无法开展工作，有的村民还动手打了村干部，覃乡长被群众围攻，衣服被撕烂了，脚也被踢肿了几处，事情便闹僵了。

进山之前，陆龙飞再次与覃乡长了解情况，覃乡长卷起裤脚给他看，说："这几块伤痕就是在八多屯留下的！"陆龙飞说："车到山前必有路，有路要靠有心人。我当然能理解你的苦衷，但更重要的是让群众看到我们一、二把手怎么做，如果我们知难而退，对得起老百姓吗？"

覃放说："前几年山体滑坡时我因关机被龙部长骂了，我辞职的念头都有了。我们当乡镇领导的，功劳没有，可总有苦劳吧，可是谁知道我们的酸甜苦辣啊！

"八多屯群众的工作比较难做，我和工作队的同志多次进驻，也没有做通。自治区某个部门的驻村干部也对我们的工作很有意见，说我们能力太低，水平太差，那个驻村干部是个处长，把我们说得一无是处。他夸下海口说看他们自治区部门来的！他们信心十足，一不做二不休，结果还是无功而返。他也不得不感叹贫困户的思想工作就像一块难啃的'硬骨头'。"

陆龙飞说："既然群众工作难做，我们得想办法打开突破口，总不能停滞不前。俗话说，蛇有蛇路，鼠有鼠道。我突然想到了蒙飞虎，他是搬迁户，自从搬到环山县晒岭移民易地安置点，日子过得红红火火。"

会后，陆龙飞叫蒙强和黄富强两位副乡长留下来，详细了解情况，做好交接班工作。陆龙飞对蒙强说道："既然八多屯全部姓蒙，我必须请你出面，也相信你一定能做好群众的思想工作。"蒙强说："既然书记亲自点将了，那就好好干呗！有书记做后盾，我还有什么可担心的！"随后，陆龙飞又问黄富强副乡长道："说说八多屯的情况吧。"

黄富强说："八多屯，就是登山石阶多（从山下到山顶有两千多个石阶），干栏房多（只有一户建砖瓦房，其他都是干栏房），竹子多（全屯四周都是竹林），贫困户多（全屯全部是贫困户，其中有六户是特困户），老人多（全屯八十岁以上老人有十五个），光棍多（全屯有二十个光棍汉），文盲多（全屯小学没毕业的人占百分之八十），残疾人多（每一户至少有一个残疾人）。所以就有人编了一首山歌：'八多屯里困难多，大小伙子无老婆。深山寒风半夜起，四下摸索冷嗦嗦'。"

陆龙飞说："难啃的'硬骨头'必须啃，这是硬任务，决不含糊。黄富强副乡长是壮族人，不太会说瑶话，与瑶族群众打起交道来就显得力不从心，优势就比不上蒙强副乡长。以前覃乡长和黄副乡长做了大量的工作，接下来我们再加一把劲、拧成一股绳，就要摘果实了。"

黄富强说："书记过奖了。其实我们工作没有做好，也给组织添乱了，心里感到十分惭愧。"

陆龙飞说："话不能这么说嘛。俗话说，一把锄头挖地挖不成一个大坑！饭要一口一口地吃，路要一步一步地走。蒙强副乡长要更辛苦一些了。"

黄富强离去后，陆龙飞问蒙强道："以前为什么不让你负责龙凤村呢？"蒙强说："覃乡长说龙凤村是区直部门的挂点村，由黄富强亲自负责。再说，黄富强比我有办法，他的亲戚就是某处长，他们配合起来也就得心应手。我一个瑶族干部，土生土长的，体现不了石榴结子心连心、民族团结一家亲。"陆龙飞说："胡说八道。"

蒙强说："瑶族群众最大的特点是爱喝酒。但有的人一旦喝上了，就要喝个够，然后一天半夜才醒过来，好多事情就是因为喝酒而耽搁了。"

陆龙飞说："你只说对了一半。他们好多人不爱读书，读到小学毕业就生小孩去了。所以扶贫先扶志，扶贫必扶智。蒙飞龙曾经说过一句话，很经典，他说没有文化的人是最愚蠢的。"提到了蒙飞龙，陆龙飞突然想到了蒙飞虎，便问道："蒙副，你是否认识蒙飞虎这个人呢？听说他在移民易地安置点过得很好。"蒙强说："这人不认识，但可以想办法找到他。"

陆龙飞说："你马上去办两件事。第一，联系蒙飞龙，看看有没有办法打听到蒙飞虎。第二，了解一下，八多屯'钉子户'是谁？谁说话最有分量。"

很快，蒙强找到了蒙飞虎，也拿到了他的电话号码。陆龙飞给蒙飞虎打了半个小时的电话，拉家常、叙旧情、话致富、论风水，投其所好，最后趁机动员他回来跟大家一起进山做工作。蒙飞虎说："那个顽固不化的'钉子户'蒙祖平就是我堂叔。"但是他又说："陆书记，我在这里每天都有小收益，你们得给我补误工费，现在是按劳付酬的时代。"陆龙飞说："小意思，工作做好了，我还要给你送牌匾呢！"蒙飞虎说："我不是什么英雄，牌匾就免了。"

陆龙飞严肃地说："我陆龙飞不乱开玩笑的，但是你必须配合我们做好农户的思想工作！"

蒙飞虎答应跟着陆龙飞进屯做工作，但只是带路而已。陆龙飞笑笑说："就要你带路，别的不用你操心，误工费照付。"蒙飞虎说："我只是看中你书记的头衔，不然我不会回来，更不会帮助你！"陆龙飞说："蒙老哥，是不是还记恨我？"蒙飞虎说："要是记恨的话，我早就不来了。我倒想看你这个乡书记有什么绝招！"

陆龙飞说："有你们几个蒙姓老哥跟着，我已经满足了。是不是，蒙副乡长？"蒙强答道："你们知道什么叫狐假虎威吗？哈哈，不知道，那就对了。"

陆龙飞他们沿着石阶走下山，蒙强不小心被石头绊了一脚，脚扭伤了，走路一拐一拐的。他自嘲道："陆书记，我活该！"陆龙飞说："有了这样光荣负伤的事迹，说不定群众对你的感情又加深了一层。"蒙强说："哈哈，陆书记说得在理！"

开始，八多屯里的人闭门不出，蒙飞虎用瑶话喊了半天，也没有人应答。一气之下，他踢开了顽固不化的堂叔蒙祖平家的柴门。蒙祖平站在门口，一副盛气凌人的样子。他骂道："你个蒙飞虎，仗着口袋里多几块臭钱，不把堂叔放在眼里了？"蒙飞虎掏出一大沓钞票和四张银行卡，塞到堂叔手上，得意地说："你看看这是什么！"蒙祖平接过钞票和银行卡，低着头看了半天，张开口半天说不出半句话来。蒙飞虎指着手中的钞票，又抢回银行卡，说："这就是钱啊！"他命令道："堂叔，我口渴了，拿三碗酒解渴先！”蒙祖平嘟囔着：“要喝酒自己倒。”蒙飞虎骂道：“堂叔，你以为我家缺酒喝呀？你们可以不理我蒙飞虎，可是你们不能怠慢乡党委书记，那可是我们乡最大的官。你们不知道当年陆书记当公安的时候，独自一人把我抓走了，还多亏他抓了我，又放了我，后来我响应号召，搬迁到好地方去，有吃有喝有存折，不然哪能有今天的幸福生活？”

蒙祖平先前也听蒙飞虎提到过自己被抓的经历，但他并不领情。他吧嗒着旱烟，说道：“乡长都来过了，书记算什么？”蒙飞虎说道：“书记是乡里的老大，老大是什么？老大就是管一切的，乡长还排在他后面，懂吗？”蒙祖平说：“那又怎么样？”蒙飞虎说：“书记知识面广，样样精通着呢。”蒙祖平小心地问：“书记也懂得看风水？”蒙飞虎抢过话说道：“北京风水最好，中国最大的官都在那里，你能搬去那里吗？八多屯风水好吗？再好的风水，也不能当饭吃，更不能替你娶到好老婆。路不通、水也不通，不搬迁出去永远啃泥巴！讲风水，你叫叔伯一起来，我给大伙说说。我在易地安置点给人看了不少的风水，也赚了不少钱！”蒙飞虎有意拍了拍口袋，说道：“我口袋里有的是银行卡！”

看着蒙飞虎滔滔不绝的讲演，陆龙飞不得不佩服蒙飞虎的精明与机智。几年不见，真的刮目相看了。蒙飞虎凑近陆龙飞耳边，低声地说：“这几年我在移民易地安置点给移民看了不少的风水宝地，有些东西还得跟书记交流交流，这叫理论联系实际。”

不一会儿，蒙祖平家里进来了几个户主。看得出，蒙飞虎具有一定的号召力。

有了蒙飞虎的现身说法，全屯的人对易地搬迁有了新的认识。蒙飞虎将一大沓钱甩在桌面上，说道：“有山羊没有？卖一头给我，今晚我请客了。今天可是我们乡最大的官、我的恩人在这里，我要和他来个一醉方休！”

蒙祖平说：“有羊，有羊的。”

蒙飞虎将钱塞进蒙祖平口袋，立即钻进羊栏，拉出一只羊来。不知想到了什么，他又将羊放回羊栏里，说：“今天暂时不杀羊，但喝酒是必不可少的。”

陆龙飞笑笑说：“蒙哥说了算。”

多年从事农村工作的蒙强当晚与蒙祖平对酒当歌，蒙飞虎加盟其中，全屯几个户主被他们搞得烂醉如泥。

第二天一早，陆龙飞和蒙强分头对各自负责的农户做了详细的了解，包括他们的房子、家庭人口、粮食、猪牛羊、责任地、山林地等。陆龙飞又召集户主开会，动之以情、晓之以理。陆龙飞讲了蒙飞虎等人易地搬迁的种种好处，讲了外出打工的赚钱致富经历，讲了没有文化的种种弊端，讲了近亲结婚的害处，讲了“十个赌博九个输”的坏处，讲了民族团结一家亲的大事，等等。更重要的是，他还借蒙飞虎的几张银行卡大做文章，将他吹嘘了一番。贫困户们颤抖地抚摸着、传递着仿佛散发着汗水气息的四张银行卡，都不由自主地竖起了大拇指。看得出，他们的心也开始飘飞起来了。

良好的开端等于成功的一半，但是“行百里者半九十”，这些道理陆龙飞都懂。移民搬迁，意味着离开故土，搬到人生地不熟的地方生存发展，这对山里人来说，确实难上加难。一句话，越是贫困的农户越不想搬迁，越不想搬迁的农户越来越贫困。贫困群众之所以贫困，原因来自多方面，其中有交通闭塞的不便，有家庭种养的不顺，有文化素质不高的因素，有随遇而安的念头，有家庭变故的无奈，有好吃懒做的陋习，等等，这些都是今后重点考虑的范畴。眼下先是走一步、算一步，然后步步为营、深度实施。接下来，需要组织贫困户们到易地安置点去走走看看，感受搬迁带来的种种好处，从而让他们吃下定心丸。

谁知，年近八旬的蒙祖平老妈听说要离开故土搬迁出去，偷偷装好几天的干粮，趁着家人不注意，一拐一拐地走到山上躲了起来。蒙祖平家人心急如焚地找了两天却毫无踪影，不得不报了警。接到报警后，陆龙飞立即带上精干的队伍协助蒙祖平家人寻找，结果在蒙祖平父亲墓地旁边的小山洞里找到了老人家，当时她患上了重感冒，人瘦了一圈，加上饥饿，已奄奄一息。陆龙飞等人立即将她送到乡卫生院治疗，安排专人护理。病愈后，老人被医护人员无微不至的关爱所感动，第一句话就是：“搬吧，我还想多活几年呢。”

还有一个叫蒙三的老人听说要搬迁出去，气得暴跳如雷，当晚骂个不停，他本身患有高血压，半夜竟突发脑梗。这下可把陆龙飞吓坏了，要是出了人命，陆龙飞这个当书记的就是罪魁祸首！陆龙飞立即组织人员第一时间将他送到乡卫生院抢救，又及时帮助他转到县民生医院就医，李凤舞院长亲自做了手术，很快将蒙三抢救过来。对前来探望的亲朋好友，蒙三不厌其烦地说道："感谢政府，我这条老命是陆书记他们帮捡回来的，不然的话，我早就见阎王爷了。"

由此，全屯三十户户主都陆陆续续在搬迁协议上摁下了手印。紧接着，全乡掀起了轰轰烈烈的移民易地搬迁大行动热潮。山笑了，水欢了，群众脸上露出了灿烂的笑容。正是：

走出山门挪穷窝，斩断穷根办法多。
政府搭桥铺好路，易地开辟新生活。

很快，那龙乡的部分村民搬迁到县城边一个叫拿银安置点的地方居住了下来。那里很快成立了拿银社区，社区引领着几千名群众朝着"搬得出、稳得住、能致富、有发展"的方向迈进。

采访手记

这天，陆龙飞正好到拿银安置点访贫问苦，笔者跟着赶过来对他进行了采访。在拿银，昔日的荒凉之地变成了社区：一片片乱石丛、茅草地被填平了，水泥路修通了，十几幢居民楼很快拔地而起，小商场、小学校、小医院、小广场等逐步建立起来了……话题就从移民易地安置点开始。

笔者："穷则思变"最早出自《周易·系辞下》："神而化之，使民宜之。易穷则变，变则通，通则久。"到了新时代，我们扶贫移民易地搬迁就是穷则思变的成功范例。我想请你就这个问题简明扼要谈一谈，这是我采访的第一个问题。

陆龙飞：唐朝的陆贽有"凡人之情，穷则思变"之说；清朝的袁枚说："文章之道，如夏、殷、周之立法，穷则变，变则通。"1958年，毛泽东主席说："穷则思变，要干，要革命。一张白纸，没有负担，好写最新最美的文字，好画最新最美的画图。"应该说，在大石山区，移民搬迁是第一难事。但是困难再大也要干啊！我们积极践行以人民为中心的发展思想，坚持把实事办实、把好事办好，经过反反复复的思想工作，移民搬迁变成了现实。目前，拿银移民易地安置点安置了几千名移民群众，其中我们那龙乡就有八百多名，移民要搬得出、稳得住、能致富、有发展，做到安居与乐业并重，搬迁与致富同步。现在，拿银也成为一个典型的示范点了。用一首山歌来表达，就是：

拿银是个好地方，移民搬迁住新房。
全靠党的政策好，脱贫致富建小康。

笔者：很高兴陆书记能够接受我的采访。刚才你提到了移民搬迁，这是精准脱贫的一项重点工作。精准脱贫，人人有责。下面继续采访几个问题。第一，脱贫攻坚，加强领导是根本；第二，群众是我们的衣食父母；第三，绿水青山就是金山银山；第四，一切爱皆始于家庭。请你分别谈谈对这几句话的理解，能举例子说明更好。

陆龙飞：打赢脱贫攻坚战是全面建成小康社会的底线任务。越是进行脱贫攻坚战，越是要加强和改善党的领导。就脱贫攻坚而言，党的领导是根本。决战决胜脱贫攻坚，关键是增强各级党组织和领导干部决胜决战的智慧能力、执行能力和工作效率。在当前脱贫攻坚进入关键时期，更离不开党建的引领。从我们那龙乡来说，就是要坚持党的领导，发挥好党委领导班子成员的示范带动作用、基层党组织的战斗堡垒作用和党员的先锋模范作用，突出脱贫攻坚“领头羊”;强化实干担当，知责于心、担责于身、履责于行；坚持问题导向，着力解决群众的急难愁盼问题；弘扬革命精神，激发脱贫攻坚的内生动力。

陆龙飞：群众是我们的衣食父母，这是至理名言。群众路线是党的生命线和根本工作路线，贯穿于党的一切工作。党的群众路线是如何处理党同人民群众的关系，其核心就是保持党同人民群众的血肉联系。我到那龙乡任职后，始终信奉群众是我们的衣食父母这一原则。

比如抓思路。我们乡实施“三农”品牌大行动、精准脱贫大行动、民族团结进步大行动和美丽乡村建设大行动等，就是围绕提高人民群众的获得感、幸福感、安全感来做的。

比如抓产业扶贫。在山龙村，我们介绍村民韦丽到县养蚕基地参观学习，回来她就与种桑养蚕结下了不解之缘。她个人承包了四十五亩土地种桑树，并把家搬到了桑园里，潜心研究种养技术，到了年底通过养蚕获得了十多万元收入，成功脱了贫。在她的带动下，目前山龙村已有三十八户农户种桑养蚕，种桑面积达八百亩。她还吸纳周边村屯贫困户到基地做工，帮助他们增加收入。

比如抓思想引导。地头水柜到了第三代建设，上级要求我们在建好水柜的同时必须加好盖子，确保群众喝上干干净净的水，否则验收就不过关。有的群众就想不通,嫌麻烦,不想做。我们就安排乡干部分片包干、责任到人、落实到户。干部们不辞劳苦，一个村屯一个农户地做群众的思想工作,第一次做不通的,就做第二、第三甚至第四次,直到做通为止。有一次，有一家农户见到乡干部进村就到处躲着不见，甚至有意躲到山外去。这名乡干部便给我打电话，我叫他主动留下来，多住几天，帮忙干一些家务活。一天午饭后，他特地到羊栏去看看，却见几只山羊的嘴巴出现严重溃烂并有蠕虫。他立即给主人拨去电话，并叫来兽医，还叫了几个人前来帮忙。有的抓羊，有的抱羊，有的压羊，忙得不亦乐乎。忙活了一阵子，他们全身都是羊粪，又脏又臭，也没人埋怨。主人很快赶回家，看到这些，他的眼睛湿润了，感动了！之后，主人还答应动员其他亲戚配合做好工作，让群众回心转意，乐意建好水柜、加好盖子。

比如抓作风建设。我要求我们乡干部要时刻“以百姓心为心”，当好群众的知心人，用干部的“辛苦指数”提升群众的“幸福指数”。这一年我走进村屯调研的次数有：山龙村十一次，良龙村十次，山羊村九次，弄中村八次，云联村八次，龙凤村七次，云王村七次，东阳村七次，等等。通过加强调查研究，强化作风建设，我们与群众的距离拉近了，群众更加支持和配合我们做工作了。

陆龙飞：绿水青山就是金山银山。我们那龙乡石山众多、土地稀少，石漠化严重，生态文明建设任务繁重。为此，我们采取了以下几条措施。一是做好宣传发动工作，努力改善生态环境。我们坚持因地制宜，大会小会反复强调种植竹子、苏木、金银花等的好处，大谈生态环境建设。经过努力，目前我们乡森林覆盖率由五年前的百分之三十提高到百分之六十。二是大搞地头水柜建设，做好水土保持工作。我们引导群众在原有的基础上投入大量的资金，使全乡地头水柜建设覆盖率达百分之九十。三是出台相关政策措施，巩固石山造林绿化成果。四是实施农户山地林地经营权改革，引导群众减少对土地、林地的生态破坏行为。五是强化科学治理，严格依法管理。

就拿种植竹子来说，有一次，我深入山龙村调研，只见山头光秃秃的，乱砍滥伐，随处可见。针对这种情况，我便与山龙村干部一起商量寻找解决的办法。开始时群众积极性也不高，甚至有的还与村干部对着干。我们便组织干部三番五次进村做工作，第一次做不通，就做第二、第三次，直到做通为止。我一年之中光是球鞋就穿烂了五双。当我看到在村村弄弄的石缝中竹子、香椿、苏木、金银花等作物遍地生长的时候，我的心就像开满鲜花一样乐陶陶的。

陆龙飞：一切爱皆始于家庭，这个道理谁都懂。记得席恩说过，与一个好女人结婚，你是在暴风雨中找到了避风港；与一个坏女人结婚，你是在避风港中遇到了暴风雨。我曾经有一个幸福的家庭，可惜爱妻提前走了，留下我和女儿相依为命。作为一名干部，任何情况下我都把工作放在第一位。比如，有一次我女儿得了急病住院治疗，覃文心老师第一时间将她送到了医院，当时我正在四川成都考察学习。以前我曾交代过覃老师，如果有什么紧急的事情要第一时间告诉我。女儿却说不会有什么事的，老爸安心工作就是。可是那次女儿真的病了，而且病得不轻，她却特地恳求覃老师千万不要告诉我，直到病愈。女儿是我的命根子，她很懂事，很让我放心。

笔者：再问一个问题，韦江琳乡长是我的表妹，她的进步你也有一份功劳。但是，据说你因为她受了不少的委屈，甚至被县领导找去问话了，有这回事吗?

陆龙飞：韦江琳在我们乡当副乡长，她思维活跃，敢于担当，工作泼辣，作风扎实，样样干在前，处处树榜样，是个难得的女领导干部。我们除了工作上有联系之外，没有别的什么见不得人的事情。既然她是你的表妹，她的事你也应该略知一二吧。她的父母离异多年，几年前她母亲不幸病故，她父亲也没有前往安慰一番，她对她父亲根本没有什么好感。她父亲先是左脑出血住院一个月，几个月后因心肌梗死、脑梗死，接着又是右脑出血住院治疗，不久到我们县民生医院中医科室治疗，目前尚在康复之中。你可能不知道的是，她父亲就是我原来的顶头上司市扶贫办主任林立。林主任独断专行、作风霸道，对有能力、有冲劲、有魄力的年轻人看不顺眼，处处都想刁难打压，这也是我离开市扶贫办的一个主要原因。

我们乡是全县少数民族群众聚居最多的一个乡，包括壮、瑶、苗、水等民族。民族团结一家亲，做民族团结工作重在交心，要将心比心，以心换心，让各民族像石榴籽那样紧紧抱在一起。可以这么说，我和分管的韦副乡长花的精力最多，有的人就以“莫须有”的罪名加害于她，诬告她和我关系不正常。当时，县委组织部派考察组同志下来对她进行考察，准备提拔她担任乡长职务。我们乡有的人嫉妒，犯了“红眼病”，私下写信告到县领导那里。她单身，我是寡公，有人告状很正常，但我们之间很清白。我爱妻不幸离开人世后，我变成公鸡带女，几乎放弃了续弦的机会，是韦副乡长给我介绍她的闺蜜，让我们相识。目前只能告诉你个大概吧，也十分感谢你表妹对我个人生活的关心和帮助。如果你想写小说，可以把这些情况作为创作的鲜活的素材。

笔者：谢谢陆书记告诉我这些。另外，我知道你对编山歌颇有研究，可不可以编一首来抒发心中的情感呢？

陆龙飞：有人说过，人生是一幅亮丽的风景画，爱情是一束美丽的鲜花。我会努力追求属于自己的爱情，将真爱进行到底！即兴编一首山歌吧：

最美风景在心中，关爱行动当先锋。
用心用力真情在，风雨之后见彩虹。

笔者：谢谢陆书记接受我的采访。

第七章　奋楫者进

1　喜事连连

农历五月二十九，一年一度瑶族同胞的盛大节日——祝著节到了，陆龙飞和韦舞商定的跨县乡镇文艺联欢晚会也到了。

那龙乡有四万多人，百分之九十七是少数民族。实施精准脱贫、促进民族团结、推进共同富裕是全乡工作的重中之重。为此，陆龙飞和覃放亲自走访韦舞书记，就“三农”问题、精准脱贫、招商引资、乡村文明、民族团结、社会稳定等方面的工作达成了共识。两个乡商定，轮流举办跨县乡镇文艺联欢活动。从 2018 年开始，首届由阳安县安保镇主办，第二届由大都县那龙乡主办，演出时间灵活，由主办方确定。那龙乡决定在那龙中学球场上举办第二届跨县乡镇文艺联欢晚会。

这天正是周一，也是建党九十八周年。下午召开了那龙乡发展座谈会，邀请到那龙乡老书记韦向阳、凡周、覃锋、黄先以及企业家韦红生等参加。建党周年纪念日和祝著节的双重活动让老领导和企业家们激情涌动。主办方还特意设计了留言板，让领导和企业家们留下了肺腑之言。陆龙飞和韦舞分别大笔一挥的毛体书法有着异曲同工之妙。

晚上的文艺演出精彩纷呈，令人叫绝。印象最深的有两件事：第一件是陆龙飞审改三句半《山乡喜事多》的过程，萌生出写三句半这个主意还是靠韦舞点醒的呢；第二件是陆龙飞审改顺口溜《十赞良龙村好心人》。

先说第一件事。有一天晚上，韦舞给陆龙飞发信息：“你们乡‘五大行动’‘四种风气’有特色，也是你们近年来的主攻方向，如今有了一定成效，干吗不把它编成精美的台词，在晚会上亮亮相呢？”

陆龙飞说：“是哦。我想想看，以什么形式体现更好呢？”

韦舞说：“我只不过把问题抛出来，具体的还是由你自己来。你不是经常吹牛说自己是个‘万金油’吗？这正是展现才华的时候了！”

陆龙飞自信地说：“自信人生二百年，会当水击三千里！”他想了想，又回复道：“那就用三句半的形式，喜闻乐见、寓教于乐嘛。我先让办公室的小黄弄个初稿出来。”

谁知道，小黄弄了将近一个下午，写出来的台词却词不达意。小黄摊开两手，摇着头说道：“闻道有先后，术业有专攻。我以为写这类东西不难，可是动起笔来却感到肚里空空，落笔艰难，真是巧妇难为无米之炊！我宁可去扛石头算了。”陆龙飞笑笑说：“智能之士，不学不成，不问不知！”小黄一脸苦相，只好说：“我再试一试吧。”小黄绞尽脑汁，结果写出来的台词还是不尽如人意。陆龙飞调侃道：“年轻人，这就叫作书到用时方恨少，事非经过不知难！”眼看小黄骑虎难下的样子，陆龙飞只好亲自动笔，很快就改出了台词。现摘抄如下：

山乡喜事多

1. 欢度节日喜事多，我们登场唱山歌，歌唱社会新生活，乐呵呵。
2. 歌唱中国共产党，党是我们指挥枪，党为我们指航向，建小康。
3. 建设壮美新那龙，五大行动立新功，四种风气见行动，很管用。
4. 打造三农好品牌，土特产品桌上摆，能人带领致富来，笑颜开。
5. 精准脱贫情最深，产业就业要紧跟，志智双扶盯得紧，斩穷根。
6. 乡村文明建设好，核心价值观记牢，文明乡风要倡导，看今朝。
7. 民族团结花盛开，社会和谐幸福来，友爱好比一家人，爽歪歪。
8. 美丽乡村那龙新，两山理念要上心，绿化美化人欢欣，好心情。
9. 读书学习要加强，全靠理论来武装，坚定正确大方向，斗志昂。
10. 调查研究基本功，群众利益记心中，深入村屯访贫穷，情意浓。
11. 知难而进有追求，脱贫路上争上游，逆流而上不回头，真是牛。
12. 艰苦奋斗记在心，勤俭节约干革命，铺张浪费太气人，绝不行。
13. 那龙山乡大变化，有家有房有钱花，精神文明进万家，美佳佳。
14. 感谢党恩跟党走，共同富裕有奔头，小康路上手拉手，样样有。
15. 那龙山乡新气象，好多工作获表彰，各种奖状挂满墙，喜洋洋。

（注解：两山，即绿水青山就是金山银山。）

再说第二件事，即陆龙飞审改的顺口溜《十赞良龙村好心人》。有一天，驻村工作队队员韦思东特地从山龙村跑到乡政府找到陆龙飞，说她母亲杨蓝写了一段顺口溜，恳请陆书记用心修改。陆龙飞接过皱巴巴的文稿，心里为之一振。想不到六十多岁的老奶奶还会编顺口溜，这是山里的一大奇观、特大新闻。陆龙飞一下子来了精神，静下心来认真阅读着充满乡土气息的顺口溜，大为感动、大受鼓舞。他立即与韦思东一起修改完善台词，使之更加顺畅押韵、朗朗上口。

十赞良龙村好心人

一赞村干就是好，向着全面小康跑，
脱贫攻坚摘帽了，一家一户都不少。
二赞盘阳是好样，为民请命跑乡上，
发挥余热人敬仰，老当益壮心最亮。
三赞矮仔覃龙善，见义勇为当好汉，
路见不平一声喊，群众说他很勇敢。
四赞红生好老板，思想活跃又有胆，
产业扶贫做示范，群众乐意跟着干。
五赞驻村罗庆望，群众利益记心上，
为了山村大兴旺，忙里往外累够呛。
六赞邻居陆方祖，种桑养蚕好项目，
整天都在忙碌碌，年终赚钱讲大数。
七赞老板黄启宝，捐资助学修学校，
危房推倒重建了，师生拍手齐欢笑。
八赞巧手杨明敢，做小工头当老板，
带着老乡大钱赚，笑得眯成一条线。
九赞医生陈大敏，走村串户来治病，
救死扶伤众人命，健康快乐人安定。
十赞热心黄小燕，邻里纠纷她出面，
不怕别人来刁难，维稳工作有贡献。

很快，杨蓝老人家因为《十赞良龙村好心人》这则顺口溜而一炮打响、家喻户晓，她和老光棍汉蓝光辉迟迟而来的姻缘也走到了台前。

这天上午，当陆龙飞跟着驻村工作队队员韦思东走进她老家大门时，杨蓝老人家已站在家门口，唱着一首山歌以示欢迎：

歌手唱歌当讲话，结下歌缘没办法。
如果不嫌我人老，就用山歌来作答。

随后，杨蓝紧抓住陆龙飞的手不放，就像老鹰抓住了小鸡一样。

陆龙飞意识到老人家一定有什么话想说，只是一下子还不知道如何开口才好。

杨蓝犹豫了一下，又蹦出了一首山歌：

日头渐渐下西坡，我家喜事麻烦多。
人老珠黄嘴巴笨，不知如何开口说。

韦思东急忙解释道："是我妈的人生大事。"

陆龙飞心领神会，轻松地回答道：

花好月圆鸳鸯美，璧合珠联鸾凤飞。
请问阿姨有心事？好让我来马上催。

杨蓝唱道：

鸳鸯共舞要当真，鸾凤和鸣一道门。
有话想问好书记，能否担当主婚人？

陆龙飞的眼睛先看了看杨蓝老人家，又盯住韦思东，开玩笑说：

乐意当好主婚人，牵线搭桥有功劳。
功劳不大情意在，请问可否有红包？

杨蓝忙不迭地答道："有的！有的！"说着，她从裤袋里取出几张钞票塞进陆龙飞手里。

陆龙飞将钞票退回去，严肃地说道："杨阿姨，开玩笑啦，我哪敢收阿姨的红包呢？"

随后，陆龙飞轻轻唱道：

最美不过夕阳红，温馨和谐又从容。

相濡以沫心相伴，携手迎来夕阳红。

不一会儿，杨蓝从里屋拿出一本发黄的相册让陆龙飞看。陆龙飞竟然在相册里见到了杨蓝和母亲陆芸年轻时的合影。他目不转睛地盯着一张张发黄了的照片，激情涌动，泪水打转。

韦思东抢先说道："陆书记，我妈妈会毫无保留、完璧归赵的！"

陆龙飞说："我想也是，不然你妈妈怎么唱起山歌来了？"

杨蓝老人家开心地笑了。

当时陆龙飞已经想好了，到两老办婚事时他将以毛体书法书写几副对联，演绎刘三姐山歌文化，龙飞凤舞地展现书法艺术和山歌文化魅力。更重要的是，通过这一宣传让更多的光棍汉找到中意的对象，让更多的有情人终成眷属。

农历七月二十这天，蓝光辉与杨蓝喜结良缘，弹指一挥间，这离他们初恋那年已整整过去了四十年。有情人终成眷属，钟情者鸾凤和鸣。陆龙飞亲自主持两位白发老人的婚礼。婚礼当天，古里屯红薯酒开窖仪式同时启动，香醇浓郁的酒香飘溢山沟，久久不散。爽朗的笑声，和谐的场面，温馨的气氛，让蓝光辉、杨蓝两位老人重拾了生活的信心和希望。

陆龙飞特地让韦舞帮蓝光辉和杨蓝拟喜联，韦舞很快拟了出来，上联：丽日风和桃李笑；下联：珠联璧合凤凰飞。横批：永结同心。韦舞特地交代陆龙飞，要与蓝光辉对接落实好供货订单，将古里屯的红薯酒、玉米酒等推销给自己的亲戚朋友，以此作为两位老人家晚年喜结良缘的祝福和尊重。

接着，韦舞将自己的远房表哥、港商龙腾引到那龙乡来了。龙腾四十多岁，人长得眉清目秀，帅气十足。见面时，韦舞给龙腾介绍陆龙飞时，特地说陆龙飞就是她的男朋友。陆龙飞猛地一愣，很快就明白其中的缘由。这就是韦舞的聪明之处。

握手时，龙腾故意将陆龙飞的右手握得很紧，似乎在暗示着什么。当时陆龙飞没有往深层次去想，但也用力握了手。

韦舞发现了这一细节，虎着脸说道："表哥、陆书记，我先把丑话说在前头，你们两个人都是我最亲的人，我不希望你们成为敌人！"

龙腾大大咧咧地答道：“女人要是押对了宝，就相当于押对了一生的幸福指数！陆书记站得高、望得远，哪能与我这个粗人斤斤计较呢？”

陆龙飞说：“韦书记，看得出你的表哥很优秀，需要我虚心学习的地方实在太多了！”接着，他用一首山歌表达了出来：

龙腾虎跃闹得欢，喜迎贵客到深山。
产业基地建设好，红红火火笑开颜。

龙腾一脸灿烂，兴致勃勃地说：“兄弟，我就喜欢跟你这样的人交朋友。我们有太多的共同语言！”话虽这么说，可是龙腾还是有他自己的想法，他倒是要看看自己的远房表妹怎么会钟情于这个公鸡带女的寡公的。

龙腾思维活跃，做事果断，给人一种雷厉风行、果敢实干的形象。短短二十天，他深入那龙乡开展调研，很快就明确在良龙村、弄中村、山羊村、上龙村、云联村、东阳村等建立黑木耳生产基地和竹笋生产基地。

这时候，陆龙飞特地与县电影公司联系，将放映队拉进山里来。放电影之前，陆龙飞对着话筒兴致勃勃地说道：“在放电影之前，我先说几句话。非常感谢龙腾公司对我们那龙乡的关怀与厚爱，在此，我代表那龙乡党委、政府表示热烈的欢迎和衷心的感谢！

“扶贫先扶志，扶贫必扶智。我们要把‘志智双扶’作为打赢脱贫攻坚战的一项重点工作，引导乡亲们逐步摒弃‘等靠要’思想，实现由‘要我脱贫’到‘我要脱贫’的转变。第一，要补齐精神短板，引导乡亲们变‘不想干’为‘我要干’。人只要精神不倒，再难的日子也能熬出头。我们要把精神的旗帜树立起来，宣传党的路线方针政策，宣讲国家大事，讲好脱贫故事，用身边的人讲身边事，激发大家从‘熬日子’到‘过日子’，再到‘奔日子’的信心和决心。

“第二，要补齐技能短板，引导乡亲们变‘不会干’为‘我能干’。常言说，一技在手，致富不愁。要本着‘想学什么培训什么，缺什么补什么’的思路，让大家既能‘富脑袋’，又能‘富口袋’。今晚的专题片专门介绍黑木耳种植，大家不要放过难得的学习机会。

“第三，要补齐文化短板，引导乡亲们变‘没劲干’为‘加油干’。要开展‘送戏下乡’‘送书下乡’‘送电影下乡’‘送培训下乡’等活动，让乡亲们找到致富的门路，看到希望所在，从而撸起袖子加油干，小康路上喜洋洋。我说完了，谢谢大家！”

当晚电影放映结束后，闲聊之时，龙腾说：“陆书记，如果没有什么大事，这段时间晚上你就抽空跟我们一起下村屯，看电影，宣传你的观点，让附近村屯的群众逐步接受你的‘三个变’，这不是很好的宣传技巧吗？”

陆龙飞笑笑道：“只要思想不滑坡，办法总比困难多。扶志扶技又扶智，脱贫路上奏凯歌。”他想，有必要的话，我会经常邀请县电影队的同志进山来，为我们乡实施的“志智双扶”行动添砖加瓦。

龙腾拍着陆龙飞的肩膀，说道：“开口成诗，出口成章，看来你这位兄弟得教教我才行啊！”

陆龙飞爽快地答应了下来。“二人同心，其利断金。同心之言，其臭如兰”嘛。他想，对于港商，我们应该把最值得珍视、推崇的东西都介绍出去，让山外的客人真正感受到我们山里人的质朴与诚意，从而让他们与我们山里人融为一体。

渐渐地，勤学好问的龙腾学会了编山歌，他和陆龙飞很快成为无话不谈的好朋友。可是有一天晚上，龙腾下村屯时被一群村民灌醉了，走路摇摇晃晃，说话舌头也打卷了。回到街上，他走进乡政府，见到陆龙飞房间还亮着灯，便使劲敲打陆龙飞的房门。见到陆龙飞，他故意借着酒疯撒野起来，并当面提出了爱情挑战。

龙腾一脸酒气，站也站不稳，坐也坐不住，好不容易用双手扶住椅子站稳了，强作笑脸说：“鸟儿倒知鱼在水，鱼儿不知鸟在林。”

陆龙飞苦笑了一下，顺手给龙腾沏上了一杯热茶：“龙总，你喝多了，先喝一杯热茶吧！”

龙腾嘟囔着：“嗯嗯，我没醉！我没醉！我要跟你决斗！”

之后，龙腾一不做二不休，马不停蹄地向韦舞发动了猛烈的爱情攻势。韦舞不慌不忙地将一碗清水摆在桌面上，并将几根葱花和豆腐放进碗中。她对一脸不解其意的龙腾说道：“表哥，我们就像小葱拌豆腐——一清二白。我们两人之间没有道不尽的爱情故事，只有说不完的亲情！”她进一步说道：“表哥，我们是有一定的亲戚关系的，当然不可能在一起，而且我心里只有陆龙飞，尽管我们还没有结婚，但是很快了。”

龙腾不甘心地掏出了心里话：“表妹，实话说，陆龙飞一个公鸡带女，你们又都是乡镇党委书记，他能有什么魅力吸引到你？”

韦舞说："正是因为如此，让我对他和他的女儿产生了一种特殊的情感。当然，这不是一句话就能说清楚的。"说着，她从公文包里拿出两枚纪念章，摆在龙腾的面前。

龙腾抚摸着纪念章，只见上面分别印着"龙飞凤舞"和"到中流击水"的字样，他一言不发，心情沮丧。半晌，龙腾无奈地摊开双手，忧伤地说："本想与君共白头，奈何缘浅梦难求。"

韦舞往桌面上铺开宣纸，大笔一挥："天下谁人不识君。"她盯着表哥思索了半天，想说什么又不敢说出口。不一会儿，她突然想起了什么，立即给陆龙飞拨去了电话。

听罢，陆龙飞说："这事好办，建议你给龙总介绍一个会唱山歌的姑娘，听说你们乡里那个叫黄韵的女生不是很会唱山歌吗？她还单身的嘛。"

韦舞拍着脑袋，说道："知道了。"她继而对龙腾说："表哥，看在你一脸真诚的分上，陆书记建议我把我乡女干部'山歌王'黄韵介绍给你。你不是迷上刘三姐的山歌了吗？那么，你得使出小时候吃奶的劲儿来才行！学唱山歌，增加感情，加强沟通，马到成功！至于你们能否谈出爱情来，那是你们的事了。可我不得不提醒表哥，一个四十多岁的男人，更要珍惜感情，倍加珍惜爱情，绝对不能再玩弄感情、逢场作戏了！"

龙腾先沉下脸，而后又开心地笑了，说："遵命！"

患上脑出血的韦红生在李凤舞和李露的精心护理之下，身体很快康复，他主动向李凤舞提出结婚的请求，李凤舞欣然接受，两人很快结为夫妻。

国庆节放假几天，韦舞带上黄韵到那龙乡来了。陆龙飞便和龙腾一起拉上她们到县城去，并约上韦红生、李凤舞他们一同聚餐。开始时，李凤舞推脱说要值班，抽不出时间来。韦红生苦口婆心劝说，才说动了她。吃完饭后接着品茶，陆龙飞特地让大伙就爱情、情感和"志智双扶"等问题连起来做一次深入的探讨，大家都说："好！"

韦红生喜欢打头炮，宣传他的爱情观。他掏心掏肺地说道："世界上最伤心的事，不是没有遇到爱你的人，而是遇到了却最终错过；世界上最幸福的事，莫过于错过爱你的人之后，又找到了爱情的真谛。爱情给了我第二次生命，也让我见证了'志智双扶'这个活动。接下来是要加大扶持力度，不断提高光棍汉们的素质！"

李凤舞瞥了陆龙飞一眼，接着往下说："爱情在不懂珍惜的人眼里，只会是一颗普通的石头，而在懂珍惜的人眼里，就会绽放出迷人的光芒。今年的国庆节大家见证了我与韦红生的爱过、错过、恨过又走向重生的真爱。以后，只有珍惜珍惜再珍惜了！作为一个医生，我的理解是，任何一个人在任何时候任何情况下都必须养好身体，少生病，甚至不生病，健康长寿，长命百岁。救死扶伤是我们医生义不容辞的责任。龙总，到你发表感言了。”

龙腾呼地站起来，说道："我和韦董事长一路同行，殊途同归，我们都是进山找宝挖宝来的，现在一石三鸟，既找到了宝贝，又发了大财，还帮扶了困难群众，我们好开心啊！'志智双扶'正在如火如荼开展着，我能做的就是多招聘几个光棍汉，以实际行动回报那龙老百姓对我的关爱！"他转而对韦舞说道，"尊敬的表妹，尊敬的韦书记，该轮到你发表感慨了。"

韦舞意味深长地说道："情感是人的一种内动力，潜藏着无限的力量，这种力量不仅会产生超常的爆发力，更有绵绵不断的持久力，甚至可以说是一种永恒的力量。就讲一则寓言故事吧。一把沉重的铁锁挂在门上，有人拿一根很粗的铁棒很用力地去敲打它，没能砸开。另一个人过来，只用一把小小的钥匙往锁孔里一塞，轻轻一拧，锁就开了！迷惑不解的铁棒问钥匙：'为什么我用那么大的力气都打不开的锁，你却轻轻一拧就打开了呢？'小钥匙既得意又自豪地回答：'因为我懂它的心。'"

龙腾盯着韦舞，又将目光转向陆龙飞，巧妙地把问题提了出来："陆书记，是不是灵感大发了？给我们来一首'一把钥匙开一把锁'的山歌吧！"

陆龙飞盯着坐在龙腾身边的黄韵，说道："要不，黄姑娘来答一答？"

黄韵笑眯眯地说道："还轮不到我黄韵说话呢，先向大家学习再说吧。龙总不也是出口成章吗？"

龙腾挥动着双手，说道："说心里话，唱山歌嘛，我还没入门呢，陆书记，还是你来吧！"

陆龙飞开口道：

一把钥匙一把锁，好比一人一老婆。
鸾凤和鸣好配偶，吉祥如意幸福多。

2　加倍回报

纵有疾风起，人生不言弃。泰戈尔有句名言：“世界以痛吻我，要我报之以歌。”

2020年1月，湖北省武汉市暴发了新冠疫情，很快席卷全国。面对突如其来、气势汹汹的疫情，那龙乡坚决响应党中央号召，按照上级党委、政府的部署要求，从我做起，全民动员，科学防治，筑牢群防群控这张网，坚决打赢新冠疫情防控阻击战、持久战，没有出现一例新冠感染病例。

而这时候的蒙爱国却闹出了不少的笑话来。记得那年大年初一的前一天，蒙爱国将三百多斤红薯酒送到阳安县城一位亲戚家，当晚被兄弟们灌得烂醉如泥，手机也弄丢了。第二天县城为抗击新冠疫情采取了必要的防控措施，他被暂时困在现代家园小区里。李露打爆他的手机却始终没人接听，这才慌了手脚，不得不给陆龙飞打电话。陆龙飞了解情况后安慰李露姐不要着急，一定没事的。当时蒙爱国找不到手机也一筹莫展，不得不一而再、再而三厚着脸皮戴上口罩在亲戚家里待了二十多天。蒙爱国面对着亲戚一家人那无可奈何的冷眼相待，想象着李露喋喋不休的抱怨以及干儿女们期盼团圆的目光，他意识到自己犯了一个天大的错误，如同一条丧家之犬惶惶不可终日。尤其是有生以来第一次被迫在亲戚家过年，虽然他们没说什么出格的话语，但态度却并非十分友好，蒙爱国当然不是傻子，只好独自以酒消愁、以酒解愁了。因为疫情，蒙爱国被困在小区多日，李露差点将他骂死了。后来，他告诉陆龙飞说，他带去的三百斤红薯酒之前也被兄弟们瓜分，很快就喝了个精光。

陆龙飞用一首山歌取笑他：

新冠疫情闹得凶，爱国喝酒当饭桶。
三百斤酒喝没了，乐不思蜀成酒翁。

蒙爱国不好意思地摸着自己的头发，呵呵地笑了：“我是个死不开窍的农民嘛。”

陆龙飞开玩笑说：“哈哈，用一首山歌来表达一下嘛。”

蒙爱国想了想，才说道：

新冠疫情害死人，没有口罩真不行。
预防感染戴口罩，关爱自己爱他人。

正是在抗击新冠疫情的日子里，蒙爱国所谓“算命先生”的名堂算是坐实了。看八卦的、看风水的、算生辰八字的，他均有所涉及。那时候，蒙爱国天天煲电话粥，凭着三寸不烂之舌吹嘘、八卦、算命，谈天说地，聊东聊西，既能喝点小酒，又有小的收入，一副自得其乐的做派。在他看来，大概生活也就是如此吧。

其间，陆龙飞心血来潮，填写了几首诗词，抒发感慨，以表情怀。其中填词《满庭芳·党旗飘扬》：

鼠年忧伤，新冠感染，疫情殃及四方。中央发令，构筑防控墙。党员冲锋陷阵，树榜样、勇于担当。捐钱物，一方有难，八方来帮忙。

火线上入党，庄严宣誓，紧跟着党。动真情、彰显大爱无疆。戴口罩、防传染，战病魔、确保安康。担使命，铭记初心，党旗永飘扬。

当然，陆龙飞也利用晚上空余时间紧锣密鼓地创作第一部长篇小说，贴着笔下的人物走，让众多人物陆续登场，各自演绎着精彩的命运故事。目前断断续续只写到一半，还需要更多的时间来努力啊！而白天，陆龙飞和班子成员戴上口罩，一心一意奋战在工作岗位上，与疫情做斗争，与时间抢速度，一步一个脚印地为那龙乡的发展奔波忙碌、献计出力。

迎接自治区“四合一”验收检查和国家第三方评估是精准脱贫的重要工作，从 2017 年底开始，自治区“四合一”验收检查工作、国家第三方评估工作组分别深入贫困县村屯检查指导工作。（“四合一”验收检查，是指设区市党委和政府扶贫开发工作成效考核、贫困县党委和政府扶贫开发工作成效考核、非贫困县开发工作成效考核、扶贫对象脱贫摘帽实地核查，这四者合并为统一的实地核查核验）

核验中，核验组通过进村入户调查、实地查看、查阅档案资料等方式，对随机抽中的村以及贫困户、预脱贫户、脱贫户和建档立卡退出户进行核实，在入户过程中核验组详细查看农户的生产生活条件，仔细询问其家庭成员的身体状况和经济收入等方面信息，并对照入户信息采集表进行一一现场核对，充分了解帮扶干部的工作情况和群众的满意度。

那龙乡是受检的重点乡镇之一，其中国检和区检分别达四次。为此，每年九月、十月，县委、县政府都召开验收检查工作部署会议，明确要求必须高度重视、查缺补漏，全力以赴、确保过关。

一天上午，县委、县政府召开全县精准脱贫暨验收检查工作动员部署会议，县委书记黄江华、县长蓝益分别在会上提出了明确要求。国检、区检每一次检查都是临时抽样检查，事先根本不知道是抽查哪村哪屯哪户，真可谓：压力多多，紧张兮兮。前几次抽检都顺利过关了，可是存在的问题也不少。那龙乡针对检查中查出的问题，再次对症下药，确保收到实效。

“控辍保学”被列入九年义务教育的重要内容，同时也被列为自治区“四合一”验收检查和国家第三方评估的一项重点内容。陆龙飞要求全乡领导干部要加强与中小学校、班主任和家长的联系，层层对接、压实责任，确保工作到位、监督到位、落实到位。同时，那龙乡还与县人民法院联系，率先在乡镇开展巡回法庭进校园活动。通过真实案件的审理，让在校师生现场感受案件审理过程，零距离接受法治宣传和警示教育，体现出人民法院践行“人民法官为人民”的初心使命和预防、减少青少年犯罪的司法担当。

可是，问题就像人身上长着脓包注定要在某一天爆裂一样，该来的还是来了。

开学第一天，那龙中学校长蒙有平突然给陆龙飞打电话，说有个叫蒙凤兰的初二女生开学后没有按时回校上课，估计逃学了。陆龙飞二话不说，立即赶到学校，商量对策。

得知蒙凤兰逃学之后，班主任第一时间与她母亲取得联系，她母亲却责怪学校监管不到位。碰到这种情况，首先找到人了再说。班主任因为这件事被蒙校长骂得十分难听，甚至在众人面前抬不起头来。

蒙校长经过多方联系对接，得知蒙凤兰在广东某市打工的行踪，立即将情况报告给陆龙飞。陆龙飞便派黄富强副乡长率领工作队赶去那里找她，可是蒙凤兰却与工作队玩起捉迷藏来了。在蒙凤兰打工的那家公司里，黄富强等人直接与该公司的林老板了解情况。林老板见到黄富强，开始还嘴硬，在黄富强将有关政策告知后，他才慌了手脚，并立即命令手下人迅速通知下去，将蒙凤兰带过来。可是办公室秘书报告说她人前两天还在，现在已经不知去向。黄富强想到了韦思东，立即通过韦思东沟通联系，由公安部门通过手机定位查出蒙凤兰已跑回广西某市某个酒店打工，黄富强交代大都县公安局相关同志与该市公安局取得联系，安排做好监督跟踪工作。陆龙飞等三人立即驱车前往某市。他们找到蒙凤兰的时候，她已经怀孕将近两个月了。陆龙飞跟相关人员了解到，有几个解决的办法：第一，先查出谁是孩子的父亲，这就牵涉到犯罪问题了；第二，动员女孩堕胎，返回学校就读；第三，建议女孩申请休学（比如病休）。工作队问了蒙凤兰，她始终一句话也不说，再问，只有哭声回应。

陆龙飞问覃乡长等人，他们都说没有更好的办法，只有堕胎才是唯一的办法。否则，十四岁的女孩如何生养小孩啊？可是这事又不能强迫，必须做通思想工作，劝说本人到医院堕胎。

动员蒙凤兰堕胎是摆在面前的一道难题。提到堕胎，陆龙飞突然想到了妹妹陆幸，就什么话也不说了。好在陆幸大学毕业后很快考取教师资格证，目前在大都三中当老师，由她出面做蒙凤兰的思想工作，可能会产生更好的效果。陆龙飞思前想后，便拨打陆幸妹的电话。

陆幸不解地说道：“哥，这跟我有什么关系呢？”

陆龙飞说：“陆妹，作为一个光荣的人民教师，你能忍心让一个十四岁的女孩挺着大肚子去学校上课吗？现在的女生早熟了，不好好念书，这样是在作践自己。你是女老师，我想只有你去做她的工作最合适。当然，你可以拒绝哥！”

陆幸数落道：“哥，我十四岁的时候，你在哪里呢？你可能不知道这个叛逆期的孤独与忧伤，更不知道这样的女生精神压力有多大吧？”

陆龙飞一脸愧疚，觉得自己欠了妹妹一个巨大的人情债，他不能原谅自己。自从母亲被歹徒杀害后，陆龙飞几乎没有时间陪妹妹，包括她的小学、中学、大学时期，干爸一家把妹妹当成家中最重要的成员之一，在学习、生活、工作、情感等方面给予了无微不至的关爱，陆龙飞自惭形秽。他无奈地说道：“妹妹，哥哥欠了你一辈子的情啊！”

陆幸说：“哥，妹妹开玩笑的了，你别当真了。大哥碰上难题了，作为妹妹，有什么理由拒绝帮忙呢？这可是我第一次做这种女生的思想工作，我只是怕我做不好！”

陆龙飞说：“我把妹妹扯进来，本不该啊！”

陆幸模棱两可地说："再说吧。"

蒙爱国听说陆龙飞要把陆幸妹牵扯进来，第一时间打来电话骂陆龙飞："陆书记，这是你们的大事，你把你妹拉进来干什么？知情人说你想往上爬的思想太重了，不知情的，以为你们乡领导太无能了！"

陆龙飞说："表哥，你是不是说我陆龙飞太无能了？你说的也许有道理，那你有什么好主意？说说看！"

蒙爱国说："堕胎不就得了吗？软的不行，就来硬的！"

陆龙飞骂道："春风化雨，以情感人，懂吗？"

蒙爱国想了半天，也想不出什么好办法来，只好说道："看来喝酒、猜码、唱山歌、吹树叶我蒙爱国在行，其他还真的没有什么本事了！"陆龙飞说："做思想政治工作的，必须因人而异，因材施教。我妹现身说法可能是最好的办法，看来也只能委屈她了。"

蒙爱国说："那我再跟你妹妹说说？"

陆龙飞故意大声地说道："表哥，也许你这是马后炮了。当然，喝酒你是很牛！猜拳划码也是高手！其他嘛，我就不好说了！"

蒙爱国呵呵地笑了。他自嘲道："我一个农民,哪有你们领导高明呢？"

蒙爱国独自吹着树叶朝前走去。他吹的是电影《刘三姐》的插曲《花针引线线穿针》：

花针引线线穿针，男儿不知女儿心。
鸟儿倒知鱼在水，鱼儿不知鸟在林。
看鱼不见莫怪水，看鸟不见莫怪林。
不是鸟儿不亮翅，十个男儿九粗心。

这天早上，蒙凤兰突然看到陆幸，就像老鼠见到猫一样，全身发抖，双手抱着头，什么话也不说，一个劲儿地哭，两眼红肿得像鸡蛋一样。等蒙凤兰哭声停下来后，陆幸才慢慢走到她旁边，握着她的双手，问道："小蒙，如果你觉得还没哭够，那就继续哭吧。"蒙凤兰摇摇头。陆幸问："你有父母吗？他们对你好吗？"蒙凤兰说："父母离婚十年了，母亲改嫁了。"

陆幸说："那你至少比我幸福得多呢。我生下来就不知道父母是谁，至今也不知道。"陆幸见到蒙凤兰露出惊讶的目光，进而解释道："我自小生活在干爸干妈家里，是他们把我拉扯大的。懂事后，我一心只有读书再读书了。在我们山里，读书才有出路呀，可是你看轻自己了！你想破罐破摔了！你才十四岁，正是长身体长知识的时候，如今你怀孕了，手头没有更多的钱，如果把孩子生下来，怎么养活呀？再说十四岁，这是上学读书的最佳年龄啊！”

蒙凤兰泣不成声地说：“我没脸念书！”

陆幸说：“那就更应该读书。现在你才读初二，还有初三、高中、大学。只要用心读书，你一定会有好的前程。要是你把孩子生下来，想继续读书，就真的很难了！”

蒙凤兰抱着陆幸，目光呆滞，一脸愁容。

陆幸说：“我来看你，就是想告诉你，我也有自己的不幸，我的苦难不比你少。我现在在三中当老师，每天面对的就是你这个年龄段的学生。我想把自己的不幸告诉你，就是想说只有读书，才能有好的前途，也只有读书，才能改变自己的命运！”

蒙凤兰哭着说：“道理我都懂啊！”

陆幸深知蒙凤兰心里有解不开的疙瘩，可是看得出她对求学抱有很大的期望。这就好了！陆幸想了想，才说道：“要是你在那龙中学不好意思读下去，那就转学到我们县三中来，我替你跟学校求情。只要你想读书，只要你用心读书，我想我们学校一定会欢迎你的！用一首山歌表达就是：山里子孙命最苦，摆脱贫困必读书。好比枯木逢春季，雨露滋润又复苏。”这首山歌其实是很久之前陆龙飞说给妹妹听的，妹妹记住在心上，现在派上了用场。

当天下午，陆幸和蒙凤兰的家长一起陪着蒙凤兰到医院办了堕胎手续。随后，陆幸答应帮她联系学校继续念书，蒙凤兰含着眼泪点了点头。

陆幸打电话给陆龙飞说：“哥，小蒙同意了！”

陆龙飞对妹妹的积极配合表示由衷的感谢，还拉上覃乡长一起到学校感谢了妹妹，并慰问了蒙凤兰。

同时，县公安部门将导致蒙凤兰怀孕的表哥蓝小天绳之以法，工作队的工作得以圆满收官。

接下来，那龙乡为迎接自治区“四合一”验收检查、国家第三方评估做好充分准备工作。陆龙飞深知，迎检工作就像一次考试，绝不可麻痹大意、敷衍了事。他们每一次都像上战场一样严阵以待，每一次都全力以赴，每一次也都有美中不足。

在 2020 年 9 月 27 日晚的国家第三方评估情况反馈会上，陆龙飞突然看见盘龙坐在主席台的正中央（其身份是石山市委副书记），黄江华书记、蓝益县长及分管扶贫工作的副县长分别坐在他的左右，盘龙的对面坐着国家第三方评估组的领导及工作小组组长，陆龙飞、覃放、韦江琳、覃小龙等几个脱贫攻坚任务繁重的乡党委书记、乡长坐在两旁。会议开了将近三个小时，国家第三方评估组对那龙乡等乡镇工作给予了充分肯定，也指出了存在的突出问题。陆龙飞等认真聆听着，用心记录着，用情感受着。会上，市委副书记盘龙提出了具体要求。

第二天起床不久，陆龙飞突然接到韦红生董事长的电话。他诉苦说："李威武昨晚喝酒时私下告诉我，有部分村民因为征地拆迁问题打算上访闹事。我越想越感到不对劲，只有你出面才能解决问题！"

陆龙飞想了想，说道："韦董事长，你不是很喜欢唱歌吗？歌曲《江山》有这样的歌词：'老百姓是山，老百姓是海，老百姓是共产党生命的源泉。'还有，毛主席说过，老百姓是'水'，共产党是'鱼'。就讲一个与水有关的故事吧。新中国成立前夕，党中央从西柏坡搬到了北京郊区，当时警卫人员为了中央的安全，把附近的群众都迁走了。毛主席知道以后发了脾气，说你们把水都排了，老百姓是'水'，共产党是'鱼'，水没了，鱼还有什么安全？还不干死，饿死吗？想一想，你就会明白很多道理的。我和覃乡长马上从县里赶回去，然后与群众一道商量如何才能做到两全其美吧！"

一个月后，韦红生牵线引进的湖羊养殖产业基地如期开工建设。

三个月后，周艳带着温州的老板再次走进了那龙乡，他们一行四人在山里转了四天，决计再次出一份力，为那龙乡的发展办好一些实事。很快，温州周氏鞋业集团有限责任公司山龙矿泉水厂开工建设。

不久，深圳财富食品有限责任公司良龙食品分公司挂牌成立。

…………

振奋人心的是，2020 年 11 月 20 日，大都县等自治区八个深度贫困县退出了贫困县序列。至此，全县"十三五"建档立卡贫困人口全部脱贫，历史性地告别了绝对贫困。

2021 年 2 月 25 日上午，按大都县委办、县政府办的通知要求，陆龙飞等乡镇一、二把手到县政府礼堂参加观看全国脱贫攻坚总结表彰大会，聆听了习近平总书记的重要讲话。他认真地记录着，兴奋思考着。回想起自己这几年来在脱贫攻坚第一线上摸爬滚打的酸甜苦辣，陆龙飞激情涌动，挥毫填了一首词《念奴娇·脱贫摘帽了》：

摆脱贫困，贵在精准，摘下穷苦帽。涸辙之鲋待相助，渴盼关爱周到。日夜操劳，梦里牵挂，对症下良药。志智双扶，确保一个不少。

基地落户山里，筑巢来引凤，致富有搞。打赢脱贫攻坚战，百姓齐声叫好。巩固成果，振兴乡村，日子更牢靠。期盼来年，共同富裕才好。

（注解：有搞，即有希望的意思。）

就在这次会议后不久，陆龙飞与韦舞这对乡镇党委书记的爱情之果也到了该采摘的时候了。他们选择一个良辰吉日到民政部门办了结婚手续，将真爱进行到底！脱贫攻坚见证了他们的真情，乡音乡情滋润了他们的爱情，至亲至爱成全了他们的感情。正是：

喜字当头花儿开，相爱之果一起摘。
龙凤呈祥百年好，永结同心幸福来。

3　等待你的妙手

时间如水，岁月如梭，时光总在不经意间流逝，转眼间那快乐的日子已变成了回忆。

2021年恰逢市县换届，陆龙飞有幸被石山市委提拔担任市乡村振兴局副局长（按上级要求，这年六月，原市、县扶贫办全部改为市、县乡村振兴局），韦舞也走上了处级领导岗位。他们的辛苦与付出没有白费，尽管一路艰辛劳苦、一路荆棘丛生。陆龙飞想，他们的人生就像登山，无论脚下的台阶有多少级，只要一步一个脚印往上攀登，总会有走到最高处的那一天。

陆龙飞在第一时间给盘龙大哥发去了短信。盘龙回短信祝贺的同时，十分钟内连续给陆龙飞发了三张草图：

第一张草图：密不透风的温室里长着芬芳可爱的花朵。配着一句话：这就是花朵的幸福感？！

第二张草图：高山顶上的一棵树，摇摇欲坠；天空黑着老脸，大风暴雨将至，真有“溪云初起日沉阁，山雨欲来风满楼”之感。配着几个大大的感叹号：！！！！！

第三张草图：一张白纸。配有文字：等待你的妙手！

陆龙飞看着三幅寓意深刻的草图，陷入了深深的思考之中。

即将离开那龙乡的周末上午，陆龙飞带上简易的祭品，独自一人在微微晨风的抚慰下走到母亲的墓地。他虔诚地跪在墓碑前，思绪万千，感慨万端。

随后，他慢慢转身注视前方，只见高大厚实的飞龙山耸立在眼前，一条青石板山道隐隐约约蜿蜒而上。人生之路何尝不是如此呢？但只要勇于登攀、迎难而上，最终就能将顶峰踩在自己脚下！

很快，陆龙飞马不停蹄转到了飞龙山的另一面，走到干爸盘阳的墓地边。干爸就像一盏耀眼的路灯，照亮着干儿子的前进之路。干爸虽然长眠于地下，却似在冥冥之中时刻牵挂着陆龙飞，暗中保护着他，时刻提醒着他。

陆龙飞将祭品轻手轻脚地置于墓前，从脖子上取下纪念章摆在祭品中间，然后烧上几炷香，香烟袅袅，情意绵绵。陆龙飞跪在墓碑前，一脸虔诚。他就像筛子一样过滤着自己在那龙乡的点点滴滴，难耐的情感如同涨潮一般漫上了心头。

不一会儿，眉清目秀的年轻人覃小龙突然从一块巨石后面闪了出来。陆龙飞猛地一愣，忍不住问道：“小覃，你怎么在这里？”覃小龙前几年从区直部门下到大都县乡镇挂职，先在江龙乡挂任乡党委副书记，后被选为江龙乡乡长。他们也常常在不同的会议上见面，但没有深交。

覃小龙没答话，却也摆上了祭品，点燃了三炷香插在墓前，又从胸口上取出纪念章摆了上去。他慢慢跪了下去，拜了三拜。

陆龙飞盯着覃小龙，忍不住再次问道：“你怎么也有我这样的纪念章？”

覃小龙瞥了陆龙飞一眼，调皮地说：“陆副局长，猜猜看？”

陆龙飞将目光停留在墓碑上，似乎不屑一顾地说：“懒得猜呢！”

覃小龙解释道：“陆副局长，前段时间，县委书记亲自找我谈过话，暗示过我这次有机会到那龙乡担任党委书记。那龙是你学习、工作、生活过的宝地，将来也是我奋发上进的福地。希望你毫无保留地把宝贵的工作经验传授给我。”

陆龙飞黑下脸严肃地说道：“兄弟，把你的本事都用到工作上吧，那龙乡有了很好的基础，相信你不会干得比我差。我会很快给你送上一枚纪念章的，字面就是‘只争朝夕’。”

覃小龙说：“要得！这是表姐夫对我最好的奖赏了！”他又改口问道，“你不把自己获得提拔的情况告诉你的大学同学？”他得知周艳董事长是陆龙飞的大学同学，巴不得早点认识她，企图从她那里捞得点什么。

陆龙飞反问道：“你比我还着急了？”

覃小龙说：“那一定是你年轻时的一个美妙之梦吧？”

陆龙飞回复道：“懒得理你！”

这天中午时分，陆龙飞再一次来到了熟悉而陌生的单位工作大门，以前的“石山市扶贫开发领导小组办公室”牌子已经更换为“石山市乡村振兴局”牌子，其上方写着两幅标语“脱贫摘帽不是终点，而是新生活、新奋斗的起点”“巩固拓展脱贫攻坚成果同乡村振兴有效衔接”。

陆龙飞目不转睛地注视着眼前巨大醒目的标语,陷入了沉思。他心想，新的生活即将开始了，我陆龙飞站在新的起跑线上，一切从零开始，太阳每天都是新的，我的生活每天也是新的！于是，陆龙飞给周艳发去了短信息：“老同学，告诉你一个好消息，我又回到市乡村振兴局工作了。当然，我会很快把你介绍给我的主要领导！”

不到一分钟，周艳便打来了电话。她兴奋地说：“老同学，首先隆重、热烈地祝贺了！”

不久，陆龙飞将周艳介绍给李江局长，李局长便组织几位领导开会研究，随后率领全市十余个县区乡村振兴局局长到浙江省温州市考察学习，并在种桑养蚕、食品、鞋子、服装、电商等方面与周艳合作。这是后话。

来到市乡村振兴局后，陆龙飞才得知除李江从原市扶贫办主任转任局长外，包括他自己、杨帆、文山、陈红康等四位副局长都是新来的。上午报到之后，李江局长在当天下午分别跟他们进行交流谈心。他们就像李江棋盘上的车马炮，他必须尽快熟悉他们、走近他们、信任他们、支持他们、用好他们。杨帆、文山、陈红康副局长分别被找去谈话的时间都不是很长，谈的都是欢迎之类的客套话，没有什么新鲜的话题。陆龙飞是最后一个被叫去的，谁知一谈就是近一个小时。

面对熟悉的老领导，陆龙飞倍感亲切，好像蜜蜂见到了迷人的花蕊；面对新岗位，陆龙飞又像踏在新的起跑线上，难免感到紧张。坐在顶头上司面前，陆龙飞诚惶诚恐、如坐针毡。

李江目不转睛地盯了陆龙飞半天，直盯得他毛骨悚然。李江说："客套话我就不再重复了。都说问题是时代的声音，我们市乡村振兴局不大，各项工作成绩说得过去，这也是有目共睹的。但还存在着不少问题，你就先谈问题吧。"

陆龙飞的眼睛飞快地转了一下，一针见血地说："打赢了脱贫攻坚战，成绩斐然、硕果累累，李江局长领导有方、运筹帷幄，大家群策群力、功不可没。至于问题嘛，我真的说不准。当然，目前我们这个系统普遍存在着喘口气、歇歇脚的想法，干事创业的热情也有所减弱，这是通病，也是不容回避的事实。脱贫攻坚战取得了全面胜利，今年又恰逢换届，由此等待观望、松懈心理相对往年来说比较严重，如今上半年过去了，有些工作拖了后腿了，必须认识再深化，任务再明确，责任再加压，工作再落实。"

李江微笑地点了点头，说："分析透彻、切中要害，剖析入微、鞭辟入里。"继而转换话题说道，"听人家说，市委副书记盘龙是你的大哥？他的行书已经炉火纯青了！"

陆龙飞说："准确地说，我有个干爸是盘龙副书记的老爸，盘龙是我的干哥，我们同一个屯的。怎么，李局长也喜欢上书法了？"

李江说："呵呵，皮毛而已，皮毛而已。当然，如果有可能的话，你牵线，抽个时间聚一聚，就聊一聊书法呗。"

陆龙飞说："我大哥可能比较难约，我也很少见他的面。"陆龙飞说的是实话。以前盘龙整天都是配合领导做好各项工作，当上厅级领导后，也很少出去应酬，自然让人产生一种拒人于千里之外的感觉。

李江却误认为陆龙飞有意委婉谢绝，所以不太友好地说道："那就算了。”

陆龙飞正想答话，李江制止了他，严肃地说：“陆副，这里曾经是你工作过的地方，也是你腾飞的吉祥之地。你基层经验丰富，经过多岗锻炼，又是个作家，勤于思考，善于总结。我在想，你是不是想出人头地、独当一面？是不是在想我李江这个老头怎么还占着茅坑不拉屎呢？”

李江的话就像一根棍子给了陆龙飞当头一棒。李江有意试探陆龙飞，陆龙飞果然被李江的气场吓着了，他不敢正眼对着李江，说明被点对穴位了。说句心里话，年轻人经历太浅了，没碰个头破血流，都不知道什么叫作残酷的现实，什么叫看不见的人情世故。眼看陆龙飞的气势已经被镇住，李江便换了一种语气说道：“年轻人，我知道你这都是为了工作，可这不是你在那龙乡的小事了。我们干事创业的，就是要牢记初心使命，强化责任担当，不折不扣地完成好市委、市政府交给的工作任务。”

陆龙飞想了想，才说道：“到新的岗位后，我最担心的就是做不好工作，愧对党和组织的信任。巩固拓展脱贫攻坚成果同乡村振兴有效衔接各项工作，是一个重大课题和重要任务，各项工作必须抓紧再抓紧，抓不紧等于不抓嘛。”

李江紧绷着的脸终于露出了笑容。几年的乡镇生活，几年的摸爬滚打，让陆龙飞日趋成熟，思考也更有深度了。李江说：“调查研究是我们党的传家宝，是做好工作的基本功。这一周我打算组织几个调研组深入各县开展调研，尽快形成综合调研报告报市委、市政府。”

很快，市乡村振兴局几位领导分头率队到相关县（市、区）了解情况，然后集中到会议室研究讨论。会议明确由陆龙飞主笔，争取三天之内完成专题调研报告起草任务。陆龙飞等人连续加班两个晚上，写出专题调研报告初稿，然后由集体讨论修改，并很快报送到市委、市政府主要领导的案头上。市委陈书记大笔一挥，写下一行大字：“建议很好，请市政府尽快研究召开一次全市性工作推进会，统一思想、深化认识，突出重点、抓住关键，明确责任、抓好落实。”

随后，石山市委决定召开全市巩固拓展脱贫攻坚成果同乡村振兴有效衔接工作大会，起草两位主要领导的讲话代拟稿成为陆龙飞工作的头等大事。当时，综合科科长黄灿被选去自治区党校中青班学习四个半月，副科长林聪还挑不起大梁，作为分管领导的陆龙飞既当指挥员，又当战斗员，既当裁判员，又当运动员，忙得不亦乐乎。

这晚，陆龙飞和林聪加班到半夜一点钟的时候，林聪怀孕的老婆突然打来电话说即将生产，急需送医院。陆龙飞二话不说，跟着林聪一起赶回家。他们很快将林聪老婆送到了市人民医院。谁知，林聪老婆竟然是难产，被折腾到天亮，命虽然保住了，新生儿却不幸夭折了。林聪抱着悲痛欲绝的老婆欲哭无泪，文稿工作也暂无心思完成。两份材料就像半拉子工程等待着陆龙飞再次上手润色，那时候的陆龙飞就像热锅上的蚂蚁，急得被逼到绝路上去了。不过这一逼，却也将他的灵感逼出了一个新天地。短短两天时间，陆龙飞就像高速运转的车轮滚滚向前，晚上仅仅休息三四个小时，很快拿出了两份领导讲话稿代拟稿，之后又按照李江局长的要求进行了修改，直至其满意为止。李江大加赞赏道："陆副局长，这几天你很辛苦，也很值得！大伙都看在眼里、记在心上。杨帆、文山、陈红康等三位副局长都没有写过大材料，所以你的任务是最重的！当然，你左脑语言发达，右脑艺术精湛，既能写领导讲话材料，又能写爱情诗，既是'业务通'，又是多面手，样样精通，我不把你抓在手抓谁在手呢？我有你这个得力的助手，是我个人的荣幸，也是组织的荣幸。长江后浪推前浪，一代更比一代强！这是时代的发展规律，谁也改变不了的！年轻人，好好干！"

这天周五下午，李江和陆龙飞先后接到了石山市委副书记盘龙打来的电话，说是请他们晚上到他办公室一起讨论修改代拟稿，顺便切磋书法艺术。见面后，盘龙首先对他们代拟的市委主要领导讲话材料给予充分肯定，并提出了一些修改建议。

随后，盘龙掏心掏肺地说了很多很多，他说到了自己的童年，说到了当老师的经历，说到了自己在县政府办、县委办以及市政府办的故事，说到了在区直部门工作的辛苦，等等。他就像一位出色的演说家，口若悬河地诉说着那些往事。

最后，盘龙语重心长地说道："我们三个人都是从山里出来的，能够走到今天的岗位，实属不易，必须珍惜珍惜再珍惜。从我的工作经历和实践经验来看，就是要坚持'六于六用'。第一，要苦于用脑读书学习，使读书学习成为自己进步和成长的助推器。第二，要善于用眼观察问题、事情，学会与时俱进，拿能力说话、凭实力干事。第三，要勤于用脚丈量土地，用好调查研究这一传家宝，学会解剖麻雀，在群众中汲取智慧营养，甘当人民群众的学生。第四，要多于用手体现行动，不只动口，更要动手，彰显责任担当，凸显为民情怀。第五，要乐于用情搞好团结，以情感增团结，以团结聚人心。第六，要常于用心守住自己，筑牢思想道德防线，永葆政治本色。我们共勉吧！”

随后，他们随盘龙回到他家中的书房，跃入眼帘的是四周挂满了力透纸背的行书作品，而桌面上早已摆好了笔、墨、纸、砚，好像正等着主人们挥毫书写、龙飞凤舞。盘龙兴致勃勃地说道："我们三人的书法各有特色，挥毫泼墨是我们的爱好，现在利用这个周末时间，我们切磋一下，以表心迹。我送给你们每人一幅字，你们也各写一幅送给我，我要把你们的书法作品收藏起来，当作中秋节的最好礼物。"

李江早就想当面向盘龙副书记汇报工作，今天是个难得的机会，所以他心不在书法上，便说道："盘副书记，我有个不成熟的建议，不知当讲不当讲。"

盘龙说："没事，你说吧。"

李江谦虚地说："与你们兄弟俩相比，我的书法根本上不了台面，所以今晚我就免练书法了，专门看你们兄弟俩轮番展示吧。"

盘龙说："李局长，那可不行！你看，我们三个人，一个行书、一个草书、一个毛体书法，各有所长、各有千秋，轮番上阵、接替表演，那就是三生有幸、三阳开泰、三足鼎立，哈哈，缺一不可嘛！"

于是，他们三个人各自使出自己的拿手好戏。盘龙的书法行草兼备，行云流水、妙在心手，似龙蛇在动，超凡脱俗，狂草如乐曲，热情奔放；李江的行书笔锋流畅、刚柔并济，遒劲老道、张弛有度；陆龙飞的毛体书法飘洒自如、大开大合，随心所欲、气势如虹。

盘龙说："我们都是朝着一个共同目标而各自奋斗着！再说，我们都是山里人，都是文化人，走出山门不容易，只有珍惜自己，拼命工作，才能不辜负组织对我们的信任和期待！"

推进会召开之后，各相关县（市、区）迅速行动起来，巩固拓展脱贫攻坚成果同乡村振兴有效衔接工作如火如荼开展起来了。

接着，李江局长率队到浙江温州考察去了，周艳董事长热情款待了来自大石山区的客人。陆龙飞趁机介绍了老同学和他们的公司，让李江吃了定心丸。双方领导坐下来交流沟通，很快签订了合作框架协议。

陆龙飞给周艳发信息说："谢谢老同学，一切尽在不言中！乘风破浪，扬帆远航！"

周艳回复道："征途漫漫，惟有奋斗！"

事后，李江在班子会上对陆龙飞进行了一番表扬。他说："共同富裕不是等得来、喊出来的，而是拼出来、干出来的，也是合作共赢创造出来的。陆副局长，你用一首山歌来表达一下吧。"

陆龙飞想了几秒钟，编出一首山歌来：

一人鼓掌很难鸣，众人力量能断金。
致富路上添外力，共同富裕得人心。

这天中午时分，已经调任大都县乡村振兴局局长的老搭档覃放突然给陆龙飞打电话。他说："不管我走到哪里，你都是我的上级！俗话说，无事不登三宝殿。我要说，有事就找老同事，办事要靠老感情。"

陆龙飞说："覃局长，玩笑归玩笑，工作归工作。如今我们两个人的身份都发生了变化，肩上的担子更重了，责任也更大了。"

覃放接过话说："那是当然。干部就要有担当，有多大担当才能干多大事业，尽多大责任才会有多大成就。"

陆龙飞夸奖道："借用得好，运用得好！值得点赞！"

覃放说道："谁让我们都走不出你的掌心嘛。大都是你的家乡，回报家乡、建设家乡是义不容辞的义务和责任。私事也好，工作也罢，你必须对我们县乡村振兴工作加以倾斜，支持我们巩固拓展脱贫攻坚成果，全面推进乡村振兴！"

陆龙飞严厉地说："十个手指都是肉，对不起，我只能一碗水端平。而且这也不是我一个人说了算。全市还有八个乡村振兴重点帮扶县（区）呢，必须稳扎稳打，不可懈怠，要是拖了全市的后腿，那就不好说了！"

覃放说："我覃放不是被吓大的！恳请陆大局长多多指导、多加监督！"

覃小龙上任那龙乡党委书记后的第一周，就正式向市乡村振兴局打报告，恳求安排一个时间汇报工作情况。

李江把陆龙飞叫到办公室，指着桌上的一份报告，说："陆副局长，你曾是那龙乡的一把手，你曾经在那里摸爬滚打了六七年时间，人生有多少个六七年啊！那龙乡给我们打了一份报告函，你说怎么办呢？”

陆龙飞又喜又忧，喜的是那龙乡党委书记第一时间要向市乡村振兴局主要领导汇报工作，脑子聪明，审时度势；忧的是小小的那龙乡党委书记自以为是，不自量力！此时，陆龙飞判断不出李江局长的真实想法，只好又将问题像皮球一样踢了回去：“局长心中早有主意，呵呵，局长看着办吧。”说着，陆龙飞有意识地将笔递到李江跟前。

李江死盯着陆龙飞一眼，拿起笔，不慌不忙地在报告函上大笔一挥：“同意。”

4　上行之船

打个形象的比喻，改进作风是上行船，是逆水行舟，不进则退。作风建设永远在路上，是攻坚战、持久战，不可能一蹴而就。它没有“暂停键”，只有“快进键”；没有“休止符”，只有“催战鼓”。

作为市乡村振兴局领导，陆龙飞深知作风建设意义重大、任重道远。他个人理解有四：必须锤炼以身作则的责任担当、聚焦小中见大的问题导向、倡导求真务实的实干精神、永葆廉洁自律的政治本色。由此，他写了一篇理论文章，很快被刊发在《石山日报》上。李江主任第一时间给他发来了祝贺的信息。当天下午李江主持召开会议，研究部署近段工作。会上，李江说：“作风建设永远在路上。改进工作作风，要求我们要从认识上入手，解决‘不想干’的问题；从素质上入手，解决‘不敢干’的问题；从能力上入手，解决‘不会干’的问题；从细节上入手，解决‘干不好’的问题。努力营造‘想干事、敢干事、会干事、干成事’的氛围。我们陆副局长经常在报刊上发表理论文章，这是强化理论武装的结果，也是与时俱进的结果，值得大家学习。有的同志可能会说，东抄西抄的谁不会？但是你没有经历过写作的痛苦，就像没有经历过生小孩的痛苦一样。改进作风，先从理论学习抓起，从写心得体会文章开始吧。”

李江将陆龙飞的理论文章复印后发给大家学习、参阅，鼓励大家多学理论，增长才干，拓宽视野，提升能力。李江说道："没有调查，就没有发言权。调查研究是我们党的传家宝，是密切联系群众的重要途径。最近我收到群众的举报信，阳安县龙安乡六中村八家屯村民说他们村的扶贫产业——养蛇场，因火灾一夜之间几百条蛇全部死光了，投进去的几百万元打了水漂。他们怀疑有人故意搞破坏。这事非同小可,必须尽快了解情况，查明原因。当然，侦破工作与我们无关，但是，要从我们乡村振兴局的角度去深入调研、思考问题，尽快拿出调查报告来。这事就由陆龙飞副局长负责。"

杨帆站起来说道："李局长，我们几位副职到位已经有一段时间了，可是你把最重的任务交给了陆龙飞副局长，我有意见。"

李江说："哈哈，这就对了，我就需要你们这样敢于担当的好同志。我是这样安排的，杨帆副局长率队到巴东县去，那里产业发展不快，你们要深入农户家中，了解板栗产业发展情况；文山副局长率队到大都县去，重点了解养羊基地发展情况；红康副局长率队到天马县去，详细了解农民就业情况。"

于是，杨帆、文山、陈红康分头率队到各县进行调研，陆龙飞也带着一个助手进山调查养蛇场的情况去了。

养蛇场建在一座小山上，曾经招来了众多的游客，此时却是一片废墟。陆龙飞在那里只待了半个小时就离开了，然后实地采访了一些与此事相关的关键人物。现将采访的部分内容摘录如下：

甲（养蛇人）：这个养蛇场迟早是要倒闭的。据说，本来属于养蛇场的补助资金，却被人挪去用在其他项目上了，或者放进了个人的腰包。资金不足，效益不好，这样的产业只能以失败而告终。我在举报信中写得很具体,希望得到上级有关部门的重视，现在我已是债务缠身，无力回天了。

乙（村民）：养蛇场的猫腻很多，不是一句话就能说清楚的。为什么当晚偏偏发生断电的情况？项目初衷很好，都想引导群众发家致富，让老百姓参与进来，赚到更多的钱，如今亏本了，群众坐不住了，那么谁来赔啊？里面是不是存在严重的腐败问题？

丙（驻村干部）：大石山区要发展产业真的很不容易，我们现在好多产业都是盲目上马一批，很快就倒下一批。长话短说，必须更加重视三个“千万不能”。一是千万不能盲目上项目，宁缺毋滥。要上项目的话，只能是上一些短、平、快的项目。二是千万不能跟风。看到别的村产业有了发展，也想来个华丽转身，那是不妥的。市场变化莫测，就像河流，一不小心，就会被卷入漩涡里。必须因地制宜，因村施策。三是千万不能不考虑群众的整体利益。群众利益无小事。既要解决大事、要事、急事，也要解决小事、琐事、平常事。

丁（村支书）：我回答两个方面问题。第一，关于养蛇场问题。感谢市乡村振兴局领导重视、支持我们村的产业发展，养蛇场曾经红火了几年，可是却因一场大火毁于一旦。是天灾，还是人为，目前我们还不清楚，公安部门也没有下定论。我想，乡村振兴局主要还是帮助我们在产业方面做更多的思考吧，毕竟我们大石山区抓好产业发展是根本。建议市乡村振兴局领导多下来指导工作，指导返贫监测户巩固脱贫成果，同时，指导我们立足资源禀赋，坚持“一村一品”“一村一业”，引导群众增收致富，扩大就业，推进产业振兴。

…………

那天中午，陆龙飞和助手小张在阳安县龙安乡六中村路边摊吃快餐，在那里，他意外了解到了李凤舞的最新动态。

陪同一起用餐的黄平支书闲聊中提到，隔壁县隔壁村的那龙乡东阳村这两天很热闹，县民生医院派医生下来给群众义诊。

听到这，陆龙飞顿时来了兴趣：“那龙乡是我的家乡，带队义诊的是不是姓李的医生？”

黄支书说：“对，对。叫李凤舞，好像是院长。”

陆龙飞说：“李院长，我们小学同班，她是中山大学的高才生，也是外科专家。”

黄支书说：“我们村的村民很羡慕东阳村群众，可惜民生医院的医生不是我们县的，不然的话，我也想去请他们来给我们的村民义诊。”

陆龙飞想了想，说道：“这也是个问题。不过，只要你想，办法总会有的。”他拿起手机，立即给李凤舞拨打过去。

李凤舞自从与韦红生结婚之后，人们发现她变了，一头长发相对变短了，却也恰到好处地展现着女性的魅力。她将剪下的长发包好，放进一个盒子里，自己也经常拿出来自我欣赏一番。陆龙飞上任市乡村振兴局副局长后，她也发了短信表示祝贺，更希望陆龙飞戒骄戒躁，在乡村振兴的道路上尽力而为、添砖加瓦。陆龙飞编了一首山歌做了回复：

乡村振兴大步走，报答家乡莫回头。
好比登山拾级上，期盼更上一层楼。

乡村振兴是全民大事，人人参与、个个有责。李凤舞也积极组织医生参与其中。有一天，她从大哥李威武嘴里听说最近东阳村连续病死了几个人，甚至有一个屯半个月就走了三个人。她意识到问题的严重性，决定组织一个小分队进村进行义诊。

这天上午，李凤舞正好来到蓝光辉家里，闲聊中蓝光辉突然提到陆龙飞，说陆书记对他最好，还说他们好久没有见面了。

恰恰这时候，陆龙飞给李凤舞打来了电话。李凤舞调皮地说：“干哥，好久没联系了，今天怎么突然想起我来了？”

陆龙飞开玩笑道：“干哥想起干妹了嘛。”

李凤舞说：“贫嘴！猜猜我现在哪里呢。”

陆龙飞说：“你除了待在医院，就是看望病人吧。当然，如果我没有猜错的话，你正在东阳村给群众看病。”

李凤舞说：“呵呵，你那么聪明的，先视频吧。”

李凤舞将手机摄像头对准正在排着长队的人群。

当时人声鼎沸，热闹嘈杂，大伙都在说李凤舞院长的好话。他们说县里的医院来搞义诊，还是破天荒头一遭。真是太好了！

随后，李凤舞让陆龙飞与蓝光辉通上了电话。

蓝光辉与杨蓝重归于好后，他们很快搬到了一起，幸福地经营着温馨快乐的小家。他们办了个小酒窖，整天弥漫着醉人的芳香，精心酿造的红薯酒也赢得了好名声，销量猛涨，收入也随之增多，日子过得美美的。他们从青春少年等到白发苍颜，如今两个人之间的情感就像一坛老酒历久弥新，醇香醇香的。

蓝光辉开心地说："托陆书记的福，如今屯里人思想有进步了，十几个光棍汉变得勤快起来了，有的也谈起了对象。有时间的话，陆书记多抽空来看我们，致富门路多了，酒有得喝了。"

陆龙飞满口答应了下来。他说："谁叫我们俩同一天生日呢？生日那天，我一定会与老哥一起过。"

蓝光辉又啧啧称道："李院长是个大好人，她对我们可好了。今后我身体不舒服时就告诉她，争取活到一百岁以上。哈哈！"

陆龙飞道："那是绝对的！蓝老哥，你们酒窖赚大钱了吧？"

蓝光辉说："致富多多！有钱多多！享福多多！"

陆龙飞说："只有大家过得好，才是真的好！好了，你让李院长接电话吧。"

李凤舞接上电话后，陆龙飞对她说："干妹，有一件事我想跟你商量一下。古茶村离东阳村不远，他们村民也想让你们义诊，看看能不能帮这个忙呢？"

李凤舞说："这是个新问题。他们村不属于大都县管理的辖区，可能不好办。你是领导，看看有什么好办法呢？"

陆龙飞想了想，突然拍着大腿说："有了！是不是可以考虑由群众自发过来看病，义诊地点可以设在两个村的接合部，对上对下都说得过去。至于有病的群众，只能恳请你们小分队走进农户家中了。最好的办法是双管齐下，乐施爱心！"

李凤舞说："对，这个办法好！"

陆龙飞说："那就这么定了。这是好事，是为民排忧解难，何乐而不为？你们辛苦一些，可是很值得！黄支书就在我旁边，你跟他说几句话吧。"

后来，李凤舞他们冒着酷暑走村串户为群众治病，很快就有记者做了跟踪报道。李凤舞给陆龙飞发信息说："感谢干哥让我们民生医院一夜成名、名声在外，我们比以前更忙了，也更有自豪感了！"

陆龙飞说："这就是工作嘛。救死扶伤为百姓，奉献爱心显精神。"

随后，陆龙飞索性拨打韦红生的电话，他们互通电话达四十分钟之久。

应该说，随着儿子的呱呱坠地，李凤舞与韦红生的日子就像河里的鱼儿欢呼雀跃了起来。韦红生出资收购的养牛场、养鸡场越做越大。拔地而起的良龙村瑶族新村示范园引来了众多的广东、福建和港澳客人进驻或观光旅游。但是由于新冠疫情影响，旅游项目发展相对缓慢了一些。韦红生还率先搞起了网上销售，将七百弄鸡、山羊、竹笋、糍粑、五色糯米饭等特色农产品进行网上直销，搞得红红火火的。他也从资金上支持古里屯村民发展种养业、旅游业等。

陆龙飞看到韦红生思路活泛、出手大方，不由得感叹，不愧是从大城市回来的，谋划的都是开放式的、全方位式的、现代化式的。他说："你们从广东回来，带回的是思想的解放和改革的思路，这是我们山里人不能比的，就像兔子与乌龟赛跑一样。"

韦红生说："只有群众日子好过了，我们才感到欣慰嘛！"

陆龙飞说："从振兴家乡的角度来说，巩固拓展脱贫攻坚成果，全面推进乡村振兴，加快推进农村现代化，让农业成为有奔头的产业，让农民成为有吸引力的职业，让农村成为安居乐业的美丽家园，这是我们追求的目标，也是今后努力的方向。"

韦红生兴奋地说："这也是韦舞部长亲口对我们说的。有你们的支持和指导，我们只等着收钱了！"

陆龙飞说："谢谢夸奖啦！竭尽全力为企业做好服务是我们应尽的责任与义务！"

半晌，韦红生转移话题说道："可是兄弟，我直话直说，你的老婆韦舞部长比较死板，原则性太强、灵活性不足。我有个兄弟想获提拔，我通过领导给她打了电话，她口头答应得好好的，却迟迟不见行动！"

陆龙飞故意问道："你跟我老婆联系过了？"其实这事韦舞跟他提过，只是这事就像放风筝一样还悬在空中，没有落到地上。

韦红生得寸进尺地说道："老弟，你老婆眼角太高，连石山市委领导也不放在眼里！是不是不送礼，就不办事了？"

听到这话，陆龙飞就像在光天化日之下被别人扇了一记耳光。他脸红脖子粗地说："韦总，你这话说过了，我老婆绝不是这种人！你别打岔，先听我给你分析。你那个兄弟德、能、勤、绩、廉等各方面情况我不清楚，但是否样样排前？各方面是否都过硬？如果少一个方面，那就是硬伤了。我老婆不是那种见钱眼开、贪得无厌之人。看问题不能妄下定论，不能以偏概全，更不能门缝里看人。你不理解也要理解才是。每个部门都有自己严格的工作原则和规则，组织部门也不例外，这可马虎不得。"

韦红生说："兄弟，漂亮话谁不会说呢？"

陆龙飞似乎被激怒了，他不顾情面、一针见血地说道："韦总，要是把你换成我的老婆试一试？如果你被别有用心的人围猎的话，不把你送进牢房，我不姓陆！"

听到这，再看见陆龙飞严肃认真的样子，韦红生连声说："老弟，真的对不起了。"

陆龙飞骂道："对不起？你就用这几个字打发我？你这个朋友不交也罢！好了，暂时不跟你聊，我回市里忙去了！"

后来，陆龙飞等几位领导分别撰写了有关调研情况报告，并很快将报告递交上去了。接着，李江等领导们坐下来认真研究情况报告中反映出来的有关问题，从职能部门的角度去分析、研究、筛选等，列出问题清单，明确责任科室，压实工作责任，推动工作落实。陆龙飞在汇报工作情况的同时，突然意识到原来的扶贫办改为乡村振兴局，工作职责虽然有了调整，也赋予了新的内涵，但还是远远不够的。因为乡村振兴是个大概念，可能要与农业放在一起统筹考虑才行。针对这一问题需要进一步探讨研究的还有很多。陆龙飞决计再次深入调研，特别是利用周末时间专程采访了有着大学读书经历的李威武。

李威武思考了一下，滔滔不绝地说开了："'上面千条线，下面一针穿。平时无闲日，身上百事缠。'这是我们基层干部的真实写照。我归纳了一下，叫作'十怕十盼'。'十怕'：一怕上级领导下来调研前呼后拥，层层陪同，走马观花，搞形式主义。二怕不接地气的政策硬推出来，不切实际。三怕心血来潮搞活动，动不动就搞评比、检查、创先、推广、达标，劳民伤财。四怕接待多，整天疲于应付。五怕瞎指挥，乱指点。六怕玩数字游戏，弄虚作假。七怕要这要那的材料，村干部往往整天围着填表、填数字、弄材料，忙得头昏眼花。八怕不讲道理的批评问责。九怕向上级领导说出实情反而被打击报复。十怕农村减负后年底台账和检查工作压力加大。'十盼'：一盼上级领导多深入基层宣传党的路线方针政策，使党的创新理论深入人心、家喻户晓。二盼上级领导多深入群众调研，访贫问苦，帮助解决急难愁盼问题。三盼上级决策多接地气，不搞假大空。四盼反映的情况和问题能被领导重视，问题得到解决。五盼得到致富好信息，或者帮助找到发家致富门路。六盼服务好，期望上级领导转变作风，提高效率。七盼实用科技进村入户，致富增收。八盼农副产品销路顺畅，多有钱赚。九盼督查检查更有效果，明察暗访，摸清实情，发现问题，对症下药。十盼抓落实不搞上下一般‘粗’，切实为基层减压减负。”

陆龙飞说："李支书，你的‘十怕十盼’鞭辟入里，归纳得好！我当那龙乡党委书记的时候，你干吗不把这些心里话说出来呢？"

李威武意味深长地说："呵呵，这是经过深思熟虑的结果，也叫与时俱进吧。"

很快，陆龙飞以基层干部群众的“十怕十盼”为题，撰写了一篇有深度、有见地的文章刊发在《石山日报》上。

之后，陆龙飞多次选择周末时间，深入开展实地调研，多方了解情况，就像解剖麻雀一样将调研工作做深做细做实，初拟了《关于巩固拓展脱贫攻坚成果增强贫困地区和脱贫群众内生发展动力的调研报告》的提纲，包括基本情况、主要困难和问题、对策和建议，其中着重从健全常态化长效化帮扶机制、增强脱贫群众就业创业能力、积极推动大石山区特色产业提档升级、加大高标准农田建设投入力度、进一步健全党组织领导的乡村治理体系等五个方面提出建设性的意见建议。随后，他绞尽脑汁地写出了高质量的调研报告，被相关报刊发表出来，也很快得到了上级领导的肯定性批示。

同时，陆龙飞也在精心构思《关于民族地区巩固拓展脱贫攻坚成果全面推进乡村振兴的调研报告》提纲，在对策建议部分将“以铸牢中华民族共同体意识为主线，推动民族地区全面实施乡村振兴战略”作为重点把握内容，主要围绕民族地区全面实施乡村振兴要精确把握“三个结合”（政策扶持与自我成长相结合、发展特色优势产业与融入国家战略相结合、发挥区域功能优势与国家主体功能分工相结合），以及民族地区全面实施乡村振兴的具体建议（包括农业产业规模化发展、补齐农村基础设施短板、提高基本公共服务均等化水平、有形有感有效开展铸牢中华民族共同体意识教育）这两个大的方面做文章，等等。

作为一名副处级领导干部，陆龙飞每天面对的大都是沟通协调、参加会议、下乡调研、审改文稿等工作，虽然有点枯燥乏味，但这就是工作，工作来不得半点马虎。陆龙飞把工作看成是绿草茵茵的花园，他就像一位细致入微的园丁，精心照料着每一株花草，期盼它们长出美丽的花朵和繁茂的枝叶；他把工作看成在高山顶上跳舞，满眼都是鲜花和荆棘，更有扑面而来的寒风刺骨，只能迎难而上、尽情舞蹈；他还把工作看成是在大河中划船，“浪遏飞舟”是精彩的一瞬间，也是彰显能力与价值的上乘之作，只能搏击风浪、砥砺前行。到了晚上，除加班工作外，陆龙飞也将这些材料作为创作素材，融到长篇小说的创作之中。他就像一位聪明的猎手，将山林中的一些猎物尽收眼底，以便精准扣动扳机。当然，他更关心的是引导群众巩固脱贫攻坚成果，全面推进乡村振兴。

陆龙飞深知，作为一名领导干部，必须将“打铁还需自身硬”这句至理名言铭记在心，铁面无私、一身正气，以“忠诚干净担当”诠释充实、快乐、美丽的人生。

5　卷入漩涡

人生之路就像滚滚向前的河流，有漩涡，有暗流，有暗礁，难免会有各种未知的事情不期而至。人的命运就像一张大网，个人就是一条毫不起眼的小虾、小鱼，虽然每天无忧无虑地游动，谁知背后早已被人盯住了，一不小心就会被吃掉，或者被别人网住了。

每每入睡之前，陆龙飞就像一个筛子一样过滤着自己的精彩人生。他在苦苦思考工作的同时，更多考虑的是如何净化自己的工作圈、生活圈、社交圈。

韦红生仗着自己营收暴涨，肆无忌惮，到处吹嘘他是某某某最好的朋友，自己的老婆又是某某某最好的朋友，有意无意挑战着陆龙飞和韦舞的底线，让陆龙飞心惊肉跳，更让陆龙飞感到可怕。陆龙飞开始领教了韦红生的为人与心计，也开始从另一个角度去认识和对待韦红生了。这也提醒了陆龙飞须小心谨慎、慎重交友。于是，陆龙飞给李凤舞打了电话，让她做她老公的思想工作。李凤舞苦口婆心地就这一严肃的话题对韦红生做了一番解释与劝说。

作为石山市乡村振兴局副局长，作为大都县委常委、组织部部长韦舞的老公，陆龙飞无形之中深得众多人的尊重和羡慕，可是有些居心叵测之人想通过种种理由和方式亲近他，甚至想贿赂他，从而搞臭他、搞倒他。他们就像无处不在的苍蝇到处钻、到处咬，挖空心思、不择手段，狗急跳墙、困兽犹斗，不达目的死不罢休。陆龙飞意识到问题的严重性，他珍惜自己的荣誉和名声，和老婆韦舞商定了解决的办法。

同是从乡镇党委书记一职提拔上来担任处级领导干部的陆龙飞和韦舞，经过几年的接触、沟通、交流，各自走进了对方的心里，从此息息相通、心心相印。如果说陆龙飞的工作更多的是在协调方面做文章的话，那么韦舞的工作更像是走钢丝，不好走，也非常敏感，需要保密，关注度更高，要求也就更高了。从工作性质和岗位职责来看，得罪人的事就更多了。有一次，韦舞按照县委主要领导要求，安排干部股的同志对一些单位的几名副科级干部进行考核，其中有一名副科级干部被群众实名举报，说其有严重的经济问题。听说陆龙飞对这个人还算熟悉，韦舞便把大致的情况告诉了他，当然没有说出是谁谁谁。陆龙飞给老婆做了分析："我不是组织部门领导，也没有资格参与其中，这是原则问题。但是我还是有几条建议可供参考。第一，掌握实情、分清是非。有几个办法，一是尽快落实，二是不能落实，三是拖延落实。举报不外有两种情形：一是无中生有，有的人以'莫须有'的罪名举报某人，或犯了'红眼病'，或双方之间有矛盾；二是真有其事，那就第一时间将相关情况报告县委主要领导，然后将信件转给纪委部门加以核实。第二，坚持原则、严格把关。这是绝对的，必须始终如一，守好这一关。第三，廉洁奉公、筑牢防线。在全面从严治党的路上，作风是基础，作风过硬才能走得更远。要知敬畏、存戒惧、守底线，做忠诚干净担当的好干部。"

韦舞向陆龙飞诉苦道："老公，组织部部长太难当了！"

陆龙飞理解老婆此时此刻的心情，安慰道："这是个充满人情的社会，我这个乡村振兴局领导也不好当！对于我们党员干部来说，党的纪律是警戒线、高压线，也是预防针、护身符。"说着，他编出一首山歌来：

纪律好比一块钢，谁碰硬来谁遭殃。
打铁还需自身硬，不然绝对会受伤。

韦舞说："知我者，丈夫也！"

陆龙飞说出肺腑之言："保护好自己的女人，是男人义不容辞的责任！让一个家庭时时充满着幸福和快乐更是一个男人伟大而神圣的追求！"

可是，陆龙飞差点也被卷进了看不见的旋涡之中。有形的旋涡并不可怕，无形的旋涡却像看不见的寒风，时刻暗中紧跟着你、左右着你、纠缠着你，稍不留意，轻者会遍体鳞伤，重者则会被连根拔起、一败涂地。

这是端午节前的一天下午，是个周六，龙腾特地从深圳赶到石山市区，他给陆龙飞打电话说，要介绍北京某个要害部门的一位退休领导和他的一个朋友给陆龙飞认识，特邀他参加晚上的小聚活动。难得北京客人千里迢迢而来，陆龙飞自然不敢怠慢，爽快答应参加饭局，也想长长见识。

进门一看，除北京的两位客人外，都是熟悉的人，陆龙飞自然而然放松了警惕，但慢慢地，他还是多留了个心眼。举杯之时，龙腾编了一首山歌：

饭店灯光亮堂堂，多谢客人来捧场。
醉人山歌加美酒，杯杯到底理应当。

陆龙飞端起茶水杯，也蹦出一首山歌来：

北京客人到深山，先过喝酒这一关。
以茶代酒表心意，敬请客人一杯干。

其间，北京客人提到项目合作一事，陆龙飞只听不答，也没有做深入的解释。他在判断事情的真假，他在揣摩对方的企图和心思。很快，他听得出北京来的客人心里的所思所想了，可以用一个成语来形容：空手套白狼！

陆龙飞知晓，北京来的客人不是送项目和资金来的！他后悔自己草率行事了，权当一次交友吧。四十分钟后，陆龙飞借故出去接电话，主动到柜台买了单，并给龙腾发了个短信息说已结账，因为需要加班，只能提前回去了。

龙腾收到信息，回复道：兄弟，你太客气了！

第二天一早，陆龙飞收到龙腾寄来的一个包裹，封面还写了"提前祝端午节安康"的字样。陆龙飞打开一看，却不由得被吓出了一身冷汗。袋子里装着几个粽粑、两张银行卡和一张字条，上面写着"每张卡内各有十万元钱，密码为你的生日——月日，重复两次"，还写有一首山歌：

几个粽粑都一样，礼物不多别张扬。

不成敬意请笑纳，合作愉快祝安康。

陆龙飞立即给龙腾回了信息，几分钟后又拨打他的电话，可是龙腾一个信息都不回复，一个电话也不接。过了一个小时，陆龙飞再拨打其电话，电话提示说该用户不存在。

陆龙飞敏感地意识到龙腾将他出卖了，他打电话给老婆韦舞，相约一起去市纪委。

见面后，陆龙飞长叹道："都是山歌惹的祸！"

韦舞说："身正不怕影子歪，德高何忧生是非！"

陆龙飞第一时间拉上韦舞一起带上撕开了口的袋子走进了市纪委的大门。他带着赃款主动投案去了。

这晚十一时许，陆龙飞正在紧锣密鼓地在电脑上零敲碎打小说稿，好久没有联系的蒙爱国突然给他打来了电话。蒙爱国问好之后有意卖了个关子，说道："我考一考表弟的智力了。我算命还是有一手的。有一个人两年前曾求我帮他算过命，我用他出生年月、生辰八字算了又算，说他今年将有大劫难，命中注定，逃也逃不掉的！我也曾经给他算了一卦，卦象说：虎落陷坑不堪言，前进容易后退难。谋望不遂自己便，疾病口舌自牵连。看看，这不应验了吗？"

创作思路突然被打断的陆龙飞不耐烦地说道："表哥，不要拐弯抹角了，告诉我又给谁算命了？估计又大捞一把了吧？"

蒙爱国说："大捞谈不上，可是我蒙爱国绝不做亏本买卖！小有收入，那是肯定的！"

陆龙飞说："表哥再啰唆的话，我挂了。"

蒙爱国忙说："别挂、别挂嘛。李威武告诉我说，覃放出大事了。前几天，覃放被办案同志带走了。奇葩的是，纪委同志到他家查案时，看见堂屋中央桌面上有几个稻草人被针刺着，还写着纪委办案人员的名字，也就是说，纪委的同志被覃放搞迷信活动放蛊了。迷信说法这叫'魇镇'，覃放想通过'魇镇'等巫蛊之术，诅咒办案人员及相关领导，祈求逢凶化吉逃避惩处，可谓是机关算尽太聪明！更想不到的是——"

陆龙飞急问："想不到什么呢？"

蒙爱国说："你也'榜上有名'了。覃放也把你的名字用针钉在稻草人上了！"

陆龙飞感到气愤的同时感叹道："画虎画皮难画骨，知人知面不知心！想不到昔日朝夕相处的覃放竟然在'糖衣炮弹'面前栽了跟头。"

蒙爱国说："只要陆副局长没事就好了。这是李威武亲口告诉我的。"

陆龙飞抢白道："是不是我没事，你们就不开心了？乱弹琴！"

蒙爱国说："呵呵，对不起，我不敢乱说话了！"

陆龙飞讽刺道："说呗，就把心里话说出来，不然憋着难受呀，就像一个人要拉屎撒尿一样！"

蒙爱国只能答复道："呵呵。幸灾乐祸。"

陆龙飞说："这就是人性。"半个小时过去，陆龙飞突然收到李威武的短信息，无数个问号就像无数把无形之刀直逼陆龙飞的心中。

陆龙飞洞察到李威武短信息的用意，"哼"了一声，回复道：

莫道阴阳无报应，举头三尺有神明。

没有亏心不怕鬼，公道自在人之心。

半个月后，陆龙飞被群众举报了，核实的结果虽然还了他清白，却也让陆龙飞夫妇变得更加小心谨慎了。他们在自己的心灵深处竖起一面高墙，小心谨慎地守着底线，不让自己的高墙被别有用心的人推倒。

有一天，陆龙飞突然收到一则短信息："我是当年与你共事、后来下海的张强。覃放放倒了自己的高墙，这是报应！"

陆龙飞记起了自己当年因为创作短篇小说《升迁记》被告状一事，不知道如何答复才好。毕竟陆龙飞与覃放同事几年，覃放出事了，他也感到遗憾。半晌，他才回复道："手莫伸，伸手必被抓！"

张强又问："还在写小说吧？自讨苦吃也！你还记得那个覃初科长吗？他从市扶贫办出来后我们在一起创业，日子混得还不错！我知道你总放不下自己手中之笔，但是不要再熬夜了，搞垮了身体，谁也不会可怜你的，悠着点吧，小老弟！"

陆龙飞回复道："呵呵，多谢了！以苦为乐，痛苦并快乐着！"

呵呵，鬼迷心窍，走火入魔；天下之大，无奇不有。

同是这一天晚上，李威武和蒙爱国在一起酗酒，半夜双双突发脑出血。

凌晨三时许，他们几乎同时被送到县民生医院抢救治疗，住在同一个病房里。

李凤舞见到李威武和蒙爱国的第一时间就感受到了他们身上浓浓的酒气，骂道："都是酗酒惹的祸！"

陆龙飞前去探望他们，他们俩你看我、我看你，几乎异口同声地说："这是报应啊！"

陆龙飞意味深长地说："病从口入，祸从口出，很多问题出在自己身上！呵呵，是不是？你们自己想吧。"

6 生命美丽

人之相识，贵在相知；人之相知，贵在知心。记不清谁说过这样的话："财富不是永久的朋友，但朋友是永久的财富。"陆龙飞真心实意与农民交心交朋友，植根于山里人淳朴的秉性与气质，体现着一名小小领导干部的公仆情怀。

这天上午，刚刚开完会的陆龙飞回到自己的办公室，浏览着当天的几份报纸。他突然在《石山日报》上看到了一篇报道蓝光辉发展养蜂业的新闻。蓝光辉的生日（农历五月二十）与陆龙飞同日，他们曾经相约一起过生日，由此陆龙飞不由自主一字一句地阅读着这则新闻。

甜蜜产业　喜迎"蜂"收

眼下正是采收蜂蜜的好时节，大都县那龙乡东阳村古里屯天然生态养蜂场迎来了首年蜜蜂养殖大丰收，在技术人员的协助下，村民忙着采收蜂蜜，看着金灿灿、甜蜜蜜的诱人蜂蜜，村民们喜笑颜开。

"今年古里养殖点这一批三十个蜂箱产蜜大概有三百斤，产值将近三万元，可以说，我们村发展养殖蜜蜂项目首年就实现了开门红。"古里屯天然生态养蜂场管护员蓝光辉高兴地说。

近年来，那龙乡东阳村坚持以乡村振兴战略为总抓手，以党建为引领，深入推进党员领办合作社，千方百计拓宽村级集体经济发展渠道，为群众增收致富打开新路子。去年六月，东阳村主动对接联系大都神瑶发展有限公司签订合作协议，依托生态绿色的地理环境，在三个屯建设三个中蜂养殖基地，按照“村集体经济联合社＋蜂场管护员＋产业服务企业”经营模式发展养蜂业，同时积极发挥党员先锋带头作用，优先选派优秀党员、能人作为蜂场基地管护员，日常对蜂场进行管理维护，大都神瑶公司负责对管护员进行免费技术培训，全程提供技术服务支持，确保生态养蜂产业发展可持续、有保障。对于所采收的蜂蜜，按照 5 ∶ 3 ∶ 2 的比例进行分配，即东阳村股份经济合作联合社获得 50% 蜂蜜作为村集体经济收益，蜂场管护员获得 30% 蜂蜜作为劳务报酬，神瑶公司获得 20% 蜂蜜作为技术服务报酬。各方获得的蜂蜜均可自行销售或由神瑶公司按照最低保护价进行“兜底”回购，解除了公司和农户的后顾之忧。实施中蜂生态科技养蜂项目，酿造出的天然优质蜂蜜，不仅大幅度推进了产业增效、农民增收，还有力助推了乡村振兴稳步发展。

“有免费的技术指导，生产出来的蜂蜜又可以保底回收，加上现在养蜂前景那么好，蜂蜜市场供不应求，只要技术和管理到位，通过养殖蜜蜂实现增收不是问题，所以我对发展养蜂也是很有信心的。”蓝光辉充满信心地说。

截至目前，大都县东阳村三个中蜂养殖基地共产出蜂蜜四百二十多斤，产值四万多元，养蜂项目第一年就实现了开门红。

农民的变化，人心的变化，体现着时代的变化与发展。陆龙飞在报纸上看到了蓝光辉的变化，眼睛停留在发展养蜂的字眼上，心里感到好像灌满蜂蜜一样。蓝光辉曾经是个懒汉，就是因为同一天生日的缘故与陆龙飞变得熟络起来，生活也因此变得精彩生动起来。正在这时候，陆龙飞突然接到蓝光辉的电话。他说：“陆书记，不对，不对，应该是陆副局长吧。我不敢打你手机，是老婆催着我打的。”

陆龙飞开玩笑道：“哈哈，老哥，怕老婆了吧？看来身边没有女人真不行啊！有了女人，你开始牛起来了！我正在翻看刊登有关你的新闻的报纸呢。你让外面更多的朋友认识了你，也为你的养蜂业做了十足的推销。”

蓝光辉开门见山道：“有个事想请你帮忙，我屯下个月有一场喜酒，我侄儿蓝泉和蒙礼山两人商定在六月十八日这天同时请酒办婚事，那天是星期六，是你我的生日，第二天又是父亲节，他们都巴望通过我把你请到山里来，当主婚人。你一定要来，给我们打打气，我酒窖里的酒、我的蜂蜜也等着你来品尝呢！”

从某种程度上来说，这是举手之劳的小事，也是鼓舞斗志的大事。陆龙飞二话不说，爽快地答道：“这天是周末，我答应了。”

陆龙飞想，农民朋友图的是什么呢？也许图的是那份兄弟般的情谊，图的是给他们以发家致富的信心和勇气，图的是每天都像过春节一样幸福快乐。我愿意与农民交朋友！

于是，陆龙飞立即给覃小龙拨去电话，交代举办科技培训班及晚上放电影相关事宜。培训班将安排两位农科人员现场宣讲种养方面的知识，并将现场安排网上直播一事。

六月十七日这天晚上，陆龙飞和蒙爱国提前一个晚上登门。

他们走进蓝光辉家时已是晚上九点多了。当时，一大堆人挤在蓝光辉家里喝酒，好不热闹。蓝泉、蒙礼山等提前几天就开始商量酒席一事，现在是“万事俱备，只等酒席”了。蓝泉为推销阿叔的红薯酒走村串户，多次与苗族老人杨周把酒言欢，还帮老人家打赢了一场官司，老人家最终同意将女儿许配给他。蒙礼山与蓝花没有缘分结成一家人，后来有一次舍命救了古里屯一名水族寡妇的命，也成就了一段姻缘。他们在四十五岁以不同的方式圆了婚姻之梦，也是民族团结一家亲的生动写照。

蒙爱国对蓝光辉开玩笑道：“光辉老哥，因为蓝泉和蒙礼山，这三天我们又可以好好猜码、切磋码艺了！”

蓝光辉说：“呵呵，猜码嘛，可赢可输。可是，你得给我介绍更多的兄弟朋友，让我把酒窖做大。我现在一心只想赚酒钱了！”

蓝泉说：“对，这才是最好的朋友！”

蒙礼山开玩笑说：“有钱能使鬼推磨嘛。”

蒙爱国说：“你们俩说的话全中听。不过，蓝老哥，我儿子命中缺水，你属水命，你得答应当我儿子的干爸。”

蓝光辉卖了个关子，说道："爱国老弟，这不是你我能说了算的，得听一听陆副局长怎么说。"

陆龙飞说："命山运水好儿郎，中流击水勇担当。这么好的事我不当见证人那是不可能的！按照风俗习惯，能有猪头皮吃，又有红包拿，何乐而不为？这是我生日的最大收获嘛。"他又改口道，"不过，我还是那句话，红包我是不会收的！"

蒙爱国说："陆副局长不敢收红包，那我收，小小红包也是钱。"随后，他蹦出一首山歌来：

生日过后父亲节，喜事连连笑咩咩。
红包时时都会有，好比天天过大节。

陆龙飞兴奋地说道："幸福生活天天有，天天就像过大节。这不是乡亲们要追求的目标吗？后天覃小龙书记将到古里屯来和大伙一起过节呢。"

蓝光辉拍着大腿说道："太好了！一大帮男人聚在一起作乐了。"

蒙爱国叼着烟，美美地吐出了一个烟圈，啧啧称道："那可不是吗！又要大醉一场了！可是我戒酒了，没有口福了！"

蓝光辉刺激道："该喝不喝也不对嘛。"

陆龙飞一针见血地说道："戒酒就要戒到底，免得旧病又复发！要是继续酗酒的话，下一次可能没有那么好的运气了！"

蒙爱国呵呵地笑了："光辉老哥办了酒窖，干起了养蜂事业，日子过得甜蜜蜜的。我也要干自己想干的事了，不然别人会笑话我的。"

陆龙飞讽刺道："漂亮话谁不会说？关键在于行动！表哥，你行动了吗？一天都在想算命、风水，骗鬼去吧！"

蒙爱国说："人各有志，不可强求！我正在逐步改变嘛。"

见到蒙爱国一脸真诚，陆龙飞转移话题问道："表哥，今年县里将举办两年一届的山歌大赛，这一回你和蒙礼山应该好好合作了吧？"

蒙礼山抢着说道："问题不在我这里，是蒙老哥把眼睛放到额头上了！"

陆龙飞责怪道："表哥，看看礼山多开明，是你蒙爱国小肚鸡肠了！"

蒙爱国想了想，编出一首山歌来：

一家不说两家话，丰盛婚宴酒当家。

今年赛歌不获奖？无脸见人装哑巴。

蒙礼山微笑着点了点头。

次日上午十一时十八分，婚宴正式开始，地点设在村中大榕树下，几张桌子拼成的长桌上摆满了各种美食佳肴，一群人喜笑颜开地围坐在一起，等待主婚人的一声令下。巨大的榕树有了上百年的历史，根须绵延缠绕，枝叶郁郁葱葱，树下有一泉眼长流，使人想起了宋代诗人杨万里的“泉眼无声惜细流，树阴照水爱晴柔”的诗句。陆龙飞以主婚人的身份主持了婚宴，两对新郎新娘喜不自禁，亲戚们敞开肚皮饱吃一顿，众多的男人喝得满脸通红，猜码声、欢笑声不绝于耳。

这天是蓝泉和蒙礼山结婚的大喜日子，也是陆龙飞和蓝光辉的生日。蓝光辉醉得一塌糊涂，陆龙飞却因滴酒不沾，什么事也没有。蒙爱国治愈脑梗后，酒也戒了，体重倒是增加了不少。他与蒙礼山的山歌对唱博得众人的阵阵掌声。

其间，陆龙飞分别给两对新人送上了喜联。

陆龙飞赠给蒙礼山夫妇的喜联是：

上联：柳暗花明春正伴，下联：珠联璧合喜成双。横批：心心相印

陆龙飞赠给蓝泉夫妇的喜联是：

上联：花开并蒂姻缘美，下联：鸟飞比翼恩爱长。横批：百年好合

父亲节这天早上十时许，有两部小车缓缓驶入古里屯。车子停下时，只见车里走下了韦舞、覃小龙和两位农科技术人员。陆龙飞突然看到自己怀孕的老婆走在最前面，惊喜慌乱地跑上前去迎接。他们带来了电视、电脑，带来了实用科技知识读本，带来了引领群众增收致富的信心、决心，带来了更多振兴的希望。村民们就像出笼的鸟儿一样欢呼雀跃起来了。

大家匆匆忙忙吃了便饭，便各自忙去了。村民们有的忙于砌墙基、造新房，有的忙于干农活、搞编织，有的忙于学习电脑知识，一派忙忙碌碌的景象。覃小龙则陪着蓝光辉、杨蓝等人忙着杀鸡宰鸭。灶台上，正架起一口大锅，酿着酒呢。酒不醉人人自醉啊！

陆龙飞则扶着腆着大肚子的韦舞，特地走到蓝光辉家隔壁的一户人家。当时，古里屯一位身怀六甲的妇人韦灵芝正双手抚摸着凸起的肚子悠

然地坐在自家门口，看着小雨在飘，独自享受着内心的幸福。她心想，这可是第三次怀孕了，前两次都没能将胎儿留住，这次可不能再大意了。可是丈夫独自到深圳打工去了,家里只有一个老奶奶跟着。老奶奶是个哑巴，体弱多病，前两天不慎跌倒，腰被扭伤了，躺在床上直哼哼。两个女人就像一对鸟儿相依为命，一旦失去对方就再也无法飞翔。加之平时她们经常与邻居闹矛盾，动不动将小事闹大，甚至有时闹得不可开交、反目成仇。一些亲戚也懒得搭理她们，而那个在外省打工的男人却也一身是病，只是没敢告诉家人一声。

陆龙飞从蓝光辉那里得知这一情况后，拉上韦舞一起过去看望她们。他们刚到门口，突然看见坐在门边的孕妇脸色变得十分难看，抱着肚子直喊难受。

韦舞腆着肚子上前，双手扶住孕妇的肩膀，关心地问道："妹子，是不是到了预产期了？"

一脸汗珠子的韦灵芝想了半天，摇了摇头，又点了点头。

韦舞忍不住说道："唉，对自己的事都不关心呢，这可是大事啊！"

半晌，韦灵芝抱着肚子直喊痛。

韦舞立即命令道："马上送医院！"

躺在床上的老奶奶艰难地坐起来，比画着什么。陆龙飞走到近旁，老人家指着韦舞的肚子，大意是说不要让她操劳太多。

陆龙飞和韦舞搀扶着孕妇缓缓走到床边，慢慢让她平躺下来。陆龙飞走到大门口，对正在喝酒的蓝光辉喊话道："老哥，多叫几个妇女过来！"听到喊话声，蓝光辉便箭一般赶到附近农户叫来了三个妇女。起初她们置之不理，后面还是匆匆赶来了。

韦灵芝却强忍着疼痛之苦，不愿意去医院，问得急了，她只好说出心中的难言之隐："我没钱，去不了医院。再说，医院离得远。"

韦舞安慰道："没事，有我们嘛！"

陆龙飞等几个人强制性地将韦灵芝抬上了车子。

这时候蒙爱国赶到跟前，说："我也去，如果有什么事的话，路上也好照应。"不一会儿，他又说道，"弟媳有孕在身，出行不方便，她还是留下吧。"

韦舞说："救人要紧！我离预产期还远着呢。"

陆龙飞看了看手表，果断地说：“时间还不晚，把人送到医院我们再赶回来！”

谁也没有料到，车子刚驶出半个小时，就被堵在了公路上，因为前方有车祸。看着路面停着几乎一动不动的长蛇型般的车子，陆龙飞恨不得骂娘！无奈，他和蒙爱国只好半抱半抬着韦灵芝笨拙地行走在公路上，韦舞也加入其中。两个男人，一前一后；两个孕妇，一躺一行，吸引着众人的眼球。坐在车里的一些游客忍不住打开手机接二连三地拍照，并在第一时间发到了网上。

陆龙飞他们好不容易将韦灵芝送到县城，他和蒙爱国又马不停蹄地赶回古里屯参加父亲节活动。

在古里屯,父亲节的活动如期举行。男人们就像过大节一样欢乐无比。最兴奋的要数蓝光辉了，他将蜂蜜放进红薯酒里，腰间绑着酒壶，手里提着铜鼓，情不自禁地跳起了铜鼓舞，博得众人的阵阵掌声。不一会儿，覃小龙、蒙爱国、蒙礼山等人也加入跳舞的行列之中。只见男人们时而正面敲,时而转身击,鼓槌不停地游走于脑后、腰后、胯下,在鼓面上轮流敲击,节奏鲜明，动作协调。他们边击边舞、边歌边击，神采飞扬，乐在其中。

之后，蓝光辉扛着大酒壶摇摇晃晃走到陆龙飞面前，高喊道：“陆副局长，来一首！陆副局长，来一首！”

众人掌声如雷。

陆龙飞当仁不让，立即编出一首山歌来：

父亲节里喜连连，米酒加蜜酒更甜。
鼓声一浪高一浪，壮瑶醉舞尽欢颜。

当晚九时许，韦灵芝在县医院顺利产下了一个七斤重的男婴，陪护的韦舞第一时间将消息告诉陆龙飞，陆龙飞脑海里即刻闪现着这样的一段文字：

婚姻美满，是真挚爱情的升华！
朋友真情，是一生难求的缘分！
生命美丽，是人间最美的风景！

7 快乐如歌

大地飞歌，舞步生风。

大山飞舞，快乐如歌。

这天周末是下雨天，人们躲在家里随心所欲、自得其乐，陆龙飞在家里挥毫练习书法。小时候陆龙飞就酷爱书法，在大学读书的日子里更是在毛体书法研究方面下了苦功夫。经过几十年的苦心磨炼，陆龙飞的毛体书法几乎到了以假乱真的地步。正因为如此，在市里、县里，他都有一些“追随者”，他们在工作层面没有捞到任何好处，就想从陆龙飞的个人爱好入手，企图来一个“大突破”。始作俑者就是覃小龙。覃小龙依仗自己与陆龙飞有亲戚关系，就想巧妙地从中大捞一笔。首先，他绕过陆龙飞直接找到了陆龙飞的顶头上司李江局长，从而在资金帮扶上赚了不小的一笔钱，然后继续圆着他的“既要升官，又要发财”的美梦。当然，他不会明目张胆地干这些勾当，只是小心翼翼、变本加厉地为自己升官发财做好铺垫。他结交了一个富商，这个富商写得一手好书法，也专门从事收藏书法名画古董之类的行当。据说这个富商能同北京高官，尤其是书法界的著名人士结识。他们跟那个龙腾老板也有联系，而这些陆龙飞是不知晓的。

正当陆龙飞奋笔疾书练习书法的时候，突然接到覃小龙的电话，说是陆龙飞夫妇俩之前参加了全国兰亭杯书画大赛，很快就要揭晓获奖作品了。覃小龙说：“主办方私下已经看中了你们的佳作，但还需要交上一些定金。只要你们点头，别的什么都不用操心，我会落实好的。”听到这些话，陆龙飞一愣，什么话也没说，就挂了电话。

陆龙飞急忙给老婆打电话，将覃小龙说的一些情况重复了一遍。

韦舞说：“我也接到了同样的电话，目前都不理就是，周末见面再说吧。”

周末回到家里，腆着大肚子的韦舞叫陆龙飞从屋角搬出了十个木箱。他打开一看，全是两人的书法旧作，还有各类书法获奖证书，一张一张叠得整整齐齐的。天啊，想不到他们两人获奖的证书还真不少！木箱子逐一被打开后，一股浓香的墨味随即弥漫整个房间。

陆龙飞说："我们各自的书法作品跟着你我几十年了，也各有自己的风格。它们就像我们的儿女，给我们带来了很多的感想和回忆。"

韦舞说："想来想去，我还真想把它们全部烧了。"

陆龙飞说："至少目前还真的不能烧，烧了就再也没有了。它们就是历史，历史是不能忘记的。只要看到这些旧作，就会激起创作的热情，也会让我们更加珍惜拥有的一切！"

韦舞说："呵呵，你是个作家，留有墨宝也许大有用处，而我就是一个女人。"

陆龙飞说："这是一种偏见。都说'妇女能顶半边天'，巾帼不让须眉，红颜更胜儿郎啊！"

韦舞说："知道吗？有人出高价想把你我的书法作品全部买走。我们算哪门的'书法家'，更不是什么名人，竟然有人得知你我都存有许多书法作品，肯定是你在某个场合不小心吹牛了呗，不然谁知道这些旧东西？我们现在身份不同了，一些别有用心的人就想把我们拉下水，你千万要小心！"

果不其然，两个月之后，龙腾被传讯了，据说与一个书画诈骗团伙有关。

有一天晚上，陆龙飞接到一个陌生电话，说盘龙大哥被纪委找去问话了，电视上也不见露面了。陆龙飞第一时间拨打大哥的电话，打不通，过半个小时再拨过去，还是无法接通。大嫂也不接电话。陆龙飞不由得脸色大变。

好长时间，陆龙飞就像一座山包慢慢被洪水淹没而快要窒息一样，他重新审视着自己曾经的一言一语、一举一动，以及思考着今后的一切，就像看到自己小心翼翼地走在一条布满七彩鲜花却又荆棘丛生的道路上。

当晚，陆龙飞将十个大箱子里的众多书法作品搬到厨房，毫不犹豫点燃了一根火柴，打算将它们全部烧光。一堆书法作品在火光中慢慢燃烧着，滚滚浓烟熏烤着整个房间，呛得人的眼睛都睁不开，眼里尽是泪水。陆龙飞猜想，也许是书法作品将盘龙大哥害了啊！他又想，难道盘龙大哥是两面人？太可怕了！

韦舞不知道陆龙飞心中的所思所想，她平静地说："让它们燃烧吧，这样才能使我们始终保持着清醒的头脑，否则我们的头脑会因此而被熏出问题来！”

陆龙飞说：“对！虽然从某种程度上来说，这些旧手稿若干年后说不定就是无价之宝，但此时不过是一堆废纸而已，烧了就是，没有什么值得留恋的。它们也许是祸根啊！”

可是，这些书法旧稿实在太多了，一下子还真的烧不完。于是，陆龙飞到楼下找来了一辆手推车，将几大捆书法作品拉到一个废旧垃圾场。陆龙飞就在旁边的空地上点火，他坐在火堆边，一张一张地将他们多年来留下的书法作品扔进了火堆里，时间持续了十多分钟。陆龙飞就是想在燃烧书法旧稿的同时，感受着被火烧灼的感觉。此时此刻，汗流浃背的陆龙飞想到了“玩火者必自焚”的古训。

过后，陆龙飞推着手推车缓缓走在竹林深处，心也像浮萍一样飘向了远方……

当夜，陆龙飞翻来覆去总是想着心事，他就像在波涛汹涌的大海上航行一样剧烈地颠簸着，直到凌晨三点多才迷迷糊糊睡了过去。睡着之前，每隔半个小时,他就不由自主地给盘大哥拨去电话,电话那头总是提示‘该用户已关机’。陆龙飞巴望电话在某个时段突然接通，他急需向大哥了解关机的真相。此时，他如同一只斗败的公牛，头脑发胀，坐卧不安，心中好像有无数只蚂蚁在爬行。陆龙飞冲进卫生间，让水龙头对准自己的脑袋一冲再冲。第二天一早，陆龙飞的手机突然响了，起来一看，是盘龙大哥发来的信息：“干弟，我随团到阿根廷来学习，刚下飞机，考察学习十天！”陆龙飞坐在电脑旁发呆，灵感仿佛断流了！

妈的，真是虚惊一场！陆龙飞长长吁了一口气。从国内飞阿根廷需要三十多个小时，怪不得大哥的手机关机了，而大嫂则因病住进了医院，由此便出现他们都未接电话之事。呵呵！

一周后，大都县委决定将江岸乡乡长韦江琳调任那龙乡党委书记。韦江琳上任第一天就给陆龙飞发了一则信息：“我又回到那龙乡工作了。陆老书记可要不吝赐教啊！还有，孩子出生那天，一定要第一时间告诉我哦！”

陆龙飞却答道：“我偏不告诉你韦书记！”

韦江琳回复说：“我的闺蜜韦舞同志会告诉我的，你的干哥盘龙同志也会告诉我的，因为我跟他们比跟你还要亲呢！”

陆龙飞答："那龙是我的家乡，是你我工作过的地方，是我们引领群众打赢脱贫攻坚战、推进乡村振兴的福地。我们都想把共同富裕之歌演奏成快乐的乐曲，让美妙动听的乐曲唱响在村民的耳边，所谓乡村振兴舞蹁跹，快乐如歌飘起来！"

韦江琳回复道："撸起袖子加油干，一路同行显担当！"

这天上午十时开始，韦舞的肚子开始隐隐作痛，陆龙飞立即联系李凤舞，很快将韦舞送到了县民生医院。韦舞之前就与李凤舞商量好了，到生产那天，由他们医院的医生接生。当时李凤舞是这样说的："嫂子，龙飞是我的干哥，我们也算一家人嘛。你一定要提前到我们医院来产检，孩子出生时让我们的医生接生，算是了结我的一桩心事吧。"韦舞干脆地答道："行，谁叫你们是干哥干妹呢。"

韦舞感到前所未有的痛苦与兴奋，从开始疼痛到孩儿出生，她整整被折腾了两天多时间，不断被弄得精疲力尽、全身是汗，但是她始终咬着牙，忍着巨大的痛苦，不让自己哭出声来。高兴都来不及呢，哭什么呢？从陌生到相识，从相知相爱到结婚生子，从十月怀胎到一朝分娩，这是感情递增的过程，也是爱情升华的过程。这时候也是最需要安慰的时刻，陆龙飞、李凤舞、韦江琳一起陪伴在她身边。

陆龙飞安慰道："老婆，很快就生了的。就像大山里的一粒种子，既然已经有了发育的欲望，那它一定在某个时间段里从从容容冒出地面来；就像大山里的清泉，既然有了喷涌而出的力量，那它一定会势不可当地喷发出来。人的出生也是如此！"

等待、期盼、揪心、艰难、痛苦、喜悦、快乐，纷至沓来、轮番上阵，正所谓你搭台来我唱戏，我方唱罢你登场。等待是痛苦的，更是充满着希望！钟表时针和分针指向中午十三时许，婴儿终于哇的一声来到了人世间。

韦舞目不转睛地盯着一头黑发的男孩，甜甜地笑了。她握着陆龙飞的手久久没有放下，陆龙飞感觉到妻子的手好柔好暖，更舍不得松开。

不一会儿，韦红生闯了进来。之前他和李凤舞吵了一架后很快和好如初，也不敢得罪陆龙飞了。他意识到陆龙飞这人原则性强，但没有架子，也没有恶意，值得深交。韦红生径自走到小宝宝身边，抚摸着他可爱的白白嫩嫩的脸蛋，开心地说："这是典型的陆龙飞第二！这脸型，这眼睛，这眉毛，这鼻子，这嘴巴，没有一点不是陆龙飞的特征的！"

李凤舞说："就你话多，哪有儿子不像老子的？真是多此一举！好话都不会说。"

韦江琳说道："这是韦董事长嫉妒我们的龙飞哥哥吧，赶明年我们的李凤舞院长再生一对龙凤胎来。"

李凤舞抢白道："想得美啊！"

韦舞努着嘴笑了："应该想得美的！这叫感天地间有真情，老来得子满心欢。政策允许了嘛。"

陆龙飞转脸对韦红生说道："韦董事长，你来看小朋友就对了。我们就需要这样的朋友，所谓'结交须结真君子，君子之交淡如水'。再说，我可是你们的干哥，当哥哥的，就是希望大家和和睦睦、平平安安的，一个也不能少！我妹妹陆幸今早有两节课，下课后她也会和她的男友赶过来。"

随后，陆龙飞给儿子起名为"陆飞舞"，巧妙地将他们夫妻两人的名字嵌入其中，更期待儿子若干年后又能"蛟龙戏水、龙飞凤舞"。

回到家里，陆龙飞的灵感就像山里的清泉一样流淌在脑子里，于是他奋笔疾书，挥毫写道：

龙飞凤舞喜盈门，花好月圆喜来临。
抬头见喜心花放，喜气洋洋向前行。

随后，陆龙飞在日记里写道：罗曼·罗兰说过，"人生所有的欢乐是创造的欢乐：爱情，天才，行动，——全靠创造这一团热火迸射出来的"。人的生活注定要经受苦难，但我们必须寻找快乐，哪怕只是电光石火，因为快乐是照耀在深沉大地上的星辰。那么，对于孩子来说，生在新社会、长在红旗下、走进新时代，必须从小培养、熏陶。过几天我将把一枚"到中流击水"的纪念章挂在儿子的脖子上，让他从小记住父亲的良苦用心。

晚上十时，陆龙飞奋笔疾书写下长篇小说的最后一段文字，心满意足地叼着香烟，感慨自己终于艰难地完成了这篇小说的初稿。他特地给杨帆发了一则短信："告诉杨副局长，我的儿子出生了，我的长篇小说也杀青了！你我的故事也在小说里有所体现，小说嘛，虚实结合，有张有弛！"

杨帆很快回复道："他娘的，几年不见，什么好事都让你占尽了！在钦佩的同时，我要给你泼冷水：必须担当使命，坚持原则，保持纯洁，永葆本色，别掉链子！”

陆龙飞答道：“谢谢，良药苦口，铭记在心！”

这时候，李江局长突然给陆龙飞打来了电话：“陆副局长，明天上午党的二十大开幕会结束后，将有记者进行采访，希望你代表我们市乡村振兴局配合做好采访，亮出你的真本事来！”

陆龙飞说：“感谢李局长给我难得的机会，我会好好表现的！”

第二天凌晨五时，陆龙飞轻轻地在儿子飞舞的脸蛋上亲了又亲，才依依不舍离开了母子俩，开车赶往石山市区。

采访手记

2022 年 10 月 16 日这天上午，初秋的阳光熙暖可爱，温和可人。石山市乡村振兴局全体干部职工集中会议室收看党的二十大开幕会。会前，李江、陆龙飞、杨帆、文山、陈红康等领导同志一脸兴奋，神采飞扬；会中，全场鸦雀无声，连一根针落地也听得清清楚楚，只听到习近平总书记铿锵有力的报告声。陆龙飞用心地聆听着，兴奋地感受着，飞快地记录着。

会议刚刚结束，笔者就马上采访了陆龙飞。采访时间接近一个小时，现摘录几点如下：

笔者：陆龙飞副局长，非常感谢你能在百忙之中再次接受我的采访。长话短说，就采访几个问题。党的二十大报告指出，“巩固拓展脱贫攻坚成果，增强脱贫地区和脱贫群众内生发展动力”，这是党中央站在以中国式现代化全面推进中华民族伟大复兴的高度提出的重大战略，也是一个需要深入研究的时代课题。请你结合我市乡村振兴局实际，谈一谈自己的学习思考。

陆龙飞：理论上的成熟是政治上成熟的基础，政治上的坚定源于理论上的清醒。要坚持不懈用习近平新时代中国特色社会主义思想凝心铸魂，深刻领会、把握精髓，做到学思用贯通、知信行统一。第一，聚焦一条主线——聚焦学习贯彻党的二十大精神这一主线；第二，紧盯一个目标——紧盯共同富裕这一目标；第三，守住一条底线——坚决守住不发生规模性返贫这一底线；第四，抓住一个关键——抓住广大群众增收这一关键；第五，绷紧一根弦——绷紧作风建设这一根弦。

具体来说，要旗帜鲜明讲政治，以党的创新理论武装头脑，增强“四个意识”、坚定“四个自信”、做到“两个维护”，努力学出坚定的政治忠诚，学出强烈的使命担当，学出过硬的实干作风。要坚决守住不发生规模性返贫的底线，按照产业全带动、收益全链接、保障全覆盖、就业全保障、特困全兜底的“五个全”帮扶举措，督促帮扶干部每个月至少入户一次开展针对性帮扶，努力增加脱贫群众收入，确保兜底保障水平稳步提高，确保教育、医疗、住房及饮水安全保障水平持续巩固提升，坚决防止出现整村整乡返贫现象。要抓住广大群众增收这一关键，发展产业促增收，增加经营性收入。要落实好“雨露计划”补助资金发放，做到精准补助、应补尽补。要提升粤桂协作工作质量，在产业合作、劳务协作、人才交流、产销对接等重点领域持续发力，等等。

笔者：刘三姐文化是我们广西独具魅力的文化瑰宝，壮族山歌作为独特的民族传统文化资源，因其特有的结构、文化功能等因素，一直以来备受众人关注。那么，我想听你编几首关于党的二十大报告中“五大振兴”方面的山歌，同时还想听听你对弘扬刘三姐文化的意见和建议。

陆龙飞：二十大报告提出要扎实推动乡村产业、人才、文化、生态、组织振兴，就编几首山歌吧：

产业振兴领风骚，加快发展有得挑。
下棋抓住车马炮，用心用情用力瞄。

梧桐花开水欢颜，引进用好人才关。
志智双扶帮到底，阻断贫困代际传。

乡风建设势必行，营造氛围显文明。
团结好比石榴籽，亲密胜似大家庭。

生态文明谋长远，山清水秀好悠闲。
人居环境搞好了，金山银山在眼前。

基层党建是保障，发挥作用支部强。
领头雁来做示范，振兴路上喜洋洋。

至于弘扬刘三姐文化，我想应该认真思考如何处理好几个关系：第一，如何处理好开发建设与保护利用的关系；第二，如何处理好发挥优势与品牌建设的关系；第三，如何处理好发展基地与培养人才的关系；第四，如何处理好经济效益与社会效益的关系；第五，如何处理好继承守正与与时俱进的关系；第六，如何处理好典型推介与营造氛围的关系。这只是初步的一些想法，下一步我会认真研究思考，好好写一篇理论文章。说心里话，如今在我们山里唱山歌的人真的不多了，要是没有采取挽救措施的话，说不定过了十年、二十年，刘三姐文化就要失传了。用一首山歌来表达就是：

三姐传歌到今天，后人传承千百年。
期盼大家来挽救，免得山歌要失传。

采访时间即将结束了，笔者感觉到陆龙飞的感受就像山里的清泉一样源源不断地流出来，充满清新的气息和泥土的香味，让人感到“良久有回味，始觉甘如饴”。

笔者：陆副局长，山乡巨变，见证历史。麻烦你再用一首山歌概括大石山区近年来的发展变化吧！

陆龙飞：改革开放四十多年来，我们大石山区的发展有了很大变化，而最大的变化就是人心。人心就是凝聚力，人心就是向心力，人心就是战斗力。就编一首山歌吧：

山乡巨变数不清，变化最大是人心。
奋楫笃行向前走，共筑美梦是复兴。

2022 年 3 月 18 日第一稿
2022 年 10 月 30 日第二稿
2023 年 2 月 10 日第三稿
2023 年 11 月 2 日定稿

创作源头是故乡

1. 出发原点是故乡

我的家乡好山水，山似雄鹰欲高飞。
点滴之水成美酒，让人迷醉不思归。

古文乡良美村茶除屯是我来到人世间发出第一声叫喊的宝地，也是我上大学之前居住时间最长久、记忆最醇香的胜地，萦绕于心灵深处的是那剪不断、理还乱的乡音、乡情、乡愁。俗话说“一方水土养一方人”，我曾经在都安“摸爬滚打”十三年时间，我的青春、我的爱情、我的生命以及我的小说背景都打上了故乡的烙印。更多的时候，重重叠叠的大山、奔腾不息的红水河、质朴厚道的父老乡亲、多姿多彩的风俗民情和浓郁鲜活的文学氛围，就像一道道鲜美的佳肴，诱惑着嘴馋的我扑向其中。三十多年前我曾经创作了一部二十万字的长篇小说，叫《大山告诉我》，文稿相当粗糙，躺在抽屉里好几年时间，后因数次搬家，文稿也弄丢了。2020 年 1 月底，新冠疫情来势汹汹，席卷全球，大家都被困在家中，我利用这段时间开始创作我创作生涯中真正意义上的第三部长篇小说《大山飞舞》(原题目《命山运水》)，并按照中国作家协会关于2020 年度定点深入生活项目申报的通知要求，将构思大纲、实地走访、完成时间等做了大致的安排，及时进行申报。到 6 月，公布的名单上竟然出现了本人名字，这是意料之外的好事，给我的写作注入了强大的“兴奋剂”。这是中国作家协会鼓励作家们潜心创作采取的一项硬“作业”，而“作业”是非完成不可的！由此，我在拼命工作、勤勉努力的同时，又利用近四年深更半夜时间挑灯夜战，终于艰难地完成了“作业”。我觉得这是一部与夜晚抢时间、与病魔做斗争的生命之书，更是献给故乡的苦心经营之作。

劳动最光荣，工作最美丽！

在单位里，工作永远排第一，做好分内工作是职责所在、天经地义。这是根本，容不得半点马虎。同时，我也想在自己的文学花园里添上些许芳香久远的花果。这就给自己设置了一道坎，想要迈好这道坎并非易事，弄不好会被一些别有用心的人作为打压的“铁证”。当然，这我也并不惧怕，凡事努力去做，就是开心快乐，而且文学创作不是说能写就写得了、写得好的。业余创作就是一件痛苦并快乐着的事情，自我加压、自我挑战，磨炼意志、考验毅力，如同一次次大战。

我深知，故乡永远是作家创作灵感的出发地。由此，我目不转睛地盯着故乡不放。著名作家凡一平先生在《文艺报》撰文，称家乡“是我文学创作的源泉和宝藏”。拙作《阳光起舞》由作家出版社出版后，我利用周末时间，先后六次深入大化老家实地采访，与农户拉家常、话致富，与朋友找素材、觅灵感，还多次走访了曾经在乡镇担任一、二把手的领导干部们。表弟韦建珠经常放弃周末难得的休息时间，跟着我在农户家里找乐子，我们就像沙里淘金一样不知疲倦地寻觅着、忙活着。罗盛怀、唐加勇、覃高峰、苏法泉、黄启先、覃理徕、韦志师等谈起自己的亲身经历来眉飞色舞、口若悬河，让我如获至宝、心生感动。当笔记本上记满密密麻麻的鲜活事例、当自己脑子里装的全是创作素材时，我才真正意识到，一个作家，只有把故乡作为创作的聚宝盆，才能让灵感源源不断。

2. 与病魔抗争

山乡巨变数不清，变化最大是人心。
奋楫笃行向前走，共筑美梦是复兴。

这是我花了近四年夜晚时间带病写出来的长篇小说《大山飞舞》的结束语。我平时喜欢跑步，也把写作作为人生的又一个赛场。可是赛跑本身需要康健的体魄，身体是革命的本钱。本人却是命途多舛，一年之中经历了人生中最艰难的时段，先后被无情的病魔接二连三折腾了四次，成为医院的常客。先是左脑出血，后患心肌梗死，到脑梗死，又是右脑出血，可怕可恨可憎的病魔轮番上阵，企图得寸进尺地折磨我的肉体、瓦解我的心灵、击垮我的意志。住院短则十几二十天，长则一个多月。面对苦不堪言的多种重病，我遵从医嘱，放下包袱，坦然处之。我深知，一个人一旦生病了，可怕的不是病情，而是人的情绪、心志和意志力！

住院期间，我特地找来了著名作家路遥先生写的随笔《早晨从中午开始》再次品味。这是路遥去世前躺在医院病床上写的《平凡的世界》的创作随笔。他写道："故乡，多么好，对一个人来说，没有故乡是不可思议的；即使流浪的吉卜赛人，也总是把他们的营地视为故乡。在这个创造了你生命的地方，会包容你的一切不幸与苦难。就是生命消失，能和故乡的土地融为一体，也是人最后一个夙愿。"此书我之前浏览过，如今病中再次拿来细悟品味，才深知生命之宝贵与脆弱，更感要珍惜生命，过好每一天。路遥先生写的五十节五万多字的随笔，我一个字一个字地品读，读得很投入、很用情、很伤感。读着读着，我像个伤心十足的小孩子，纸巾湿了一张又一张；同时，也意识到打开故乡这扇生命之门，就能找到打开通向文学之门、精神之门、美学之门的那把金钥匙！

我是个普普通通的人，也是性情中人。回想着自己近四年夜晚的拼命劲儿，就像一位淘金者发现脚底下处处是金矿一样，激情涌动，其乐无穷。拙作题目入选定点深入生活项目后，我静下心来思考，感到压力山大：其一，只能利用八小时以外的空余时间进行创作，拉长的是时间记忆；其二，只能选择深更半夜之时零敲碎打，考验的是执着与毅力；其三，只能在身体状况良好的情况之下得以动笔，打拼的是康健的体魄；其四，只能在心情舒畅、环境清静的氛围之中伏案写作，凸显的是美好的心境；其五，必须继续深入故乡再次实地采访，收获的是更多鲜活的故事与细节。

"不经一番寒彻骨，怎得梅花扑鼻香？"一千多个夜晚漫长而短暂，一千多个夜晚奋笔疾书，一千多个夜晚夜不能寐，我正是在这样的情况下完成了四十多万字的长篇小说初稿，随后又断断续续花了三个月时间对拙作进行删减修补。其间，还办了个人小说打磨会，著名作家、第二届鲁迅文学奖获得者鬼子，以及房永明、覃祥周、黎学锐、韦云海、李兴山、黄文富、杨国伟、李富庭、黄灵海、黄圆等几位作家、博士和编辑对拙作提出了很好的修改建议，我又用一个多月的夜晚时间再次推敲打磨、斟酌润色。高山与流水激活了个人的灵感与创新力，时间与夜晚见证了个人的辛勤与付出，病魔与毅力成就了一部长篇小说，这也算是个奇迹吧！而文友春天般的温暖与鼓励、犀利的评说与点拨更让我对拙作修改完善过程充满了敬意与激情。

在极其艰难的创作过程中，我深深感悟到，故乡就像温暖的港湾，躺在这样一个港湾里是一件十分幸福的事情，而与病魔抗争非常需要顽强的毅力，写作更是如此。正如著名作家，鲁迅文学奖、茅盾文学奖双料得主东西先生所言："坚持！我觉得写作写到最后拼的都是毅力。我们在写作长篇小说的时候，写到快要崩溃了，有点支持不住了，有时候我们写个长篇就发誓说，写完这个长篇我再也不想写了，但是休息一阵之后你得重新上路，重新捡起笔来或者拿起电脑来写，坚持很重要。"

3. 贴着人物写

"文学即是人学"。著名作家沈从文说过，小说"要贴到人物来写"。作为中国作家协会2020年度定点深入生活项目，长篇小说《大山飞舞》关注乡镇一把手的生活故事。

从全国来说，目前有四万多个乡镇。乡镇是我国最基层的行政机构，一头连着城市，一头连着农村，在农村乃至整个国家经济社会发展中发挥着基础性作用。在贫困的乡镇工作，很重要的一条就是要千方百计把乡镇干部的积极性、主动性调动起来，团结和引导群众致富奔小康、走共同富裕之路，这是一条颠扑不破的真理。近年来，我在秘书、大学生村干部等人物的题材写作方面做了一些积极探索。同时，我留意了当下出版的长篇小说，发现专门描写乡镇党委书记的长篇小说寥寥无几，我便决计以陆龙飞作为小说着力刻画的主要人物。在小说中，我始终追求生活的真实和艺术的真实相结合，重在刻画人物形象，着重叙述陆龙飞的读书时光、扶贫办经历、驻村生活、乡镇书记以及市乡村振兴局工作经历等，通过曲折复杂的故事情节和鲜活生动的细节加以体现，刻画了一名有抱负、有责任、有情怀的乡镇领导干部形象。本书也可看作一名

关爱家乡、热爱生活、追求上进的年轻人的成长史、奋斗史。比如，从读书生活到主动回到家乡县城工作，从乡镇派出所民警到考入市扶贫办工作，从挂职乡镇副书记到担任乡党委书记，从临近上任伊始发生山体滑坡到当地群众集体上访，从动员群众易地搬迁到引进建设资金，从再次查缺补漏到精准脱贫大行动，从“5·20”生日活动到开展“志智双扶”活动，从离开那龙乡到市乡村振兴局任职，从改进工作作风到发扬自我革命精神，等等，都注重以刻画人物形象为中心，以曲折的故事情节来推进，以鲜活的细节来展现。小说还叙述了陆龙飞与李凤舞、凡丽娜、韦舞等人的感情纠葛，使笔下主要人物更具人性化、个性化、生活化。

李凤舞也是着力刻画的一个主要人物。她自小被亲生父母遗弃，三次高考才考上大学，毕业后在石山市人民医院落脚，因为要救病重的养母，匆忙与杨波结婚。后来由于种种原因辞职，应聘当上了私立医院的院长。陆龙飞试图与她重新建立关系，却被婉言拒绝。后来因为招商引资，她的大学恋人韦红生出现在那龙乡，韦红生后因脑出血住进了医院，他们最终走到了一起。他们用不同的方式给家乡建设力所能及地添砖加瓦，同时也写出了人世间的亲情和友情。

至于韦舞，小说则重在刻画一位在脱贫攻坚主战场中既有大胆泼辣的个性，又有柔情蜜意的女性魅力的乡镇党委书记形象，体现了主题主旨，丰富了乡镇党委书记的形象，人物刻画也有独到之处。蒙爱国也是我钟爱的一个人物，我将他写成一个有着农民式智慧的配角。其他人物如盘阳、盘龙、李威武、黄声怀等也各有个性，而这些人物在家乡都能找到原型，他们难忘的生活故事和人生感受让我充满敬畏和崇拜！

4. 漫谈小说结构

著名作家、诺贝尔文学奖获得者莫言先生说过：“长篇小说的结构是长篇小说的重要组成部分，是作家丰沛想象力的表现。好的结构，能够凸现故事的意义，也能够改变故事的单一意义。好的结构，可以超越故事，也可以解构故事。”我在介绍本文时也写下了这样一段文字：文中每一章后面都穿插着一则采访手记，记录着我国改革开放以来那龙乡几位党委书记的重要生活场景和真情实感，叙述了乡镇干部的为民情怀，丰富拓展了文本容量，与正文互为补充、相得益彰。

文学来源于生活，这是至理名言。但现实生活往往比作家想象力更加丰富复杂、鲜活精彩。著名瑶族作家红日先生说过："脚上沾有多少泥土，心中就积淀多少故事。两年驻村激发了我书写《驻村笔记》的创作灵感，丰富了我的创作素材，拓宽了创作视野，拉近了与人民群众的感情，思想上得到了洗礼，艺术上得到了提高。"我多次深入老家县里走访了十多位曾经在乡镇担任过党委书记的领导同志以及在基层一线工作的乡镇干部，生活中好多的故事让我如获至宝，我忍不住将他们的故事倾注于笔端。比如，在采访过程中，我了解到二十世纪八十年代乡镇领导的一些故事和电影《刘三姐》被解禁时的趣事，也了解到尚未开展精准扶贫前，有的乡镇书记一个人就负责联系四十多户贫困户……我用心将这些鲜活生动的故事记录下来，并有选择地"移植"到小说里。由此，我采用"平铺直叙＋采访手记"的结构形式加以组合。比如，我在小说每一章末尾都增设的"采访手记"里，重点叙述了那龙乡某个时段乡镇党委书记的生活故事，也穿插着主人公的一些故事片段，丰富了小说的主旨主题。当然，其创作目的不外有三：其一，延伸故事情节，拓展文本容量，扩大小说外延；其二，尝试新的文本结构，凸显建构缜密的艺术宫殿；其三，转换文本叙述，增加作品的张力和艺术感染力。由此，构成一幅幅摆脱贫穷苦难、张扬人生命运的图景，折射出时代命运与个人命运的内在勾连，反映出人世的复杂、人生的曲折和人心的幽微。拙作初稿出来后，我将文稿发给圈内文友及编辑征求意见，他们中有的对拙作结构有一定的疑惑和不解，认为这样一来也许会冲淡了故事情节，削弱了文本的魅力。我则认为这恰恰体现了创作的探索与创新，从文本整体和容量考虑很有必要。

"唱山歌，这边唱来那边和。山歌好比春江水，不怕滩险弯又多……"这是电影《刘三姐》中的一首插曲。广西山歌是中华优秀传统文化的重要组成部分，在新时代新征程需要大力弘扬、传承发展。广西人喜爱唱山歌，生于斯长于斯的我对山歌情有独钟，也花了不少精力进行创作。比如，"命山运水把梦追，龙飞凤舞有作为。好比蜜蜂把花采，一路欢歌一路飞。""三姐故乡山水美，歌声悠扬满天飞。打造三姐新形象，贵客听歌不思归。”“秘书生活难悠闲，好比水牛来耙田。加班加点拼命干，苦中作乐也见甜。”“千古奇韵一微笑，堪比天上仙女飘。蒙娜丽莎笑最美，无数帅哥乐陶陶。”“龙飞凤舞喜盈门，花好月圆喜来临。抬头见喜心花放，喜气洋洋向前行。”这些山歌因事而发、有感而言、视情而动，体现了个人的积极思考和与时俱进的创新勇气。

在即将结束本文之际，我特别感谢广西师范大学出版社的领导、编辑对拙作的厚爱。师大社从策划到编校，从主题主线到内容选择，从故事情节到人物形象塑造，从细节描写到语言运用，从交换修改建议到明确截稿时间，从沟通对接到最终付梓，都倾注了大量的心血。在此致以真诚的谢意！

《文学的故乡》导演张同道先生在《光明日报》撰文道：“《文学的故乡》是作家的故乡，他们把生活的故乡变成文学故乡……文学的故乡，其实就是精神的故乡，美学的故乡。”故乡是作家人生的出发地，也是作家心灵的港湾。最后我以一首山歌作结：

创作源头是故乡，龙飞凤舞写文章。
好比春天花一朵，蓓蕾初放露芳香。

2023年11月2日凌晨1时许